新潮文庫

# 長流の畔

流転の海 第八部

宮本 輝著



新潮社版

11002

# 長流の畔《ほとり》

流転の海　第八部

# 第一章

朝刊なのか、きのうの夕刊なのかわからないまま新聞に目をやると、ひとりの坊主頭《ぼうず》の男が路上に坐《すわ》ったまま火炎に包まれている写真があったので、松坂熊吾《まつざかくまご》はハゴロモの鷺洲《さぎす》店の破れかけているソファに腰を降ろしながら見出しと記事を読むために老眼鏡を探した。

眼鏡はズボンのポケットにあったが、もう三、四日も拭《ふ》きもせず洗いもしていなかったので汚れがひどかった。

――サイゴン市で僧侶《そうりょ》が焼身自殺――

その見出しを読んでから、熊吾は新聞の日付を見た。昭和三十八年六月十二日となっている。おとといの夕刊だった。

南ベトナムのゴ・ディン・ジエム政権による宗教弾圧に抗議して、ひとりの仏僧がガソリンをかぶりみずから火をつけたという。

写真には、火だるまになった僧侶の目や鼻や口までもが鮮明に写っていた。

南北ベトナムの紛争は、もうはっきりとアメリカとソ連との戦争となって、どちらも後戻りできなくなったなと思ったが、熊吾の心には、自分が部隊長として満州の東部を南下していたときの無惨《むざん》な一情景が大きく甦《よみがえ》ってきた。

部隊は、先行する別の部隊からかなり遅れていたし、もう冬は始まっていたので、熊吾は疲れている部下たちの足並みを揃《そろ》えて急がせることしか考えていなかった。近くには細い川があった。日が落ちかけたころ、低い丘と丘に囲まれたところに集落があった。偵察に出た兵卒が走り戻って来て、農民の死体が二十ほどあるという。先行する部隊のどれかがやったに違いなかった。

熊吾たちはその集落に入り、男が十二人、女が七人、子供が三人の死体を確認してから、そのまま行軍をつづけようとした。すると、馬が二頭地平線上から姿をあらわした。先行する部隊の、馬に乗れる兵隊が指揮官に命じられて、集落と農民の遺体を焼くために戻って来たのだ。人の乗っていない馬の背にはガソリンの入った缶が四つあった。

自分たちは遅れているので、このまま行軍をつづけると熊吾は馬上の兵隊に言った。その兵隊に松坂部隊長への命令権はなかったのだ。

しかし、兵隊はガソリン入りの缶を熊吾の前に置き、指揮官の命令を伝えて、先行軍は八里先で野営すると決まったので、さほど慌《あわ》てずともいいと言い残して去って行った。

農家や農民を焼こうとも、これが日本軍のしわざだということは誰にでもわかるではないか。貴重なガソリンをなぜこんなことに使わなければならないのか。

熊吾は命令など無視したかったが、後方に敵が迫っていることもわかっていたので、それをいったん阻止するためには集落を焼くという手段は有効かもしれないと思った。生きている農民を焼くのではない。みんな死体なのだ、と。

だがそうではなかった。銃剣で喉《のど》を刺された老人はまだ生きていた。ガソリンをかけて火をつけたとき、その老人は身を起こし、坐禅《ざぜん》を組むように土の上に坐った。苦しみで身をよじったとき、そのような格好になってしまったらしかった。

「生きておりました」

と部下の誰かが声を裏返らせて叫んだ。そして老人を背後から銃剣で突いた。それでも老人は倒れなかった。つかのま、老人と熊吾は向かい合う形になった。老人の目は閉じていたが、熊吾は見つめられている気がした。

熊吾は、小粒な雨がハゴロモ鷺洲店の前のアスファルト道を黒ずませているさまを見やった。

共産主義政権を樹立しようとする北ベトナムではなく、なぜ南ベトナムのゴ・ディン・ジエム政権が仏教徒を排斥するのかがわからなかった。

熊吾は、玉木《たまき》の横領が発覚してからの約半月、金策に駆けずり廻って、旧知の中古自動車部品業者三人から金を借り、十日ほど前にやっと三十万円を銀行に入れたが、松田茂に六月末に返済しなければならない金はまだ用意できていなかった。五月末返済の約束だったが、一ヵ月待ってもらったのだ。

社員に会社の運転資金のほとんどを横領されたことは、わずか半月ほどで同業者に洩《も》れ伝わり、ハゴロモは倒産寸前だという噂《うわさ》も広まってしまって、頼みの綱の中古車販売に翳《かげ》りが出ていた。ハゴロモに恨みを抱くエアー・ブローカーたちが、関西一円の仲間と結託して、中古車を求める一般の顧客たちにデマを流しつづけたのだ。

ハゴロモは経営難で、七万円が相場の中古車を十万円で売っている、と。

熊吾は、「人の噂も七十五日」という諺《ことわざ》を信じていて、いかに悪意のデマであろうと時とともに消えていくと確信してはいたが、当座の資金繰りにこれほど追いまくられるはめになるとは予想外だったので、きのうの夜、弁天町店を閉めようとほぼ決めてしまった。

だが、それによってふたりの若い社員を解雇しなければならないのはつらかった。

事務所の壁に押しピンで止めてあるカレンダーに目をやり、一九六三年という数字を見るともなしに見ているうちに、日本が焦土と化して無条件降伏をしてから十八年、伸仁《のぶひと》が生まれてから十六年もたったのだという思いにひたった。

あっというまの短い時間だったのか、敗戦の混乱に翻弄《ほんろう》される長い歳月だったのか、熊吾には、そのどちらでもなかったような気がした。まさしく十八年という人間社会における時間の刻み方のなかを今日まで歩んできたという実感にひたって、熊吾はカレンダーに印刷されている数字を見つめつづけ、それから腕時計に視線を移した。

昭和三十八年（一九六三年）六月十四日。午前八時四十分。梅雨空から小雨。雲厚し。南西の風、風速二メートル。妻への罪悪感、目覚めてより頻《しき》り。我が算盤《そろばん》ご破算で願いましてはと為《な》して、元の小商いの中古車屋に戻りぬと決す。我、土より生まれたれば土に還《かえ》る。

最後の一節は誰かの詩を拝借したのだが、熊吾は浮かんだその言葉を胸のなかで三度繰り返した。

熊吾は自分の腹が決まったと思った。ハゴロモの弁天町だけでなく松坂板金塗装も閉める。黒木博光には申し訳ないが、ハゴロモを辞めてもらうしかない。また元のエアー・ブローカーに戻っても、彼ならちゃんと商売をつづけていける。

しかし、神田三郎はそうはいかない。彼にはなんとしても大学を卒業して会計士の資格を取得させなければならない。それは俺の責任なのだ。俺は銭勘定が苦手だ。それをこれまでどおり継続してもらうことで、なんとか学業をつづけさせよう。これまでよりも給料は減らさなければならないだろうが、神田三郎はつましい生活をつづけて会計士への道をあきらめることはないはずだ。

博美《ひろみ》も俺の窮状は充分にわかっている。俺は、自分のできることはしてやった。あとは自分で生きていけ。きょう、弁天町店と松坂板金塗装の閉業を社員たちに告げたら、博美にも関係の終わりを伝えよう。

熊吾はそう考えて、自分の意志が変わらないことを確認し、もういちど南ベトナムのサイゴン市内で起こった焼身自殺の写真を見つめた。

火炎に包まれた僧侶の目や鼻の輪郭が、自分のなかの奥深くに隠されていた何かを揺り動かして、ハゴロモの鷺洲店一店に戻る決心を定めたのだと思ったが、じつはそうではなくて、この写真によって想起された日支事変での、火だるまになったまま坐っていたひとりの老いた百姓の映像が、この俺に面子《メンツ》とか欲とか我が力を超えた苦闘とかを捨てさせたのだと熊吾は思った。

あの満州の原野の集落の周りには畑などどこにもなかった。家畜もいなかったし、食べ物を蓄えておくための小屋もなかった。

子供もいる集落の住人が、どうやって生きていたのかが不思議で、俺も部下たちも、敵軍の計略だと考えたのだ。

自軍の先行部隊がどう判断したのかはわからないが、やはり粗末な家ごと焼き尽くすしかあるまい。俺は部下たちに命じて、ガソリンを撒《ま》かせ、火をつけさせた。

しかし、そこから二里ほど南下したところに、収穫をとうに終えた豆畑が拡がっていて、灌漑《かんがい》用水と野菜畑とわずかな水田があった。収穫物の貯蔵用の大きな建物の周りで、農民たちが怯《おび》えた表情で立っていた。

俺たちが火をつけた集落は、来年、新たに田や畑を造るための灌漑用水を作る作業小屋で、殺されていた農民たちは、これから長い農閑期に入る前に下見がてら、子供づれで出向いていたのだ。すべてが凍土と変わる前に、いわばピクニックを兼ねて新しい耕作地となる土地を見に行っていたということになる。

俺は、そんな百姓たちの来年のささやかな夢もろとも、まだ生きていた老人を焼き殺した。俺がやったのではない。軍隊における上官の命令は絶対だから、俺はそれを拒することはできなかったし、戦地では好むと好まざるとにかかわらず、みな似たようなことをさせられていた。

それなのに、復員してからも、俺はよく火炎に包まれていた老人を思い出した。何のきっかけも前後の脈絡もなく、みずから炎を噴き出しているかのような老人の姿が脳裏にあざやかに浮かび出るのだ。

この数年、すっかりなりをひそめてくれていたのに、南ベトナムでの僧侶の焼身自殺の写真で息を吹き返したのだ。

熊吾はそう思うと、ふいに大きな不安に襲われて、新聞を破ってクズ籠《かご》に投げ入れた。

俺はどこで何を間違えてしまったのか。いつ何が狂い始めたのか。

このハゴロモの事務所に貼《は》った求人の紙を見て入って来た玉木則之《のりゆき》を雇ったときか。

いつもは使わない聖天通り商店街で森井博美と赤井が口論しながら通り過ぎたのを目に

したときか。博美が働いていることを知らずに、あの小料理屋の戸をあけてしまったときか。

博美と阪神裏の古着屋の前で遭遇したときか。質のいい中古車を仕入れるために関西一円を東奔西走して疲れていて、帳簿類の点検をあとまわしにしたことか。

いや、それよりもっと根本の原因がある。ハゴロモが開業してすぐに想像を超えて繁《はん》盛《じょう》したために店を大きくしてしまったことが、いまの苦境を招いたのだ。

だが、あのとき、商売をひろげようとしない経営者がいただろうか。どれもこれも、俺が自分から望んで求めたのではない。いかんともしがたく、そうなってしまったのだ。

俺が犯した失敗は、博美の体に再び手を出したこと。それだけだ。たったそれだけだ。そんなものは、そこいらの不見転《みずてん》芸者とのひとときの性交と変わりはなく、男なら誰しも似たようなことをする。女房にばれなければそれで済むのだ。

しかし、上等の娼婦《しょうふ》といちどだけ寝るにしても七十万円は高すぎる。あの厄介ならず者と別れさせてやったのだから、せめて半年くらいは俺に楽しみを与えろという欲が生まれた。いまもその欲は捨て切れずにいる。まさか六十六歳にもなって、ひとりの女の体に溺《おぼ》れるとは予想もしていなかった。

俺は、男の機能も糖尿病とともに萎《な》えたとばかり思っていたが、博美の体は別格で、いつも若いころと同じくらいに漲《みなぎ》らせてくれる。

熊吾は、強くなってきた雨を眺めながら、さて松坂板金塗装という会社をどう畳めばいいか結論を出して実行に移さなければならないと考え、数字をめまぐるしく頭に描いた。

玉木則之の横領が発覚したあとにかき集めた金で富岡海運への支払いは終え、地方都市で中古車を仕入れて、それをフェリーで神戸港へ運ぶのはしばらく中止すると伝えた。富岡仙一は残念がったが、フェリーの運搬代金と中古車販売代金とが合わないとなればあきらめるしかなかった。富岡海運も大手の海運業者に利潤の大きな仕事を独占されて経営は苦しく、これ以上は値を下げられないのだ。

よし、弁天町店を閉めよう。地方都市から中古車を仕入れないと決めたのだから、弁天町店の存在理由もなくなる。いまは家から直接弁天町店へ出勤している黒木にそれを伝えて、彼には関西一円での仕入れに専念してもらおう。

熊吾は電話の受話器を持ってダイヤルを廻しかけた。黒塗りのクラウンがハゴロモの前に停まり、後部座席から『パブリカ大阪北』の専務・東尾修造が降りて来た。

運転手が傘をさしかけようとしたのを邪険に払い除《の》け、東尾は事務所に入って来て、

「おはようございます。いまお邪魔でしょうか」

と笑顔で言った。

熊吾は受話器を電話機に戻し、

「本降りになってきましたな。東尾さんが私の店にお越しになるのは初めてですな」

と応じて、湯を沸かすためにコンロのところに行ったが、コーヒーの出前を頼んだほうがいいと考えて、近くの喫茶店に電話をかけた。

ソファに坐って煙草《たばこ》に火をつけてから、

「柳田社長をイバカンまで送って来まして。その帰りにちょっと寄り道をしたら道が工事中で、仕方なしに回り道をしたら、このハゴロモの前に出たんです。松坂さんのお顔が見えたので、ちょっとご挨拶《あいさつ》をと」

そう東尾は言った。運転手への邪険な態度とはまるで異なる愛想のいい笑顔は、色の浅黒い精悍《せいかん》な顔つきを一変させるほど柔らかかった。

「イバカンちゅうのは何です？」

「茨木《いばらき》カンツリー倶楽部《クラブ》を略してイバカンです。ゴルフ好きの人たちにはそう呼ばれてます」

「この雨でもゴルフをするんですか？」

「少々の雨なら、平気でやってますねェ。私には、雨のなかでゴルフをする人の気が知れませんけど」

専務が、ゴルフ場へ行く社長を送って行くのかと思ったが、柳田元雄のゴルフ場建設のために銀行から引き抜かれた男なのだから、車中でふたりだけの打ち合わせでもあったのだろうと熊吾は解釈した。

「私の役目は終わりました。苦労しましたよ」

と東尾は言った。

「役目？」

ある程度の予測はついたが、熊吾は柳田がゴルフ場を経営しようとしていることは知らないふりをしているつもりだった。

東尾は、ゴルフ場建設のための資金繰りにめどが立ったことを語り、

「つまり、私のパブリカ大阪北の専務という肩書は、これまでは他に居場所がないからです。銀行の融資に目鼻がつき、ゴルフ場建設が始まったら、私の仕事は終わったも同然です」

と言った。

「シンエー・モータープールの岡松《おかまつ》さんも、役割はおんなじですか？」

熊吾の問いに、そうだと答え、

「岡松さんが支店長をやってた信金は、柳田社長が目をつけたゴルフ場用地の近辺に昔から強いんです。あの信金の牙城《がじよう》を取るために、うちの銀行は支店を作って、そこの支店長として私は送り込まれたんです。いまは畑しかない小高い丘に、これから街を造り、鉄道を敷き、バスを走らせ、住宅、学校、公園、病院なんかを造るという計画も、実際

に動きだしてます。国、行政、銀行、鉄道会社、大手建設会社なんかが手を組んだ二十年がかりのプロジェクトです。松坂さん、いまなら土地はまだ安いから、私が勧める土地を百坪ほど買《こ》うときはったらどうですか。大がかりな街づくりのだいたいの青写真は、私の頭のなかに入ってますよ」

　と東尾は笑みを向けたまま言った。

　それが目的でこのハゴロモの鷺洲店にやって来たとは思えなくて、

「東尾さんの役目は終わらんでしょう。ゴルフ場が完成しても、東尾さんを必要とする仕事は次から次へと出てくるはずですけん」

　と熊吾は言った。ただ油を売りに来ただけなら、さっさと帰ってほしい。俺はこれから弁天町店の閉鎖を黒木たちに伝えなければならないという気の重い仕事が控えているのだと思った。

　喫茶店の女房が傘をさしてコーヒーを持って来た。

「雨のなかをすまんのお」

　と言って代金を払ったとき、事務所の戸口のところに見覚えのある少年が立った。熊吾が梅田の明洋軒にコック見習いとして紹介したシンゾウくんだった。

　熊吾は、シンゾウくんを招き入れ、帰りかけた喫茶店の女房に、

「すまんが、コーヒーを追加じゃ。いや、コーヒーよりもミックスジュースのほうがえ

えのお」

　と言った。

　東尾修造は、笑みを消し、コーヒー茶碗《ぢゃわん》を持ったまま、じつは相談事があって来たのだが、そのために少し時間を作ってくれないかと言った。

「どんな相談事ですかのお」

「私の今後の身の振り方です」

「それなら、いまの私はお役には立ちませんなァ。恥ずかしい事情があって、ハゴロモはいささか不如意《ふにょい》な状況に陥っちょります。相談に乗ってもらいたいのは私のほうでして」

「ハゴロモの噂はちょっと耳に入ってます」

　と背筋を伸ばして姿勢を正すと、東尾は言ったが、そのまま立ちあがってコーヒーを飲んだ。見知らぬ少年がいるところではこれ以上の話はできないと思ったようだった。

　熊吾にとっても、いまは金を用立ててくれる人間以外は必要ではなかった。しかし、東尾修造は元銀行員だ。それも新しく設けられた支店をまかされた支店長だったのだ。何かいい知恵を授けに来てくれたのかもしれないと考えて、

「わしに何か話があって来たのか？」

　とシンゾウくんに訊《き》いた。

明洋軒のご主人が、松坂の大将に近況を報告して、ちゃんと感謝を伝えてくるように言われたので、昼の営業準備の前にと思って訪ねて来たがお忙しそうなのでとシンゾウくんは緊張した口調で言った。

「そうか、それはご丁寧なことじゃ。修業はつらいもんじゃが、つづけていけそうか？」

熊吾の問いに、シンゾウくんは無言で首を縦に振った。

「へこたれそうになったら、わしに逢《あ》いにこい。わしはシンゾウくんを明洋軒に紹介したくせに、姓名を正確には知らんのじゃ。ここに書いていってくれ」

熊吾は自分の手帳をひらき、鉛筆と一緒に渡した。

――瀬口進三《しんぞう》　昭和二十三年二月二十日生まれ　鳥取県出身　父・淑郎《としろう》　母・くみ子の三男――

シンゾウくんは履歴書に記載するように一字一字丁寧に書いて、手帳を熊吾に返し、

「ありがとうございました」

と一礼して帰っていった。

「就職を世話してやったんですか？」

と東尾は訊いた。

「洋食のコックになりたいっちゅうから、梅田の洋食屋に頼んでみたら、すんなりと話

が決まって、六月一日からそこに勤め始めました。松坂板金塗装の近くの食堂に集団就職でやって来たんじゃが……」

熊吾が説明しはじめると、喫茶店の女房がミックスジュースを持って来た。

「あっ、これを忘れちょった。あの子のために出前を頼んだんじゃ」

東尾は笑い、これは私が払うと言って、車のなかで待っている運転手を指さした。喫茶店の女房がミックスジュースを運転手に渡しているのを見ながら、

「松坂板金塗装を儲《もう》かる会社に育てませんか」

と東尾はソファに坐り直してから言った。

「あそこは利益は出ちょらんが、ハゴロモの台所が一時的に火の車になって、その火消しに追われて、つまり商売がなおざりになっちょるんです。ふたつの会社で実際の金儲けに動ける人間は、わしと黒木のふたりだけじゃけん、松坂板金塗装にまで手が廻らんという勿体《もったい》ない状態です」

「それはあまりにも勿体ないですよ。私が手伝わせていただくということはできませんか」

「パブリカ大阪北を辞めて、わしの会社に来るということですか……」

「手ぶらでお世話になろうなんて図々《ずうずう》しいことは考えてません。私が松坂板金塗装をお預かりすれば、工場をいまよりも大きくして、職人も二、三人増やせます。その資金は、

私からの手みやげです。勿論、社長は松坂さんです。私は、自動車の板金塗装という商売はますます需要が増えていくと思います。町工場の家内工業的システムを変えれば、大きなマーケットを占有できるはずだと踏んだんです」

熊吾は煙草に火をつけながら、頼みもしないのにうまい話を持って来た男がここにいると思った。

「京都の商家には昔からこんな言葉があります。『商いとでんぼは大きィなったらつぶれる』。関西弁ででんぼはおできのことです」

熊吾の言葉に笑みを返し、

「私も関西人で、大学は京都でしたから、でんぼがおできのことやってのは知ってますよ」

と言った。そして、銀行を四十八歳で退職して柳田元雄のゴルフ場建設のためにパブリカ大阪北の専務となったいきさつを語った。

「私の勤めてた銀行は五十五歳で定年です。四十六歳で支店長になったんですから、銀行員としては順調に階段をのぼってたことになります。しかし、私は、どうしても銀行という商売が好きになれなかったんです。このまま定年まで好きになれん仕事をつづけるのか。俺の人生はそれでええのか。そんなことを考えてるときに柳田さんからの誘いがありました。その柳田さんが求めた役目を果たしてしまうと、パブリカ大阪北に私の居場所はないということは最初からわかってたんです。私は自動車業界に関しては素人《しろうと》です。さあ、ことし五十歳になって、これからどう生きようか。松坂さん、私に松坂板金塗装という会社を大きくするという新しい役目を与えてくれませんか」

さらにつけくわえるようにそう言って、東尾修造は熊吾を見つめた。

手みやげにどのくらいの金を出せるか、単刀直入に訊きかけて、熊吾は喉元で言葉を抑えた。

「京都には、ちりめん山椒《ざんしょう》だけを売っちょる店があります。鯖《さば》の棒寿司《ずし》だけしか売らん店もある。木綿豆腐一筋の店もある。どれも小さな店です。従業員もせいぜい三人か四人。そんな店が二百年も三百年も暖簾《のれん》を守りつづけてきたんです。わしは、このハゴロモの鷺洲店に中古車を五、六台並べて、小商いに徹しておればよかったと後悔しちょります」

熊吾は、これが俺からの返事だというつもりでそう言った。

腕時計を見て、東尾はズボンのポケットから百円札を数枚出した。コーヒーとミックスジュースの代金を払うつもりらしかった。

熊吾は笑顔で紙幣を押し返し、

「またコーヒーでも飲みに来てください。午前中は、わしがここで店番をやっちょるはずですけん」

近いうちにあらためて時間を作ってくれ。梅田か道頓堀《どうとんぼり》のどこかで酒を酌《く》み交わしながらというのはいかがか。

と言った。

東尾はそう言って、待たせてあった専務専用車の後部座席に乗った。

ハゴロモの弁天町店の閉鎖も、ふたりの若い社員の解雇も告げられないまま五日が過ぎて、松田茂への八十万円の返済期日が迫ってきた。

その五日間で弁天町店に展示してある中古車が三台売れて、とにかく金に替えたい商品があと十二台になると、熊吾はすでに自分のなかでは決定した店の縮小がはたして得策であるのかどうか判断に迷いが生じたのだ。

弁天町店を失《な》くしたら、この十二台はどこへ移すのか。鷺洲店の駐車場は十台並べるのが精一杯で、それを動かすことはできない。

大淀《おおよど》店はハゴロモの看板も上げてはいるが、実質は松坂板金塗装の工場が専有していて、板金修理のために運ばれてきた自動車の置き場に困り、再び近くの路上に駐車せざるを得なくなった。周りの住人たちからの苦情も出始めている。

弁天町店のために借りた土地は大きすぎて家賃も高く、鷺洲店や大淀店からは遠くて不便だが、売り物の中古車を常時二十台近く置いておける安全な土地が簡単に見つかるはずはなかった。

この五日間に、熊吾は福島区、大淀区、此花区《このはな》で空いている土地はないかと探し廻ってみたが、どれも狭すぎるか広すぎるか、もしくは夜は物騒な暗がりとなるところばかりだった。

朝食を終えた熊吾に伸仁が慣れた手つきでインシュリンの注射を打つのを見ていた房《ふさ》江《え》は、体の調子はどうかと訊いた。

熊吾は、伸仁が学校へ行くために駆けだしたのをたしかめてから、玉木則之の使い込みと、それによる現在のハゴロモの苦境をすべて正直に打ち明けた。

「なにか悪いことが起きたんやとは思てたけど……」

と房江は言い、洗い物を片づけた。

こいつ、いやに恬淡《てんたん》としているな。話を聞いたら暗い表情で打ち沈んでしまうとばかり思い、きょうまで黙っていたのに。

熊吾は注射の跡を手で揉《も》みながら、

「弁天町店を閉めようと思うたんじゃが、あそこに置いてある中古車の移し場所がないんじゃ。松田と松田のおふくろさんに借りた八十万円がどうしても工面できん。金策に駆けずり廻って借りた金は、ハゴロモの立て直しのために必要欠くべからざるもんで、みんなそれに使《つこ》うたけんのお」

と言った。

房江は部屋の入り口に立って熊吾の言葉を聞いていたが、桐《きり》の簞笥《たんす》のいちばん下の抽《ひき》斗《だし》をあけ、

「これで松田さんの八十万円のうちの半分は返してしまえる」

と言いながら、銀行通帳と印鑑を卓袱台《ちゃぶだい》に置いた。目には輝きがあって、なにやら得意そうだった。

熊吾は怪訝《けげん》な思いで松坂房江名義の通帳をひらいた。四十二万円と少しが預けてあった。端数《はすう》は利子らしい。

「松坂家の全財産。別の封筒に家計費が入ってるけど、それは千円札が三枚と一万円札が一枚だけ。今月の末に、松田さんにとりあえず半分だけ返したら、あとの半分はしばらく待ってくれはるやろ？」

「お前、この金はどうしたんじゃ」

「毎月貰《もら》う生活費とモータープールからのお給料の一部をこつこつとへそくりしてきてん」

「へそくりでこんなに貯《た》まるのか？」

「私、預金の名人やねん」

房江はエプロンを外し、松坂房江名義なのだから、本人が銀行に行くほうがいいだろ

う言い、買い物籠を持って部屋から出て行った。

熊吾は、しばらく卓袱台に肘《ひじ》をついて煙草を吸っていたが、手帳をひろげて現在のハゴロモと松坂板金塗装の銀行口座にある金を計算した。どちらも、以前と同じように会社を運営していくには少し足りない。もう金を借りられる相手はいない。やはり弁天町店を閉めてしまうべきだ。松坂板金塗装をもっと儲かる会社にするには、職人があと三人は必要だ。大村兄弟ふたりでは受注能力に限界がある。どちらの会社も給料日が迫っている。

自分で書いた数字を見ているうちに、熊吾はなにもかも放り出したくなった。玉木則之に横領された二百三十万円強の金が、ハゴロモにとってどれほど巨額なものだったかをあらためて己の横着さと重ねて悔いた。

房江のへそくりを、天から降って来た突然の恵みのようにありがたく感じた。よし、ハゴロモの商売を守ろう。そのためには弁天町店の自動車置き場は、他にもっと家賃の安いところがみつかるまでは借りておこう。松坂板金塗装を閉めるのだ。俺と黒木博光のふたりだけでは手が廻らない。もともとあの会社は、ハゴロモのために作った会社だ。

傷や凹《へこ》みのある中古車をどうしても仕入れなければならないなら、それを他の板金塗装屋で修理してもらえばいい。ハゴロモにとっていまや無用となった板金塗装工場を金の生《な》る木として保持しつづけるのは主客転倒だ。金が生るように育てる余裕がいまはないのだから、潔《いさぎよ》く手放すことだ。

熊吾はそう決めてしまったが、黒木にいちおう相談すべきだと思い、シンエー・モータープールの事務所へ行き、電話を借りた。

弁天町店にいた黒木に、電話では話せないので鷺洲店にすぐに来てくれと伝え、熊吾は十円玉を岡松浩一《こういち》に渡した。

「長いあいだお世話になりましたが、私はきょうでこのシンエー・モータープールを退職させていただくことになりました」

と岡松は言った。

「それはまた突然ですな」

朝の忙しい時間が一段落して、モータープール内で動いている車はなかったし、田岡《たおか》勝己《かつみ》の姿も見あたらなかったので、熊吾は長椅子《いす》に坐った。

「私はきょう五十五歳になりました。信用金庫に勤めていても、きょうで定年です。私のいた信金は、五十五歳の誕生日が正式な定年の日でして」

岡松浩一は、初めて親しげな笑顔を熊吾に向け、松坂さんはお幾つかと訊いた。

「六十六です。しかし、息子がまだ十六ですけん、私はまだまだ働かにゃあいけません」

と熊吾は言った。

「パブリカ大阪北の東尾さんも六月三十日付で退職されるそうです」

その岡松の言葉には、柳田元雄がゴルフ場経営に完全に主軸を移したことを松坂熊吾は知っているであろうという含みがあった。

つまり、柳田元雄は用済みの人間を無情に切ったということかと熊吾は理解した。

房江が戻って来たので、熊吾は立ち上がって岡松に別れの挨拶をした。

「どうかお元気で。当分はのんびりとなさることですな」

そして、階段の昇り口で待っている房江のところに行き、そんな大金を持ってうろうろできないから、お前がしばらく保管しておいてくれと言い、熊吾はハゴロモの鷺洲店めざして歩きだした。少しの時間、博美のアパートに寄り、商売の状況を説明して、お互い無関係な間柄になろうと伝えるつもりだったが、うしろを振り返ると房江がモータープールの正門の前に立ってこちらを見ていた。

熊吾は、いま事務的に別れ話を切り出して、さっさと終わってしまいたかったが、房江が見ているのに細い路地へと曲がるわけにはいかず、そのまま鷺洲店へと向かうしかなかった。

黒木博光は、先月の初旬に博多で仕入れてきてまだ売れていない日産ブルーバードに乗って鷺洲店に着いていた。さっきまで事務所にいた神田三郎は大淀の板金工場に戻ったという。

熊吾はすぐにさっき自分が決めたことを黒木に話したあと、五日前の東尾修造が持ちかけてきた相談事も語って聞かせて、

「東尾は今月末でパブリカ大阪北を退社するそうじゃ。五日前にはもう決まっちょったんじゃな」

と言った。

「元銀行さんに自動車の板金屋なんかできまっかいな。会社へ来ても、修理したがってる車を松坂板金塗装で取ってくる仕事がでけへんかったら、ただ事務所で坐ってるだけでっせ。どのくらいの手みやげを持ってこれるのかわかりませんけど、共同経営者におさまられて、高給を取られるようになったら、のちのち高うつきます」

「高給を払えるようになりゃあ結構じゃがのお」

熊吾は笑って言い、机の抽斗から大阪市の大きな地図を出した。東尾からの申し出に対する結論を示したつもりだった。

地図には七ヵ所に赤い印がつけてある。この五日間で熊吾が調べた土地だった。どこも弁天町店の代わりにはならない立地条件だったが、ひとつだけ気になる土地があったのだ。

熊吾は、数年前に頓挫《とんざ》した関西中古車業連合会のことを黒木に説明した。

「あのとき賛同して金を出してくれた連中だけが、いまでもつきあいがある。河内《かわち》モーターの河内佳男《よしお》、新大阪モーターの阿部久治《あべひさはる》、辻原《つじはら》自動車センターの辻原和重《かずしげ》、ダテ自動車販売の伊達恭二《だてきょうじ》、カシマオートの鹿島憲太《かしまけんた》……。みんな戦前から堅い商いをつづけてきた中古車の部品屋で、数年ほど前に中古車の売買も手がけるようになった。しかし、辻原さんとこ以外は、中古車部品が七、中古車売買が三くらいの割合じゃ。売る車にしても、解体する車にしても、どこも置き場に困っちょる」

熊吾は、地図の左側につけた丸印を指さした。此花区の千鳥橋の近くにある工場跡だった。

「戦前戦中は電線メーカーの大阪第二工場じゃった。ここはハゴロモにはでかすぎる。工場はいまも取り壊さずに残っちょるが、車を置ける場所は千坪ほどある。五年ほど前に操業を停止して売りに出したが、まったく買い手があらわれん」

「なんでです？　工場の建物も入れたら二千坪以上ですやろ？」

と黒木は訊いた。

「お前、夜にいっぺんここへ行ってみい。なんでこの二千二百坪の土地に買い手があらわれんかったかがわかるぞ。ここにはいつのころからか十数匹の野良犬《のら》が棲《す》みついちょる。なかには子馬ほどの大きさのもおるんじゃ。わしはおととい、車を運転して行ってみたが、恐しいて外へは出られんかった。工場へ行くにはこの小さな橋を曲がってドブ川沿いの一本道しかないんじゃが、街灯はひとつもない。鼻をつままれてもわからんほどの真っ暗闇《くらやみ》じゃ。しかし、借地代は安い。ほとんどただみたいなもんじゃ。ここを、ハゴロモ、河内モーター、新大阪モーター、辻原自動車センター、ダテ自動車販売、カシマオートの六社で使う。借りるのはハゴロモで、他の五社からは賃貸料を取る」

「松坂板金塗装の商売を辞めて、借地の斡旋《あっせん》業で儲けようというんですか？　そんなこと、いつ考えつきはったんです？」

「さっき、モータープールからここまで歩いて来るあいだに思いついたんじゃ。広すぎてかえって使い道に困っちょる土地は、ここもここもじゃ」

熊吾が指で示した丸印は、みな淀川と安治川《あじがわ》に挟まれて広大な中州状になっている大阪湾の近くで、空襲による爆撃の被害が大きかった地域だった。

なんだか納得のいかないような表情で腕組みをして考え込んでいる黒木に熊吾は言った。

「借地の斡旋業者になろうっちゅうんやあらせんぞ。人から借りた土地を自分の商売に使うて、他の連中からは借地料を貰うっちゅうことじゃ。ついでにちょっとだけ儲けさせてもらうんじゃが、月々決まった金が、意外にまとまって入りそうな気がする。なによりも元手も人手も要らん」

「そやけど、河内さんや阿部さんたちが賛同して、中古車を何十台も置くようになってから、この土地が売れたらどうします？　電線メーカーは売りたがってるんやから、こっちの都合なんかおかまいなしにすぐ出て行ってくれっちゅうことになりませんか？　そうなったらお手あげでっせ」

「いや、この土地はもう売らんのじゃ。電線メーカーの担当者は、五年間は使ってくれてもええと保証しよった。使うてないというても毎年固定資産税は払わにゃいけん。そのぶんさえ賃貸料が入りゃあええ。月々の借地料は、その毎年の固定資産税を十二で割った金額じゃ。電線メーカーは、いま尼崎港の近くに建てた工場で電線を作っちょる。材料も船で届く。完成した電線のほとんども船で全国に出荷する。工場が港に近いっちゅう条件は外せんのじゃ。たぶん、五年くらいあとに、ここに最新技術の新しい工場を造る計画に切り替えたんじゃろう」

黒木はまたしばらく考え込み、

「関西中古車業連合会の件は、社長のお考えどおりにしますけど、松坂板金塗装の廃業はあまりにも惜しいです。起業時にかなりの金をかけてますからねェ」

と言った。

熊吾も、惜しいという気持ちは捨て切れなかったが、板金塗装会社が職人の腕と数だけで成り立っていて、所詮《しょせん》は家内手工業の域を出るものではないという己の判断は揺るがなかった。

五日前に、東尾修造にはからずも言ったことは正しいという思いは、モータープールから八ゴロモの鷺洲店へと歩いている道すがら、さらに強くなっていた。

「それなら、東尾に会社ごと売ってしまうか」

熊吾は冗談めかして口にしたのだが、黒木は自分の顎《あご》のあたりを撫《な》でさすりながら、

「東尾さんに私から持ちかけてみましょうか。元銀行さんに、板金塗装屋ができるとは思えませんが、頭のええ人らしいから、なにか新しい絵を描いてるのかもしれません。そうでなかったら、社長に自分を売り込みに来たりはせんでしょう。手みやげ付きやとまで言うてるんですから本気です。もっとちゃんと話を聞いてみてもええと思います」

と言った。

「職人を使うのは難しい。親方も職人でないとその会社はやっていけん。わしは車体の小さな凹みも直せんのじゃ。大村兄弟にはいろんな板金屋から誘いがある。うちよりも高い給料を出すところから口がかかったら、きょうにでも辞めよるじゃろう」

熊吾はそう言いながら、神田三郎に電話をかけて、俺も黒木も出かけるからすぐに鷺洲店に来てくれと伝えた。

パブリカ大阪北へ行き、東尾が時間を取ってくれるような話をしてくると言って、いったん車の運転席に坐った黒木は事務所に戻って来ると、

「ゴルフ場の運営会社は『柳田興産株式会社』っちゅう社名やそうです」

と言った。

その新しい会社の常務取締役に内定していた東尾修造が、なぜ辞めるのだろう。柳田社長と意見が合わないことがあったとしても、大手銀行の支店長職を捨ててまでゴルフ場建設に力を貸してきていたのに……。

合点がいかないといった表情でそうつぶやき、黒木は事務所の椅子に坐り直した。

「のお、黒木、お前はずっと中古車の世界で生きてきたんじゃ。わしも、若いころから自動車の中古部品を中国に輸出する商売を営んできて、いまは中古車販売業をしちょる。おんなじ自動車の中古部品を扱うというても、販売業と修理業とは別の畑じゃ。まったく違う職種じゃと考えたほうがええんじゃ。『餅《もち》は餅屋』っちゅう言葉は、おんなじ材料を使うからと餅屋がせんべいを焼いてもうまくいかんぞっちゅう意味でもあるんじゃ。松坂板金塗装っちゅう会社は、きれいさっぱり見切りをつけたほうがええ。どんな博打《ばくち》も、損を取り返そうとしたときから泥沼にはまっていくんじゃ。わしとふたりで、中古車の小商いに戻って、ええ中古車を仕入れてくることに専念せえ。松坂板金塗装を立ち上げるときに使うた金をちょっとでも取り返そうなんて思うな」

神田三郎が自転車でやって来たので、熊吾はそこで喋《しゃべ》るのをやめた。

此花区の電線工場跡地の使い道について閃《ひら》めいたのは、シンエー・モータープールからハゴロモの鷺洲店へと歩いている最中で、そのときは単なる思いつきにすぎなかったのだが、黒木に話しているうちに、熊吾はこれは名案ではないのかと思い始めていた。いったんは頓挫《とんざ》した関西中古車業連合会を復活させる格好の大義名分になるし、河内モーター等の社長たちにとっても中古車販売業を組織化する道筋がつく。彼等は長年、中古車部品の専門家として経験を積み重ねて、その世界には通暁《つうぎょう》している。しかし、その中古車部品の販売業が、もう先の見込みがないことは明らかなのだ。部品業に見切りをつけて、長い将来までも需要がある中古車販売へと舵《かじ》を切るためには、その商売の内情を知悉《ちしつ》した者によって組織化されたグループに加わることが望ましい。

追いつめられつつある一匹狼《おおかみ》のエアー・ブローカーたちは、さらに悪辣《あくらつ》な商売へと走っていくであろうから、ついに関西中古車業連合会が世に受け入れられる時代が来たといっても過言ではないのだ。

熊吾は、土地を借りるのは、信頼できる仲間の同意を得てからだと考えて、売り物として並べてある中古車のうちの一台をすぐに使えるようにしろと神田に言った。

神田は、一九六一年型の日産ブルーバードにバッテリーを載せ、

「ガソリンは三リッターくらいしか入ってません」

と言って、熊吾にキーを渡した。

「私は、東尾さんの腹の内を、もうちょっと具体的に知りたいんですが」

その黒木の言葉で、熊吾は、なぜそんなに松坂板金塗装に執着するのかと思ったが、たしかにいまはたいした利益はあげていないにしても、起業時に使った資金を考えると惜しくなるのも当然であろうという気がした。

ブルーバードのエンジンをかけ、熊吾は黒木を呼んだ。

「松坂板金塗装を自分でどうにかしてみたいのか？」

熊吾の問いに少し言い澱《よど》んでいたが、

「中古車を仕入れるために、私がえっちらおっちら歩きつづけられるのも、あと二、三年ほどやないかっちゅう気がしてきまして」

と黒木は言った。

「それが自分の天職のような気がするっちゅうてからそんなに月日はたっちょらんぞ」

「私が汗水垂らして仕入れてきた中古車が、玉木の馬券にごっそりと使われてたってわかったとき、私のなかから何かが抜けていってしまいよりまして……」

熊吾は、黒木博光という人間の弱さを見た気がしたが、

「東尾の本音を探ってみてもええが、金だけ出すから松坂板金塗装での利益をいまの五倍にせえなんてうまい話を持ってくるはずはないぞ」

と言い、車を発進させた。

河内モーターの河内佳男は、熊吾の持ちかけた話にすぐに乗った。熊吾と話をしなが

ら、ダテ自動車販売の伊達恭二とカシマオートの鹿島憲太に電話をかけ、内容をかいつまんで話したあと、

「昼の二時に市電の千鳥橋の停留所で待ち合わせました」

と河内佳男は熊吾に言った。辻原自動車センターの辻原和重は叔父の葬儀で奈良へ行っているし、新大阪モーターの阿部久治はゴルフだという。

「阿部さんもゴルフを始めたのか？」

「毎晩、練習に行ってまっせ。そのうちの二日ほどは二号さんのとこですけど」

「あいつとあの二号さんとも長いのお」

「もう腐れ縁ですなァ。戦後すぐからで、かれこれ十八年つづいてます」

きのう五十五歳になったという河内佳男は、頑丈な造りの回転椅子に坐《すわ》り、熊吾とは戦前からの顔馴染《なじみ》である女事務員にコーヒーの出前を頼んだ。

店の斜め向かいにある喫茶店に宇波聖子《うなみせいこ》という五十歳の事務員が行ってしまうと、熊吾はそのうしろ姿を窓ガラス越しに見ながら、

「宇波さんは、いつまでも若いのお。ここに勤めるようになったのが昭和十五年じゃから、そのころは二十七、八っちゅうとこかのお。三人目の子がお腹《なか》に入っちょった。ご亭主がフィリピン群島のどこかで戦死したのは昭和二十年の春ごろじゃ。河内モーターのお陰で、あの人は三人の息子を育てあげることができた」

と言い、河内佳男が坐っている椅子に視線を移した。佳男の伯父の河内善助が河内モーターを開業したときに、祝いとして熊吾が贈った革張りの回転椅子だった。

「宇波さんは、帳簿のことどころか、自動車部品のことも生き字引でっせ」

「ベアリングに関しては博士号をあげてもええくらいじゃ」

「ほんまに、いつのまにあんなに勉強しはったんやろ。そやから、中古車部品の商いが大幅に減って、河内モーターが中古車販売に主軸を置くことになるのが我慢ならんみたいで」

「あと五年じゃのお。五年後には、中古車部品屋はどこも廃業じゃ。新品の部品のほうが安う買えるようになる。ヨシさん、わしは八卦見《はっけみ》やあらせんが、この読みだけは外れんぞ」

と熊吾は言い、電線メーカーの尼崎工場に電話をかけて、きょうの二時過ぎに千鳥橋へ行くがご都合はいかがと訊いた。担当者は了承し、そのころ自分も千鳥橋工場の跡地へ行っていると言った。

「ヨシさんらが本気で動きだしたら、あと十五社くらいが便乗してくるじゃろう。そのときに関西中古車業連合会の法人登録をして旗揚げじゃ。大阪で初めての大型中古車センターの登場っちゅうことになる。これは話題になるし、人気も呼ぶ。連合会の経営システムを厳密に定めるために、みんなの意見をまとめにゃあいけんのお」

熊吾はそう言ってから、よし、明かりが見えた、もうひと頑張り、ふた頑張りしてもやりとげるぞと思った。

河内モータたち一店一店の中古車販売は、いまはまだそれぞれが小商いだ。その小商いが関西中古車業連合会によってまとまれば、いわば小型のグループ企業となる。河内のヨシさんたちは、このグループを礎《いしずえ》として中古車業界に新たに参入して商売を展開できるようになる。そして、俺はそのグループから少々のあがりを貰う。

熊吾は、さっそく今夜にも関西中古車業連合会の会則やら経営システムの草案に着手しようと決めた。

宇波聖子がふたり分のコーヒーを自分で盆に載せて持って来た。

「出前っちゅうから、喫茶店の誰かが持って来るのかと思うたら、宇波さんがその役をしてくれたか。すまんのお。それとわかっちょったら、わしとヨシさんが喫茶店へ行きゃあよかったんじゃ。歩いて二十秒もかからんのに」

熊吾は笑いながら言い、いささか太りすぎではないかと思える宇波聖子の、外股《そとまた》の歩き方を見た。

「あそこの奥さん、予定日から二週間が過ぎて、いまにも破裂しそうなお腹ですねん」

と宇波聖子は言い、柱時計に目をやって弁当箱を出した。

「あれっ？　もうそんな時間か？　それやったら、コーヒーなんか頼まんと、そこの中華料理屋からチャーハンとギョーザを取ったらよかったなァ。松坂の大将、昼飯はどうしはります？　ひと月ほど前に開店しよったんですけど、ギョーザっちゅうのがうまいんです」

河内に勧められて、熊吾はコーヒーに砂糖を入れかけたのをやめた。

「ギョーザ？　日本の中華料理屋でもギョーザを作るようになったのか？　中国じゃあれは何かの祝い事のとき、夜に食うもんじゃぞ。大きなセイロで蒸すけん、五つや六つだけ作るっちゅうことはせんはずじゃが」

「大将の知ってはるギョーザってのは、どんなギョーザです？」

と河内は訊いた。

「白菜、ニラ、鶏肉《とりにく》と豚肉の刻んだのを、ぶ厚いギョーザの皮で包んで蒸すんじゃ。上海《シャンハイ》の屋台でよう食うたが、中国の伝統的な家庭料理じゃ。蒸し餃子《ギョーザ》っちゅう料理じゃ」

「へえ、油で焼くんやおまへんのか？　そこの中華料理屋のは、皮を狐色《きつねいろ》に焼いたのを、ゴマ油と酢と醬油《しょうゆ》を合わせたタレで食うんです」

「焼いたギョーザなんて、わしは上海におったころ一回も見たことはないがのお」

それならば、コーヒーは食後に取っておいて、チャーハンとギョーザを出前で頼もうと言い、河内は中華料理屋に電話をかけた。

コーヒーは飲むときに温めようと宇波聖子は別の机の上に移した。

出前の品が届くまでに、河内は三人の知己に電話をかけ、関西中古車業連合会が復活するが一緒にやらないかと持ちかけた。

そのうちのひとりは気乗りのしない様子だったが、ふたりは河内モーターが参加するならやってみてもいいという反応を示した。

とにかく、仕入れた中古車の置き場を確保できるだけでもありがたいらしい。そのうえ場所は此花区の千鳥橋で交通の便もいいのだ。この大正区三軒家の河内モーターからは自動車で十五分ほどだろうし、浪速《なにわ》区大国《だいこく》町の新大阪モーターからは、道が混んでいても三十分ほどだ。

もし考え方の合わない連中が関西中古車業連合会への参加を拒否しても十社は集められる。その十社がそれぞれ十台ずつ中古車を展示すれば、常時百台が並ぶ。大阪中古車センターと銘打っても看板倒れにはならない。

熊吾はそう計算し、頭のなかでさまざまな絵を描き始めた。

ギョーザとチャーハンが届き、熊吾はそれを食べたが、あまりうまいとは思えなかった。上海で蒸し餃子を食べ慣れた舌には、焼いたギョーザは脂《あぶら》っこくてニンニク臭かった。

「どうです？」

と河内が訊いた。

「ニラなんか入っちょらんぞ。その代わりに刻んだニンニクを入れちょる」

「ニラは高いんです。そやから、こないだからニラを使うのをやめて、ニンニクにしはったんです」

と宇波聖子は言った。

「原価を少のうするために邪道に走りよったんじゃ。日本ではニラは手に入りにくいしのお」

熊吾の言葉に首をかしげ、

「私にはこっちのほうがうまいけどなァ」

と河内は言った。

熊吾の運転するブルーバードを先導として、河内佳男、伊達恭二、鹿島憲太の自動車は市電の千鳥橋の停留所から小さな橋を渡ってすぐに川沿いの道に入った。

地図を見ても川の名前はなく、どっちに流れているのかも見分けられない汚水の溜《た》まり場としか思えなくて、まだ六月中旬というのに川面《かわも》にはメタンガスが大量の泡となって浮かんでいた。

市電の停留所周辺には商店街や学校もあり、民家がひしめいてにぎやかだったが、工場跡に近づくにつれて街の音は消えてしまった。

かつての門柱だけ残っていて、門扉《もんぴ》も、それに代わる柵《さく》もない入り口から工場跡地へと入ると、割れたコンクリート敷きの敷地に寝そべっていた十数匹の野良犬は、廃屋と化した工場の建物の向こうに逃げていった。

木で作った大きな糸巻状のものが、敷地の三分の一にわたって積みあげられ、電線用の絶縁体と思えるゴムともビニールともつかない黒い破片も大量に散乱している。

これを片づけるのは厄介な作業だが、ここを棲処《すみか》としてしまった野良犬たちを追い払ってしまうにはどうすればいいのか。所轄《しょかつ》の保健所に直談判《じかだんぱん》しなければなるまい。

熊吾はそう考えながら、四方に目を配って自動車から降りた。あちこちに腹をすかせた野良犬たちの視線を感じた。

河内たちも自動車から降りたが、落ちている長い木を拾って、用心深く身構えた。

「松坂さん、いまの野良犬は何ですねん？　どれもこれも狂犬でっせ。ここはほんまに大阪の市内でっか？　ぼくら以外に人の姿はおまへんで」

ダテ自動車販売の伊達恭二は、片方の手に釘《くぎ》が突き出ている棒を、もう片方の手に石を持ち、肉づきのいい丸顔をこわばらせて言った。

「狂犬かどうかはわからんが、野良犬を捕る専門家に頼んで始末せんことには、誰もここに近づけんのお。川沿いの道を誰も歩かんのは、あの野良犬に襲われるのが怖いんじやろう。みんな遠廻りをしても、この川沿いを歩かんようにしとるのかのお」

熊吾は言って、立ったまま煙草《たばこ》を吸った。

「借りられるのは、どこからどこまでです？」

といちばん若いカシマオートの鹿島憲太が訊いた。戦死した鹿島の父は、戦前の一時期、松坂商会で働いていたのだ。

東側に何棟も並んでいる工場を指差し、

「あそこから西側の全部じゃ」

と熊吾は言って、足元に落ちている石を握った。いったん建物の向こうに隠れた野良犬たちが姿をあらわしたのだが、そこからは近づこうとはしなかった。何匹かが威嚇《いかく》するように牙《きば》をむいていた。

「なんともいえん寂しいとこですなァ。人がおらんからというだけの寂しさやおまへんでェ。このへんは埋立て地でっか？」

と河内は訊いた。

「市電が走っちょるところからこっち側は埋立て地やあらせん。その向こう側から淀川の海に近いところは、ほとんど埋立て地やないかと思うが、埋めたのは最近のことやあらせんじゃろう。いずれにしても、ここを借りるとなったら、野良犬の始末だけは必ずやるけん心配するな。誰か散弾銃を調達してきてくれ。なんならわしが一匹残らず撃ち殺してもええがのお。そのほうが手っ取り早いじゃろう」

三人は無言で熊吾を見つめた。

こいつら、俺がほんまにやりかねんと思うちょるみたいじゃと感じて、熊吾は笑いながら野良犬たちに石を投げた。石は、はるか手前で落ちた。

電線メーカーの社名を車体に大きく書いたライトバンがやって来た。男が五人乗っていた。そのうちの三人は、野球のバット、金属製の熊手《くまで》、先の尖《とが》った竹竿《たけざお》を持っていた。

数日前に話をした担当者は、ライトバンから降りるなり野良犬の群れを指差し、

「来るたびに増えてます。塀のあっちこっちに穴があいてまして、そこから出入りしよるんです。工場のなかで子供を産みますから増える一方で」

と言った。

「保健所は犬を捕りに来てくれへんのですか？」

と伊達は訊いた。

四十になるかならないかの、度の強い眼鏡をかけた担当者は、もしここを使うと決まったら、この男に犬の始末を直接頼んでくれと言って、熊吾に名刺を渡した。

「サクラ会　副理事長　丹下《たんげ》甲治《こうじ》」という文字が印刷されてあって、サクラ会なるものの事務所の住所と電話番号は名刺の裏に鉛筆で書かれていた。

雨はやんでいたが、あちこちに水溜まりができていて、担当者はそれを避けて敷地の

北側へと歩いて行くと、熊吾を手招きした。他の者には聞かれたくない話があるのだと察して、熊吾は釘の先が突き出ている板や棒きれを踏まないよう注意しながら担当者の近くへ行った。

「もし我が社と松坂さんの条件が折り合えたら、賃貸契約を交わします。その段階ですぐにもここをお使い下さって結構ですが、とりあえず五年契約ということにさせていただきます。五年が過ぎたら、次からは一年ごとの契約更新にさせていただきます。それでよろしければ、あしたの夕方には契約書を二通用意しておきます」

と担当者は小声で言った。

「五年後には、この土地に何かの動きがありそうやっちゅうことですか」

熊吾は、余計な言葉をいっさい口にしない担当者に好感を抱いて、そう訊いてみた。

「その可能性が高くなったというだけで、まだ決まったわけではありません。ただ我が社にとっても、松坂さんがこの土地を商売で使うにしても、サクラ会の丹下さんを味方にしておくことは大事やと思うんです。私は七月一日付で名古屋に転勤になります。この土地の使い道については、私が担当になって五年間苦労してきました。会社には宝の持ち腐れにさせたまま転勤して行きとうはないので、私が尼崎工場にいるあいだに松坂さんと賃貸契約を結びたいんです。上司や役員の承諾も得ました。借地料は先日お話しした額で結構ですが、そこにはサクラ会の丹下さんと気心をかよわせていただくことへのお礼も含まれてるとご理解下さい」

熊吾は首をかしげて、あえて不審気な表情で担当者を見つめた。担当者は、熊吾が持ったままの名刺を返してくれるよう促し、

「私は、松坂さんなら、この人を味方につけられるという気がしたんです。第六感というやつでしょうね。これまで我が社でこの人と親しくなれた者はひとりもいません」

面倒な下心を持ってくれたものだなと半ばあきれながら、

「ヤクザと仲良うせにゃあいけんのなら、私は別の土地を探しますが……」

と熊吾は言った。

「丹下さんはヤクザではありません。この工場の周辺に住む青年たちが暴力団の世界に入って行くのを阻止しつづけてきたんです」

「サクラ会っちゅうのは、何の会です？」

「丹下さんと逢《あ》って、直接訊《き》いてみてください」

担当者は、この名刺は自分が持っておきたいので、住所や電話番号などは手帳にでも書き写してくれと言った。熊吾はそうした。

「向こうも何かの工場ですか？」

と河内が指差しながら大声で訊いた。

電線工場の南側はパルプ工場、その東側は段ボールメーカーの工場で、どちらも操業

している。三つの工場を合わせると約五千坪だ。

段ボール工場と道を隔てて民家がひしめく地域がある。戸数六百ほど。このあたりは海に近いので空襲の被害は広範囲にわたった。この電線工場も半分が焼失したが、戦後に建て替えたのだ。

バットを持った五十代の男がそう説明した。

「すぐそこに六百戸も民家があるっちゅうのに人気《ひとけ》がありまへんなァ。子供の声ひとつ聞こえてけえへん」

伊達の言葉に何も応じ返さず、電線メーカーの五人の社員は帰って行った。

「あした、契約を交わすが、あんたらに異存はないか？」

と熊吾は三人に念を押した。

野良犬たちがいなくなれば、ここでいい。とにかく交通の便がいいし、借地料も安い。

三人は顔を見合わせてそう言った。

「あんたらが月々払う借地料からわしが少々ピンハネするが、それは大目に見てくれよ」

「手数料と言いなはれ」

伊達は笑いながら言って、帰って行った。

こいつらとの仕事は早い。余計な説明も交渉も要らん。阿吽《あうん》の呼吸で決まっていくのだ。

　熊吾はブルーバードのエンジンをかけ、さて、丹下甲治に逢うのが先か、松田茂に借りた金の半分を返すのが先かと考えた。

　いや、気は重いが、博美に別れ話をするのが先だ。まず肩の荷を降ろしてしまおう。

　熊吾はそう決めてハゴロモの鷺洲店へ戻った。留守のあいだに中古車が一台売れていた。

　此花区の千鳥橋に土地を借りることになったいきさつを神田三郎に話して聞かせて、数年前に断念するしかなかった関西中古車業連合会の骨子を説明してから、

「あしたの夕方には、弁天町店の中古車を半分、あさって中に残りの半分を千鳥橋に移すぞ」

　と熊吾は言った。

「一回で三台。もう一台は、運転手が千鳥橋から弁天町へ帰るために必要です。往復四十分として、九台の中古車を移すのに最低でも二時間かかります。いま弁天町には十二台あります。なにやかやで三日はかかると思て下さい。その間、この鷺洲店には誰もおらんようになります。どの中古車からもバッテリーを降ろしますよね？　そのバッテリーを安全に保管できる場所はありますか？」

「うん、それもそうじゃのお。お前、いまから千鳥橋へ行って、バッテリーの保管場所

を決めてきてくれ。野良犬の群れから身を守れそうなものを持って行け」

熊吾がメモ用紙に地図を書きかけると、

「野良犬の群れ？　そんなもんがいてるんですか？」

と驚き顔で神田は訊いた。

「おるおる。腹をすかせた狂犬が十数匹。ボス格のは子馬ほどのでかさじゃ。そいつはきょうは姿をあらわさんかったが、どこかでわしらの値踏みをしちょったことじゃろう」

いつもはすぐに赤くなる神田の顔から血の気が引き、熊吾の言葉の真偽を確かめるように細い目を注いできた。

「私は、とくに野良犬は苦手ですねん。子供のころ、恐しい目に遭《お》うたことがあるんです。いまでもときどき夢に出てくるほどで」

神田三郎は言って、熊吾が書いた地図を半分に折り、それを開襟《かいきん》シャツの胸ポケットに入れて事務所から出て行きかけた。

熊吾はそれを止めて、

「きょうでのうてもええ。ひとりであそこへ行くのは、やっぱり危ない」

と言った。

黒木が帰って来るのを小一時間待ったが、電話もかかってこないので、熊吾はハゴロモの鷺洲店から聖天通り商店街の前まで行き、まだ工事中の国鉄環状線の高架の下から入り組んだ路地へ入った。

工具メーカーの倉庫の前から、人ひとりがやっと通れるアパートと木造民家の隙間《すきま》を抜けて、森井博美の住むアパートの階段を、あたりを窺《うかが》いながらのぼった。この外づけの鉄の階段を、こそ泥のようにのぼるのもきょうが最後だと思うと、もうそれだけで肩の荷が軽くなった気がした。

博美は笑顔で熊吾を迎え、市電の玉川町三丁目の停留所から少し北へ入ったところにアパートがあって、そこの二階の部屋があいたと言った。

熊吾は卓袱台の前にあぐらをかいて坐り、博美に事情を話して、

「わしができることは、もうない。きょうで終わるぞ。わしはここから出たら、二度と顔を見せんけん、お前は自分で生きていってくれ」

と言った。

背を向けて茶を淹《い》れながら、小さく頷《うなず》いてから、沼津さんが脳卒中で倒れたのだと言った。

「沼津？　誰じゃ？」

「私が働いてた聖天通りの小料理屋の……」

「ああ、あのばあさんか」

「軽い脳卒中やったから、なんとか喋れるねん。私に、あの店をやってみいひんかって」

「お前に、客から代金を取れるような料理が作れるとは思えんのお。店を買う金はどうするんじゃ。わしにはもうそんな甲斐性《かいしよう》はないぞ」

「店を買《こ》うてくれっていう話やないねん。あそこは借家で、沼津さんは一階を店に、二階を住まいにしてきたんやけど、階段が急やから、出入橋の近くに平屋の家を借りた矢先やってん」

「脳卒中なら、もう歩けんじゃろう」

「怪我《けが》をして痛むほうの脚がマヒしてるから、このままマヒが残っても、前とたいした変わりはないねん。私があの店をつづける代わりに、退院後の沼津さんの身の廻りの世話をするっていうことで大方の話は決まってん。お父ちゃんに相談せんと決めてしもたのは申し訳ないけど、悪い話どころか、降って湧《わ》いたようなええ話やったから」

「お前があの店をやるようになったら、赤井も戻って来かねんぞ」

急須《きゆうす》と湯吞《ゆの》み茶碗《ぢやわん》を卓袱台に置き、

「赤井は名古屋に逃げたそうやねん。なにか他のことで逃げるしかなくなったんやて」

「なんでお前がそんなことを知っちょるんじゃ」

「倒れる二日前に、あの店に刑事が来たそうやねん。刑事が追ってるのは赤井やないねんけど、暴力団同士の揉《も》め事で赤井は仲間内では厄介者になってしもたみたいやって、沼津さんは言うてはった。赤井はいま生きた心地がせんやろって。あの世界では、組織から疎《うと》まれたらおしまいや。警察に追われるよりもはるかに恐ろしいわ。あいつ、大阪に舞い戻れるかどうかどころやないねん」

顔に大火傷《おおやけど》を負って以来、熊吾が博美の表情にこれほどの明るさと精気が浮かんでいるのを目にするのは初めてだった。

「ほんまに降って湧いたようなええ話じゃが、食べ物商売は難しいぞ。それに、あの沼津っちゅうばあさんも善人とはいえん。お前がおらんと困るっちゅう確かな保険をかけちょけよ。その日その日の気分次第でいつ放り出されるかわからん立場に身を置かんことじゃ」

と言い、熊吾はさっき卓袱台《ちゃぶだい》に置いたばかりの煙草の箱とマッチを背広のポケットに戻した。

「そのためには、どうしたらええのん？」

と博美は訊いた。

「この女以外に替わりはおらんと思い知らせてやるんじゃ。身の廻りの世話でも商売でもじゃ。お前もあの店をやるとなったら、もうこれ以外に生きる道はないと心を定《き》めるんじゃぞ」

「そのためにはどうしたらええのん？」

「自分で考えるんじゃ。お前が脳卒中で倒れた身寄りのない、しかし小金を持っちょるばあさんの立場になって考えてみい。そしたら、おのずと知恵が湧いてくる」

熊吾は立ちあがり、靴を履いた。

「ほんまにこれでお別れ？　元気で暮らせのひとこともなし？　それやったら、私、引っ越さんでもええやんか」

そう言って熊吾を見つめている博美のすねたような顔には笑みも隠れていた。

「引っ越してくれにゃあ困る。ここはなァ、シンエー・モータープールからあまりにも近すぎるんじゃ」

熊吾は財布から千円札を五枚出し、

「これは手切れ金と引っ越し代じゃ。元気で暮らせよ」

と言った。

博美は火傷の跡を隠すようにゆっくりと顔だけ右に回しながら声をたてずに笑った。

熊吾は、沼津というばあさんが脳卒中で入院していることをどうやって知ったのかと訊いた。

新聞配達の少年が夕刊を配っていて、店のなかで倒れていた沼津さんを見つけた。意識はあったが自力では起きあがれなくなっていたので救急車を呼んだ。その少年の姉さんは、私と同じ学校で洋裁を習っていて顔馴染なのだ。

博美はそう説明した。

「そうか、洋裁学校ももう行く必要はないのぉ」

熊吾は階段を降り、国道二号線への路地を歩きだした。アパートの二階をいちどだけ振り返った。


梅雨が明けたかと思えるほどに強い日差しが照りつける七月一日に、熊吾は国鉄環状線の西九条駅から南へ少し行った商店街を抜けて、風向き次第では潮の匂《にお》いのする安治川に近い一角で「サクラ会」の事務所を探した。

丹下甲治には電話で用件を伝え、西九条駅からの道順も教えてもらっていたのだが、目印となる二階建ての木造住居は見つからなかった。

このまま進めば安治川の右岸に出てしまう。昔、このあたりに来たことがあるが、あのころは倉庫群と水上生活者の船によって埋め尽くされているような地域だった。いま残っているのは、空襲で焼け残った倉庫の一部だけで、水上生活者の船は一隻《せき》もない。みな陸《おか》にあがったのだ。というよりも、行政の強制で水上生活を捨てるしかなくなってしまった。川に浮かぶ船に住所はない。住所を持たない子供たちは学校に行けない。子供を学校に行かせるためには、水上生活者たちは陸で生きる道を得なければならない。

熊吾はそんなことを思いながら、腕や手の甲に噴き出る汗をハンカチで拭《ふ》いた。どうやら道を間違えたらしいと引き返しかけたとき、倉庫にしか見えない建物から小柄な男が出てきて熊吾を見つめた。

「松坂さんですか？」

と男は声をかけてきた。

熊吾は、駅の近くの酒屋で買った日本酒の一升壜《びん》二本を土の道に置き、パナマ帽を取って、

「丹下さんですか？」

と訊いて一礼した。

「木造の二階建てと思うちょりました。これは倉庫ですな」

「こっちがサクラ会の事務所です。家のほうでお待ちするつもりやったんですが、急にこっちで用事ができまして相すみません」

テキ屋か沖仲仕の元締めのような男で、背中一面から二の腕にかけて刺青《いれずみ》を彫り込んでいるかもしれないと覚悟していたので、熊吾は丹下甲治の、いなかの小学校の校長に似た穏かな笑顔に拍子抜けしてしまった。

「私の家はあっちです」

丹下は言って、商店街へと戻る道を五十メートルほど歩いて、店を閉めてしまったら

しい煙草屋の角を西へ曲がった。

朝顔とグラジオラスの鉢植えが小道の半分を占領していて、真新しい簾《すだれ》が玄関に吊《つ》り下げられている家の前で、

「あんまり暑いんで、扇風機を探しに行ったんですが、事務所のどこにも見つかりません。裏の窓をあけると多少は風も入ってくるんですが、このへんは蚊が多いので」

「梅雨は明けたんですかのお」

「いや、ことしの梅雨明けは十日くらいになるそうです」

熊吾は丹下の家の八畳の間に正坐《せいざ》して、あらためて挨拶《あいさつ》をした。それから、これはほんの手みやげだと言って、二本の一升壜を畳一畳ほどの大きさの和卓の横に置いた。

「私は酒を断って十二年になります。病院のベッドに縛りつけられるほどのアル中やったんです」

と丹下甲治は柔かな笑みを混じえて言った。

「それは知らんこととはいえ、余計なものを持って来たもんです。別の物に替えましょう」

「いやいや、私のとこへ出入りしてる連中が飲むでしょう。ありがたく頂戴《ちょうだい》いたします」

そう言ってから、丹下は、松坂さんご依頼の件は簡単にはお引き受けできない類《たぐい》のも

のだが、電線メーカーとの契約内容をもっと詳しく知りたいと切り出した。

熊吾は契約書を丹下に見せた。内容を時間をかけて読んでから、丹下は隣りの部屋からガラス製の大きな灰皿を持って来て、熊吾の前に置くと、松坂さんがあそこでこれからやろうとしている事業についても詳しく知りたいと言った。

熊吾の話を聞き終えると、しばらく考え込み、丹下は額に深い皺《しわ》を作って黙ってしまった。

「野良犬十数匹を始末するっちゅうのは、誰もやりたがらんことは充分にわかっちょります。私は関西中古車業連合会の旗揚げに参加してくれる仲間らと夜にもういちどあそこへ行ってみました。十数匹どころか二十数匹に増えちょりました。もっと厄介なのは、あの工場に門がないっちゅうことですし、夜が更《ふ》けると、どこからともなく風体の悪い若いのが川沿いの道に集まってくるんです。売り物の中古車を置いたまま、あそこを無人にすることはでけんちゅうことがようわかりました。事務所兼宿直用の建物を建てて、つねに誰かに警備をさせにゃあいけんでしょう」

と熊吾は言った。暑さのせいでひどく喉《のど》が渇いていたが、このような交渉はお互いの気心で一気に決まるか、もつれてご破算になるかのどちらかしかないと思った。

「あの電線メーカーは、七、八年間は工場跡をそのままにしておくという約束やったんです」

と丹下は言った。

「誰との約束ですか？」

「私を代表とするサクラ会とです」

サクラ会とはそもそも何なのかと訊こうとして、熊吾はやめた。交渉の道筋が迂回《うかい》してしまいそうな気がしたのだ。

「ひとつ私の頼みを受け入れてくれませんか」

丹下はそう言った。それは野良犬《のら》の始末とは別件だなという気がしたが、この丹下甲治は無理難題をごり押ししてくる人間ではないと読んで、

「少々の無理難題ならお受けします」

と熊吾は言った。

丹下の娘らしい三十前後の女がやって来た。丹下は、冷たい麦茶を差しあげてくれと言い、煙草を吸った。それから丹下はひと呼吸置いてから、

「守衛というか警備というか、どっちにしても、そのための人間をひとり雇うてやってくれませんか」

と言った。駆け引きを感じさせない単刀直入な切り出し方だった。

「それは丹下さんがご推薦くださる人ですね」

「そうです。私が安心して推薦できる男です。戦地で右腕を失《な》くしました。十三のとき

から兵隊に徴《と》られるまでは港湾労働者、つまり沖仲仕でした。女房と娘と息子とがおります。そんな体やから、どこも雇うてくれません」

「お歳《とし》は？」

「四十二歳になったと思います」

「その人に守衛をお願いしましょう。ハゴロモの社員とするか、関西中古車業連合会の職員とするかは少しお時間をください。丹下さんの推薦状があると、私としてはありがたいです」

丹下は、今晩にも推薦状を書くと約束し、

「野良犬をあそこから追い払う仕事に十万円払うてやってください」

と言った。

十万円？　それは高いな。しかしこれも丹下の言い値を飲んでおけ。この十万円は、すでに参加を決めた河内たち六社から二万円ずつ供託金として出させよう。

熊吾はそう考えて承諾した。

麦茶を持って来てくれた女を、私の末娘だと熊吾に紹介し、丹下は紙に鉛筆で電線メーカーの土地の見取り図を書いた。

ほとんど正方形の敷地の東側半分は工場で、全部で六棟だった。いちばん東側にさらに倉庫が二棟ある。その近くには配電盤室があって、どれも頑丈な南京錠《ナンキン》がかかっている。

　丹下は、敷地の周りのブロック塀を示す線の五ヵ所に×印をつけた。

「ここに野良犬が出入りする穴があいてるんです。まず先にこの穴を埋めてください。そうでないと人間と野良犬とのいたちごっこになります。せっかく追い払っても、新顔の野良犬が次から次へと入って来ます」

　と丹下は言った。

「そうすると、野良犬が入ってこれん門も設置せにゃあいけませんなァ」

　柔和な笑みを熊吾に注ぎ、

「松坂さんのお国訛《なま》りは四国の南のほうですか？」

　と丹下は訊いた。

「愛媛県南宇和郡一本松っちゅう陸の孤島みたいないなかです。大阪に出て来て四十年以上もたつのに、私は郷里のいなか言葉しか使えんのです。大阪弁のイントネーションっちゅうやつが、どうにも真似《まね》できんので、似《え》せ大阪弁を使うよりも、いっそいなか言葉で押し通そうと決めまして……」

「それが正しい生き方です。ふるさとのいなか言葉を堂々と使える人が、私はうらやましいです」

　熊吾は、初対面の際に交換しあった丹下甲治の名刺に目をやった。電線メーカーの担当者が持っていた名刺には「サクラ会　副理事長」となっていたが、いまは理事長に変わっている。

ブロック塀の五ヵ所の穴をふさぎ、門を取り付けたら連絡すると言って、熊吾は丹下の家を辞した。そして、市電で福島西通りまで戻り、シンエー・モータープールの事務所で留守番をしている房江に、二階へあがるようにと目配せをした。

きのう、柳田商会に松田茂を訪ねたが逢えなかったのだ。八十万円の返済期日はきのうだったので、松田に半分の四十万円を渡したかったのだが、松田はしばらく帰ってこないらしい。

全額を返せるのなら、三、四日遅れても、それは相手の都合なのだから気にする必要はないのだが、半分しか返済できないとなると、その理由を直接説明したかった。

二階の部屋であぐらをかき、上半身裸になって汗を拭いていると、房江は冷たいタオルを持ってきて、熊吾の背を拭いた。水にひたして固く絞ったタオルを電気冷蔵庫に入れておいたのだという。

「松田は訪ねてこんかったか？」

熊吾は、煙草を吸いながら訊いた。

「松田さんは、小野ゴルフ倶楽部《クラブ》ってとこで一ヵ月ほど住み込みで働くそうやねん。きのうの朝早ように出かけはったんやて」

と房江は言い、汗で濡《ぬ》れた熊吾の開襟シャツを洗濯物の籠《かご》に入れて、新しいのを出してきた。

「小野？　兵庫県加東郡のか？　いまは小野市じゃが……」

「そこでゴルフ場の整備をするようにって柳田社長に言われたそうやねん。私も、さっき田岡さんから聞いたばっかりで、なんのことかさっぱりわかれへん。松田さんは柳田商会を辞めて、自分で中古車販売を始めるつもりやったんやろ？　お金を用立ててくれたのはそのためですやろ？」

松田茂はハゴロモの雲行きが怪しくなったことについての噂《うわさ》をあちこちで耳にして腰が引けてしまったのだな。しかし、柳田商会での中古車部品業には見切りをつけたいと柳田元雄には話したはずだ。あるいは柳田は、お前には自分で商売を始めるのは無理だと諭して、ゴルフ場での仕事を勧めたのかもしれない。ゴルフ場の整備をするための勉強？　それはどんな勉強なのだろう。

岡松浩一が辞めて以来、その代わりもしなければならなくなった田岡勝己は、早朝から夜の七時すぎまでひとりで働きつづけている。

見るに見かねた房江は、昼間は事務所で電話番をするようになったのだ。

熊吾はそう思い、田岡なら松田との連絡方法を知っているかもしれないと考えて、新しい開襟シャツに着替えるとモータープールの事務所へ行った。手元に四十万円を置いておくと手をつけてしまいそうな気がしたのだ。

田岡勝己は、一時預かりの外車を講堂の前列に置くと事務所に戻って来た。

熊吾の問いに、ぼくも松田さんの新しい仕事のことはよくわからないが、連絡先の電話番号は聞いていると言って、二階の柳田商会の寮から手帳を持って来た。

熊吾がそれを控えていると、

「ゴルフ場は三日も放っといたら草ぼうぼうになるんやそうです。そやからほとんど毎日草刈りをしたり、剝《は》げた芝とか穴ぼことかを補修せなあかんのですけど、それには専門的な技術が要るんです。松田さんは、その技術を学んで、柳田興産がオープンさせるゴルフ場へ移りはるらしいんです」

「三日で草ぼうぼうか……。草刈りだけを仕事とする人間が十人かかっても足らんぞ」

熊吾はそう言いながら電話を借りた。棟梁《とうりよう》の刈田喜久夫は家にいた。仕事は一番弟子にまかせるようになったのだという。

「もう歳ですし、足の怪我が治りきらんのです」

「歩けんのか？　昼から千鳥橋まで一緒に行ってほしいんじゃがのお。またあんまり儲《もう》からん仕事を頼みたいんじゃが、引き受けてくれんか」

「松坂の大将からの仕事を断ったことおますか？　歩くぐらいは歩けまっせ」

「一時に自動車で迎えに行くけん」

電話を切ると、熊吾は二階にあがり、立ったまま一升壜の酒をコップに注いでひといきに飲んだ。

「インシュリンの注射を打ってても、そんなことをしたら……」

と房江は困ったように言った。

「わかっちょる。体が五つあっても足らんほど忙しいんじゃ。そのうえ、このくそ暑さじゃ。酒でも飲まにゃあおれるか」

熊吾は汗だくになってハゴロモの鷺洲店へと行き、鷺洲商店街の中華料理屋から天津《てんしん》飯の出前を取って大急ぎで食べると玉川町の刈田喜久夫の家へと向かった。

丹下甲治が書いた見取り図を持ち、熊吾と刈田喜久夫は、生い繁《しげ》っている棘《とげ》のある雑草をかきわけながら工場の塀を外側から見て廻った。

穴はセメントで埋めるだけなので簡単な作業で済むが、そのセメントに小石を混ぜて練るための水がないことに気づいたのは、工場の塀をひととおり見終わったあとだった。

「そうかァ、工場が操業を停止したときに水道は止めよったんじゃ」

熊吾は日差しを避けて、工場の入り口に停めた自動車のなかに入ると刈田に言った。

「ということは電気も止めてますなァ。便所は使えますのか?」

と刈田は作業着の袖《そで》で額の汗を拭きながら訊いた。

「わしは、この工場の空地だけを借りたんじゃ。契約書にもそのことが明記してある。

便所は建物のなかにあるじゃろう。どの建物にも鍵《かぎ》がかかっちょる。つまり、便所は使えんということじゃのお」

熊吾は刈田と顔を見合わせた。電気も水道もない。便所もない。そんなところに大阪中古車センターを造り、事務所を建てるわけにはいかなかった。

電線メーカーの担当者は急いでいたが、熊吾の申し出で契約を先延ばしにしてくれたので、まだ契約書に判子は捺《お》していない。この話は白紙に戻すしかあるまい。電線メーカーは松坂熊吾のために電気と水道を復活させるという労力も費用も負担してくれるはずはないのだ。

そう考えて、この土地はあきらめるしかなさそうだが、千二百坪もの空地を格安で貸してくれる奇特な地主が大阪市内にいるとは思えないと熊吾は刈田に言った。

真夏のような太陽の直射日光を浴びて、自動車のなかの温度は耐えがたいほどに上昇してきて、ふたりはどちらからともなく逃げだすように車外へ出た。日陰は工場と工場のあいだにしかなかったが、そこでは野良犬たちが寝そべっていた。

「もし事務所を建てるとしたら、あそこですなァ」

と刈田は野良犬のいるところを指さした。

「いや、わしはもうここをあきらめた」

熊吾が刈田に自動車に乗るよう促してエンジンをかけると、川沿いの道を歩いてくる親子らしい三人づれがバックミラーに映った。

子供はスキップを踏むようにはしゃいで歩いていたが、父親とおぼしき男には右腕の肘《ひじ》から先がなかった。

熊吾はエンジンを切り、再び車外に出て、歩いてくる三人を見た。長袖のシャツの右側だけ折り畳むようにして失くした腕を隠し、左側はボタンで袖口をとめている男は、髪を短く刈っていて、細い目を地面に向けているかに見えたが、上目遣いで窺うように熊吾の顔を観察していた。背は低いが肩幅が並外れて広かった。熊吾は、これほど肩幅の広い男は見たことがないと思った。

「松坂さんでしょうか」

男は、工場の敷地内へと走って行こうとした六、七歳の女の子と四、五歳の男の子を制して訊いた。

「丹下さんがご紹介くださったかたですかな？」

「はい、佐竹《さたけ》といいます。工場の様子を見てくるようにと丹下さんに頼まれまして」

佐竹と名乗った男は、野良犬たちに石を投げようとした男の子を、

「そんなことをしたら、セイちゃんにいじめられてると思いよるでェ」

と諭すように言った。

熊吾は、決して相手の目を見て話そうとはしない佐竹の、卑屈そうに見える目が、子

供に語りかけるときには慈愛に満ちるのを感じて、

「お子さんですか？」

と訊いた。

娘は小学一年生で六歳、息子は五歳だと佐竹は言った。

「おふたりは、名前はなんちゅうのかの？　わしは松坂熊吾じゃ。クマさんじゃ」

と熊吾は笑顔で子供たちに訊き、右手を差し出して握手を求めた。

恥ずかしがりながらも、熊吾と握手をして、女の子はリサコ、男の子はセイタと答えた。

「せっかく来てくれたんじゃが、ここに中古車センターを造るのは無理じゃっちゅうことがわかりましてのお。これから丹下さんのとこへ行って、それをお伝えしようと決めたんです」

と熊吾は男の子と手を握り合ったまま佐竹に言った。

「無理……。なんでです？」

熊吾が理由を説明しはじめるとすぐに、電気は来ているし、便所も使えるようにできると言った。

自分は仕事でこの工場に来たことがあるので、どこに何があるかはだいたいわかっている。配電盤のための建物をわざわざ作ったのは、工場の操業で消費する電力があまりにも多いので電線を分割して引き込まねばならなかったからだ。

工場を閉鎖するときに、ふたつの電力源は止めた。もうひとつの、事務所や便所や門灯などのための消費の少ない電気は役所の指導で止めることはできなかった。明かりがすべて消えてしまうと、この周辺は真っ暗になって、住民にとっては危険だし、犯罪の発生にもつながるが、川沿いの道に街灯のための電柱を設置できない。この道は電線メーカーの私有地だからだ。つまりこの川沿いの道は、アスファルトで舗装されてはいるが、電線メーカーが自分たちの仕事のために造ったのだ。だから、使った電気代だけを電線メーカーに支払えば、それで済む問題なのだ。

水道は完全に止められている。しかし、隣接するパルプ工場の裏側、つまりこの工場と有刺鉄線で仕切られたところに水道の蛇口がある。パルプ工場に植えてある木に水を撒《ま》くためだけの蛇口で、そこから水洗便所のタンクにホースでつなげばいい。

訥々《とつとつ》と小さな声で喋《しゃべ》るので、熊吾は佐竹の説明を一回聞いただけでは理解できなかった。何度も聞き返しているうちに、熊吾よりも先に理解した刈田喜久夫が佐竹に代わって説明してくれたのだ。

「しかし、その水道はパルプ工場のじゃろう。こっちから勝手にホースを付けたら水泥棒じゃ」

熊吾の言葉に笑みを浮かべ、

「ぼくが話をつけときますから大丈夫です」

と言った。

「話をつけるって、誰とどうつけるんじゃ」

「大丈夫です。心配せんといてください」

熊吾は、しばらく無言で佐竹を見やった。男の子が、熊吾の手をひっぱりながら、クマさん、クマさんと繰り返して、六歳の姉に叱《しか》られた。リサコという女の子も熊吾のパナマ帽をかぶってはしゃいだ。

「おじちゃんの帽子を汚したらあかんで」

と佐竹は娘に言い、敷地内に入って行くと、野良犬たちの前を飄々《ひょうひょう》と歩いて、いちばん奥の工場棟のほうへ曲がった。

「危ないぞ、帰ってこい」

と熊吾は叫んだが、野良犬のなかにはしっぽを振っているのもいた。

少しがにまたぎみの歩き方で、慌《あわ》てるでもなく戻ってくると、便所は別棟になっていて鍵はかかっていないと佐竹は言った。

「つまり、三つの難題はすべて解決したっちゅうわけか？」

熊吾は刈田に小声で話しかけた。

「まあ、そういうことですなァ」

刈田は微笑《ほほえ》みながら言った。

「よし、クマさんの自動車に乗れ。かき氷を食べに行くぞ」

熊吾が手を叩《たた》いて言うと、ふたりの子は歓声をあげて転がり込むように後部座席に乗った。

千鳥橋の停留所のところで刈田だけが降りて、市電に乗って玉川町へと戻って行った。

熊吾は、商店街の手前の古い長屋が並ぶ一角に自動車を停め、リサコとセイタの手をひいて、かき氷屋へと歩いた。うしろを振り返ると、佐竹が優しい笑みを娘と息子に注ぎながら歩いてきていた。

水道工事屋、電気工事屋、履物屋、質屋、ホルモン焼き屋、酒屋と立ち飲み屋、駄菓子屋、荒物屋、金物屋、うどん屋、八百屋、肉屋……。それら小さな店の並び方には、どこか懐《なつ》かしいものがあって、熊吾は戦後すぐの闇市《やみいち》を思いだした。

てんや物を出す店にかき氷もあったので、熊吾はそこに入り、苺《いちご》味の赤いシロップと練乳をかけたのを子供たちのために註文し、自分はビールを頼んだ。佐竹は、子供たちは食べきれないだろうからと言って、何も註文しなかった。

「あんたはよほど子煩悩《こぼんのう》のようじゃのお。その顔を見ちょると、奥さんとも仲が良さそうじゃ」

そう言って、熊吾はビールを勧めたが、佐竹は酒は飲めないのだと断わってから、自分には家族以外に何もないと恥ずかしそうにつぶやいた。

佐竹の妻は三十五歳で、午前中は中央卸売市場で働き、午後は野田阪神の市場の魚屋に勤めているという。

「ぼくは家事専門です。こんな体やから、どこも雇うてくれません。丹下さんが松坂さんのことをわざわざ伝えに来てくれたときは信じられませんでした。そやけど、ぼくが働けるのも五年間だけですね」

「あそこを使えるのは、とりあえず五年じゃが、大阪中古車センターはつづいていくんじゃ。かりに場所が変わっても、ぎょうさんの売り物の中古車を置いてある場所には信用できる守衛が絶対に必要じゃ。これからつきあうことになる中古車業者たちと仲良うなっといてくれ」

「はい、ありがとうございます」

佐竹は、テーブルに額が付くほどに頭を下げたが、熊吾の目を見ようとはしなかった。

十三歳のときから沖仲仕か。口には尽くせないようなつらい目に遭ってきたことだろう。十三歳といえば子供ではないか。牛馬のように自分の体で重い荷を運ぶ肉体労働しか得られなかったうえに、戦地で右腕の肘から先を失くした。

それなのに、ふたりの幼い我が子へのこの慈顔と静かな話し方。これは諦観《ていかん》によるものではない。子供を徹底して愛そうとする強い意志を蔵しているのだ。

熊吾はそう感じて、大阪中古車センターの礎《いしずえ》を五年間で築かねばならないと胸のなかで己に誓った。松坂板金塗装にかかずらわっている時間はないと思った。

# 第二章

関西中古車業連合会を新たに立ちあげることが決まってからの熊吾《くまご》の奮闘は我が身を顧みないほどの執念がそのまま行動となって、連日寝る時間を惜しむかのように東奔西走しつづけていた。

仕事のしすぎで夫の体を案じるというようなことは、房江《ふさえ》は松坂《まつざか》熊吾と結婚して以来初めてだった。

——きょうは連合会の会則の草案をタイプライターで打ってもらって、主要メンバーの承認を得たら、法人登録のために役所に行く。そのあとで、連合会への参加を躊躇《ちゅうちょ》しているAさんに逢《あ》って決心を促す。

——きょうは、千鳥橋の工場跡地での作業の進捗《しんちょく》状況を見たあと、サクラ会の丹下甲治と打ち合わせをして、ハゴロモの弁天町店を明け渡す。

——きょうは、大阪中古車センターの旗揚げに先立って千鳥橋近辺に掲げる幟《のぼり》を註文して、印刷会社とチラシの草案を練る。夜は、AさんとSさんとMさんを料理屋に招いて食事をする。

——きょうは、午前中に電線メーカーの後任担当者と逢ったあと、河内モーターの社長と打ち合わせをして、昼からは松坂板金塗装について黒木博光と東尾修造と話し合う。会則に二、三ヵ所手を入れたのでタイプライターを打ってくれる会社にも行かなければならない。

とにかく、夫は早朝に出かけて、その日のうちに帰宅することはない。酒量も増えている。きのうは、夕方に立ちくらみがして、近くにあった喫茶店で四十分ほど休んだという。大阪中古車センターをオープンするまでは、俺は死に物狂いだと宣言してから二週間がたって梅雨が明け、熱暑の夏が始まった。せめていちにちだけでも、仕事のことを忘れて、何もせずに昼寝でもしてのんびりすごさせなければならない。そうでないと、あの頑健な夫も体を壊してしまう。来年の二月には六十七歳になるのだ。房江は、洗車場の泥をスコップですくいながら、そう考えた。

岡松浩一がシンエー・モータープールを退社したあと、後任の者がなかなか決まらなくて、六月二十日からはずっと房江が事務所の番をするようになっていた。田岡勝己から、柳田商会やパブリカ大阪北の社員から聞いた話として、柳田社長が他の事業には目もくれないでゴルフ場開場に向けて憑《つ》かれたように陣頭指揮に立っていると教えられたので、モータープールの後任責任者のことにまで考えが廻らないのであろうと思い、房江は冷たい麦茶を大きめのコップに注いで、小皿にきんつばをふたつ載せ、佐古田の仕事場へ行った。

午後三時で、田岡にとっては休憩できる時間だった。田岡と佐古田とは奇妙なほどに気が合うのだ。佐古田がその赤ら顔に屈託のない笑顔を浮かべるのは、房江が知るかぎり、二十二歳の田岡勝己と話しているときしかなかった。

さっきから、佐古田と笑いながら話している田岡の言葉に、ときおり「ノブちゃん」というのが混じっているので、伸仁《のぶひと》はまた佐古田に叱《しか》られることでもしでかしたのではないのかと心配になって、房江は三時のおやつをふたりに運んだのだ。

取り外せるようになったエンジンに太いチェーンを巻きつける作業を止めて、木の丸椅子《いす》に腰かけて煙草《たばこ》を吸っていた佐古田は、麦茶ときんつばを受け取り、珍しく礼を言った。

「さっき、うちの子ォの名前が出てたみたいですけど、また夜中にグラインダーを使《つこ》たりしてますのん？」

「グラインダーで鋼《はがね》を削る工程は終わったんやろ。二ヵ月くらい前からグラインダーは使うてないなァ。ちょっと休憩っちゅうとこなんやろ。いまは画家をめざして修業中らしいで」

と佐古田は田岡を見ながら言った。

「そうですねん。ことしの誕生日に油絵の道具を買《こ》うてくれって。絵なんか描いてる場合やあらへん、受験勉強はどうなってんのんて言うたんですけど……」

「さっき、田岡がノブちゃんの描いた絵を見せてくれたんや。勝手に二階の部屋に入ったんとちゃうで。窓があいとったから廊下から見えたんや。あれは何や？　ただの土の道に石ころが転がってて、雑草がしょぼしょぼっと生えてるだけやがな。絵描きになるのはあきらめさせたほうがええで」

「岸田劉生《りゅうせい》っていう画家の絵を模写したそうですねん」

「モシャ？　何やそれは」

「絵をそのまま真似《まね》して描くらしいんです。三ヵ月かかって完成させたのが、あれ。『道路と土手と塀』っていう題の絵らしいんです」

田岡が笑いながら、

「塀？　ああ、あの左側のいびつな三角定規みたいなんが塀ですか。塀には見えへんなア」

と言った。

「だいたいやなア、道路と土手と塀なんか描いてどないすんねん。ノブちゃんの絵を見て、わしは久しぶりに笑《わろ》たで。松坂さんとこのひとり息子はおもろいわ。何を考えとるのか、さっぱりわからへん」

「あのう、うちの子ォ、鋼をグラインダーで削って何を作ってますのん？　ナイフにしては大きすぎるし……」

「ドスや」

と佐古田は言った。

「ドス？　ナイフの大きいの？」

「刃渡り二十八センチのドスや。柄《つか》の部分を入れたら三十五センチになるやろなァ。これから研ぎにかかりよるやろから、ことし中にできるかなァ」

「そんなもん作って、あの子、何をする気やろ」

「さあ、誰かのどてっ腹をぶすうっと刺すつもりやろ」

佐古田はそう言って、タオルで首筋の汗をぬぐった。事務所の電話が鳴ったので、田岡は走って行った。

房江は佐古田の言葉が冗談だとわかってはいたが、刃渡り二十八センチもあるドスを見つけだして捨ててしまわなければならないと本気で思った。

しかし、小学生や中学生のときなら親が勝手に持ち物を取りあげて捨てても文句を言って怒る程度で済むだろうが、高校二年生の男の子の机の抽斗《ひきだし》を無断でかきまわして、数ヵ月に及ぶ努力の産物を処分したらかなり険悪な親子ゲンカになりかねない。こういうときこそ話し合いで解決しなければと考えて、房江は裏門の周辺の掃除を始めた。

田岡が事務所から顔だけ出して、電話だと教えてくれた。夫からだった。

「伸仁が帰って来たら、きのう、印刷屋が届けてくれたチラシを千鳥橋まで届けさせてくれ」

と夫は言った。

授業が終わるのが三時ごろだから、寄り道せずにまっすぐ帰って来ても四時半くらいになると房江は言い、急いでいるなら私が持って行こうかと訊《き》いた。

「五百枚ずつ、四つの包装紙に包んであるから、そのうちのひとつでええぞ」

熊吾は言って、道順を教えてくれた。市電の千鳥橋の停留所から歩いて二、三分だという。

房江は、一時間ほどで帰って来ると田岡に言い、チラシの束を買い物籠《かご》に入れて福島西通りの交差点から市電に乗った。帰りに玉川町で降りて、野田の市場で晩ご飯のおかずを買うつもりだった。

玉川町を過ぎてしばらく行くと、市電は工事中の大阪環状線の高架をくぐって大きく右へと曲がり、房江がいちども足を踏み入れたことのない地域に入った。

電車道の両側には民家や商店が並んではいるが、その向こうには工場の屋根や煙突がたくさん見えていて、どことなく閑散としていた。人通りも車も多いのに町そのものが静寂のなかにあるという気がした。

どこからか大型の杭《くい》打ち機が杭を打っている音が響いていたが、一定間隔で聞こえるその音が町の寂しさをいっそうつのらせているようだった。

市電から降りて、房江は日傘をさした。暑い盛りの太陽に背を焼かれる気がした。教えられたとおりに橋を渡りかけると、電柱に「大阪中古車センター　オープン」という赤い幟がくくりつけてあった。

夫は宣言どおりに七月十六日のオープンに間に合わせたのだと房江は思った。きょうは十五日だから、これから市電の通りのあちこちに幟を立てていくのであろう。今夜も帰宅は遅くなりそうだ。

房江は、橋の近くに五本の幟があるのを目にしながら歩いていると、急に咳《せき》が出て来た。喉《のど》の奥がひりついて涙までが滲《にじ》んだ。それが川からの悪臭のせいだと気づくと、房江は息を止めて川べりの道を急いだ。

川面《かわも》には虹色《にじいろ》の油膜が渦巻状になって滞っていて、そこから湧《わ》き出た無数の泡がつぶれつづけて、きっと毒性の強いガスを撒《ま》き散らしているにちがいなかった。

杭打ち機の音は大きくなったが、それがどこで生じているのか、まったくわからなかった。

大阪中古車センターの幟が真新しい木の門扉《もんぴ》に針金で縛りつけてあった。房江はそこで歩を止めて、広い敷地内で作業をしている見知らぬ男たちのなかに熊吾を探した。

大工の刈田喜久夫の姿があった。工場と工場のあいだにスレート葺《ぶ》きの屋根の小さな建物があって、熊吾はそのなかで上半身裸になって何かを運んでいた。見知らぬ男たちは、敷地内に散乱していたらしい板や棒きれや古タイヤなどを二トントラックに積み込む作業に没頭している。

この人たちが二十四以上もの野良犬《のら》をここから追い出してくれたのであろうかと思いながら、房江は事務所兼宿直所として建てたという木造の建物へ行った。

刈田が房江に気づき、

「電車道からここまでは暑かったですやろ」

と言って、作業用の帽子を取って挨拶《あいさつ》をした。

喉のひりつきはおさまっていなくて、房江はしばらく咳を止められなかった。

「あそこのメタンガスです。私もやられました」

と刈田は言い、東側の工場や倉庫が建ち並ぶほうへと歩いて行った。

「ここが大阪中古車センターじゃ。もうじき河内モーターやダテ自動車販売が中古車を十六台運んできよる」

熊吾はそう言って、いったいどこで拾ってきたのかと思えるほどに粗末で汚ない事務机を雑巾《ぞうきん》で拭《ふ》いた。胸も背も汗まみれだった。

「弁天町に置いてあった十二台はあそこじゃ」

熊吾は指差して言い、魔法壜《びん》のなかの麦茶を飲んだ。

「その麦茶はどこでこしらえたん？」

房江は、チラシの束を机の上に置きながら訊いた。左手でバケツを持った背の低い男が工場棟のほうからやって来て、事務所に置いてある大きな水甕《みずがめ》のなかに水を移した。

「佐竹さんじゃ。佐竹善国《よしくに》さん。大阪中古車センターの職員第一号。今夜からここで寝泊まりしてくれる」

熊吾はそう言って、立てかけてあったベニヤ板を移動させた。四畳半の畳敷きの部屋があった。

佐竹善国は、房江が松坂熊吾の妻だと知ると、怯《おび》えているのか恥ずかしがっているのか判断のつかない表情で小さく頭を下げ、

「よろしくお願いします」

と言った。

佐竹のことは熊吾から聞いてはいたが、なんと肩幅の広い人であろうと思い、房江は肘《ひじ》から先のない右腕を見ないようにして初対面の挨拶をした。佐竹は、空のバケツを持って、また工場棟の向こうへと歩いて行った。その間、いちども房江と目を合わさなかった。

刈田が、いま出来あがったばかりの水甕の蓋《ふた》を持って事務所に入って来た。

「すまんのお、棟梁にこんなもんまで作らせて」

と熊吾は言った。

刈田は笑い、蓋だけではなく、水甕まで調達させたのはどこの誰だと言った。

「この水はどこから運んでるのん?」

房江の問いに、あとでこの工場跡を案内してやると言ったが、熊吾は腕時計を見ると、座敷の上がり框《かまち》に腰を降ろした。

「きょうもよう働いたぞ。ちょっと休憩じゃ」

熊吾は大きく息をつき、ズボンのポケットに突っ込んでいるタオルで胸の汗を拭いてから煙草に火をつけた。

「佐竹は信用できる。誠実に仕事をする。言葉数は少ないし、人と話をするときは負け犬みたいに目をそらすが、あいつが自分の娘や息子と接するときの姿をお前に見せてやりたい。それを見ちょるだけで、こっちの心のなかに気持ちのええ湯が流れ込んでくるような気がするんじゃ。佐竹はのお、可哀相《かわいそう》な家庭で生まれ育ったんじゃ。あいつが子供のころに受けた仕打ちを知れば知るほど、これからささやかながらも、あいつが幸福になれるようにと思わんではおられん」

熊吾は、佐竹善国が水を汲《く》んで戻って来たので話をやめて畳の上にあお向けに横たわった。

大量のゴミや古タイヤを荷台に積み終えた男たちが完成したばかりの事務所にやって来た。リーダー格の三十五、六歳の男の背や肩には滝を登る鯉《こい》の見事な刺青《いれずみ》があった。

「大将、これで終わりや。もうじき電気屋が来てサーチライトを設置したら、いつでもオープンできるで」

男は言って、トラックの助手席に乗った。運転手以外の五人の男たちは徒歩で帰るらしかった。

「ヨッシャン、わしらが頼まれたことは全部やったで。いまからヨッシャンにバトンタッチや」

タオルで頭を包んだべつの男が佐竹に笑顔で言った。

「ありがとう。ほんまに助かったわ」

佐竹はそう言って、バケツの水を水甕に注ぎ入れながら熊吾を見た。熊吾は起きあがり、ズボンのうしろポケットから封筒を出すと、それを佐竹に渡し、

「七時にみんなを集めとけよ」

と刺青の男に言った。

トラックも男たちも去って行き、大阪中古車センターには房江と熊吾と佐竹と、あとかたづけをしている刈田たちだけになった。

サーチライトを設置して、事務所に蛍光灯を取り付けたら作業はすべて終了だが、そ

のあと千鳥橋の商店街にあるホルモン焼き屋で、この二週間ずっと世話になった者たちの労をねぎらうのだと熊吾は言った。

房江は、もうシンエー・モータープールに戻らなくてはならない時間だったので、敷地内を案内してもらうのはべつの日にすると夫に言って川沿いの道へと歩きだしたが、手押し車に扇風機を載せたふたりの子供がやって来たので歩を止めた。そのうしろから自動車が五台つづいていた。先頭の車を運転しているのは河内モーターの社長だった。

商売物の中古車を運んで来たのだなと思い、房江は工場のフェンスのほうに寄って道をあけた。しかし、河内佳男は、前を行くふたりの子供と手押し車を追い越そうとはせず、車を停めて、房江に挨拶をした。

「いったい何年ぶりですやろ。またこうやってお世話になるなんて」

と房江は河内に言った。

河内は車から降りてくると、久闊《きゅうかつ》を叙するといった言葉で挨拶を返し、手押し車を押して行く姉弟らしき子供を指差した。

「よう働きまっせ。ここにいろんなもんを運ぶために作った手押し車やそうですねん。あの子らのお父ちゃんが、夜、ひとりで当直するための道具をああやってせっせと運んでますねん。ヤカン、急須《きゅうす》、湯呑《ゆの》み茶碗《ぢゃわん》、石鹸《せっけん》、歯ブラシ、タオル……。きょうは扇風機を運んだあと蒲団《ふとん》も運ぶっちゅうから、その手押し車では無理やでって言うたんですけど」

あの子たちが佐竹善国のふたりの子供なのかと思い、房江は、工場跡の敷地内へ入ろうとしているうしろから声をかけた。

「おうちはどこ？　おばちゃんがお蒲団を運ぶのを手伝《てつど》うてあげるわ」

当惑顔で見ている姉弟に、私は松坂熊吾の妻だと言うと、房江は小さな車輪が外れかけている手押し車から扇風機を持ちあげて、事務所まで運んだ。

わずか五十メートルも行かないうちに、姉弟は房江を「クマおばちゃん」と呼んで、足元にまとわりついてはしゃいだ。子供好きの夫にとっては、このような姉弟は可愛《かわい》くてたまらないことであろうと房江は思った。

「蒲団はお父ちゃんが運ぶから」

という佐竹の言葉で、房江は市電の停留所まで急いだ。日傘で西日を遮っていても、額からも胸のあたりからも汗が噴き出た。日陰を選んだかのように商店街の入り口近くで酔っ払いが寝ていた。

湿った風が海のほうから吹いていた。市電のレールを見て、房江は、このまま西のほうへ行くと淀川の河口へ出るのだなと思った。

自動車が急ブレーキをかける音とクラクションがすぐ近くで聞こえたので驚いて目をやると、佐竹のふたりの子が赤信号なのに交差点を走り渡ろうとしていた。

房江は慌《あわ》てて日傘を畳み、姉弟のところへ走った。

「信号は赤やで。青になるまで絶対に渡ったらあかん」

そう言い聞かせ、ふたりの手を握って信号が変わるのを待った。房江は、自分の掌《てのひら》のなかの小さな手を握っているうちに、伸仁の幼いころの手や指の感触を思いだした。同時に、蘭月《らんげつ》ビルの共同便所の横の階段を、盲目の香根《かね》の手を握ってのぼった日のことも思いだされた。

信号が青に変わると、房江はふたりと手をつなぎ合ったまま交差点を渡り、再度、赤信号では道を渡ってはならないし、青になっても左右をよくたしかめることを言い聞かせた。

名前を訊き、どんな漢字なのかと問うと、女の子が商店街の土の道に「理沙子《りさこ》」と「清太《せいた》」と指で書いた。

沙という漢字が何を意味するのかわからず、お父さんがつけたのか、それともお母さんかと房江が訊くと、買い物籠を持ってくれている清太が、丹下のおじちゃんだと答えた。

肉屋の横に路地があり、そこには粗末なトタン屋根の長屋がひしめいていた。家はすぐそこだというので、房江は姉弟と別れて肉屋のガラス棚を見た。玉川町で市電から降りて野田の市場で買い物をするのは億劫《おっくう》になり、ここで今夜の晩ご飯のおかずを買おうと思った。

　ミンチ肉がきれいな色だったので、それを二百グラム買って、隣りの八百屋の店先に立つと玉葱《たまねぎ》が並べてあった。夏でもこんなにみずみずしい玉葱が手に入るようになったのかと思い、房江はそれも三つ買った。別の店で卵を五つ買って代金を払っていると、家に帰ったはずの理沙子と清太がうしろで見ていた。

「どんなおかずを作るのん？」

　と理沙子は訊いた。

　ミンチ肉と玉葱入りのオムレツを焼いて、豆腐の味噌汁《みそしる》を作るつもりだと房江が答えると、

「オムレツってなに？」

　清太が垂れ目で見つめながら訊いた。

「作ってあげよか？　そやけど、おばちゃんが勝手に台所に入られへんわ。あんたらのお母ちゃんに叱られる。女は他人に台所を見られとうないねん」

　房江が喋《しゃべ》り終えないうちに、理沙子と清太は市電の停留所のほうへ走りだした。

　あの子たちは、大阪中古車センターへ行って父親に許可をもらうつもりなのだと気づき、房江は止めるためにあとを追おうとしたが、腕によりをかけた得意料理を食べさせてやりたくなり、公衆電話を置いてある雑貨屋の前に行った。

もうあと一時間ほどかかるがそれでもいいだろうかと田岡に訊くつもりでシンエー・モータープールに電話をかけると伸仁が出た。

事情をかいつまんで説明すると、

「ぼくもお腹《なか》が減ってるねんけど……」

伸仁は機嫌悪そうだったが、いまから富士乃屋のトラック十台を出庫しやすいところに移動させるのを手伝うのだと言って電話を切った。切り際《ぎわ》に、

「ノブちゃん、八号車を先に出してくれ」

という田岡の声が聞こえた。

佐竹の家にバターはあるだろうか。胡椒《こしょう》は？　いや、もっと肝心なもの、フライパンはどうだろうか。どっちにしてもバターと胡椒は買っておこう。我が家で使えばいいのだ。

酒屋に調味料も売っていたので、房江はバターと胡椒を買い、そこから五軒ほど向こうの惣菜《そうざい》屋を覗《のぞ》いた。コロッケ、メンチカツ、イカゲソの天麩羅《てんぷら》、かき揚げ、高野豆腐の煮物、春雨とキュウリのマヨネーズ和《あ》え……。

どれもおいしそうで安かった。ミンチ肉も、いつも行く福島天神近くの肉屋よりも安かったので、あしたから市電に乗ってこの千鳥橋まで買い物に来ようかと房江は本気で思った。

理沙子と清太が汗みずくになって走り戻って来た。佐竹善国も少し遅れて商店街を急ぎ足でやって来て、

「遠慮なしに台所を使うて下さい」

と言い、房江を長屋のいちばん手前の家へと案内した。

六畳と四畳半の二間で、奥に台所があった。きれいに整頓《せいとん》されていて、掃除も行き届き、障子や襖《ふすま》に破れはなかった。鍋《なべ》もきれいに磨いてあるし、まな板も清潔だった。

房江は買い物籠からミンチ肉と玉葱と卵を出しながら、フライパンはあるかと佐竹に訊いた。

「大きいのと小さいのと、どっちがええですか？」

と言いながら、佐竹は流しの下の棚からフライパンをふたつ出した。小さいほうでも、房江が使っているものより大きかった。

玉葱を刻めるかと訊くと、佐竹は恥ずかしそうな笑みを浮かべ、まず右の肘を石鹸で洗い、それから左の指一本一本も丁寧に洗って、まな板に包丁を置いた。そして、玉葱の皮を剝《む》いた。

器用な肘と手の使い方に、房江は感心して見入ってから、細かくみじん切りにしてくれと頼んだ。

「おばちゃんの邪魔したらあかんでェ」

その佐竹の子供への喋り方で、房江は夫の言った意味がわかった。

少しのバターでまず刻んだ玉葱を炒《いた》め、それをフライパンから皿に移しておき、次にたっぷりのバターでミンチ肉を炒める。塩胡椒で味もつける。それもフライパンから皿に移しておく。

卵を五つ容器に割り入れて、よく攪拌《かくはん》する。そこにも軽く塩胡椒で下味をつける……。

房江が作りながら手順を教えると、そのたびに佐竹は、はい、わかりました、はい、わかりましたと返事をした。

一人前ずつオムレツを焼いてみせながら、房江は、この作業は両手が使えないと無理なのだと気づいた。どうしてもっと早くに気づかなかったのだろう、と。

房江は、気を悪くさせないように佐竹に言った。

「両手がちゃんと使える人でもオムレツを上手に焼くのは難しいんですけど……」

佐竹が柔らかい卵焼きで炒めた玉葱とミンチ肉を包み込んだオムレツに覆《おお》いかぶさるように見入ったまま、

「大丈夫です」

と言ったので、最後の一個を焼いてみてくれと房江は促した。

娘と息子に笑みを注いでから、佐竹は房江がやったとおりにオムレツを焼いた。右の脇《わき》にフライパンの柄を挟み、身を屈《かが》めて高さを合わせると、上半身の動きで調子をとりながら、左手の箸《はし》で卵を巻いていった。

「いやァ、佐竹さんのほうがきれいに焼けてるわ」

房江の驚きの言葉に、

「卵焼きは得意です」

と佐竹は言った。

「クマおばちゃんのオムレツや」

と理沙子が言い、清太がそれを真似て繰り返した。

「私、クマおばちゃんて呼ばれたのは初めてやわ。さあ、味見してちょうだい」

房江は笑いながら言って、折り畳んである卓袱台《ちゃぶだい》の脚を出したが、子供たちは食べようとはしなかった。そうか、母親と一緒に食べるのがこの家の決まりなのか。

房江はそうと察して、お母さんはいつも何時に帰って来るのかと姉弟に訊いた。

「七時半から八時のあいだ。帰って来たらすぐにみんなでお風呂《ふろ》屋に行って、それから晩ご飯やねん」

と理沙子はオムレツに目を向けたまま言った。この子たちにとっては、両親と四人で銭湯に行ったりご飯を食べたりするのが最も楽しくて幸福なことなのだなと房江は感じて、母親に逢ってみたくなった。

夫から聞いた話では、外で働くのは母親で、家事を務めるのは父親だという。そしてそのことを佐竹の一家は珍しいありようだとは思っていないらしい。

房江は、食べ物や食器に蠅《はえ》がたかるのを防ぐためのネットを四つのオムレツにかぶせている佐竹善国に、奥さんは朝は何時に出かけるのかと訊いた。

「五時です。朝いちばんの市電に乗ったら、五時四十分に中央市場に入れます。家内の勤めてる海産物の卸店は五時半に店をあけますけど、市電がまだ走ってないので、特別に十分遅刻させてもろてます」

「それで帰って来るのは夜の八時前……。いちにちに十五時間くらい働いてはるんやねェ。奥さんはお幾つです？」

「三十五です」

長屋は強い西日に照らされているはずだったし、扇風機はさっき大阪中古車センターの事務所に持って行ったので、暑さをやわらげるものはないはずだった。そのうえ、ついいましがた台所で火を使ったというのに、佐竹の住まいには夏の夕刻の蒸し暑さはなかった。

不思議に思って、房江がその理由を訊くと、十日ほど前にこの裏にパチンコ屋が開店したのだと佐竹は言った。そのパチンコ屋の新しい建物が、ちょうどいま時分の西日を遮ってくれるという。

我が家の晩ご飯用のミンチ肉と玉葱と卵を買って帰らなければと思いながら、房江は姉弟に手を振って商店街へ戻った。佐竹がついて来て、これを松坂さんが作ってくれたのだと言い、新しい預金通帳を見せた。新規に預金口座を作るために千円を預けたが、それは松坂さんが自分の財布から出してくれたのだという佐竹の言葉を耳にして、房江は肉屋の手前で立ち止まった。

お前が大阪中古車センターから受け取る給料は、すべてこの預金通帳に入れて、いっさい使ってはならぬ。理沙子と清太を高校、そして大学へと進ませるために貯《た》めていくのだ。女房の稼ぎだけでは、さぞかし切り詰めた生活であろうが、ふたりの子が高い教育を受けるためには金が要るのだ。

中国の華僑《かきょう》は、自分たちの子供の教育のために心血を注ぐ。それがその家の未来への投資なのだ。時代がどう変わっても、中国の華僑たちが世界で生きていき、中国そのものを陰で支える力を持ちつづけているのは、彼等が子弟への高い教育のためには何物も惜しまなかったからだ。

俺の息子は虚弱体質で、とにかく元気に育ってくれることだけを眼目とせざるを得なかったので、勉学についてはロやかましく強制しなかった。だから、二年後の大学受験に合格できそうにない。俺の息子が本気で勉強するようになるのは受験に失敗してからだろう。

子供にとって勉強というものは、親や周りから厳しく訓導されなければできないのだ。

いいか、佐竹の家は、理沙子と清太がこれから新しく作りあげていくのだ。そのことを肝に銘じておけ。

佐竹は、商店街の客たちや、顔見知りの店主たちの、いったい何事かといった表情で見ている視線から顔を隠すようにして、松坂熊吾に言われた言葉を房江にたどたどしく話しつづけた。そして、買い物を終えて市電の停留所へ急ぐ房江のあとをついて来た。

「今夜から、佐竹さんの大阪中古車センターでのお仕事が始まるんやねェ。奥さんと子供さんたちと一緒にお風呂屋さんに行かれへんようになるけど……」

その房江の言葉に、佐竹が何か言い返そうとしたとき、巨大な西日のなかからふいに抜け出たかのようにして市電がやって来た。


大阪中古車センターがオープンして二週間たち、八月一日になったが、中古車を求めて千鳥橋までやって来る客は少なかった。

関西中古車業連合会に加入した中古車業者は、オープン時よりも四社増えて十社となり、展示車輛《しゃりょう》の数は七十二台となって、正門のところから眺めると壮観で、あるいは日本で最も台数の多い中古車センターではなかろうかと思えるほどの規模であり、二週間で三十六台も売れたのに、訪れる客は疎《まば》らなのだ。

ハゴロモの鷺洲店にやって来た客を、熊吾なり神田三郎なり佐田雄二郎なりが車に乗せて千鳥橋へ案内する。

河内モーター、新大阪モーター、辻原自動車センター、ダテ自動車販売、カシマオート等、他の加入店も同じで、自分の店に中古車を探して訪れた客を案内して大阪中古車センターに導かなければ商売にならないという状態は変わりそうになかった。

房江は、オープンして十日が過ぎたころから夫の表情が翳《かげ》りだし、もっと思い切った宣伝をやるべきなのか、それとも地道な口コミに頼るやり方をこのまま根気強くつづけるほうがいいのかと考えにふけっているのを見ていたが、中古車は確実に売れつづけているのだから、なにもそう焦《あせ》る必要はないではないかと思った。

わずか二週間で三十台以上も売れたのだ。大阪中古車センターの出足は上々というべきではないのか、と。

しかし、熊吾に言わせると、千鳥橋の大阪中古車センターの存在を知っている人々が、なぜ市電やバスを利用したり、あるいは自分で車を運転して展示車を見に来ないのか、その理由がどうにも解《げ》せないという。不便な場所ではない。梅田界隈《かいわい》からなら市電で約三十分。自動車なら二十分ほど。難波界隈からならそれよりも十分ほど要するだけだ。

それなのに客のほとんどは、誰かの紹介でハゴロモなり河内モーターなりカシマオートなりに電話をかけて、いまどんな中古車があるかと訊いてから、それぞれの店へとやって来て、大阪中古車センターにつれて行ってくれと要求する。

千鳥橋には常時、関西中古車業連合会の職員が待機している。夕方の五時半には営業を終えて正門を閉めるが、電話で連絡しておいてくれれば指定の時間まで待っている。そのほうが無駄な時間がはぶけるのではないか。

そう勧めても、客は、いや、先にそちらへ行くから車で乗せていってくれと言うのだ。

誰かが案内しさえすれば大阪中古車センターへ行き、豊富な品揃《しなぞろ》えに感心して買ってくれるからそれでいいようなものの、なぜ客たちは直接行きたがらないのか。客たちを拒む何かが、あの電線メーカーの跡地にあるのではないのか。

たしかに市電の通りの東側、とりわけメタンガスが湧きつづけるドブ川を渡ったところからは、奇妙な静寂が始まる。しかし、昼日中に大のおとながそんなことで怯えるだろうか。橋のところまでは市電の通りの喧騒《けんそう》のなかにあり、川沿いの道を歩けば大阪中古車センターで、少ないときでもふたりの職員が常駐しているのだ。

市電の停留所から大阪中古車センターまでの短い道にならず者がたむろしているわけでもない。

いったいなぜだろう……。昼間に出る幽霊なんかいるのか？

もう三日間、熊吾は朝食を終えると伸仁にインシュリン注射を打ってもらいながら、同じことを口にして、

「なんでじゃろう」

と首をかしげつづけているのだ。

伸仁は、夏休みに入ってすぐに海老江《えびえ》にあるメリヤス加工会社でアルバイトを始めた。中学一年生のときから仲のよかった三人組と来年の夏に伊豆《いず》旅行をする費用を貯めるためだという。三人は退学になってしまったが、中学生のときに交わした伊豆旅行の約束だけは果たすつもりなのだ。

昼食代の百円札一枚をズボンのポケットに突っ込んで、伸仁は走り出て行った。

「高校最後の夏休みに伊豆旅行なんて、あいつは大学に行く気はあるのか」

と熊吾は言って、煙草に火をつけた。マッチのラベルには「ホテル銀星」と印刷してあった。

「それ、ホテルのマッチ？」

と房江は訊いた。

「ああ、十三《じゅうそう》のつれこみホテルじゃ。三日に一回くらい、昼寝をしに行くんじゃ。冷房がきいちょって、よう眠れる。部屋には冷蔵庫もあってビールが冷えちょるし、風呂にはシャワーも付いちょる」

「つれこみホテルって、なに？」

「さかさクラゲじゃ」

「そんなとこで昼寝してるのん？」

「十日ほど前に、千鳥橋で電車を待っちょったら、頭がぼうっとしてきてのお、これはちょっと休まにゃいけんと思うて……。ちょうど二、三時間は何も用事がなかったけん、通りがかったタクシーに乗って、運転手に、ちょっと昼寝ができるようなとこにつれて行ってくれと頼んだら、十三に人気のあるつれこみホテルがおますけど、男ひとりに部屋を使わせよるかなァと言いながらもつれて行ってくれよった。昼の二時じゃ。暑い盛りじゃ」

「使わせてくれたん？」

「ひとりだけの客は断わってるとしぶりよったが、ふたり分を払うから、二時間か三時間昼寝をさせてくれと粘ったら、部屋の鍵《かぎ》を渡してくれよった。ビールを一本飲んで、二時間ぐっすり寝てシャワーを浴びたら元気になった。味をしめて、おとといも行ったんじゃ。料金の精算は部屋でやるんじゃ。おとといは、男同士の客と廊下で顔を合わせたぞ。どっちもプロレスラーみたいな体じゃった。ふたりで仲良うお昼寝っちゅうわけではなさそうじゃのお」

「値段はどのくらいやったん？」

「ビール代も入れて六百五十円じゃ」

高いのか安いのかわからなかったが、房江はそれで夫が体を休めることができるならありがたいことだと思った。

「伸仁がメリヤス工場でアルバイトか。あいつが日給を貰《もら》うために人に雇われて働くのは、生まれて初めてじゃのお。どんな仕事なんじゃろうのお」

そう言って、熊吾は煙草を吸いながら何か物思いにふけっていたが、廊下の洗面所で髭《ひげ》を剃《そ》り、パナマ帽をかぶって階段を降りて行った。

房江は、シンエー・モータープール用の麦茶を大きなアルミのヤカンで沸かし、少し冷めてから階下の洗車場へと運んだ。タライに水を張り、そこにヤカンを入れて完全に冷ますと、五本のプラスチック容器に麦茶を分けて事務所の冷蔵庫に移した。

それから裏門の横の便所に置いてある洗濯機に汚れ物を入れ、煉瓦《れんが》敷きの通路を箒《ほうき》で掃き始めた。

最近、房江が掃除を始めると佐古田は仕事を中断して事務所で一服するようになっていた。事務所では、パブリカ大阪北の修理工場長が田岡勝己を話し相手にして出前のコーヒーを飲んでいて、珍しく富士乃屋の社長が弁当製造の責任者と談笑していた。

富士乃屋の社長がモータープールの事務所でくつろいでいるなんて初めてのことではないだろうかと思いながら、房江が裏門への通路の掃除を終え、洗車場の泥や砂を柄の長いブラシで一ヵ所に集めた。

この作業はいちにちに三、四回は必要だった。月極めで自動車を預けている運転手にとって、シンエー・モータープールの広い洗車場は重宝で、汚れた車体や足下に敷くマットを洗うために、いつも何人かが順番を待っている。それぞれの自動車がタイヤや車体の下にこびりついた泥や砂を出先から持ち帰る量は、洗い流すと意外なほど多いのだ。房江は、集めた泥と砂を大きなチリ取りに載せて、正門の郵便受けの横にあるドラム缶に運んだ。

茶色のレースのツーピースを着て、日傘をさした六十歳くらいの女が、さっきから正門の前を行ったり来たりしながらモータープールの事務所のなかを見ているのは気づいていたが、房江は訪ねて来た家が見つからなくて探しているのであろうと思っていたのだ。

だが、女は房江が近くに来るのを待っていたかのように少し吊《つ》りあがった目を注いで、あなたは松坂さんかと訊いた。そして、日傘を畳むと、ついて来いとでもいうような仕草でモータープールの事務所へ歩いて行った。

「あのお、どちらさまでしょうか」

房江は女のあとからついて行きながら訊いた。女は坐《すわ》る場所のない事務所に入ると、

「みなさん、くつろいでられるのにすまんことですが、私をえげつない金貸しやと誤解せんでつかあさい」

と太い声で言った。

その異様な威勢で、富士乃屋の社長は女に席を譲り、

「夕方までになんとかお返事をいただきたいんです」

と田岡に言って、社員と一緒に出て行った。

女は表地がすりへっているソファに腰かけて、

「岡山のちっさな港町から来ましたで。私は松田です。松坂さんの口車に乗せられて、こんな母親の老後の命金《いのちがね》を用立てした松田茂は、私の長男じゃがなァ」

と言った。

房江は、松田の母親に、むさくるしいところだが、二階に私の住まいがあるので、そこでお話をうかがいたいと言って事務所から出た。だが、松田の母親は動こうとしなかった。

「みなさんも、松坂熊吾っちゅう人の非道ぶりを聞いてつかあさい」

と松田の母親は言い、芝居がかった泣き笑いの表情で、佐古田や田岡たちを見廻した。二本の金歯が前歯の横からはみ出るように光り、レースの夏服はナフタリンの強い匂《にお》いを撒き散らした。

佐古田は煙草をもみ消すと、仕事場へ戻って行きかけたが、

「一緒に聞いてつかあさい。私がどんなに苦労して、ふたりの子を育てたかとなァ。女がリヤカーを曳《ひ》いて二十五年間も魚の行商をやりつづけたら、どんなに体がぼろぼろになるかをなァ。あんたさんならわかってくれよるはずじゃけん」

と言われて振り返り、

「俺の仕事場はあっちや。ここはモータープールの事務所や。二階で話したらどうやねん」

そう応じ返して出て行った。

田岡も工場長も気を遣って修理工場へと行ってしまった。事務所にはふたりきりになったので、房江は、八十万円という大金を貸してもらったことへの礼を述べ、夫の商売で不測の事態が生じて、まだ半分の四十万円しか返せてはいないが、残りもことし中には、少しだが利子もつけて返済できるはずだと言った。

「奥さん、半分ちゅうても四十万円ぞなし。五月末に返すと約束して七月始めに半分しか返せん人の言葉を信じろっちゅうんかいな。小魚一尾売れて、なんぼの口銭があるか、あんた知っておくれか？　血を吐く思いで地べたを這《は》うようにして、働いて働いて、私が貯めた四十万円を、きょう返してやろうとは思わんのか？」

ついさっきまでの、事務所に人がいたときとはまるで異なる気弱に哀願するかのような口調にとまどったが、房江はただ申し訳ないと謝るしかなかった。

冷蔵庫から冷たい麦茶を出し、それをコップに注いで、松田の母親の前に置きながら、松田茂は、熊吾の言葉をちゃんと伝えていないのではないかと思った。そうでなければ、この暑い時期に、母親がわざわざ岡山から大阪までやって来るはずがない。

夫は、半分の四十万円を返す際、玉木則之の横領の件は伏せたが、大阪中古車センターの急なオープンで思いがけない出費が重なったと松田茂に説明したはずなのだ。

夫の話では、松田は、柳田社長の勧めでゴルフ場経営の部門に移って、ゆくゆくはコース整備の専門家となる道を選んだので、残りの四十万円はことし中に返してくれればいいと了承したのだ。それがこの母親には伝わっていないのかもしれない。

松田茂は、この夏も、小野ゴルフ倶楽部《クラブ》というところで住み込みでコース整備の研修を受けつづけるという。大阪に帰って来るのは月末だけだ。小野ゴルフ倶楽部では居《い》候《そうろう》の身だから、岡山の母親に電話をかけづらいのであろう。

そう考えて、房江は、夫と松田茂との話し合いの内容を母親に説明した。

「あんたと話してもおえんことじゃ。また来ますけェ。松坂さんは、いつじゃったらこのモータープールで逢《あ》えますかのお。私にも、ちったァ誠意を見せてくれんとなァ」

そう言いながら、松田の母親は、房江の言葉を待たずに帰って行った。

房江は、正門まで送ったが、松田の母親が周りに人がいなくなると途端に言葉つきも態度も豹変《ひょうへん》させたことに、いやなものを感じつづけていた。

常識的に考えれば、貸した金の返済を迫るために訪れても、周りに見知らぬ人々がいるところでの話は避けて、ふたりきりになれる場所を選ぼうとするだろう。だが、あの女は違った。あえて人の多いところで罵《ば》倒《とう》できる機会を待っていたかのようだった。

モータープールの正門の前を行ったり来たりしていたのは、事務所にたくさんの無関係な人間が集まっていて、そこに松坂熊吾の妻もいるという状況を根気よく待ちつづけるためだったのかもしれない。

そうでなければ、富士乃屋の社長たちが去り、佐古田も仕事場に戻り、田岡と工場長も事務所から出て行って、私だけになると、あの女はなんだか張り合いをなくして気が抜けたような、どこかがっかりした風情《ふぜい》で、それまでの威勢を消してしまった。

房江はそう考えながら、掃除道具を片づけて洗濯機のあるところに戻りかけたが、通路で佐古田と顔を合わせるのが恥しくて、事務所の机の前に坐って電話番をつづけた。

房江は恥ずかしかった。松田親子に商売のための金を借りたのは、佐古田も田岡も知らないことなのだ。ましてや富士乃屋の社長や工場長とは何の関係もない。だが、さっき知られてしまった。それどころか、女手ひとつで魚の行商をして爪《つめ》に火を灯《とも》すように貯めた金を貸してもらったのに、残りの半分を返そうとしない非道な人間として罵《のの》しられたのだ。

約束の期限に全額を返済できなかったのはたしかに申し訳ないことだが、松田茂にはちゃんと事情を説明して、残りの返済期限も決めたではないか。

私や夫が性《しょう》の悪い人間なら、残りの四十万円は、人前で罵られて恥ずかしい思いをさせられたことへの代金だとひらきなおって約束を反故《ほご》にしないまでも、四ヵ月で完済せず、なにやかやと言い訳をつづけて一年先くらいまで延ばすであろう。だが、私も夫も、そんな人間ではない。あの女にとって、八十万円がどんな金かは痛いくらいにわかっている。

それにしても、いくら息子に泣きつかれたからといっても、あの女がよくも大金を松坂熊吾に用立てたものだ。あの女は「命金《いのちがね》」という言い方をしたが、まさにそのとおりであるにちがいないのだから。

そんなことを考えているうちに、房江は、松田の母がまたモータープールの事務所へと戻って来そうな気がした。いつでも鉄火場の女のように着物の裾《すそ》をまくって啖呵《たんか》を切れる六十過ぎのダミ声の女は私の手には負えないと思い、房江はきょうは夕方近くまで姿を消していようと決めた。

パブリカ大阪北の修理工場にいるのであろう田岡勝己を呼びに行こうと事務所から出ると、丸尾千代麿《ちよまろ》が二トントラックを運転してやって来た。

千代麿とは、四月に麻衣子《まいこ》の蕎麦《そば》の試食をした日以来だった。

トラックから降り、洗車場の水道で腕や顔を洗ってから、

「二トントラックを二台買うことにしまして、ハゴロモへ行ったら、大将は千鳥橋の大阪中古車センターにいてるそうで。神田さんの説明では、関西中古車業連合会を復活させたっちゅうんで、この千代麿にひとことも話をしてくれへんのは、あまりに水臭いや

ないかとひとこと文句を言わせてもらおうと思いまして、これからその大阪中古車センターへ行って来ます」

と千代麿は笑顔で言った。そして、トラックの助手席に置いてある保冷箱を降ろした。釣りをする人が砕いた氷を入れて釣り場へ持っていく大きな容器だった。きのう、仕事で豊岡《とよおか》へ行ったついでに城崎《きのさき》の麻衣子の家に泊まり、けさ、釣ったばかりの鮎《あゆ》を五尾買って戻って来たばかりだという。

ビニール袋に入れた鮎を持って二階にあがり、冷蔵庫に入れると、房江は買い物籠《かご》と日傘を持って事務所へと戻った。

「私も行くから乗せてって」

「その中古車センターへでっか？」

「せめて冷たい麦茶でも飲んでいってね。千代麿さん、ものすごい汗や。ズボンの腰から お尻《しり》にかけてずぶ濡《ぬ》れや」

「お洩《も》らしをしたみたいでっしゃろ？」

田岡が戻って来て、富士乃屋の社長から依頼された件を房江に相談した。

次の日曜日に、ある会社が創立五十周年を迎える。戦中戦後の困難な時代を乗り越えての五十周年を祝う式典を執り行なうが、式典そのものは簡略にして、社員たちには金一封と豪華弁当を渡すことにした。

この暑さで、前の晩に作った弁当から食中毒でも起こしたら、せっかくの式典に傷をつけるだけでなく、富士乃屋の屋台骨も揺らいでしまう。

式典は午前十時から。十一時には全員解散。弁当は必ず午後一時までに食べること。社員にはそうお達しが出たが、なかには弁当を夕方食べる者もいないとはかぎらない。だから、その日の夜に食べても大丈夫な豪華弁当を作ってくれ。数は千二百個。

富士乃屋の社長は躊躇《ちゅうちょ》したが、その会社は創業時からの得意先で、三年前には社員食堂を全面的にまかされるようになっている。

ここはひとつ、富士乃屋の心意気を見せたいが、千二百人分の弁当を夜明け前から午前八時までに作りあげる場所がない。どうしたものかと頭をひねっていて、きのうの夜、そこの交差点で松坂の大将と出くわした。短い立ち話で別れたが、ひさしぶりに松坂の大将の顔を見たことで名案がひらめいた。このモータープールで弁当を作るのだ。

正確には八月三日の土曜日の夜十一時から八月四日の日曜日の午前十一時までの十二時間、モータープールの正門からパブリカ大阪北の修理工場までの敷地を、すべて弁当作りのために貸してはくれまいか……。

田岡の話はまだ終わってはいなかったのに、

「千二百個？」

と千代麿は持っているコップを顔の前に掲げるようにして驚きの声をあげた。

「それを夜明け前から朝の八時までにここで作りまんのか？　そんなことができまんのか？」

千代磨の問いに、

「富士乃屋の社長さんも、調理部長さんも、ここを貸してもらえるなら千二百個作れるって」

と田岡は言った。

しかし、自分の一存では決められないし、シンエー・モータープールは責任者不在のままで、誰に決定権があるのか宙に浮いてしまっている。柳田社長はゴルフ場の現場事務所で陣頭指揮を取っていて、いまはモータープールのことなど眼中にない。

さしあたって、ノブちゃんのお母さんにまず話をしてみようということになり、富士乃屋の社長と調理部長は、ここで待っていたのだが……。

田岡の説明で、ああ、それで珍しく富士乃屋の社長がモータープールの事務所で談笑していたのかと房江は思った。

「モータープールは、いまどこに属してるの？　シンエー・タクシーやないのん？　田岡さんの給料はどこから出てるのん？」

「ぼくの給料は柳田商会から出てるんですけど……」

田岡が途中で言葉を濁したので、なにか喋りにくい事情があるのだろうと思い、いまから行くところで夫と逢えるはずだから、とりあえず話だけはしてみると言い、房江は、丸尾運送店の二トントラックに乗った。松田の母が戻って来そうな予感は消えなくて、房江はシンエー・モータープールにいたくなかったのだ。

幼いころから意地の悪い人間はたくさん見てきた。情け容赦のないいじめに、なす術《すべ》もなく耐えるしかなかったときもある。どれもみなつらくて悔しい思い出だ。それらと比べれば、人前で借金の返済を迫られることなどたいしたことではないともいえる。

それなのに、このいつまでも心が乱されつづける不快感は何だろう。松田の母親から滲《にじ》み出ていたものは、私がこれまでどの人間にも感じなかった特殊な邪気といってもいい。人を殺すことをなんとも思っていない人間すら持っていない邪気……。

そうだ、譬《たと》えようもなく醜悪で、人の心の中心部を不安と心配に染めるだけの邪気を、あの女は持っているのだ。

私は、松田茂の母親を、若くして夫に先立たれて以来、ふたりの幼な子をかかえて、瀬戸内の海沿いの港町で魚の行商をして気丈に生きてきた優しい力強い母という姿をかぶせて思い描いていたのだ。

仕入れた魚が売れない日は、育ち盛りの息子たちに食べさせる米も買えないときもあったであろう。炎天下であっても、強い雨の降る日であっても、体の調子が悪くて熱があっても、あるときは自転車の荷台に、あるときは重いリヤカーの荷台に、その日仕入れられる分だけのわずかな種類の魚を木箱に入れて運びながら、町々や村々を売って歩く生活のなかでは、経験したことのない者には想像もつかない悲しくて苦しい出来事もたくさんあったであろう。

そうやってこつこつと貯めたお金を松坂熊吾に貸してくれた。なんとありがたい人であろう。

私はそう思いつづけていたからこそ、玉木則之の横領を知ったとき、迷うことなく、半分の四十万円だけでも、なによりも先に松田の母親に返さなければと、へそくりのほとんどすべてを夫に渡したのだ。

夫も同じ気持ちであったればこそ、四十万円に一銭も手をつけず、松田茂に渡したのであろう。

あのとき、大阪中古車センターの開業準備に必要な費用は多くて、現金が日々空を飛んで行くかのようだった。四十万円の現金があったのだから、それを使いたいという誘惑は大きかったであろうに、夫は、松田の母親に返済することを優先した。

それなのに、あんなやり方で、残りの四十万円の督促をするために、あの女は岡山から出て来たのだ。

いや、私が腹を立てるのは間違っている。金を借りておいて約束の期日までに返せず、一ヵ月待ってもらって半分しか渡せなかったのだから、少々罵倒されるくらいは当然なのだ。私は人前で恥ずかしい思いをさせられたので逆恨みしているのだ。まったく、こういうのを逆恨みというのであろう。

房江は、千代麿の運転するトラックが玉川町を過ぎて西九条の手前にさしかかるまで、そんな考えのなかにいた。

大阪環状線の高架をくぐってすぐに、房江は麻衣子の「城崎蕎麦」の評判を千代麿に訊《き》いた。

「目が廻る忙しさっちゅうわけやおまへんけど、そこそこやっていける目処《めど》が立ったみたいでっせ。房江おばさんのお陰やて言うてました」

「へえ。ということは、夜の麻雀《マージャン》客が上客として定着してきたんやろか」

「そうでんねん。そやから、麻衣子ちゃんが家に帰って来るのは夜の一時でっせ。私は、栄子ちゃんを小川さんのおばあちゃんに預かってもろて十時前に二階で寝てしまいましたけど、おしっこに起きて下の便所へ行ったら、寝てる栄子ちゃんを抱いた麻衣子ちゃんが帰って来まして。それがちょうど一時でした。十時を過ぎてから蕎麦が三十五杯出たって言うてました。昼間は十八杯やったから、合わせて五十三杯やて喜んでました」

「うわァ、それは大繁盛《はんじょう》やわ。目が廻る忙しさや」

「出前係の女の子を雇うたそうです。城崎駅からの大通りにある食堂の娘らしいです。鰻重《うなじゅう》のうまい店やて言うたら房江おばさんにはわかるはずや、て」

「ああ、あの店」

「ええ鰻《うなぎ》が入ったときだけしか店をあけへんようになったそうです。うどんや親子丼《どん》なんか作るのは、もうしんどいっちゅうてねェ。ご主人は、若いころ、東京の日本橋の鰻屋で十二年間修業したそうで、麻衣子ちゃんから、房江おばさんに、早よう鰻を食べに城崎においでって伝えてくれって頼まれましたんや」

「私、鰻重が大好きやねん。温泉につかって、鰻重を食べて、城崎大橋の真ん中から満月を観《み》る……。早よう十月がけえへんやろか」

房江の言い方がおかしかったらしく、千代麿は声をあげて笑った。

大阪中古車センターの幟《のぼり》は、千鳥橋の停留所附近からも橋の周辺からも撤去されてしまっていて、それらすべては正門と左右のブロック塀に取り付けてあった。

事務所には、熊吾と、小柄な同年配の男がいた。佐竹善国は家に帰って寝ている時間らしかった。

ハゴロモの弁天町店で雇ったふたりの青年は、働き場所を鷺洲店と大阪中古車センターとに変えて勤めつづけていた。客が三組訪れていて、関西中古車業連合会の会員となった業者の担当者から中古車の説明を受けていた。

「あれが丸尾運送店へのお勧めの二トントラックじゃ」

熊吾は事務所のなかから、敷地の北側を指さしてから、小柄な男に房江を紹介した。

ああ、この人が丹下甲治さんなのか。謎《なぞ》の男などと夫は冗談めかして話しているが、まったくいなかの小学校の実直な校長先生みたいな人だなと房江は思いながら、初対面の挨拶《あいさつ》をしてから、富士乃屋の社長の頼み事を熊吾に伝えた。

「土曜日の夜から準備を始めにゃあ間に合わんのに、きょうはもう木曜日じゃぞ。きょう中に貸すか貸さんかの返事をしてあげにゃあ富士乃屋は動きが取れんじゃろう。なにをもたもたしちょるんじゃ」

「そやけど、田岡さんが決められることやないもん」

「田岡さんが決めたらええんじゃ。いまはモータープールは責任者不在なんじゃからのお。よし、わしが決めちゃる。富士乃屋は、シンエー・モータープール開業時に最初に月極で車を預けてくれた会社じゃ。それもいっぺんに十二台もじゃ。あそこが十二台も預けてくれたことがどれほどシンエー・モータープールの信用につながったか。いまは二十三台も預けてくれちょるんやぞ。富士乃屋の社長がじきじきに足を運んで来たんじゃ。よほど困っちょるんじゃろう」

熊吾は怒ったように言い、ズボンのうしろポケットから手帳を出すと、電話機のダイヤルを廻した。

やがて、富士乃屋の社長と話し始めて、

「こっちが用意せにゃあいけんもんは何かありますかのお」

と熊吾は訊いた。

「貸し賃？　そんなもんは要りません。モータープールは車を預かってなんぼの商売です。どうしても使用料を払わにゃあ気が済まんのなら、無事に千二百個の弁当を納品してから田岡さんと話をしてください。わしがそう言うたと田岡さんに話して、もういまからでも準備に取りかかって結構ですけん」

熊吾と富士乃屋の社長との話は、それから三、四分つづいた。

いまはモータープールの経営にまったく関与していない松坂熊吾が、柳田商会にもシンエー・タクシーにも相談せずに、モータープールを弁当作りに貸したとなれば、勝手なことをするなと文句をつけてくるのは誰だろうと房江は考えた。誰の顔も浮かんでこなかった。シンエー・タクシーの常務は、いつのまにか退社していて、もう一年近くも顔を見ていなかった。

夫は、あそこに住んでいるというだけで、いまでもシンエー・モータープールの大ボスなのだと房江は思った。

汗かきの熊吾はタオルで手の甲と腕を拭《ふ》いてから便箋《びんせん》を出し、開襟《かいきん》シャツの胸ポケットに入れてある万年筆で何かを書き始めた。一気呵成《いっきかせい》に二枚半を書きあげて封筒に入れ、表に「柳田社長」、裏に「松坂熊吾」としたためると、封をせずに房江に渡した。

急いで続け字で書いたほうが夫の字は味があるのだなと思いながら、どうやって柳田社長に届けたらいいのだろうと訊いた。

「パブリカ大阪北の社長の机に置いといたらええ。田岡さんに頼んで置いてきてもらえ」

と言い、熊吾は二台の二トントラックのボンネットをあけている千代麿のところへと行った。

それまで無言で扇風機の風で涼をとっていた丹下甲治が、

「ご主人は剛毅《ごうき》なだけにしか見えへんときもおますが、一瞬で緻密《ちみつ》な計算をやってのけるお人ですなァ」

と微笑《ほほえ》みながら言った。

「それで大失敗をやってしまうこともあるんです」

房江も笑みを浮かべて言った。丹下という男からは、初めて逢ったのに何でも気楽に話せそうなものを感じたのだ。

「私が、佐竹をここで働かせてやってくれと松坂さんに頼んだのは、いわば無理難題を押しつけて、他の場所を選んだほうが得やし、面倒も少ないと思わせようという企《たくら》みがあったからです。私はここをずっと空地のままにしときたかったんです。ところが松坂さんは、その場で即座に佐竹を雇うと決めてくれはりました。あれにはびっくりしました。そうなると、私のほうが引っ込みがつかんようになってしもて、野良犬《のら》の始末を急がなあかんはめになりました」

「ぎょうさんの大きな野良犬の始末って、どんなふうにして短い期間でやられたんですか?」

房江の問いに、少し当惑したように黙っていたが、

「奥さんが知らんでもええことです」

と丹下甲治は笑顔で答えた。

千代麿が、三十分ほど待っていてくれと房江に大声で言い、トラックの試乗のために熊吾を助手席に乗せて、中古車センターから出て行った。

十五分ほどで戻って来て、もう一台のトラックの試乗をして再び中古車センターへ帰って来ると、きょう中にこっちを扇町の店のほうへ届けてくれないかと一台を指して千代麿は熊吾に言った。

「鈴原《すずはら》、これを扇町まで運んでくれ。いますぐじゃ」

熊吾は弁天町店で働いていた青年を呼んだ。房江は初めてその青年の名を知った。

千代麿の車で福島西通りの交差点まで送ってもらうと、房江はシンエー・モータープールに帰らずに、そのまま歩いてパブリカ大阪北の社屋へと向かった。田岡に頼まなくても、顔馴染《なじみ》の女事務員がいるから彼女に手紙を託したら、柳田社長の机の上に置いて

くれるだろうと思ったのだ。

しかし、二階の事務所にあがって、島本《しまもと》という名の女子社員を探したがいなかった。初めて見る若い女事務員に訊くと、島本さんは六月半ばに辞めましたという返事が返ってきた。房江は手紙をその女事務員に渡してシンエー・モータープールに戻った。

富士乃屋の社長と調理部長が、相談しながら事務所と隣接する元職員室で図面を描いていた。車が常時六台停めてあるその元職員室の斜め上が房江たちの住まいなのだ。

房江に気づくと、富士乃屋の社長は、松坂の大将の迅速な裁量はありがたかったと礼を言い、この元職員室も使わせてもらうので、作業の夜はうるさくて松坂さんたちは眠れないかもしれないと、申し訳なさそうに何度も頭を下げた。

愛想笑いひとつ見せない富士乃屋の社長は、短気で仕事に厳しいことで知られていて、精悍《せいかん》な目つきは見るからに怖そうだが、社員を大切にするので辞めていく者はほとんどいないのだ。

「あしたの昼ごろから、業者がぎょうさんの煉瓦を運んできます。五百個です。それをとりあえずどこに置いておくかですが、どこかに場所を作ってもらえませんか」

と富士乃屋の社長は房江に言った。

「煉瓦を何に使いはるんです？」

「千二百尾の尾頭付きの鯛《たい》を炭火で焼くために、煉瓦を長方形に積むんです。なかに炭を入れて、串《くし》に刺した鯛を上に並べます。長方形の七輪と思うてください。ひとつに煉瓦が五十個。十個組むので五百個です」

五百個もの煉瓦をどこに置こうかと房江が考えていると、富士乃屋の社長は事務所の椅子《いす》に腰をおろし、煙草《たばこ》に火をつけてから、手に持っていた図面を見せた。

シンエー・モータープールの敷地全体の図が描いてあり、各所はアルファベットで区分けされていた。

Aは北西側の波板で屋根を設けたところで、四十五台の車が納まるが、その約半分は富士乃屋の箱型のトラックなのだ。田岡はそれをコンテナ型と呼んでいるが、正しい名称なのかどうか房江にはわからなかった。

納品する弁当を箱型の荷台に入れて、うしろのドアを閉めると、直射日光を遮るし、雨にも濡れないし、埃《ほこり》で汚れることもない。富士乃屋は創業時から弁当の運搬車は特別仕様のコンテナ型に改造して使ってきたのだ。

Bと書かれたところは洗車場と事務所の北側で、Cは元職員室だった。Dは、パブリカ大阪北の修理工場の前で、そこには鉛筆で「鯛」と書かれている。

「うちのトラックを置かせてもろてる屋根付きのあそこは、土曜日の夜には空にしてもらいたいんです。あそこの奥で赤飯を炊《た》きます。その隣り側では牛肉の山椒《さんしょう》煮と出し巻き玉子を作ります。こっちの元職員室では紅白の蒲鉾《かまぼこ》を切って、二切れずつに分けて、昆布《こぶ》巻きも作ります。鯛を焼くのは修理工場の前です」

と富士乃屋の社長は説明した。

「お赤飯と鯛の塩焼きと出し巻き玉子、牛肉の山椒煮、昆布巻き、紅白の蒲鉾。それがどれも千二百人分……。ひと晩で作れますのん？」

房江の目算では、到底無理だという結論しか出てこなかった。

「引き受けたかぎりは、死んでも作りますよ」

と富士乃屋の社長は自分に言い聞かせるように言った。

田岡勝己が自転車を漕《こ》いでどこかから帰って来た。元職員室に置いている車の所有者一軒一軒を訪ねて事情を説明し、富士乃屋の作業中は車を別の場所に移動させておくことの許可を得て来たという。

炎天下を自転車で奔走した田岡は汗まみれだった。

「電話で済んだところもありますから、シンエー・モータープール側の準備はオーケーです。五百個の煉瓦はこの事務所から佐古田さんの仕事場までの通路に並べます」

田岡の言葉に礼を言い、富士乃屋の社長は電車道を挟んで斜め向かいの自分の会社へと帰って行った。

「土曜日の夜はシンエー・モータープールは朝まで戦場やねェ」

房江はそう言って二階へあがり、柳田商会の寮の前にある物干し場で洗濯物を取り込んだ。裏門のところからの木製の階段を駆けのぼってくる大きな足音に何事かと振り返ると松田茂だった。

松田は房江が物干し場にいるのに気づかないまま寮の畳敷きの広い部屋に入り、押し入れをあけて何かを探し始めた。

ひどく急いでいるようだから、話をするのは後日にしたほうがいいと房江はいったんは思いとどまったが、松田がこの寮にやって来るのは一ヵ月にいちどくらいなのだと考えて、乾いた洗濯物を入れた籠を持ったまま、声をかけた。

房江のほうが面食らうほどに松田は驚き顔で見つめた。誰もいないと思っていたのに突然自分の名を呼ばれて驚愕《きょうがく》したといった表情だった。

房江は、松田の母親がきょう訪ねて来たこととその目的を、決して気を悪くさせないように笑みを交じえて話してから、

「松田さんはお母さんにちゃんと事情を説明してくれはったん？」

と訊いた。

「説明したけど、おふくろは承知せんのです。事情を説明して、全額返済を四、五ヵ月待ってくれと私に頼むのはお前やのうて松坂はんじゃっちゅうて」

「たしかにそうやけど、主人は松田茂さんにお金を借りたんやから……」

松田は押し入れを閉め、房江の一メートルほど前で靴を履くと、顔を青ざめさせて、

「あの八十万円のうち、ぼくの金は二十万円だけです。おふくろは、ほんまは六十万円出してくれたんです。ハゴロモの暖簾《のれん》代としてそのくらいは貸してあげてもええ、お前が独立して商売を始めるんじゃからって。松坂はんにそのくらいの恩を売っといてもええじゃろうって。そやのに、ハゴロモが左前になって、ぼくが暖簾を分けてもらう意味がなくなって、そのうえ、金は半分しか返せんなんて、ひどすぎますやろ」

百八十五センチの体を前のめりにして、松田は声を震わせながらまくしたて、階段を駆けおりて行った。

大男に青ざめた顔のあちこちを小刻みに震わせて覆《おお》いかぶさるように詰め寄られたので、房江は怖くて、松田がいなくなってからも動悸《どうき》はおさまらなかった。

親子のあいだで何かがあったのかもしれないが、残りの四十万円を早急になんとかしなければならないと房江は思った。しかし、あてはまったくなかった。

ハゴロモの暖簾分けを頼み込んできたのは松田ではないか。夫が持ちかけたのではない。それどころか、お前は自分で商売をしようと考えずに柳田商会でこれまでどおりに実直に働きつづけるのがいちばんいい。柳田社長は、お前の今後のことも考えてくれているはずだ。自動車の中古部品業にもう先がないことは柳田社長が最もよくわかっている。

夫は何度も松田茂にそう言ったのだ。

四十万円か……。私にはどうすることもできない大金だ。夫は大阪中古車センターのことで頭が一杯だ。けれども、松田の母親が来たことは伝えておかなければならないだろう。

房江はそう思いながら自分たちの部屋に戻り、西日を遮るために窓の上の天井から吊るしてある簾《すだれ》をおろし、夕ご飯の準備にかかったが、ふと、あることに気づいた。柳田元雄は、社員を自分や妻の親類縁者で固めるということに、いまごろになって房江は気づいたのだ。

柳田商会には、ことし中学を卒業したばかりの少年がひとり就職してきて寮で暮らしている。九州から出てきたのだが集団就職組ではない。柳田元雄の末の妹の嫁ぎ先と血縁があって、新しい社員はまったく必要ないのに柳田元雄はあえてその少年を引き受けたのだ。

佐古田も柳田元雄と遠い血縁関係があるらしい。柳田商会の八割、パブリカ大阪北の三割、シンエー・タクシーの六割。それらの社員は柳田夫妻と何等かの縁戚《えんせき》関係にあるのだ。

柳田元雄も妻も兄妹が多く、そのために親戚縁者も多い。おとどし、柳田夫妻のひとり娘が結婚したが、相手は婿《むこ》養子として柳田家に入籍した。いまは専務としてパブリカ大阪北と桜橋の柳田ビルをまかされている。

房江は、世間ではよくあることだと思いながらも、柳田元雄のやり方になんとなく奇異なものを感じた。パブリカ大阪北に専務として迎えられた東尾修造が辞めざるを得なくなったのは、柳田社長の娘婿の処遇と絡《から》んでいるのかもしれないと思った。

まあそんなことはどうでもいい。残りの四十万円をいちにちも早く松田の母親に返したい。それにしても、さっきの松田茂の、青ざめて震えていた顔のなかの怒りをむき出しにした細い目は、これまでいちども見せたことのないものだった。豹変する人間は何人も見てきたが、松田茂のそれは姑息《こそく》さも伴なっていて滑稽《こっけい》なほどだった。

そうか、あの八十万円のうちの六十万円は母親の金だったのか……。いや、八十万円全額が母親から出ていたのかもしれない。大きなことを言ったが、松田茂は独立して商売をするための資金など一銭もなかったのかもしれないのだ。

だとすれば、母親が岡山から出て来て、残りの半分を返せと迫るのは当然だ。

房江は、大阪ではコロと呼ばれる鯨の皮の下にある白い部位を湯にくぐらせながら、冷蔵庫の横に置いてある日本酒の一升壜《びん》を持ってきて、コップに注いだ。

伸仁が帰って来たら、敏感に見抜いてなじるだろうが、心に居坐りつづけている松田の母親の邪気を払うために一合だけ飲もう。そうすれば、もしいま松田の母親がやって来ても、すみません、申し訳ありませんと平然と謝りつづけることができる。

そう考えながら、房江は湯通ししたばかりのコロを肴《さかな》に、コップ酒を立ったまま飲んだ。房江が鰻重の次に好きなのがコロの酢味噌和《すみそあ》えだった。

金曜日の夕方に五百個の煉瓦がシンエー・モータープールに運び込まれた。大型ダンプカー二台に積まれた煉瓦は事務所と裏門とをつなぐ通路に並べられたが、それによって仕事場が窮屈になり風通しも悪くなったのに佐古田は日頃と変わらない表情で作業をつづけて、文句ひとつ言わなかった。

田岡からも事情を説明され、朝には熊吾が佐古田の機嫌を損ねないようにと、仕事の邪魔をして申し訳ないと声をかけたので、みんなが近づきたがらない偏屈男もいつもよりも口数が多くて、自分から房江に話しかけたりした。

房江が裏門の横の広い便所を掃除していると、熊吾と佐古田の話し声が聞こえた。まだ七時前だったので、こんなに早く帰って来るのはこの数ヵ月なかったことだと思い、洗剤と長い柄のついたブラシで磨き洗いしたコンクリートの床にゴムホースから出る水を流しながら、房江はふたりの会話を聞いていた。

「サコちゃんは変わらんのお。柳田商会でいちばん誠実な社員じゃ。口には出さんが、柳田社長もそう思うちょることじゃろう。体に具合の悪いところはないか？」

「体だけは元気や。いまのところ、どこも具合の悪いとこはないで」

サコちゃん？　私が知っているかぎりでは、これまで佐古田をサコちゃんと呼んだ者はいない。佐古田は若いころはサコちゃんと呼ばれていたのかもしれない。夫は、佐古田がまだ青年だったころのことを知っている数少ない人間なのであろう。房江はそう思った。

「大将、苦労してるみたいやなァ。商売に苦労はつきものや。まあこんなことは松坂の大将には釈迦《しゃか》に説法やけどなァ」

「いや、そんなことはあらせん。わしが自分で招いた苦労じゃ。まぬけやけん、人に騙《だま》されたんじゃ」

「松田のおふくろはしつこいでェ。はっきりと自分のほうが立場が上やとわかったら、立場が下の人間をこれでもかといじめにかかりよる。俺はあの女を昔から知ってるけど、昔もいまもおんなじや。なんでそんなふうになるのか、俺にはようわかる」

「どうわかるんじゃ」

「生まれてからこのかた、人よりも立場が上になったということがないんや。そやから、ひとたびちょっとでも自分が上の立場に立つと、それを目一杯使いたがるんや。軍隊にはそういうやつがぎょうさんおった。そんな連中が、よその国で女を強姦《ごうかん》したり、年寄り子供を死ぬほどぶん殴ったりしよったんや。大将も戦地へ行ったからわかるやろ？」

「うん、ようわかる。どういう人間が、サコちゃんの言う『そんな連中』なのかもちゃんとわかるぞ」

「そやけど、松田のおふくろの、奥さんへのいじめかたは尋常やないで。あのババアは大将の奥さんに的を絞ったんや。大将、なんとしても金を作って、あのババアに金を返してしまえよ。そやないと奥さんが可哀相《かわいそう》や」

「なんでわしの女房に的を絞りよったのかのお」

「やきもちや」

房江は水道の栓を閉めて耳を澄ませたが、熊吾と佐古田の会話はそこで途切れた。掃除道具を片づけ、足音を忍ばせて裏門のほうからの階段をのぼると、反対側の講堂のところからの階段を熊吾が伸仁と一緒にのぼってきた。

海老江のメリヤス縫製工場でのアルバイトを終えて六時前に帰って来た伸仁は、そのまま田岡を手伝って、土曜日の夜のための車の配置換えをしていたのだ。

「今晩、弁当用の箱が届くんやて。二千四百箱。あしたの夜に届く予定やってんけど、箱屋さんが頑張って、さっき二千四百個を完成させたんや。半分は富士乃屋の倉庫に置けるけど、もう半分はモータープールの、雨に絶対に濡れんところに置かせてほしいって。田岡さん、へとへとになってしもてるでェ」

伸仁は手を洗いながらそう言い、房江がすでに用意してあった夕ご飯を大急ぎで食べて、また田岡の仕事を手伝うために戻って行った。

松田の母親のことは、きのうの夜遅くに熊吾に話しておいた。夜中の一時に帰宅した熊吾は、房江の話を聞くと、そうか、とだけ言って、濡れタオルで体を拭き、そのまま寝てしまったのだ。

「きょうは早いねェ」

と言い、房江は扇風機の風を夫に向けた。

「富士乃屋のことが気になってのお。このモータープールを弁当作りの場所として富士乃屋に貸すと決めたのはわしじゃけん。預かっちょるお得意さんの車が土曜日の夕方から夜にかけてモータープールに帰って来よる。どの車をどこに置くか。とにかく台数が多いけん、下手なことをしたら、入りきれん車が市電のレールのとこまで数珠《じゅず》つなぎになっしまう」

そう言ってテレビをつけ、ニュースを見ながら何か考え事をしている表情で口髭《くちひげ》を撫《な》でてから、熊吾はビールを飲み始めた。

しばらくすると、ビールが半分残っているコップを置き、

「大事なことを忘れちょったぞ」

と言い、熊吾は階段をおりていった。

何事かとムクをつないでいるところから房江が見ていると、熊吾は正門を出て福島西通りの交差点のほうへと歩いて行った。

「ムク、あしたの夜は、鎖を外されへんわ。生まれて初めてやなァ。夜、モータープー

ルのなかを自由に走り廻られへんのは……」

房江はムクの頭を撫でながら言ったが、ことし暑くなってからずっとムクは元気がなくて、走っている姿なんか見ていないと思った。

「あんた、ちょっと太りすぎやねん」

とムクに言い、富士乃屋の小型コンテナ車をパブリカ大阪北の修理工場の横に移動させている伸仁の慣れた運転ぶりに感心して見入りながら、房江は佐古田の言葉の意味を考えた。

やきもち……。佐古田は迷いのない口振りでそう断言したのだ。

初めて顔を合わせたこの五十二歳の女に、なぜはるかに歳上《としうえ》の松田の母親がやきもちを焼くのだ。私はシンエー・モータープールに住まわせてもらって掃除や留守番などを務めている管理人にすぎないではないか。

佐古田は変わり者だから、考え方もいささか風変わりなのであろう。

そう思って台所へ戻り、房江は熊吾の好物の蛸《たこ》と胡瓜《きゅうり》の酢の物を作り始めた。

熊吾が大声でパブリカ大阪北の若い工員と喋《しゃべ》っていた。もう戻って来たのかと思い、房江は聞き耳をたてた。

「迷惑をかけてすまんがのお、日曜日の朝まではそこに車を停めんようにしてくれ。理由はキクちゃんとこの工場長に訊いてくれ」

「富士乃屋がここで鯛を焼くのはあしたの晩でしょう？　いまだけこのポンコツを停めさせてください」

「キクちゃんが一台停めると、他の連中もここに次から次へと車を置きよる。そうなると収拾がつかんようになるんじゃ」

「そやけど、工場のなかは満杯です」

「あのバンと隣りの事故車を詰めたら、もう一台入るぞ」

伸仁が熊吾を呼ぶ声が正門のほうから聞こえた。

「キクちゃん、夜中に内緒で車を運転するなよ。無免許運転で事故を起こしたらえらいことじゃぞ」

房江は、キクちゃんとは誰だろうと再びムクのいるところへ行ってパブリカ大阪北の修理工場のほうを見た。長い髪をポマードでリーゼントという型に固めた少年が、けだるそうな表情でいま停めたばかりのパブリカを工場内へと移動させていた。

交差点の西側の食堂に勤める少女と裏門に沿った細道でしょっちゅう逢っている少年だ。少女の名は珠子《たまこ》だったな。沼地《ぬまち》珠子だ。どちらも中学を卒業してすぐに集団就職の列車で大阪へやって来た子たちだ。

どうして夫は少年の名を知っているのだろう。あの少年が夜中にモータープールから出て車を運転していることをなぜ知っているのだろう。私はこれまでまったく気づかなかったというのに。

そう思いながら、房江は夫の夕ご飯のおかずをこしらえた。

それから小一時間ほどたって、熊吾と伸仁が戻って来た。伸仁がタオルと石鹼《せっけん》と着替えの下着を持って銭湯へ行ってしまうと、上半身裸になってビールを飲んでいる熊吾に、さっきの少年のことを訊いた。

「あの子は修理工場の騒動の種じゃ。菊村進一《きくむらしんいち》っちゅうんじゃが、工場長や寮長の言うことはきかんし、寮の規則は守らんし、反抗的じゃし、周りは手を焼いちょる。鳥取の大山《だいせん》の麓《ふもと》の村出身じゃ。寮ではもう誰も相手にせんのじゃが、車の修理技術の飲み込みは同期の仲間のなかでは抜きん出ちょる」

と熊吾は言った。工場長から聞いたのだという。

「夜中に車を運転してモータープールから出て行ってるのん？」

「お前の耳はよう聞こえる耳じゃのお」

「大きな声やから誰の耳にも届くわ」

「わしが夜遅うに裏門から帰って来たとき、二度ほどあの子がそっと正門をあけちょるとこに出くわしたんじゃ。モータープールの事務所に忍び込んで、正門の鍵《かぎ》を取り出して、車を通りに出して、それから正門を閉めて、また鍵をかけて、事務所の鍵箱に戻して、また正門を乗り越えて……。たぶん一時間ほど市内を乗り廻して、戻って来たら正門を乗り越えて鍵を取って……」

「それを知ってるのはお父ちゃんだけ？」

「寮の連中はみんな知っちょるじゃろう。あの子は、寮の連中とは反《そ》りが合わんが、伸仁とは仲がええんじゃ。ときどき一緒に銭湯へ行くらしい。十八になったら工場を辞めてヤクザの道に進みたいそうじゃ」

房江はあきれ顔で熊吾の横顔を見つめ、

「そんな考えは捨てさせなあかんわ。今晩から正門の鍵は二階のこの部屋に隠しとく」

と言った。

「うん、それがええのお。交通事故を起こして若死にさせとうないけんのお」

熊吾の妙に暢気《のんき》そうな言い方に、房江は少し語気を強めた。

「そんな子とノブとをあんまり仲良うさせとうないわ」

熊吾は笑みを浮かべ、

「いろんな人間とつきおうたらええ。いろんな人間がおって、いろんな考え方をしちょるっちゅうことを学ぶのは大事なことじゃ。取捨選択は伸仁がやるじゃろう」

と言った。

「そんな……。ノブはまだ十六歳やで。どんな色にも染まるわ。朱に交われば赤くなるって言葉は、お父ちゃんがノブに小さいときから言い聞かせてきたことやろ？」

「わかっちょる」

熊吾は怒ったように言い、ビールをウィスキーに代えて、蛸と胡瓜の酢の物を食べ始めた。

房江は、さっきどこへ行って来たのかと訊いた。忘れていた大事なこととは何なのか、と。

「そこの薬屋とカメラ屋と判子屋に行って、あしたの夜から朝にかけて騒がしいし、食べ物の匂《にお》いもたちこめるし、ガスの火の熱気が窓から入ってくるかもしれんが、ひと晩だけご勘弁願いたいと挨拶してから富士乃屋の社長に逢《お》うてきた。あの三軒に何か手みやげを届けちょいてくれと言うたら、それはうっかりと気づきませんでしたと恐縮しとった。富士乃屋の谷社長は貫禄《かんろく》が付いてきたのお」

まったく、即断即決即実行の人だなと感じ入ると同時に、そんな夫がなぜ松坂板金塗装からの撤退を決めないのかと房江は思った。

富士乃屋のためにどうかきょうだけは雨は降らないでくれと房江は願ったが、きのうに勝る勢いで太陽は照りつけて、千二百個の弁当作りの準備が始まったころには、せめて二、三十分夕立ちがあればありがたいのにというむしのいいことを思った。

南方海上に台風が日本に向かって進んできているが、大阪からはまだはるか遠くにあった。しかし、そのせいなのか昼ごろからひどく蒸してきて、プロパンガスのボンベやコンロや、業務用の大きな電気炊飯器などをシンエー・モータープールに運び入れる作業員の白い制服は水をかぶったような汗で濡れていた。

富士乃屋の社員たちは五班に分かれ、予定を早めて夕方の五時に整列し、各注意事項を確認しあってから機敏な動作で作業を開始した。

鯛を焼く係は十五人、赤飯を炊く係が五人、薄切り牛肉の山椒煮係が十人。出し巻き玉子の係が十二人、昆布巻き係が六人だった。

夏場に傷《いた》みやすい蒲鉾は、最後に弁当箱に詰めるらしく、仕上げのときまで富士乃屋の工場の大型冷蔵庫に収納されているらしい。

何度か模擬演習を重ねただけあって、尾頭付きの鯛を焼く係員は、見物人たちが感嘆の声をあげるほど迅速に煉瓦《れんが》を組み、大量の備長炭《びんちょう》に火をおこした。

土曜日の夜にシンエー・モータープールで何がおこなわれるかを知っている人々は、作業開始の三十分くらい前から野次馬と化してなりゆきを見守っていた。

炭がおこり、炎が鎮《しず》まると、それを待っていたようにまず三百尾の鯛が小型コンテナ車で運ばれてきた。一尾はどれも二十センチほどだった。同じ大きさの鯛を千二百尾も揃《そろ》えるのは大変だったろうと思いながら、房江は一尾に二本ずつの金串を刺してから粗塩を多めに振りかける作業を見ていたが、備長炭の強い火力から逃げだして、モータープールの北西側で進行している出し巻き玉子を焼く場所へと移った。

六時ごろ、アルバイト先から自転車で帰宅した伸仁は、田岡と協力して、モータープールに帰って来る車の誘導を始めた。

熊吾が神田三郎の運転する日産のダットサンで様子を見に来ると、房江は伸仁と田岡に先に二階でカレーライスを食べるようにと勧めた。ふたりは今夜は遅くまで預かっている車の置き場を作るためにモータープール中を駆けずり廻らなければならないのだ。

「始まったのお。富士乃屋軍団の総攻撃っちゅうやつじゃのお」

熊吾は言って、鯛を焼いている場所へ行ったが、炭火の熱に閉口したらしく、すぐに元職員室のほうへと逃げてきた。

今夜は七時から道頓堀の貸しビルの一室を借りて関西中古車業連合会の会合があるのだが、熊吾は、富士乃屋のことは自分の責任なのだから、作業開始時と夜中の作業を俺は見届けなければならないと房江に言ったのだ。

その言葉どおり、もう七時前なのにモータープールに寄ったのだなと思い、

「お父ちゃんが会合に遅れるわけにはいかへんやろ？　私がお父ちゃんの代わりに見届けるから、安心して行っといで」

と房江は言った。

「うん、頼むぞ。プロパンガスを使うのが新建材の波板屋根の下じゃっちゅうのだけが

心配じゃ。そのことは富士乃屋の社長にも言うといたがのお。わしは遅うても十一時には帰って来るけん」

熊吾が神田の運転する車で出て行ってしまうと、千二百人分の赤飯を作るにはいったい何升の餅米《もちごめ》と小豆が必要なのだろうと思い、房江は赤飯を炊いている場所へと小走りで向かった。なんだか楽しかった。

# 第三章

大阪中古車センターをオープンして一ヵ月余が過ぎた八月二十日に伸仁《のぶひと》は伊豆《いず》半島一周の旅に出発した。

来年の八月の予定だったのだが、大学受験を控えた高校三年の夏に暢気《のんき》に伊豆旅行とは何事だと父親に叱《しか》られ、一緒に行く三人の仲良したちも、退学になったやつが家の仕事も習おうとせずになにが夏休みだと叱責《しっせき》され、いったんは旅行を断念したのだ。

しかし、生まれて初めてアルバイトの力仕事で汗水を流し、やっと八千円という給料を得た伸仁のしょげようを見ていると、熊吾《くまご》も房江《ふさえ》も可哀相《かわいそう》になってきて、他に誰か旅に行けるものがいるなら行ってもいいと言ってしまった。

そんな友だちはいないだろうと思っての言葉だったが、案に相違して、三人のうちで仕立て屋の息子だけは、旅行から帰ったら真剣に仕立ての仕事を修業すると両親に約束して許可を得てしまったのだ。

新学期まであと十日しかなかった。伸仁と仕立て屋の息子は一週間の予定で二年前から計画していたという伊豆旅行に出発した。

夜の十時過ぎの急行列車に乗る伸仁を見送るために大阪駅のホームに行った熊吾は、旅のあいだに絶対にしてはならないことを幾つか言い聞かせたあと、ふたりに五千円ずつ渡した。

「これはなにか不測の事態が起こったときのためじゃ。病気をするかもしれんし、怪我《けが》をするかもしれん。いざというときのための金じゃぞ。三日にいっぺんくらいは電話をかけてくるんじゃぞ」

すでに自分たちの席に坐《すわ》っているふたりに、熊吾は窓越しに言った。そして、夜行の寝台列車の後尾灯が視界から消えるまで閑散としたホームに立っていた。

桜橋の鶏《とり》すき屋で東尾修造と黒木博光と松坂板金塗装について話し合っていたのだが、八千円では伸仁は下手をしたら帰りの電車賃が失《な》くなるかもしれないと心配になってきて、ここから先の話はあしたにしようと言い残して先に店から出たのだ。

熊吾は、ホームの階段を降り、改札口を出て大阪駅の構内で立ち止まり、東尾と黒木の提案を拒否するかどうかを考えた。

東尾修造の言う「手みやげ」は予想していたよりも多かった。

それならば、俺は松坂板金塗装という会社をそっくり東尾さんに売る。ハゴロモは黒木を失うのは痛手だが、黒木の今後のことを考えれば、板金塗装の会社に専念したほうがいいかもしれない。質のいい中古車を探して関西一円を歩き廻るのは、黒木の年齢を考えればたしかにきつい。俺はハゴロモと大阪中古車センターと関西中古車業連合会の運営で手一杯だし、それに専念したい。松坂板金塗装の創業に要した資金は合計で八十万円ほどだが、五十万円で売ろう……。

熊吾は、東尾にとって悪い話ではないと思った。しかし、東尾は、まだ自分と黒木さんとでは板金塗装の会社を経営していく能力はないと答えて、

「松坂熊吾が社長やということが松坂板金塗装の商標なんです」

と言った。だから一年間は社長でいてくれ、会社をこの東尾修造が買うのは一年後にしてくれ、と。

すでに黒木は工場の裏手に土地を借りる準備を進めていたし、他の職人三人に話を持ちかけて、引き抜きのてだては整えていた。大村兄弟と比べると腕は落ちるが、みんな若いので仕事をすることで技術は上達していくだろうというのが黒木の意見だった。

「一年間か」

と熊吾は、大阪駅の夜更《よふ》けの構内で捨てられた煙草《たばこ》の吸殻を拾って歩いている浮浪者の猫背を見やりながら胸のなかで言った。

よし、一年後に支払ってもらう五十万円を、先払いで貰《もら》うことを条件に東尾の提案を飲もう。先払いなのだから四十万円にしてやってもいい。それで松田の母親に借りた金を返してしまうのだ。

あの底意地の悪いばばあは、二週間前も一週間前もシンエー・モータープールにやって来て、大勢の人間が談笑しているところで房江に借金の返済を迫りつづけた。五日前も来た。おとといも来た。

きっと、モータープールの事務所にたくさんの人がいるときをどこかで窺《うかが》っていて、頃合良しと見定めてから押しかけて来て、房江を呼びつけるのに違いない。

俺がいるときには来たことはない。忙しく駆けずり廻っていて、俺がモータープールにいるのは夜遅くなってからなので会おうにも会えないのか、それともあのばばあが意図的に会うのを避けているのか、どうもよくわからない。

あのばばあは金を返してもらうことが目的ではなくなっている。松坂熊吾の妻をいじめるのを楽しみにしているのだ。そうとしか思えない。房江にとっては拷問《ごうもん》に等しい。

松田の母親が来るようになって以来、また房江の酒量が増えた。すっかり怯《おび》えてしまっている。借金取りに怯えているのではない。濁った声の、いつもナフタリンの匂《にお》いをまきちらしているという松田の母親に怯えているのだ。

熊吾はそう考えながら駅の構内から中央郵便局の横に停めてある車へと歩いて行った。

まだ少し酒は残っていたが、警察の検問にひっかかっても誤魔化《ごまか》せる程度に醒《さ》めていると思った。

福島西通りに近づいたとき、熊吾は此花《このはな》区千鳥橋の大阪中古車センターに来る客が相変わらず少ない理由は、あの周辺の夜に問題があるのかもしれないという気がして、モータープールへと曲がらずに、そのまま国道二号線をまっすぐ進んだ。

夕方の五時半からあくる朝の十時までは大阪中古車センターには佐竹善国が常駐している。

佐竹にすっかりまかせきって、オープン以後、夜はいちども行ったことがない。

少し遅いが、佐竹の陣中見舞いを兼ねて行ってみよう。陣中見舞いなのに手みやげがないが、こんな時間だ、仕方がない。

昼間、なぜ客が中古車を見に来ないのか、佐竹の意見も聞いてみるほうがいい。佐竹はあの界隈《かいわい》で生まれ育ったのだから、あるいは事情をよく知っているかもしれないのだ。

熊吾はそう考えながら玉川町の手前で国道二号線から外れて、市電のレールに沿って進んだ。西九条を過ぎて千鳥橋の交差点に来ると、佐竹の住む長屋へとつづく商店街の入り口周辺は昼間よりも賑《にぎ》やかだった。

立ち飲み屋には客が溢《あふ》れていて、明かりを消した商店街にはあきらかに娼婦《しょうふ》とわかる女が三人ほど電柱や商店のシャッターに凭《もた》れて立っていた。

「こっちは賑やかじゃが、うろついちょる連中は厄介そうで足を踏み入れにくいのお」

とつぶやき、熊吾は交差点を右折して橋を渡ってまた右に曲がった。

そこからは漆黒の闇《やみ》と言ってよかった。ドブ川の汚臭が沈殿する闇だった。熊吾は息を止めて大阪中古車センターの前まで車をゆっくりと走らせ、大きな南京錠《ナンキン》がかかっている門をヘッドライトで照らすようにして停めた。車が来たことが佐竹にわかりやすいようにと配慮したのだ。

しばらく待ったが佐竹はやって来なかった。車から降りて、熊吾は背伸びして事務所を見た。カーテンの隙間《すきま》から女の背中が見えた。ひどく慌《あわ》てたように花柄のブラウスを着て、ヘッドライトの明かりから逃げようと身を屈《かが》めていた。

急ぎ足でやって来た佐竹は、眩《まぶ》しそうに半身になって、

「誰や？」

と訊《き》いた。手には鉄パイプが握られている。夜更けに人が来たら、大きなサーチライトでまず先に照らすことに決めてあったが、佐竹はそうしなかった。

「わしじゃ。こんな時間に悪いのお」

熊吾とわかると、事務所のほうを振り返ってから、佐竹は南京錠を外し、門をあけた。そして、妻が冷たい麦茶と菓子を持って来てくれたので一緒に食べていたのだと言った。

これはまずいときに来たものだ。無粋この上ない。佐竹は四十二歳、妻は三十五歳。大阪中古車センターの警備の仕事についてからは夫婦はいつもすれ違いなのだ。子供を寝かせてから、妻が訪ねて来て夫婦の交わりの時を持ってもいいではないか。

ここはお前の職場だぞ、などと野暮なことは俺は言わんぞ。

熊吾はそう思い、このまま引き返そうかと迷ったが、かえって夫婦を恥ずかしがらせると思い、事務所の近くに車を停めた。

佐竹の妻が出て来て、あしたは休みを貰ったので、夫に菓子を買って来たのだと顔を少しうつむき加減にして言った。首筋にへばりついた髪が汗で濡《ぬ》れていて、事務所のなかから流れて来る蚊取り線香の匂いが熊吾にはひどくなまめかしく感じられた。

佐竹の妻は、ノリコと名乗り、夫がお世話になってと恥ずかしそうに礼を言った。

朝は安治川《あじがわ》沿いの中央卸売市場で、昼からは野田阪神の市場の魚屋で働いて、夫とふたりの子を養ってきた佐竹の妻を、熊吾は頑丈そうだが所帯やつれした女と勝手に想像していたのだが、事務所の豆電球の明かりに浮かびあがっているノリコの顔は楚々《そそ》としていて、夏物の服の上からでも弾《はじ》けるような、年齢よりもはるかに若い体であることが透けて見えるようだった。

よほど慌てて着たのか、ブラウスのボタンを掛け違えていた。

「奥さんとは初めてお目にかかりますのお。なんと可愛《かわい》らしい奥さんじゃ。佐竹さんはいったいどこでこんなきれいな奥さんを見つけましたかのお」

と熊吾は笑顔で言い、車から降りないままUターンして門へと向かった。佐竹は小走りで追いかけて来て、何か用事があったのではないかと訊いた。

「尼崎のほうに行っちょってのお、道を間違えて千鳥橋の近くに出たんじゃ。このあたりの夜はどんな具合か、ついでに見ちょこうと思うて寄ってみただけじゃ。べつに用はないけん」

熊吾は言い、門から出ると川沿いの闇の道を注意深く進んで千鳥橋の交差点に出た。

あのドブ川は、蚊には絶好の繁殖場所だ。蚊取り線香くらいではおっつかない。なんとか対策を講じてやらないと、営みのあとの夫婦の睦言《むつごと》に差し障《さわ》る。

熊吾はそう思ったが、同時に若い女体への烈《はげ》しい欲望が身内にたぎってくるのを感じた。

明るいところで見たら、またべつの印象を受けたのかもしれないが、佐竹の妻は楚々としていながらもなまめかしかった。その最中に無粋な男が乱入したせいでもあったのだろうか。我を忘れかけているときに、俺は邪魔をしたのか。

まさか佐竹の妻に火をつけられるとは……。

俺はいまがむしゃらに肉欲に駆られているのではない。女の若い体を好き放題にもてあそびたいのだ。この突然の欲情は突発事故だ。六十六歳の男が一時的に狂い咲いてしまったのだ。

そう思いながら、熊吾は博美の体のくねりを心のなかに甦《よみがえ》らせていた。

西九条を過ぎたあたりで、向こうから来たタクシーがライトを点滅させた。検問をやっているから気をつけろと教えてくれたのだと理解して、熊吾は細い道へと曲がり、車をゆっくりと玉川町へと出るであろう方向へと走らせた。酒の匂いはもう消えたはずだったが、検問で警官に調べられるのはうっとうしかったのだ。初めての道で、そのうえ夜なので、熊吾はどこを走っているのかわからないまま、検問の場所からは遠く離れたであろうところで車を右折させた。

阪神電車の野田駅の近くだろうと見当をつけて曲がったのだが、玉川町の市電の停留所の前に出た。

博美は玉川町に引っ越すと言っていた。引っ越してくれと頼んだとき、大正区をいやがって、玉川町にアパートを見つけてきた。アパートの住所と周旋屋の電話番号を記したメモを俺に見せた。ちらっと見ただけだが、だいたいの見当はついている。

このあたりにはアパートがたくさんある。博美は自分であちこちの周旋屋に行き、条件に合った物件を幾つか見て引っ越し先を探すというようなことは苦手なのだ。世の中に出てからすぐに梅田のミュージック・ホールのダンサーとなり、たちまち人気スターとして名が知られて、多くのファンにちやほやされる生活がつづいたので、じつに世事に疎《うと》い。

あいつはこの細見内科医院の横の道を入ったところにある二階建てのアパートに引っ越したに違いない。あそこなら、聖天通りの店まで市電かバスで二駅か三駅だし、自転車なら十五分ほどだ。

熊吾は、細見内科医院の横を左に曲がり、小さな公園の前に車を停めた。あのアパートに引っ越したかどうかを確かめるだけだと思いながらも、博美の着ているものを引き剥《は》がすように脱がせていく自分を想像して、息が荒くなるのを感じた。

アパートの一階にも二階にも「森井」という表札はなかった。並んで建っている隣りのアパートの表札も見てみようかと迷っていると、

「お父ちゃん」

という声が聞こえた。

べつの細道から自転車が近づいて来て、

「お父ちゃん、来てくれたん？」

と博美は言った。電柱に付けられている裸電球の明かりが、博美の火傷《やけど》あとのないほうの顔を黄色く照らした。

「約束どおり引っ越してくれたかどうか確かめに来たんじゃ。それと、店がちゃんとやっていけちょるかも気になったしのお」

「隣りのアパートやねん。お茶でも飲んでいってくれてもええやろ？」

「もう十二時前じゃ」

「夜道で立ち話をしてるほうが近所迷惑やわ」

博美の部屋は二階のいちばん北側だった。六畳と四畳半で狭い台所がある。台所の窓

側に便所と洗面所もあった。

博美は半袖《はんそで》の青と白の縦縞《たてじま》のワンピースを着ていた。店では着物だが、いつも二階で着替えて帰って来るのだと言いながら、冷蔵庫からビールを出した。

「お前、酒を飲むようになったのか？」

「私は飲めへん。お酒はあんまり好きやないねん。お父ちゃんが来たときのために買《こ》うといてん」

「俺は車じゃ。きょうは検問をやっちょる。あっちでやっちょるときは、こっちでもやっちょる。警察の検問ちゅうのはそういうもんなんじゃ」

「そしたら歩いて帰ったらええやろ？　車はあした取りに来たらええやん」

熊吾はビールを飲みながら、博美が語る近況を聞いていたが、心ここにあらずというのを気づかれたくなくて、目を合わさないようにしていた。話を途中で遮って、博美の腕を摑《つか》んで引き寄せたい衝動を抑えつづけた。蒸し暑い部屋のなかに女の芯《しん》から溢れるような匂いがあった。

小料理屋の経営者だった沼津という女は、医者が言うほど簡単には回復していない。だから家のあちこちに手すりを取り付けて、それにつかまって歩いている。便所のなかにも手すりを付けた。

銭湯にはとても行けるものではない。私のいちにちの最初の仕事は、朝、沼津さんを風呂《ふろ》に入れることだ。風呂といっても大きな金盥《かなだらい》に湯を入れての行水だ。そのあと、沼津さんの家の掃除と洗濯をしてから店へ行き、昼の定食の準備にかかる。私があの店で働いていたころは、昼の定食が商売の要《かなめ》だった。近くには商店も多いし、国電のガード下には中古車部品屋や機械部品屋などが並んでいる。大淀《おおよど》区のほうへと行く道筋には貸し倉庫屋が多く、そこで働いている人たちは店の昼の定食を贔屓《ひいき》にしてくれる。

だが、夜はほとんど赤字で、昼だけ営業しようかと沼津さんは迷っていたのだ。あのヤクザ連中が競馬のノミ屋や花札賭博《とばく》のアジトとして使っていたので、夜も営業せざるを得なかった。つまり、二階で行われていることを隠すためのカモフラージュと言ってもよかった。沼津さんはあのヤクザの兄貴格からなにがしかの礼金を貰っていたが、たいした金額ではなかったらしい。

私は小料理屋などという体をして、こましな料理を出すことはやめて、徹底的に庶民の居酒屋に変えることにした。ヤクザたちが去ったお陰だ。昼間の客のほとんどが、夜は風体の怪しい、側《そば》に近づきたくない男たちが来ることを知っていたのだ。

いちど店を覗《のぞ》いてほしい。京風おでんがとても人気があって、土鍋《どなべ》で作るドテ焼きもよく売れる。

テーブルのひとつにはいろいろな惣菜《そうざい》を盛った大皿を並べた。ひじきの煮物。茄子《なす》と挽《ひ》き肉の煮物。芋サラダ。菜っ葉と厚揚げの煮物。焼き魚。どれもひと皿六十円だ。一週間くらい前から夜の客のほうが多くなった。きっともっと繁盛《はんじょう》するという気がする。

夜、店を閉めるのは十時だが、客が多いときは十時半まであけている。私は着物を脱いで洋服に着替え、自転車で沼津さんの家に行き、あれをしてくれ、これをしてくれというのを全部片づけてから、このアパートに帰るのだ。

きのうの朝、店の利益の三割と、プラス一万円を払うから、このまま私の面倒を見ながら店をやっていってくれと沼津さんに頼まれた。でも、私は返事は保留させてもらった。沼津さんが、代わりは幾らでもいるというようなことを匂わせる言葉を使ったからだ。

代わりなんかいない。沼津さんも天涯孤独な人なのだ。

そこまで一気に喋《しゃべ》ると、博美は立ち上がって冷蔵庫から麦茶を出し、コップに注いで熊吾の前に戻って来た。

「京風おでんなんて、お前はどこで覚えたんじゃ。芋サラダは？」

赤井に暴力を振るわれていたころとはまったく異なる艶《つや》のいい肌の博美に熊吾は訊いた。

「雑誌の付録に付いてたいろんな料理の作り方を紹介してる薄い本を見ながら作ってみ

「本だけでか」

「うん、えらいやろ？　頑張ってるやろ？」

「うん、たいしたやつじゃ。しかし、あんまり欲を出すなよ。わしの二の舞になる。沼津さんは儲《もう》けの五割を払うぞ。それまで手を打つなよ。体の自由がきかんようになったばあさんの世話代も入っちょるんじゃけんのお」

夜更けの大阪中古車センターで思いもかけない火種がついて、そのまま熊吾の体の奥で微熱とは言えない情欲を持続させていたものが、博美の近況を聞くことで鎮《しず》まってきた。

熊吾は、沼津という女が決して善人ではないことを忘れるなと博美に言い、ビールを飲み干した。房江に余計など注進の電話をかけてきたのは沼津だと確信していたが、そのことは博美には黙っていた。

熊吾は博美に背を向け、履き物を脱いだり履いたりするリノリューム張りの窮屈な床に坐ったまま足を投げ出し、自分の革靴を履きかけた。そのとき、博美がうしろからむしゃぶりついてきた。両腕を熊吾の首に巻きつけて、

「お父ちゃんのが欲しいねん。お父ちゃんので可愛がってほしいねん。もう辛抱でけへんねん」

と甘えてきた。熊吾の開襟《かいきん》シャツの背のところに尖《とが》った乳首の感触があった。熊吾はそのまま畳の上にあお向けになり、開襟《かいきん》シャツのボタンを外した。その前にすでに博美はワンピースを脱ぎ始めていた。

そして熊吾のズボンを脱がせて、博美は全裸になると、またがるように上になって泣くような声をあげてすべてを擦りつけてきた。

熊吾が博美のアパートを出たのは一時前だった。車はあした取りに来ることにして、シンエー・モータープールへ歩いて帰ると、熊吾は裏門から入って、階段をそっとのぼった。歩いて二十分か、と腕時計を見ながら熊吾は思った。

房江は小さな明かりだけをつけて蒲団《ふとん》に横になっていたが、眠ってはいなかった。熊吾が自分で車を運転して出かけた日は、帰るまで心配で寝つけないのだ。

「車は？」

と房江は訊いた。

「ハゴロモに置いて歩いて帰って来た。ビールを二本飲んだけんのお」

「へぇ、珍しいねぇ。ビールなんて水みたいなもんやって言うて、いっつも車を運転して帰って来るのに」

「きょうはあっちこっちで検問をやっちょると黒木が言うんじゃ。俺は下で水を浴びてくる。いちにち動き廻って汗びっしょりじゃ。洗車場で体を洗うてくる。お前は朝が早いんじゃけん、もう寝にゃあいけんぞ」

房江は起きあがって箪笥《たんす》から熊吾の着替えの下着を出し、

「ノブは、いまごろどのあたりやろ」

と言った。

「まだ名古屋の手前くらいじゃろう。ちょっと心配になって、大阪駅で見送ってきた。五千円をもしものときのためにっちゅうて渡したら、目を丸うさせて喜んじょった。五千円札を両手で拝むようにして受け取って、ありがとうございますっちゅうて深々と頭を下げよった」

房江は豆電球の明かりの下で微笑《ほほえ》んだ。酒臭かった。

事務所で服を脱ぎ、洗車用のホースで水を頭からかぶり、熊吾はタオルに石鹸《せっけん》を付けて念入りに全身を洗った。まだ博美の性器の感触が残っていた。


三日後の昼前に再び逢《あ》った東尾修造は熊吾の条件を飲んだ。そしてその日のうちに銀行から五十万円をおろして千鳥橋の大阪中古車センターまで届けに来てくれた。

「たしかに売り物の中古車は盛りだくさんやのに、客の姿がありませんなぁ。これだけぎょうさんの中古車が展示してある中古車屋は関西では他にはありませんよ」

東尾は事務所の畳敷きの部屋であぐらをかいて坐り、扇子で自分の顔に風をおくりながら言った。

「宣伝が足らんことは間違いないが、どうもそれだけやないっちゅう気がしてのお。ただ、中古車は売れちょる。関西中古車業連合会の会員は、この中古車センターで損はしちょらん。かりに一台も売れんかっても、自分らが仕入れた車の置き場所をつねに確保してあるちゅうのは、それだけで会費を払う値打ちはある。客が自分の足でここに中古車を探しに来てくれたら、もっと売れるはずなんじゃ」

「もともとは工場しかなかったとこで、この南東から北側にかけてひしめいてるバラックみたいな、長屋というのか、おんなじ造りの木造の平屋の妙に整然とした並び方に、よそ者を拒絶してる感じがあるような気がしますよ」

熊吾は東尾修造の感想が最も正鵠《せいこく》を射ているのではないかと思った。

「この南隣りのパルプ工場も二年後には移転するらしい。そうなったらもっとこのへんは寂しゅうなる。べつの場所を探したほうがええかもしれん」

「大阪市内にこれだけの広さの土地はもうありませんよ」

東尾は千鳥橋の停留所のところでタクシーを拾うと言って帰りかけたが、門のところから引き返して来て、柳田社長はシンエー・タクシーを手放すらしいと言った。

「どこかに売るのか?」

「もう買い手とのあいだで話はついてるらしいです。あとは条件交渉でしょうね」

「ゴルフ場経営一本に絞るためと整理を始めたっちゅうことか？」

「それもありますが、赤い鉢巻の組合に辟易《へきえき》したんでしょう。あの連中の活動をいったんは収めたつもりやったんですけど、上の組織から援軍がシンエー・タクシーに送り込まれて、組合は息を吹き返すどころか筋金入りの真っ赤っかになりよったんです」

もうきょうから、新しい松坂板金塗装を作りあげるために動きだすらしく、東尾は手短かに説明して帰って行った。

「組合か……。これまで従業員はみんな会社の要求を飲むばっかりじゃった。言いなりじゃ。従業員が給料を上げてくれ、残業代を払《はろ》うてくれ、と要求する権利はあるじゃろう」

熊吾は胸のなかで言い、シンエー・モータープールに電話をかけて、房江に四十万円ができたから取りに来いと言った。

「あの因業《いんごう》ばばあが来たら、四十万円を叩《たた》きつけてやれ」

「どうやって用立てたん？」

と房江は小声で訊いた。

「説明はあとじゃ。とにかく取りに来い」

いますぐ行くと言って、房江は電話を切った。

「いつまで暑いんじゃ。八月も下旬じゃぞ」

熊吾は扇風機の風を強くして、ハゴロモの中古車をいちばん目立つ場所に置き換える作業をしている鈴原に、もう三時だから、少し休憩しろと言った。

「暑いですねぇ。友だちに、海水浴に行ったのかって訊かれました」

鈴原は事務所に戻って来ると、そう言いながら魔法壜《びん》のなかの麦茶をコップに注いだ。

「夜、ここは蚊の大群で佐竹があんまり可哀相じゃ。蚊取り線香くらいではどうにもならん。なんかええ対策はないかのお」

熊吾の言葉に、

「蚊帳《かや》を吊《つ》ったらどうでしょう」

と鈴原は答えた。

「それはええ考えじゃ。四畳半用で事足りるぞ。しかし、蚊帳っちゅうのはどこに売っちょるんじゃ？」

「ぼくの家の三軒隣りのなんでも屋に売ってます。中古ですけど」

「ますますええのお。蚊帳っちゅうのは案外に高いけんのお。お前、ひとっぱしりして買うてきてくれ」

「いまですか？」

「まだ三時前じゃ。あのダットサンを使え」

熊吾は弁天町店にいたころよりも機転がきくようになった二十二歳の鈴原清に一万円

札を一枚渡した。

「こんなに要らんと思いますけど」

「足らんよりもええじゃろう。領収書を貰《もろ》うてくれよ」

鈴原がダットサンを運転して出て行ってすぐに、門柱に隠れるようにして顔だけ見せている理沙子と清太の忍び笑いが聞こえた。

子供の忍び笑いがここまで届くくらいだから、この大阪中古車センター全体が気味悪い静寂のなかにあるのだと思いながら、

「そこに隠れちょることはわかっちょるぞ。クマさんはなんでもお見通しじゃ。こっちへ来い。アイスクリームを買うちゃるけん」

その熊吾の言葉を待っていたかのように理沙子は清太の手を引いて走って来て、事務所の畳の上に寝転んだ。

クマさんはなんでもお見通しか。玉木則之に杜撰《ずさん》な手口で二百数十万円を横領され、ヤクザの罠《わな》にはまって七十万円もの手切れ金を払わされ、せっかく別れた博美のアパートを自分から訪ねて行って、これは突発事故だと自己弁護しながら、またあの床上手な体をむさぼってしまって、なにがお見通しだ。

熊吾は自分で自分を嘲《あざけ》りたくなりながら、ズボンのポケットから百円札を出して理沙子の手に握らせた。

「アイスクリームを三つじゃ。帰り道に歩きながら食べちゃあいけんぞ。ここに戻ってから食べるんじゃ。車に気をつけるんじゃぞ。信号を見て交差点を渡るんじゃぞ。わかったな？」

熊吾の言葉に何度も頷《うなず》いてから、ふたりはまた手をつなぎ合って、歓声をあげながら駆けて行った。

熊吾の脳裏に、北朝鮮に行ったまま、なんの音沙汰《おとさた》もない月村敏夫と光子の兄妹の顔が一瞬よぎった。

理沙子と清太の帰りが遅いので、熊吾が心配し始めたころ、ふたりは買い物籠《かご》を持った房江と一緒に戻って来た。アイスクリームを買って千鳥橋の市電の停留所へ行くと、クマおばちゃんが立っていたと理沙子は言い、畳に坐って小さな木の匙《さじ》を清太のシャツの胸ポケットから出した。

熊吾は、これは東尾に松坂板金塗装を売った金だと言いながら、封筒から十万円を抜き、四十万円を房江に渡した。十万円は関西中古車業連合会の運転資金に使うつもりだった。

「会社を売ったん？」

と房江は訊き、買い物籠のなかに入れてきた風呂敷で封筒を包んだ。

「ああ、松坂板金塗装は東尾修造のもんじゃ。しかし、会社の定款《ていかん》上では、一年間はわしが社長っちゅうことになる」

そう言って、熊吾は理由を説明した。

房江はそれには賛成しかねるような表情で、

「責任は全部社長にかかってくるんやろ？」

と心配そうに訊いた。

「まさか一年で松坂板金塗装をつぶしゃせんじゃろ。東尾の第二の人生が懸かっちょる。わしがその条件を飲んだから、この五十万円があるんじゃ。あの松田のばばあの顔に叩きつけちゃれ」

「お金を借りて、約束の期日に返されへんかったんやから、叩きつけるなんてでけへんわ」

房江は笑みを浮かべて言った。なんだか疲弊した暗い笑みだなと熊吾は不快になり、酒を飲んだのかとふたりの幼い子に聞こえないように小声で訊いた。

「飲んでへん。昼間は絶対に飲めへん」

「お前、また最近酒の量が増えちょるぞ」

房江は目を伏せて、

「うん、そうやねぇ」

と言って、さっきと同じ笑みを浮かべた。

「また先の心配ばっかりしちょるんじゃろう。心配したら心配したとおりに事が運んで行くぞ」

熊吾のその言葉にはなにも返さず、

「私はお酒が好きなんやねぇ。誰の血を引いたんやろ……。親戚《しんせき》の話では、私のお母ちゃんはお酒は一滴も飲めなんだそうやけど、おばあちゃんが酒好きやったって……。死ぬまで朝昼晩と内緒で飲んでたそうやねん。私のお母ちゃんのお母ちゃんや。私は酒飲みの父親と、そのおばあちゃんの両方の血を引いたんやろか」

と房江は言った。

「松田のお袋はどこに泊まっちょるんじゃ。まさか、そのたびに岡山から来よるわけやあるまい」

「親戚の家に泊めてもろてるんやって言うてはった。だいたいの場所はわかってるから、私のほうから届けに行くわ。もうモータープールに来られるのはいややや」

千鳥橋商店街で晩御飯の買い物していくから、アイスクリームを食べたら、おばちゃんと一緒に停留所まで帰ろう。

房江の言葉に、理沙子と清太は歓声をあげ、またあの挽き肉入りのオムレツを作ってくれとせがんだ。

「きょうは、おばちゃんは寄り道でけへんわ。お父さんがもう用意してはるやろ？」

「クマおばちゃんの作るオムレツのほうがおいしいねん」

と清太は言った。

「おい、お前ら、クマおじちゃんの奥さんやけんクマおばちゃんちゅうのは、あんまりじゃぞ。この人はのぉ、房江さんというんじゃ。房江おばちゃんじゃ」

そう言ってから、熊吾は松田の母親が泊まっている親戚の家はどこなのかを房江に訊いた。

「本田町やねん。ノブがちょっとだけ通ってた幼稚園の近くに映画館があったやろ？あの横の路地を入ったところへんやと思うねん。住田さんて名前や」

住田というのは柳田元雄の義兄の名だったはずだと熊吾は思った。

蚊帳を買いに行っていた鈴原が戻って来て、それとほとんど同時に黒木博光も中古のパブリカを運転してやって来た。

房江は、買い物をしてから玉川町まで行き、本田町に停まる市電に乗り換えて、松田の母親に金を返済すると熊吾の耳元で言うと、理沙子と清太と一緒に帰って行った。

六畳用しかなかったと鈴原は言い、事務所に入って来て蚊帳を吊るための金具を天井の四隅に取り付け始めた。

熊吾はハゴロモの中古車を点検している黒木のところへ行き、

「お前はもうそんなことをせんでええぞ。松坂板金塗装の仕事に精を出せばええんじや」

と言った。日はだいぶ傾いていたし、盛夏の時期のものではない西日の光ではあっても、全身で浴びていると汗が吹き出てきた。

「神田には、もうきょうからハゴロモの経理だけに専念するようにと伝えときました」

と黒木は言った。

「そうなると松坂板金塗装の経理は誰が見るんじゃ」

「東尾さんが、新しい社員を雇いました。パブリカ大阪北に島本っちゅう女の経理部員がいてましたやろ？　あの子も六月に退社してたんです。仕事のできる子やから、遊ばせとくのは勿体《もったい》ないっちゅうて、俺の会社に来いと誘うたそうです」

「島本？　あの子は経理部員じゃったのか。わしが行くと、たいていあの子が受付に出て来たけん、わしは受付兼事務員かと思うちょった。なんでパブリカ大阪北を辞めたんじゃ？」

「お母さんの体の具合が悪かったんで、まだ高校生の弟や妹の世話をするためやそうです。実家は工具店をやってまして、お兄さんが継いで、お父さんもまだ元気やから、あの子が働かんとやっていけんという家ではないそうで」

「島本奈緒子《なおこ》やったのぉ。二十五、六で、若い男の社員の垂涎《すいぜん》の的っちゅうやつじゃった」

そう言って見つめた熊吾に黒木は苦笑を返した。

「お前は、その島本奈緒子が松坂板金塗装の新しい経理担当になるっちゅうことを知っちょったのか？」

黒木は首を横に振り、一時間ほど前に、東尾さんから聞いたのだと答えた。

「まぁ。どっちにしても、神田はハゴロモにはなくてはならん社員じゃ。松坂板金塗装の帳簿まで預けるのは少々酷じゃと思うちょった」

そう言って事務所に戻りかけて、

「この話はなかったことにしたいが、わしはもう松坂板金塗装を東尾に売ってしもうた。五十万円でのお。その金も二時間ほど前に現金で受け取った。家内はそれを持って、松田の母親に返しに行った。追いかけても間に合わんのぉ」

と熊吾は言った。

「まぁ、たいしたことやおまへんから」

と黒木は困ったように言った。

「愛人を自分の会社で雇うて給料を払うような経営者を信用できるか？　東尾修造の松坂板金塗装は一年ももたんぞ」

「私もちょっといやな感じがして、それでお耳に入れとこうと思うて、慌ててここへ来たんです」

鈴原が、蚊帳を吊ってみたが、これでいいだろうかと事務所の窓から顔を突き出して言った。

「東尾は、ゴルフ場建設のための融資のお膳立《ぜんだ》てを終えてお役御免になってパブリカ大阪北を辞めたんじゃあらせん。柳田はのお、そんな無慈悲な人間やあらせんのじゃ。ほんまの理由がいまやっとわかった。家庭のある専務が若い女子社員とねんごろになって、それが会社中に知られて、辞めるしかなくなったんじゃ。柳田元雄も引導を渡すしかなかったんじゃろう。その島本っちゅう女もおんなじじゃ。ふたりしてパブリカ大阪北におられんようになったたっちゅうわけじゃ」

熊吾は黒木を睨《にら》みつけるようにして言うと、事務所に入り、鈴原が吊った蚊帳のたるみ具合を見た。座敷よりも大きい蚊帳は、裾《すそ》を丸めてなかに入れれば四畳半用よりも蚊を防ぐのに適していそうだった。

「うん、これでええ。ご苦労さんじゃったのお」

鈴原に笑顔で言い、いまからなら房江に追いつくのではないかと熊吾は思った。千鳥橋商店街で買い物をしてから市電に乗るのだから、本田町のほうへ行く市電の停留所で先回りして待っていれば間に合うかもしれない、と。

熊吾は黒木の立っているところに行き、

「おい、そのパブリカのキーを貸せ」

と言って手を突き出した。房江の暗い笑みが心をかすめた。あの松田のばばあに、房江の手で金を叩き返させてやりたいと思う気持ちは強かった。

黒木は車のキーを熊吾の掌《てのひら》に載せはしたが、哀願するような目を注いでいた。黒木も、これからの人生を東尾修造とともにするしかないのだと熊吾は思った。ハゴロモに黒木の場所はないのだ、と。そして、松田茂に借りた八十万円は、ヤクザとの手切れ金も含めて、博美の当座の生活費や引っ越し代に使ったのと同じなのだ。

その金のために房江はモータープールの事務所で談笑している多くの客たちの前で恥をかかされつづけてきた。これ以上、松田の因業ばばあにいじめられたら、あまりに房江が可哀相だ。

熊吾は罪の意識といったものはさしてなかったが、房江を可哀相な目に遭わせているという申し訳なさが一瞬生じて、真っ赤な西日を見つめ、車のキーを黒木に返した。

房江は西日を親の仇《かたき》のように嫌うなと熊吾は思った。

西日は物を腐らせる……。その昔からの言い伝えを、房江は固く信じているのだが、たしかにこの千鳥橋の元電線工場の広すぎる寂寥《せきりよう》とした敷地で西日を浴びている俺も腐りかけている。こうやって西日を見ていても、心では博美の裸体をむさぼっているのだから……。

女遊びはいやというほどやってきたが、これほどまでに執着させる体とは出会ったことがない。

熊吾はそう思い、

「東尾とその女のことは、まだはっきりとわかったわけやないけんのお。俺の考え過ぎかもしれんのじゃ」

と黒木に言った。言いはしたが、熊吾は、東尾修造と島本奈緒子との男女の関係を確信していた。

東尾がどんなにいい条件を提示されたとしても、柳田元雄のゴルフ場建設のために大手の銀行の支店長という地位を捨てたことが解《げ》せなかったのだが、あるいは同じようなことが銀行時代にもあったのかもしれない。熊吾はそんな気がした。

西日を背にして佐竹善国が出勤してきた。

子供たちにアイスクリームを買ってくれたことへの礼を言ってから、佐竹は事務所のなかに吊ってある蚊帳を見つめた。

「これで蚊に悩まされることはないぞ」

と佐竹の背を叩きながら言い、熊吾は理沙子と清太が買って来たアイスクリームを食べ忘れていたことに気づき、蓋《ふた》をあけた。溶けてしまっていた。そのアイスクリームの白い泡状の表面までもが、熊吾に博美の汗ばんだ体を連想させた。

伸仁が伊豆半島一周の旅から夜行列車で帰って来たのは予定よりも三日も過ぎた八月三十日だった。

その間、いちども電話をかけてこなかったし、旅が三日延びることも知らせなかったので、房江の案じ方は尋常ではなく、警察に届け出ようかと本気で言いだしたほどだった。

朝の八時前にシンエー・モータープールの正門から入って来るなり、熊吾に大声で怒鳴られ、房江にも滅多にないほどに叱責《しっせき》された伸仁は、天城《あまぎ》峠から湯ケ野への山道で出会ったわさび農家の若い経営者に頼まれて、三日間アルバイトをしたのだとだけ説明すると、服を着たまま寝てしまった。

「親がどんなに心配しちょるかを、お前は考えんのか！　公衆電話がなかったら、そのユースなんとかっちゅう宿泊所の電話を使わせてもろうたらええじゃろう」

熊吾は、伸仁の尻《しり》を蹴《け》ってやろうと蒲団をめくりかけたが、あまりに気持ち良さそうな寝息にあきれて、テレビの前の卓袱台《ちゃぶだい》に戻り、煮沸《しゃふつ》消毒を終えた注射器と針が冷めるのを待った。

「伸仁が泊まったのは、ユースホステスか？」

「ユースホステル」

炊《た》き上がったばかりのご飯にバターを載せ醬油《しょうゆ》を少したらして、茄子の味噌《みそ》汁《しる》と溶き卵を卓袱台に運びながら、房江は言った。

「たった一字違いで、えらい違いじゃのお」

「わさび農家で、どんなアルバイトをしてたんやろ。ノブの顔を見てみ。真っ黒や。ようあれだけ日に灼《や》けたもんや。きのうの夜、熱海《あたみ》から夜行に乗ったそうやけど、一睡もでけへんかったんやて」

熊吾は、出発する前に伸仁が紙に書いていった旅程を見ながら、バターご飯に溶き卵をかけた。熊吾が最も好きな朝ご飯なのだ。

一日目、朝、三島着、大仁《おおひと》へ。大仁ユースホステル泊。

二日目、大仁から修善寺へ。修善寺のユースホステルは満員で予約出来ず。どこかで寝るか、バスで湯ケ島へ行くかも。

三日目、修善寺か湯ケ島からバスで天城峠へ。どこかで野宿。

四日目、湯ケ野のユースホステルも満員。どこかで野宿。

五日目、蓮台寺《れんだいじ》へ。宿泊ＯＫ。

六日目、下田へ。宿泊予約出来ず。

七日目、バスで城ケ崎へ。気分次第で熱海まで行くかも。七日間か八日間の予定。以上。

「なにが以上じゃ。野宿ばっかりやないか。野宿なんかしちょったら交番所に引っ張っていかれるぞ」

熊吾の言葉に、

「いまごろなにを言うてるのん。もう帰って来てるのに。ノブが出て行く前に読めへんかったん？」

と房江は言って、煮沸した注射器や針の冷め具合を確かめ、インシュリンを吸入すると、熊吾の腕に狙《ねら》いを定めて食事が終わるのを待つという態勢を取った。

「お前、そんなとこでずっと針を向けつづける気か？　落ちついて飯が食えんじゃろ」

「せっかく煮沸消毒したのに、どっかにおいたら、黴菌《ばいきん》が付くやろ？」

「ええから、どこかへ置いてくれ。針さえ清潔ならそれでええんじゃ」

熊吾はご飯を食べ終えて、茄子の糠《ぬか》漬けを口に放り込み奥歯で嚙《か》んだ。その瞬間、うっと声をあげて両手の拳《こぶし》を握り締めた。

奥歯の激痛でしばらく喋れなかった。両方の目から涙が出てきた。

「どないしたん？　舌を嚙んだん？」

「歯じゃ。奥歯が根元から折れたんやないかのお」

折れたのではなかったが、以前からときおり痛みを感じていた歯の寿命が尽きそうになっているらしく、指で軽く押すだけで激痛が走った。

熊吾は、とりあえずインシュリンを注射してもらい、

「これは自然には治りそうにない。歯医者に行ってから松坂板金塗装の別棟を見てくる」

と言った。

房江は健康保険証を箪笥の抽斗《ひきだし》から出し、

「私は美容院で髪を染めてくるわ。だいぶ前から、美容院の人に、染めたほうがええって勧められてたんやけど、時間がかかるし、まだ染めるほどではないと思て……。そやけど、きのう銭湯でじっくり髪を見たら、白髪がぎょうさんあるねん。気分転換も兼ねて、染めてくるわ。お父ちゃんも染めたら？」

と言った。

「そうじゃ、お前には気分転換が必要じゃ。松田の因業ばばあに金を叩きつけたんじゃけん」

「叩きつけたりしてへんよ。きちんとお礼を言うて返してきたんや。仕返しするような言葉はひとことも口にせえへんかった」

「お前はえらいのお」

熊吾は、喋っても痛む奥歯を頰の上から押さえながら、モータープールから出て、大阪駅行きのバスに乗り、桜橋で降りた。徳沢邦之《とくざわくにゆき》が歯の治療のためにわざわざ東京から足を運んだという歯科医院で診てもらおうと思ったのだ。

行きつけの鶏《とり》すき屋の前を通り過ぎて「藤棚《ふじだな》」という喫茶店の横に立つと、熊吾は司法書士事務所や文具店などが並ぶ通りを見やった。三階建ての貸事務所の二階に「サカキ歯科医院」という看板があった。

その界隈《かいわい》に歯科医院は一軒だけだったので、ここに違いあるまいと思い、熊吾はリノリューム張りの階段をあがった。

歯科医院は混んでいて、熊吾が診察室に呼ばれたのは一時間近く待ってからだった。

「ああ、これはもう駄目ですな」

右の奥歯を鏡の付いた器具で見るなり医者は言って、レントゲン写真を撮った。それが現像されるまで、さらに四十分近く待たなければならなかった。

典型的な歯槽膿漏《しそうのうろう》というやつだが、上の歯は前歯四本以外はすべて寿命が来ている。おとなの歯に生え変わって五十数年がたつのだから当然といえば当然だ。五十数年間、文句も言わずに働きつづけてくれた歯も、とうとう音をあげたということだ。

医者はレントゲン写真を見せながらそう説明して、きょうはとりあえず痛む歯だけを抜くことにすると言った。残りの上の歯をどうするかは、きょうの治療を終えてから考えよう、と。

「抜かにゃあいけませんかのお」

「ほっといたら、痛みがつづくだけやないです。歯槽骨が腐ってきます。骨が腐ったらどういう事態になるか、わかるでしょう？　命に関わりますよ」

医者のその言葉で、熊吾は観念するしかなかった。

抜いた歯の跡に綿を詰められ、幾種類かの薬を処方されて、熊吾はまだ麻酔が切れていない右側のこめかみや頬を撫《な》でながらサカキ歯科医院を出ると、桜橋の柳田ビルの向かい側でタクシーを停めかけて、よく磨いてある黒いトヨタ・クラウンから柳田元雄が降りてくるのに気づいた。

柳田のほうが先に気づいていたらしく、柳田ビルの玄関のところから手招きをした。

熊吾は道を渡り、柳田に挨拶《あいさつ》をして、ゴルフ場建設の進み具合を訊《き》いた。

柳田は怪訝《けげん》な表情で、

「どないしたんや。舌が廻ってないで。酔うてるようには見えんがなぁ」

と言った。

いまそこの歯医者で歯を抜いたばかりなのだと熊吾が言うと、

「ちょうどよかった。松坂さんと話をせんとあかんことがあってなぁ」

柳田はビルの玄関まで迎えに出て来ていた社員にコーヒーをふたつ出前で頼むようにと言い、熊吾についてくるよう促した。

エレヴェーターで最上階まで行き、社長室に通されると、熊吾は先に松坂板金塗装の件を柳田に話した。

「東尾さんが島本っちゅう女の経理部員をつれてくるとは思いませんでした」

「ああ、あの子をつれていったか」

とだけ言って、柳田は、話したかったのはそのことではなく、自分のゴルフ場と隣接する形でいま造成が進んでいる別のゴルフ場が、両方にまたがる農家の私道のことで文句をつけてきて、それが意外に厄介なのだと能面のような顔を向けてきた。

「松坂さんは、あそこの副支配人と懇意やそうやが、地主とも知り合いらしいなぁ」

「副支配人の徳沢さんとは、戦前の上海《シャンハイ》時代に縁があったそうですが、私は覚えておりません。ただ、シンエー・モータープールでお世話になったころに徳沢さんが訪ねて来られまして、それ以来、たまに一緒に飯を食うくらいで。地主っちゅうのは、たしか武部彦次郎《たけべひこじろう》という名前じゃった、くらいの記憶しかありません。いちど逢っただけですけん」

「うん、その人は地主の弟や。お兄さんは高齢で、武部彦次郎という弟がいまは窓口や」

柳田は社長室の壁に貼《は》ってある地図の前に行き、ここが自分のゴルフ場、こっちが徳沢さんが表に立って建設を急ピッチで進めているゴルフ場だと説明した。

「うちの六番ホールと相手の十三番ホールが接してるんや。その接してるところに地元の農家が使《つこ》うてた私道がこうゆうふうにまたがってる。相手は、つまり徳沢さんと武部さんは、自分らが話をつけて使えるようにした私道を、なんで柳田のゴルフ場にも使えるようにせなあかんのか。お前らは使うなと……」

熊吾は柳田が何を頼みたいのかわかったが、なにも言わず地図に目をやっていた。柳田に懇願されたら動いてやってもいいと考えたのだ。

徳沢邦之も武部彦次郎も、そんなチンピラまがいのいちゃもんをつける人間ではない。建設現場の作業員たちに些細《ささい》な摩擦でも起こったのであろう。

熊吾はそんな気がした。

「ふたりが松坂さんと懇意やと知って、びっくりした。自分の仕事で忙しいやろうが、このトラブルを穏便に収めてもらえんか」

「なんで私と徳沢さんたちとが知り合いじゃっちゅうことをお知りになったんです？」

と熊吾は訊いた。

「うちの専務が徳沢さんと話し合ったときに松坂さんの名前が出たんや」

「専務っちゅうのは、お嬢さんのご亭主ですか？」

「うん、そうや。まだあいつには、荷が重い相手やったなぁ」

「徳沢さんたちが苦労して話をつけた私道を柳田社長のゴルフ場がただで使わせろとは言えんでしょう」

「当然や。ただで使わせてもらう気はないで」

「徳沢さんたちと話をしてみましょう。あの人たちのうしろには現職の大臣がおります。そのことはご存知ですね？」

「ああ、知ってる。松坂さん、ひと肌脱いでくれ。恩に着るで。あの短い私道を使わんことには、わしのゴルフ場の六番ホールが完成せんのや」

熊吾は小さく頷き、煙草《たばこ》を吸った。口の周りに麻酔の痺《しび》れが残っていて、うまく吸えなかった。

「松田にゴルフ場のコースキーパーの勉強をさせようと思うたのは、どう考えても、あいつに商売は無理やからや。それに、中古車部品の商売ははっきりと先細りで、柳田商会で真面目《まじめ》に働いてくれてる若い社員に新しい道をひらいてやりたい。いまモータープールの寮にいてる社員のうちの五人をゴルフ場へ配置転換させることにした。ゴルフ場には人がぎょうさん要るんや」

と柳田は言った。それからコースキーパーとはどんな仕事かを珍しく熱心に熊吾に説明し始めた。

ゴルフのことはまったく知らないし興味もない熊吾には、柳田の口から出るティーグラウンドとかグリーンとかピンとかラフとかコース設定とかの用語もわからなかったが、コースキーパーという専門職が、ゴルフ場にとっていかに重要な役割を担《にな》っているかは理解できた。

「松田さんには、その仕事も荷が重いような気がしますのお。戦略的頭脳と経験がないといけんようですけん」

その熊吾の言葉に苦笑を返して、

「ひとつのことがでけんやつに、別のことをさせても、やっぱりあかんようや」

と柳田は言った。

「私はこれから徳沢さんに逢《お》うてきます」

「そうか、よろしゅう頼む」

熊吾は、きょうは松坂板金塗装に行くだけで千鳥橋の大阪中古車センターの仕事はできないなと思いながら柳田ビルから出ると、日頃は使わない道を歩いて行った。浄正橋のほうから松坂板金塗装へと向かうと聖天通り商店街の東側に出てしまって、博美とでくわすはめになりかねないと考えたのだ。

いまごろは博美は昼の準備で忙しいはずだ。商売のやり方を変えれば、改装をせずとも店の雰囲気も変わる。どう変わったか見てみたいのだが、俺は博美の店には決して行かない。

熊吾はそう決めたのだ。

東尾と黒木が新しく借りた松坂板金塗装の別棟は、これまでの工場兼事務所の真裏にあった縫製会社の玄関を広くして、自動車の出入りが可能なように部分的な改装を加えてあった。

すでに修理のために運ばれてきた乗用車が三台、建物のなかに並べられていた。まだ梱包《こんぽう》されたままの油圧式ジャッキや、塗料を配合するときに使うシンナーやテレピン油の缶も入り口に積み上げられたままだった。

熊吾は裏の細道を通って以前の工場へと廻り、仕事をしている大村兄弟に、

「お前らの弟子たちはまだ来んのか？」

と声をかけた。

新しく雇った三人の若い職人に、この大村兄弟が技術を教えようとするかどうかが重要な問題だと熊吾は考えていて、その点に関してはかなり懐疑的でもあったのだ。

熊吾は職人というものを熟知していたが、東尾修造はその世界にはまったく無知なのだ。

「ぼくらの弟子ですか？」

と兄のほうが訊いた。なんだか不満そうな口ぶりだった。

「自分らは弟子やと思うてないやつらに、なにを教えるんです？」

と弟は訊いた。

「お前らと一緒に仕事をしたら、自然に弟子の自覚が出てきよる。大村兄弟の腕を目《ま》のあたりにしたらひれ伏すしかないじゃろう。いずれお前らが一本立ちして自分の工場を

持つときに使える職人を、お前らがいま養成しとくんじゃ。それを長い目で見た戦略というんじゃ。大村兄弟に一人前にしてもろうたという職人をぎょうさん作っとくんじゃぞ。それが十年二十年先のお前らの大きな財産になる」

熊吾は諭すように言って、二階へあがった。

これまで社長の机の斜め向かいに帳簿を扱う神田の事務机があったのだが、配置が変わっていた。玉木則之の部屋は取り払われて、熊吾の机と椅子《いす》はその跡に移っていた。机の上には「社長」と書かれた黒い三角形の木の台があった。

その横に「専務」という同じ形の台が置かれた真新しい机がある。

青い事務服を着た若い女が算盤《そろばん》を弾《はじ》いていたが、熊吾を見ると慌《あわ》てて立ちあがり、

「経理の島本奈緒子です。東尾専務に雇っていただきました。今後ともよろしくお願いします」

と挨拶をした。

「おお、話は聞いちょる。パブリカ大阪北で何度かお目にかかったのお」

熊吾は言って、東尾はいつ帰って来るかと訊いた。

「伊達さんと河内さんのところに挨拶廻りをしてから出社するそうです。黒木さんも一緒です」

と島本は言い、茶を淹《い》れるために小さな炊事場に行った。玉木が自炊するために造っ

た炊事場だった。

「肩書きは社長じゃが、わしはここではすることがない。新しい工場を見に来ただけじゃ」

熊吾はそう言って、階段を降りて行ったが、ちょうどそのとき黒木の運転する車で東尾修造が戻って来た。

「新しい機械はきのうの夜に届きまして。入り口を拡《ひろ》げる工事が予定よりも時間がかかって……」

東尾はそう言って二階へあがりながら、島本奈緒子にコーヒーの出前を頼んだ。

熊吾は階下の工場から、さっき飲んだばっかりなので要らないと断ったが、東尾に執《しつ》拗《よう》に促されて仕方なく二階へあがり、自分の机に坐《すわ》った。そしてそれとなく東尾と島本の表情を見た。

やっぱり隠せないものだな。目と目で語り合っている。このふたりが深い関係になってから一年以上はたっているようだ。

女は二十五、六か……。妻子持ちの男は五十。ふたりが同じ部屋にいるだけで、なんだか生臭い匂《にお》いがたちこめているような気がする。

約束は一年だが、半年くらいたったら、会社の定款から俺の名を外してくれるのを東尾修造に承知させなければならない。

熊吾はそう思った。

なにかあったら、責任はすべて社長にかかってくるのではないのか、という房江の言葉は、決して軽いものではなくなったと気づいたのだ。

九月十六日の朝、サクラ会の理事長である丹下甲治から電話があり、きょう久しぶりに昼食でも一緒にいかがかと誘われて、熊吾はシンエー・モータープールの事務所の事務机の下に積み上げてある過去二十日分の新聞と週刊誌三冊を小脇《こわき》にかかえて市電に乗った。

雨が降ったりやんだりしていた。

午前中に、松坂板金塗装が修理を受注した車が五台、大阪中古車センターに運ばれてくることになっていた。

東尾修造は一気に受注車の数を増やしたので、置き場所がなくなり、千鳥橋の大阪中古車センターに五日間だけ置かせてくれと頼み込んできたのだ。

中古車センターは広すぎるほどなのでお安いご用だったし、鈴原がいるので、まかせておけばいいのだが、東尾と黒木博光とで新しく開拓した取引き先のレベルは板金塗装修理に出される車を見ればわかると思い、熊吾はそれを自分の目で確かめたかったのだ。

東尾修造は、もう現金での商売では発注するほうにも註文を受けるほうにも限界があると主張して、小切手や手形での取引きを始めた。取引き先が増えれば手形商売に切り替えなければ成り立たないというのが、東尾の意見だった。

熊吾は、手形商売の怖さをよく知っていたので反対したが、元銀行の支店長にとっては、小切手や手形の扱いは手のうちに入っていて自分の専門分野だから、その取捨選択はまかせてほしいと東尾に頑強に言われて、引き下がらざるを得なかった。

自分が社長でいるのは半年だけにしてほしいという熊吾の申し出を、東尾が意外にあっさりと飲んだからでもあった。

大阪中古車センターの仕事以外に、柳田元雄のゴルフ場の一件のために徳沢邦之と武部彦次郎と話し合ったが、柳田興産の専務の、理だけを押し通そうとして情に頼ろうとしない稚拙さにあきれ果てたふたりは臍《へそ》を曲げてしまって、あの私道を柳田興産に使わせなくても、こっちは痛くも痒《かゆ》くもないと言うばかりだった。

熊吾は、もっと早く片がつくと思っていたので目論見《もくろみ》が外れてしまい、自分の仕事をあとまわしにして、徳沢と武部の説得に十日もかかってしまったのだ。

この二十日間ほどは、熊吾は新聞も読まなければ、テレビのニュースも観《み》ていなかった。

市電の座席に坐ると、熊吾は週刊誌の下のほうから目を通し始めた。

アメリカのワシントンで行なわれた大行進の記事が目に留まった。マーティン・ルーサー・キング・ジュニアという黒人牧師の名、ワシントン大行進という見出し、人種差別撤廃と雇用拡大を求めて米国で十万人以上が参加という小見出しに興味をそそられたのだ。

記事では、キング師の演説にはわずかな誌面しか使っていなかった。熊吾は、いちばん最近の週刊誌で、その演説の骨子を読むことができた。

――私には夢がある。

ある日、ジョージアの赤土の丘の上で、以前の奴隷《どれい》の息子たちと以前の奴隷所有者の息子たちが、兄弟愛というテーブルにともに着き得ることを。

私には夢がある。

ある日、不正と抑圧という熱で苦しんでいる不毛の州、ミシシッピーでさえ、自由と正義というオアシスに変わることを。

私には夢がある。

私の四人の子供たちがある日、肌の色ではなく人物の内容によって判断される国に住むことを。――

熊吾は、この黒人指導者がまだ三十四歳であることに驚いたが、演説そのものにも深い共感を抱いて、何度も読み返した。

自分は世界で起こっていることをほとんど知らないし、五大陸のさまざまな国々がかかえている問題も知らないのだなと思った。

日本は小さい。世界がどれほど大きく、どれほど多様であるかは、実際に自分の目で見なければわからない。

伸仁のこれからの人生で必要なのはそれらを見ることであろう。

あいつが世界に出ていける人物となれるであろうか。それだけの素質と使命があるだろうか。いまの伸仁を見ていると、大事に育てられただけの、腺病質《せんびょうしつ》な、勉強嫌いの高校生でしかない。

熊吾はそう考えながら、千鳥橋で市電を降りると、いまは店を閉めている立ち飲み屋の前に置いてあるゴミ箱に他の新聞と週刊誌を捨て、交差点を渡って大阪中古車センターへと歩いて行った。キング牧師の演説を訳した週刊誌の記事だけ破いて四つに折り畳み、ズボンのうしろポケットに入れた。

自分で車を運転して来る日もあれば、市電を使うときもあるが、七月の半ば以来、日曜日もここへ通って来ているなと熊吾は思った。

それなのにいっこうにこの地に慣れない。来るたびに理由のわからない違和感に包まれる。あるいは、大阪中古車センターを目指してやって来た客たちも、同じような居心地の悪さを感じて千鳥橋の停留所から引き返してしまうのではあるまいか。

土地そのものがそれぞれ独自の雰囲気を持っているとしたら、ここには人に強い違和感を抱かせるなにかがあるのだ。

熊吾はそう考えながら、夏よりも少し悪臭の減ったドブ川の横を歩いて大阪中古車センターの事務所へ行った。

鈴原がハゴロモの売り物を洗車していた。

出社すると、車体と窓ガラスを濡《ぬ》れ雑巾《ぞうきん》で拭《ふ》き、タイヤの外側を洗ってから、鈴原は事務所の東側にある便所掃除をするのだ。

八月中は、夜勤を終えて家に帰る前に佐竹善国が便所の掃除をしていたのだが、早く帰らせて寝させてやりたいからと鈴原がその仕事を買って出たのだ。

ハゴロモの十五台の中古車の北側に、ボンネットがはねあがってしまっている乗用車が置いてあった。

「あれか？」

と熊吾は鈴原に訊いた。

「動かへんので、さっきレッカー車で運んで来たんです。公園のコンクリートの柵《さく》に突っ込んで、助手席に乗ってた人が死んだそうです」

と鈴原は言った。

「そんな車を修理して売るのか」

「松坂板金塗装は、見た目を元に戻すだけやから、動くようにするのも、売るのも、乗るのも、相手さんの勝手や……。東尾さんはそう言うてはるそうですけど、黒木さんは、ここまでつぶれた車の板金塗装をしとうないって反対してはりました」

「東尾も黒木も今朝ここに来たのか」

「はい、社長と入れ違いです。あとの四台はもうじき来ます。たいていの板金屋が断るほどの事故車ですけど、動くそうです」

「註文主はなんちゅう会社じゃ」

「島田ユーズドカーって社名です。名古屋を本拠に、とびきり安い中古車の販売で伸びてきました。事故車やということは隠してません。事故車やから安い。それが売りで、買うほうも、動いて安ければそれでええという人たちなんでしょうね」

千鳥橋に着いたときにはやんでいた雨がまた降ってきたので、熊吾は鈴原と一緒に事務所に入った。

「気に入らんのお。売るのは確かにその島田ユーズドカーじゃが、松坂板金塗装が、死人が出るほどの事故を起こした車の板金塗装を引き受けるのは気に入らん」

熊吾はそう言って、魔法壜《びん》の湯で茶を淹れながら、あとの四台はもう見る必要はないと思った。

黒木とて同じ考えであろうが、いまは東尾には逆らいにくいのであろう。東尾は、とにかく仕事量を増やすことに懸命になっている。受注量と売上げを伸ばすのが先決で、資金回転を優先させておいて、徐々に優良な得意先を絞り込もうという計画なのだ。

だが、こんな事故車を引き受けたら信用を失なう。得意先からの信用が商売の命なのだ。

東尾はなにを焦《あせ》っているのか。松坂板金塗装が自分の会社になってまだ日はたっていない。誰も東尾の尻を叩《たた》いたりしない。

島田ユーズドカーがどんな会社かは知らないが、どうせ支払いの半分以上は約束手形であろう。ただ同然で仕入れた事故車を、外側はあちこちの板金塗装屋で化粧し、機械部分は修理屋で直し、両方の経費に利益を上乗せして売るのだ。

見た目は同じでも、ハゴロモで七万円の中古車が島田ユーズドカーでは四万円くらいなのであろう。

素人《しろうと》には区別がつかなくても、乗ってみればわかる。

いまは中古車の需要が多くて、事故車と承知のうえで購入しても、買い手は自分が「安物買いの銭失ない」だったとすぐに気づくのだ。

こんな事故車をどこが化粧したのかと噂《うわさ》がひろまれば、松坂板金塗装の信用はたちまち失墜する。

島田ユーズドカーとの取引きは止《や》めさせなければならない。なにはともあれ、ハゴロモの商売を邪魔する相手なのだ。

熊吾はそう判断して、松坂板金塗装に電話をかけた。

島本奈緒子が出て来て、専務は昼から出社する予定だと言った。午前中は黒木さんと一緒に阿倍野《あべの》区のクワバラ工業に行っているという。

「クワバラ工業？　残土屋あがりの埋め立て屋か？」

熊吾の問いに、島本奈緒子は、たぶんそうだと思うと答えた。

クワバラ工業は、戦後、大手の土建会社から大正区や港区の埋め立ての仕事を一手にまかされて急速に大きくなった会社だった。何十台もの大型ダンプカーを所有している。

戦前、桑原残土興業という社名だったころに、熊吾は一度だけトラックを二台世話したことがあった。滋賀県の山を崩して、その土を売るのだが、トラックは軍が優先して民間には廻ってこなくて困っていると古くからの知人を介して頼まれたのだ。

苦労して調達してやったトラックを、当時の桑原残土興業の社長は、約束の期限を半年も延ばしたうえに、直前になって値引きを頼み込み、三ヵ月手形でやっと支払ったのだ。

二万三千六百円の代金のうち三千六百円は勝手に引いてあった。

熊吾は、そのときの桑原残土興業の経理担当役員の言葉を忘れていなかった。

「うちは大口の支払いでは端数《はすう》を切り捨てることにしてましてなぁ。それがいやなら、うちとの取引きはやめてくれて結構でっせ」

いまの三千六百円ではない。昭和十四年の三千六百円なのだ。

電話を切ると、

「ごろつきじゃ」

と言い、熊吾は大阪中古車センターから千鳥橋の停留所へ大股《おおまた》で歩いて行った。まだ昼飯には少し早かったが、久しぶりに丹下甲治の温顔に接したかった。

雨は強くなっていた。熊吾は市電で西九条まで行き、商店街の和菓子屋で羊羹《ようかん》と大福餅《もち》を買った。甘党の丹下の好物なのだ。

サクラ会の事務所には行かず、熊吾は丹下の家に寄ってみることにした。まだ十一時を過ぎたばかりだったので、菓子を丹下の娘に先に渡しておこうと思ったのだ。

まだ花を咲かせている朝顔の鉢植えが並ぶ木造の二階屋の前に立つと、家のなかから話し声が聞こえた。荒だった声ではないが、言い争っているようで、熊吾は迷いながら玄関の戸を細くあけた。

何足もの革靴も雪駄《せった》も並んでいる。五、六人の男たちが座敷で丹下甲治と話をしていた。

熊吾は戸をそっと閉めて、菓子の箱を雨で濡れないようにかかえると商店街へと戻りかけたが、恫喝《どうかつ》するような怒鳴り声で歩を止めた。

「わしらの世界はがらっと変わるんや。丹下はんの時代は終わった。マッカーサーも言うたやろ。『老兵は死なず。ただ消え去るのみ』。橋田先生におまかせするのがみんなのためや。丹下はんがうろちょろしたら、みんなが迷惑するんや」

「そないにはっきりと引導を渡すような言葉はつっしまなあかんで。丹下さんのこれまでの功績は誰もが認めるところや」

「へえ、すんまへん。ただ私はこれから政治の駆け引きになるかぎりは力のある政治家にまかせようと丹下はんが自分から言い出すもんやと思てたんです。これまでの丹下はんなら、橋田先生におまかせしますと、さっさと身を退《ひ》いてたはずです。それがこんなに頑固にサクラ会の理事長職をつづけようとしよる。なんか裏があると勘ぐりとうもなりまっしゃろ」

盗み聞きは嫌いだと思い、熊吾は傘をさして行きかけたが、丹下の声でまた足を止めた。

「裏があるのはあんたらやろ。わしらの世界はがらっと変わる？　どう変わるんや？　わしらを見る人間の目は変われへん。それどころか、同士討ちが始まるで。その証拠に、もうすでに橋田っちゅう市会議員が利権を漁《あさ》って動き出して、そのおこぼれ欲しさに、お前らまでが掌を返した」

熊吾は商店街へと戻りかけた。丹下の娘がサクラ会の事務所のほうからやって来たので、熊吾は菓子折を渡し、お客さんが来ているようなので、そこの喫茶店でコーヒーでも飲んでいると伝えた。

丹下の三十前後の娘は、挨拶もせず礼も言わず菓子折を受け取り、家へと小走りで行ってしまった。

不愛想で、いつも怒ったような顔をしている丹下の娘のうしろ姿を見ながら、どういう揉《も》め事か知らないが、丹下を怒鳴った男と橋田という市会議員は事前にシナリオを作って来たらしいなと熊吾は思った。

いずれにしても、俺は関わらないほうがいい。しかし、そういう場合にかぎって俺は関わらざるを得ない状況に陥ってしまう。丹下が話のついでにいまの客たちとのいさかいについて語っても、俺はただ聞くだけにしておこう。

熊吾は自分にそう言い聞かせて、商店街を入ってすぐのところにある喫茶店に入った。数人の男たちが店の電話を使って競艇の舟券を購入していた。

そうか、ノミ屋というのは競馬だけではないのかと熊吾は思い、すぐにその喫茶店から出た。

煙草屋の店先にある公衆電話で松坂板金塗装に電話をかけたが、東尾から連絡はないと島本奈緒子は言った。

熊吾は、東尾にクワバラ工業と取引きをさせたくなかったので、余計な口出しだと思いながらも早く自分の考えを伝えたかったのだ。

だが、余計な口出しではない。松坂板金塗装の社長はこの俺なのだと思い直し、どうしてもクワバラ工業と取引きをしたいのなら、いますぐ会社の定款から松坂熊吾の名を消せと迫るほうが得策だと考えた。

抜いた奥歯の隣りの歯がおとといから痛かった。熊吾は、抜歯のあとの傷が治ると歯科医院には行かなくなったのだが、医者の予言どおりになってきたなと思い、他の喫茶店を探して国電の西九条駅の近くまで戻った。

理髪店があり、客はひとりもいなくて、主人は椅子に坐って新聞を読んでいた。入り口のドアに「四十分で自然な毛染め　最先端の毛染め技術をお試し下さい」と書かれた紙が貼ってあった。

熊吾は、房江に白髪を染めてはどうかと勧められたことを思い出し、理髪店に入り、

「ほんまに四十分で染められるか？」

と訊いた。

主人は、熊吾の頭髪を見ただけで、

「柔らかい毛やから、きっかり四十分で染め終わりまっせ」

と言った。

染め終わって、洗ってもらい、熊吾は鏡に映っている白髪のなくなった自分の顔に見入った。目の下の膨らみが大きくなっているような気がした。髪は黒くなったが、確か

に六十六歳の男の顔だなと熊吾は思った。

歳《とし》よりもはるかに若く見えると周りから言われてきたが、これは六十そこその顔ではない。間違いなく六十六歳の顔だ。

新大阪モーターの社長は俺とおない歳だが、十四歳の孫がいる。俺は、ひとり息子がまだ十六だ。

熊吾は、なんだか疲れを感じながらそう考えて、腕時計を見た。十二時を廻っていた。

理髪店から出て、急ぎ足で丹下甲治の家へと向かっていると、さっきの客たちらしい一団とすれ違った。みんな背広にネクタイ姿だが、ふたりは革靴ではなく雪駄を履いている。

「外堀は埋めてあるんや」

と市会議員のバッジをつけた男が言った。

丹下は傘をさして家の前で待っていた。

「お待たせしてしまいまして」

と丹下は笑顔で言った。

「私のほうこそ早よう来すぎてしまいまして。お客さんのようでしたので、そこの散髪屋で白髪を染めてきました」

「ほお……。なるほど、若返りましたな」

「いや、髪の毛だけ黒うなって、かえって老《ふ》けたような気がしちょります」

丹下は声をあげて笑い、

「商店街を抜けて道を渡ったところに天麩羅屋《てんぷらや》がおます。店はボロですけど、うまいんです。口の肥えてはる松坂さんでも喜んでくれはるはずです」

と言って歩きだした。

「やっと朝晩涼しいになりましたなぁ」

「そやけどうちの周りはまだ蚊が出よります。川筋で、水溜《た》まりだらけで」

「蚊の雌は、これからが子孫を残すための大仕事ですけん」

道を渡って東に歩いたところに汚れた暖簾《のれん》のかかっている小さな食堂があった。「天麩羅」という字はどこにもないが、店のなかでは客たちがみな天丼《てんどん》を食べていた。

丹下が予約してあったらしく、八十に近いのではないかと思える禿《は》げ頭の主人がカウンター席を指さした。

「年上女房でしてなぁ、奥さんは八十三です。親父《おやじ》さんの三倍ほど元気ですねん」

と言いながら、丹下はカウンター席に座った。

「あれは死にまへんで」

と主人は真顔で言って、おしぼりを熊吾に手渡した。

「一本、つけまひょか?」

主人に言われて、熊吾は日本酒のぬる燗《かん》を頼んだ。

「佐竹は毎日が楽しいらしいです。雇ってくれる人なんか出てけえへんとあきらめてましたから。佐竹は……。どうも佐竹っちゅうのは言いにくいですなぁ。私はあの子が小さいころから善国と呼んできましたから」

「私も最近、善国と呼ぶようになりました。なんとなくそのほうが呼びやすいんですなぁ」

と熊吾は言って、煙草に火をつけた。

「善国は松坂さんに言われたとおりに、子供名義の貯金通帳に将来の教育資金を貯《た》めてます。自分の給料には一銭も手をつけずにねぇ。その貯金通帳も松坂さんが作ってくれはったんやと、きのう私に話しよりまして。そんな大事なことは、もっと早うに教えんかいと叱《しか》っておきました。とにかく口が重いので。二十歳を過ぎたころまで軽い吃音《きつおん》でして、軍隊では底意地の悪い上官にいじめられたんです」

「自分には一生縁がないと思うちょった権力を与えられると、弱い者をいじめとうなるんですな。軍隊は、そういう人間をぎょうさん作りました。どん百姓や土方が召集されて、一等兵とか上等兵くらいに位が上がると、自分よりも位の低い二等兵や新兵を徹底的にいじめる。とくに日本陸軍ではそれが顕著でした」

熊吾は、房江と伸仁とともに南宇和で暮らしていたとき、復員してきた中村音吉が言った言葉を忘れることはできなかった。

――いなか者《もん》の百姓を兵隊にしちゃあいけん。戦地じゃあ学歴も氏素姓も品性も関係ないんじゃ。兵隊の位と体力だけの世界なんじゃ。なんぼ戦争やっちゅうても、これが人間のすることかと思うようなことをやりよるのは、たいてい、いなか者の百姓出身の兵隊じゃ。若い女を犯して殺すのも、年寄りや子供の首をはねるのも、たいてい、いなか者の百姓出身の兵隊じゃ。なんでですかのお。なんで、いなか者の百姓が兵隊に徴《と》られると、あんなえげつない残酷なことを平気でやるようになるんじゃろ……。――

天つゆの皿と大根おろしの入った中鉢がカウンターに置かれた。「おまかせコース」というのが出てくるらしかった。

熊吾は、主人の酌でぬる燗の酒を飲み、中村音吉の言葉を丹下に話した。

「自分がえらそうにできる相手は家族だけやったんです。肩を聳《そび》やかせられる相手は女房と子供だけ。それ以外の相手には、いつも押さえられ、小馬鹿《こばか》にされ、頭を下げさせられ……。それが軍隊で初めて絶対服従の部下が出来た。金持ちの大学出であろうとも二等兵は二等兵。いなかの百姓出身であろうとも上等兵は上等兵。虐《しいた》げられてきた積年の怨念《おんねん》が出て来よるんです。百姓だけにかぎりません。女房に暴力を振るう男はみんなそうです。えらくなろうとしても、えらくなれなかった男どもは、ちょっとしたことで女房に暴力を振るうんです」

丹下の言葉は、熊吾には胸に刺さるかのようにこたえた。

確かに俺もそうだなと熊吾は思った。

戦前の全盛期に松坂商会の社長として多くの社員や商売仲間から大将と慕われ、関西経済界の重鎮と親交を深めていても、俺はいつも所詮《しよせん》は成り上がり者と思われているのだろうという意識を捨てられなかった。

どうあがいても「南予の闘牛の熊さん」であって、昔からの経済界という世界に迎えられることはないのだ。

学閥、財閥、軍閥、派閥、門閥。これらの壁は高く大きく立ちはだかって、俺はそのどれとも縁がなかった。

これまでそんなことは考えたこともなかったが、意識下では、劣等感がつねにくすぶっていたのかもしれない。

伸仁には「自尊心よりも大切なものを持って生きにゃあいけん」と蘊蓄《うんちく》を垂れたが、自分を自分以上に見せたがってあがいていたのはこの俺だ。

熊吾が黙り込んでしまったのを不審に思ったらしく、丹下は話題を変えて、

「松坂さんは、サクラ会がなんなのかいっぺんも訊いたことがおまへんなあ」

と言った。

熊吾は主人にコップを貰《もら》い、そこに徳利《とつくり》の酒を移すと、

「大阪中古車センターのことしか頭にありませんでしたけん」

そう答えて、最初に揚げられた海老《えび》を食べ、次はなにかと主人の金箸《かなばし》の動きを見た。

「サクラ会は、互助会です。私の周りには、学校に行ってない子がぎょうさんおります。戦後、小学校と中学校は義務教育になって、家が貧乏でも勉強できるようになりましたが、私の周りには、子供を学校へは行かさずに働かそうとする親が多いんです。親を説得して学校へ行かせ、就職の面倒も見てやりとうて、昭和三十年にサクラ会を作りました。初代の理事長はことしの二月に亡《な》くなりまして、そのあとを私が引き継ぎました。営利を目的とはしておりませんので、会の運営費は私のポケットマネーから出てるんです」

「サクラ会がどのくらいの規模かは知りませんが、丹下さんのポケットマネーからとなると毎月かなりの出費でしょう」

「運営費というても毎月の電話代と会合のときに出す茶菓子代くらいのもんですが、本業でしっかりと儲《もう》けんことにはサクラ会は維持できません」

「本業？　丹下さんはなにか商売をなさっちょりますかのお」

熊吾の問いに、丹下は、戦前から食用油の卸し問屋を営んできたと答えた。

菜種油、胡麻《ごま》油、ひまわり油。戦後はサラダ油が扱い高の七割を占めるようになった。十三のときに食用油の卸し問屋に奉公にあがり、大阪港や神戸港からポンポン船で運ばれて来る品物を安治川の船着き場で荷揚げする仕事だった。いまのサクラ会の事務所は、そのころの倉庫だったのだ。

大阪大空襲で倉庫は焼け、そのとき卸し問屋の主人夫婦は焼死した。子供は三人いたが、長男は南方戦線で戦死し、ふたりの娘はそれぞれ嫁いで静岡と徳島で暮らしていた。どちらも裕福な商家だ。

戦後、番頭や同僚たちが次々と復員してきたが、扱う食用油は占領軍の統制下にあってまったく手に入らず、みんな食うために商売替えをしていき、残ったのは私と後輩三人だけだった。

多いときは十五、六人の従業員がいたが、昭和二十二年にはたったの四人になっていた。

私が跡を継ぐことになったのは、帳簿を見ることが出来たからだ。ろくに学校には行っていないが、子供のころから数字が好きで、算術は得意だった。

お前は頭がいいと見込まれて、当時のご主人は私に教師をつけてくれた。教師といっても当時の二番番頭さんで、読み書き算盤、それに帳簿のつけ方などを仕事のあいまに教えてくれるだけだった。

たったそれだけの、特技とも言えないわずかな能力が、食用油の卸し問屋の跡を継ぐきっかけとなったのだから、私は周りの子供たちにしつこいまでに勉強を勧めるのだ。

十三歳で奉公にあがり、やっていた仕事は沖仲仕と同じ。佐竹善国と同じ境遇だったということになる……。

丹下は語り終えると、食べる速度に合わせて揚げられる天麩羅をやっと口に入れた。二番目は玉葱《たまねぎ》。三番目はキス。四番目はしし唐。五番目は穴子。どれもうまかった。

しかし、熊吾のなかでは、さっきの丹下の、えらくなろうとしてもえらくなれなかった男云々《うんぬん》が消えず、それは次第に重い自嘲《じちょう》の念へと変わっていった。

いまさら生き直すことは出来ないが、新たな生き方を試みるのは幾つになっても可能だと熊吾は思った。

「お口に合いませんか」

と丹下は小声で言った。

「とんでもない。こんなうまい天麩羅を食べたのは久しぶりです」

と答えて、熊吾は、大阪中古車センターに足を運んでくれる客がいっこうに増えないことが不思議でならないと言った。

「千鳥橋の停留所から北側は人通りも少ないし、住人は共稼ぎが多くて、みんな働きに出てて、あの一帯は昔から寂しいとこです。寂しいとこには人は足を向けにくいんでしょう。そやから工場向きの地域やということになりますなあ」

と丹下は穏やかな口調で言った。

「もし大阪中古車センターを他の場所に移すことになっても、善国には働いてもらいますけん。どんな場所であれ、何十台もの中古車置き場には夜の警備が絶対に必要ですけんのぉ。善国は信用できる。あそこに出入りする中古車業者も佐竹善国がおると安心じゃと言うとります」

熊吾の言葉に礼を述べてから、

「別の場所に移そうというお考えですか」

と丹下は訊いた。

「中古車業者のなかにはあの場所に不満を持ち始めたのが何人かおりまして。しかし、そんな連中も、大阪市内にあれだけの広さの土地を借りるのがいかに難しいかはわかっちょるんです」

「国があのあたりに目をつけてるという噂があります。国というよりも住宅公団ですが」

「住宅公団？」

「その噂がほんまやったら、あと十年は手つかずのままでしょう。あそこに団地を建てるとなると、住人の立ち退《の》き交渉は難航します。私なら、建てた団地に、いまの住人たちを優先的に入居させるという条件を飲ませますが、サクラ会のなかには、もっと金になることを画策してるやつらが動き始めました」

丹下は噂と言っているが、かなり実現性の高い噂であろうと熊吾は思った。持ち主の電線メーカーも情報を摑《つか》んでいるに違いない。とすれば、大阪中古車センターはあそこから動かないほうがいい。

なぜと問われれば論理立てて答えることはできないのだが、熊吾の勘はそのように働いたのだ。

熊吾は天麩羅屋の電話を借りて東尾修造にクワバラ工業と関わりを持つことを止めるよう伝えたかったが、丹下の、天麩羅をうまそうに味わっているくつろいだ姿を見て、自分が忙しそうに振る舞うのは、いまはやめようと思った。

# 第四章

城崎《きのさき》の麻衣子から電話があったのは十月一日だった。

十月の満月はあさっての三日だと消防署の人に教えてもらった。その日を逃すと次の満月は十一月まで待たなければならないので、あさって城崎まで遊びに来ないか。十月三日の夜は晴れるという予報だ……。季節といい当日の天気といい、お月見には絶好だ。

房江《ふさえ》は、その麻衣子の誘いに、

「あさって？　私、満月というのはその月の半ば頃やとばっかり思い込んでたわ。あさってなぁ……。あさっては木曜日やねぇ」

と言った。

「熊吾《くまご》おじさんは、いつでも城崎に満月を観《み》に行ってもええって言うたんやろ？」

「うん、そう言うてはくれたけど、相変わらず忙しいて、そのうえ奥歯をまた二本も抜いて機嫌が悪いねん」

受話器を耳に当てたまま、どうしようかと房江は考え込み、夜、夫に相談してから決めると答えて電話を切った。

城崎温泉のあの旅館の岩風呂《ぶろ》につかり、麻衣子が店を閉めてから栄子も一緒に城崎大橋の真ん中から月見をする。

それを楽しみに待ちわびていたのは八月の下旬までだった。

松坂板金塗装を東尾修造に売った金を千鳥橋の大阪中古車センターで受け取り、その足で借金の完済をしに行ったとき、泊めてもらっている親戚《しんせき》の家からちょうど出かけようとしていた松田茂の母親は、いまから松坂さんの奥さんに逢《あ》いに行こうと思っていたのだと意味ありげな笑みを浮かべた。八月二十三日の夕刻だ。

房江は、約束の期日に全額返済できなかったことをあらためて詫《わ》び、一円の利子も付けられないことも謝罪して、松田の母親が四十枚の一万円札をかぞえ終わるのを待った。

「まぁ、そこへ坐《すわ》ってつかあさい」

紙幣をかぞえ終えてから、松田の母親は上がり框《かまち》に房江を坐らせると、

「なんとぎょうてーしましたで」

と言った。

まだこのうえしつこく嫌味を言うのなら、私もふたつみっつは返してやろうと房江は身構えたが、松田の母親から出た言葉は思いもかけないものだった。

「松坂熊吾さんはやっぱり大将じゃ。他人から金を借りてでも、若い愛人さんを自分のもんにするためにヤクザに七十万円もの手切れ金を払いなはった。どえりゃあ器量じゃ。

わしが貸した金は、そっくりそのまま女のヒモに渡っとったっちゅうわけじゃけん」

房江は笑みを浮かべ、どこで誰からそんな話を聞いたのかと松田の母親に言ったが、動悸《どうき》は烈《はげ》しくなり、顔は火照《ほて》り、坐っていてさえも足は震えた。

「噂《うわさ》っちゅうのは、ひとり歩きしよるけん、誰も止められんわい。なにがハゴロモの暖簾《のれん》分けですかいのお。わしの息子に出させた金は、ヤクザの女に惚《ほ》れて、自分のもんにしたいがための手切れ金じゃった。で、その金を自分の女房に返しに行かせる。なんとなんと、さすがに大将と呼ばれるだけのことはあるわいなあ」

そう言って、松田の母親は底意地の悪い笑顔で熊吾が書いた借用書を返してくれた。

房江は手の震えを気づかれないように借用書を受け取り、新築の二階屋から出て行きかけた。すると、松田の母親は、社員に会社の金を横領されたというのも嘘《うそ》に違いない、すべては女に貢《みつ》いだのであろうし、いまも貢ぎつづけているのであろうと言った。

振り返らず路地を歩きだした房江に、松田の母親はわざわざ追いかけて来て、さらにこう言ったのだ。

「その女っちゅうのは、もとはストリッパーじゃそうですけん。裸になってくねくねといやらしいに腰をくねらして助平男どもの鼻先で踊るんじゃ。そんな腰使いをされたら、五十二歳の古女房は逆立ちしても勝てんわなあ」

本田町の市電の停留所に立っていても、房江の足の震えは止まらなかった。

去年の十二月に、しわがれ声の女から電話がかかってきて、親切ごかしに教えられたことと、松田の母親の話は符合しているところがある。

しかし、よく似たしわがれ声であっても、あのときの女は松田の母親ではない。まったくの別人だ。声も違うし、松田の母親は岡山訛《なま》りを隠すことはできない。

松田の母親は、松坂熊吾の愛人の話を最近知ったに違いない。そうでなければ、たくさんの客が世間話に興じているシンエー・モータープールの事務所に来たときに、みなに聞こえるように話したはずだ。

きょうは、新しく仕入れたその話を、無関係な人たちの前で松坂房江に聞かせることを楽しみにして、さっきまさに出かけようとしていたのだ。

そう考えて、房江は、動揺と狼狽《ろうばい》と不安を熊吾にも伸仁《のぶひと》にも気づかれないようにとモータープールに帰っても努めて平静を装《よそお》い、不自然なほどに笑顔を作った。

以来、ずっと房江は熊吾と結婚してから初めての強い猜疑心《さいぎしん》に覆《おお》われてすごしてきた。

男だから、金で買える女とつかのま遊ぶことはあったかもしれない。しかし、夫は特定の愛人を囲うような人ではない。私は夫を愛している。夫も私を愛してくれている。

結婚して二十数年がたつが、お互いの気持ちは変わっていない。歳《とし》を取って、その表し方は変わったが、夫と妻の愛情とは異なる、男と女の愛情というものも知り合ったころから変わっていないと私は信じてきた。

お互いの年齢を考えれば、体のふれあいは、いまはほとんどない。だがそれは隣りの部屋に思春期の息子がいるからで、夫はときおり蒲団《ふとん》のなかから手を伸ばし、私の胸に触れたりするし、私もそんなときは応じるように夫の腕や腹部を撫《な》でたりする。

それ以上の行為へと進まなくても、私はそれで満足だし、幸福を感じる。夫がどんなに横暴でも、ときに理不尽な暴力をふるっても、たったそれだけのことで帳消しになる。だが、若い女、それも元ストリッパーだった女に七十万円もの大金を、いや二百万円以上もの会社の金を入れ揚げていることが本当だとすれば、ただの男の浮気ではない……。

房江は、松田の母親から話を聞いた日から二週間くらいは、そんなことばかり考えて暮らしたが、九月も終わり近くになると気持ちを切り替えて、新しい家探しをするようになった。

夫は、毎日あんなに身を粉にして働いている。ときに夜中の一時過ぎに帰宅する日もあるが、どこかに泊まってくるということはない。

どこの誰だか知らないが、松坂熊吾に嫉妬《しっと》する連中は多い。エアー・ブローカーのなかには、ハゴロモを潰《つぶ》してやると公言する者たちもいる。彼等は、関西中古車業連合会と大阪中古車センターを潰したいのだ。

たちが何か画策しているのではないかと夫も言っている。たちの悪い、ならず者風情《ふぜい》のエアー・ブローカーなら、松坂熊吾潰しに、商売の邪魔だけでなく、女の噂をでっちあげるくらいは朝飯前であろう……。

房江はやっと自分のなかだけでそう片をつけて、きのうから借家探しを始めたのだ。柳田元雄から、もう一年と頼み込まれて、シンエー・モータープールの管理人をつづけてきたが、ここにいると伸仁の受験勉強に差し障《さわ》る。延長した約束もあと三ヵ月になった。

朝と夕の忙しい時間は田岡勝己ひとりでは出入りする車をさばき切れないので、伸仁も知らんふりはできず、登下校の前後には手伝っている。

やっと一段落するのは夜の七時半くらい。田岡が夕食をとりに行っているあいだ、伸仁は事務所にいなければならない。急な仕事が入ったので、講堂の奥に駐車させてある車を出してくれという客は多いからだ。

しかし、そんな生活もあと三ヵ月。伸仁が現役で大学に入るのは難しそうだが、一年間の浪人生活を覚悟するなら、いまからでも間に合う。

早く借家を探したい。ハゴロモに近いところに二階屋の借家があればいいのだが……。

そう思いながら、新聞の広告を見ていたときに城崎から麻衣子が電話をかけてきたのだ。

自分のなかで片をつけたといっても、それは夫を信じようとしてのことで、胸の奥にはつねに重い塊のようなものが詰まっていて、房江は城崎で月見を楽しむ気にはなれなかった。麻衣子との約束も、八月二十三日に松田の母親と逢った日以来、まったく忘れていたといってもよかった。

田岡がK塗料店のクワちゃんとキャッチボールをしていた。

いまは四時。忙しくなる前のつかのまの時間を、田岡はバットの素振りをすることですごしているが、きょうは珍しく仕事が早く終わったクワちゃんが四トントラックの洗車も終えて暇そうにしていたので、二階の柳田商会の寮から野球のグローブを持って来てキャッチボールを始めたのだ。

柳田商会で働きながら中古車部品の商いを学んできた中堅社員のうち三人が、きのうゴルフ場へと職場を変えて引っ越していった。

造成工事中のゴルフ場に建てた簡易宿泊所に住み込んで、これからゴルフ場運営のための講習を受け、開場と同時に柳田興産株式会社の社員として働くことになるという。

今月の末には、さらにふたりが中古車部品業からゴルフ場へと移るらしい。

野球のグローブは、田岡勝己がきのう引っ越して行った柳田商会の社員のひとりから貰《もら》ったものだった。

ボール遊びをするのなら、これからはゴルフのボールにせよと「養子さん」から言われたのだ。ゴルフ場で働く社員がゴルフが出来なくては恥ずかしい、と。

房江はいったん二階にあがって洗濯物を取り入れた。もうじき伸仁が学校から帰って来る。夫の許可が出て、伸仁も城崎に一泊で行ってもいいと言ってくれたら、あさっての朝の列車に乗ろうと決めて、房江は物干し場から廊下へと降りた。

南側の階段のところに耳の垂れたみすぼらしい犬がいた。ジンベエの父親だった。

もう長く見ていなかったので、房江はその衰え様に驚き、

「あんた、生きてたんか？　えらい歳取ったなぁ」

と思わず話しかけた。

以前なら、二階に人がいるとすぐに逃げて行ったのに、皮膚病にかかっているかに見える光沢のない灰色と黒色が斑《ぶち》になっている毛の長い小型犬は、房江を見つめ、その場に坐った。

「ムクは向こうにいてるで」

と言い、房江は乾いて冷たくなっている洗濯物を持って自分たちの部屋に行った。振り返ると、ムクの恋人と呼んでもいいみすぼらしい犬は、房江のあとをゆっくりとついて来て、ムクの横に坐った。

洗濯物を畳み、房江が廊下の洗面所に行くと、二匹の犬はさっきと同じ格好で並んで

坐り、講堂の屋根を見ていた。

「あんな不細工な、甲斐性《かいしよう》なしを絵に描いたような男のどこがええんじゃ」

どうやらこいつがジンベエの親父《おやじ》らしいとわかったときに、夫がムクに言った言葉を思い出し、房江は笑みを浮かべて二匹のうしろ姿に見入った。

ムクがシンエー・モータープールにやって来て半年ほどたったときから、ずっとこの犬は忍んで逢いに来ていた。ムクはその後、子供を産んでいない。その時期が来ると夜中に放すことをやめて犬小屋に閉じ込めたからだ。

生まれてくるすべての子犬が貰われていけばいいが、そうでなければどこかに捨てに行かねばならない。飼い主としてそんな残酷なことが出来るか！　熊吾はそう言って、オスがムクに近づけなくしたのだ。

だから、房江が知るかぎり、ムクが交尾したオスは、この灰色と黒色の斑の小さな犬だけだった。

閉じ込めて他のオス犬を遠ざけたにしても、ムクがいちばん好きなのはこのみすぼらしい甲斐性なしなのだなと房江は思った。

まったく逃げようとしないので、房江は恐《こわ》かったがムクの横に坐った。階段の手すりのあいだからキャッチボールをしている田岡とクワちゃんの笑い合っている姿が見えた。

「あんたらは、もう茶飲み友だちみたいなもんなんやねぇ」

と房江はムクをあいだに挟んで、ジンベエの父親に話しかけた。

「どこがええんやろ……。優しいのん？」

とムクに訊《き》いたとき、きょうから冬物の制服を着るようになった伸仁が帰って来た。

「きのうまで半袖《はんそで》の夏服やったから暑い」

と怒ったように言って階段をのぼりかけ、伸仁はオス犬に気づいて歩を止めた。

オス犬は逃げようとしたが、

「デンちゃん、生きてたんかぁ」

という伸仁の言葉で、わずかに尾を振って寝そべった。ムクが喜んで鼻を鳴らした。

伸仁は、デンちゃんの隣りに坐り、

「長いこと見いひんかったから死んだと思てたわ」

と房江に言った。

「この犬、デンちゃんて名前？」

「うん、戸籍名はデンスケやけど、家の人はデンちゃんて呼んでるねん。たぶん、十歳や」

「戸籍があるのん？」

と房江は笑い、十月三日に城崎に行ってもいいかと伸仁に訊いた。

「うん、ええでぇ。四日の金曜日は、お弁当なしかぁ？」

「学校の購買部でパンでも食べて。夕方には帰って来るから」

伸仁は、了解と言って制服の上着を脱ぎ、制帽も鞄《かばん》もデンちゃんの横に置いたまま階段を降りて行き、キャッチボールに加わった。

房江も事務所に行き、大阪中古車センターに電話をかけた。

三十分ほど前にハゴロモに行ったと佐竹善国は言った。

「もう出勤してるのん？」

房江の言葉に、

「晩御飯の支度も出来てしまいましたから」

と佐竹は言った。

ハゴロモに電話をかけると熊吾が出たので、房江は嬉《うれ》しくて、城崎の満月は三日なのだと言った。夫はさっきまでは千鳥橋にいて、いまは佐竹の言葉どおりハゴロモで仕事をしている。若い愛人の虜《とりこ》になっている男が、こんなに仕事ばかり出来るものかと思ったのだ。

「城崎だけが満月やあらせん。日本中が満月じゃ」

と笑いながら言い、熊吾は、栄子になにかおもちゃでも買って行ってやれと早口でつけ加えた。客が来たようだった。

二階に戻るとデンちゃんはいなかった。ムクが南側の階段のほうをずっと見つめつづ

けているので、

「また逢いに来てくれるわ。ムクはデンちゃんの恋女房やもんねぇ」

と頭をなでながら言葉をかけて、房江は夕飯の支度に取りかかった。

前日に梅田の百貨店で幼い女の子が歓《よろこ》びそうな人形と、簡単な編み物が出来るおもちゃを買い、月見をしながら食べるつもりで和菓子も三種類選んで、房江は城崎行きの用意をした。

当日に朝一番の城崎方面への列車に乗ってしまうと百貨店はまだ営業時間ではないので買い物が出来ないからだった。

三日の満月の日、房江はいつもより一時間早く起きて、まず先に洗濯をした。洗濯機が廻っているあいだに朝食の用意を済ませて、伸仁の弁当を作るつもりだった。

裏門の横の広い便所に置いてある洗濯機に熊吾の下着のシャツを入れようとしたとき、背の部分に長い髪の毛がついているのに気づき、房江はそれを指でつまんで朝日にかざした。

茶色がかった一本の髪は自分のものではなかった。日本人にしては茶が勝ちすぎているが、染めた色ではない。長さや固さで、女の髪だとわかる。

房江はすぐに髪の毛を排水溝に捨てた。

なぜ女の髪が夫の下着についているのだ……。

いつまで自分のなかにかかえて悶々《もんもん》としていても解決しない。夫に直接問いただしたほうがいい。

房江はそう思ったが、もし朝っぱらからそんなことをすれば、夫は激怒するに決まっているると考え直した。それに、伸仁が学校へ行くのを待っていたら、城崎行きの列車に間に合わない。いまさら今夜の月見を中止するわけにはいかない。麻衣子も栄子も楽しみに待っている。

夫は大阪中古車センターと関西中古車業連合会のことで頭が一杯だ。きのうの夜も帰宅は遅かった。連合会の会員のなかから、なんのための連合会かと詰め寄る者がいて、それら三人と遅くまで話し合っていたと夫は言った。

どこかの料理屋か飲み屋での話し合いであろう。その際、夫は背広だけでなくワイシャツも脱いだのかもしれない。夫は、少し飲みすぎると暑くなって、稀《まれ》に下着のシャツも脱いでしまう癖があるのだ。

夏以外にそんなことをするのは、飲みすぎて、そのうえに激昂《げきこう》したときだ。

夫は酒好きだが、酒量はさほど多くはない。食べながら飲むからだ。だいたいコップで二杯。たまに三杯。

健啖《けんたん》なので、おなかが一杯になって、三杯目はほとんど残してしまう。

だが昨夜は、一時半くらいに帰宅するなり、晩のおかずの残りでご飯を一膳《ぜん》食べた。料理をあまり口にしなかったのであろう。だからいつもより酔ってしまって、料理屋の座敷で上半身裸になるという癖が出たのだ。だから下着のシャツに客か仲居かの髪の毛が付いた……。たぶんそんなところだ。

私は自分がこんなに猜疑心が強くて嫉妬深いとは思わなかった。外面《げめん》は菩薩《ぼさつ》のようだが内心は夜叉《やしゃ》の如《ごと》し、とはこのことだ。

夫は来年の二月には六十七歳になる。そのうえ糖尿病で毎朝インシュリンを注射している。仕事を終えたあとに女のもとに通うなんて、結構なことではないか……。

房江は自分にそう言い聞かせて、朝食の準備にかかり、伸仁の弁当を作ると、やっと起きてきた熊吾に、

「いってきます」

と言って福島西通りの交差点から満員のバスに乗った。

列車が豊岡《とよおか》を過ぎて、車窓から円山川《まるやまがわ》の豊かな流れが見えてくると、房江は窓をあけた。低い山並みのてっぺんには紅葉しかかっている木々があった。

やはりこのあたりは冬が早いので、紅葉も京都市周辺より早いのだなと思い、いつ見てもきれいな川だなと房江は城崎に着くまで円山川に見入りつづけた。

城崎駅に着いたのは昼過ぎで、麻衣子は「ちよ熊《くま》」で忙しく蕎麦《そば》を打っている時間だ

った。

駅には旅館の客引きもいなくて閑散としていたが、栄子の手をひいた小川のおばあさんが迎えに来てくれていた。

しまった、小川のおばあさんへのおみやげを忘れていたと思ったが、房江は五月に逢ったときよりもはるかに重くなった栄子を抱いて駅から麻衣子の家まで歩いた。

家に入るとすぐにふたつの和菓子の箱のひとつを小川のおばあさんにおみやげとして渡し、

「麻衣子ちゃんを手伝《てつど》うてきます」

と言って、また駅まで戻った。

栄子はついてきたがって泣いたが、小川のおばあさんになだめられてすぐに泣きやんだ。

「ばあちゃんが寂しいぞお」

という小川のおばあさんのひとことで機嫌を直したのだ。

駅前の本通りを歩いて行くうちに、房江は、麻衣子へのおみやげも忘れていたと気づいた。夫のことで気が散っているのだと思い、こんど来るときには麻衣子に素敵なセーターを買うことを忘れないようにしようと言い聞かせ、房江は急ぎ足で大谿川《おおたにがわ》に架かる橋を渡って「ちよ熊」への細道の曲がり角から店と大きな白木の看板をしばらく見つめた。

他の店にはない活気を、店内を見なくても感じることが出来た。

いまたくさん客がいるというのではない。店はちゃんと繁盛《はんじょう》していて、その気配が玄関の格子戸《こうしど》にも店先の掃除の仕方にも、いい色合いになってきた看板にも漂っている。房江はそう感じたのだ。

戦前、新町の茶屋「まち川」で女将《おかみ》代理を長く勤めあげたことで自然に身についた勘のようなものだと房江は思ったが、松坂熊吾と結婚すると伝えた際に女将が言った言葉も甦《よみがえ》った。

「まち川」の女将・町川《まちかわ》ケイは房江が松坂熊吾と結婚することを知ってこう言ったのだ。

――やめとき。あんた、苦労するでェ。

――あの男は外面《そとづら》が良すぎる。結婚したら、内面《うちづら》の悪さに泣かされるでェ。

――私は、ありとあらゆる種類の男を見て来た女や。松坂さんの顔を見た瞬間にぴんと来たわ。

――大きい小さいが男の値打ちやあらへんで。大きい男っちゅうのは、気味悪いくらいに小さいもんも持ってるんや。大きいだけの男やったら、いつか必ず商売に失敗しはるやろ。そやけど、あの男の持ってる小ささは、商売には不向きな小ささや。そら一遍見ただけで、私もえらそうに占い師みたいなことは言われへん。けど、あの男はやめとき。絶対に、あとで後悔しそうな予感がするんや。私が、もっとええ人をみつけたげる。あんたにこの店を辞められるのが困るよってに言うてるんやないでェ。それだけは誤解せんとってや。私は、なんかあの男が気に入らんのや。

房江は、町川ケイの煙草《たばこ》を吸っているときの顔を思い浮かべた。

店で働く者たちにとってはつねに神経を遣わねばならない怖い存在ではあったが、全盛期の大阪の新町で「まち川」を一流の茶屋に育て上げたケイの人を見る目は、房江とて畏怖《いふ》を抱くものがあった。

それだけに、房江は余計にケイの忠告に腹が立ったのだ。

房江は、「まち川」の檜《ひのき》の匂《にお》いがする数寄屋《すきや》造りの贅《ぜい》を尽くした名建築を懐《なつ》かしく思い出し、麻衣子の蕎麦屋の格子戸をあけた。

客は六人いた。出前のために雇ったというアルバイトの娘が、岡持ちを持って出て行った。小柄だが弾むような体つきの二十歳くらいの娘だった。

蕎麦打ちを終えて、客たちに茶をついでいた麻衣子は、タオルで汗を拭《ふ》いてから、

「ええお天気でよかったぁ。このへんの天気予報なんてあてにならんちゃ」

と笑顔で房江に言って、奥のテーブルを勧めた。

「お昼は?」

「まだやねん。朝もこんな小さなパン一個だけ。お腹《なか》が空《す》いたわ」

「あの鰻《うなぎ》のおいしい食堂、きょうは店をあけてたわ。昼は一時半までやってるそうやから行って来たら？　きょうはええ鰻が入ったから久しぶりに店をあけたんやってご主人が言うてたわ」

「へぇ、久しぶりにって、何日ぶりに？」

「十日ぶりくらいかなぁ」

いい鰻が入ったということで、房江は鬱々《うつうつ》とした気分が消えて行く気がして、店の壁に掛けてある時計を見た。一時だった。

職人気質《かたぎ》の偏屈な主人らしいが、いまなら鰻をさばいて焼いてくれるかもしれないと思い、房江は「ちよ熊」を出て、みやげ物屋の並ぶ駅への道を急いだ。旅館の浴衣《ゆかた》を着て散策している人たちは五月に来たときよりも多かった。

みやげ物屋の軒先には「丹波の松茸《まつたけ》入荷しました」と書かれた薄い板が吊《つ》るしてあったので、蟹《かに》の季節の前の城崎温泉に松茸料理を食べに来る人が多いのだろうかと房江は思った。

松茸は「松茸ご飯」にするのがいちばんおいしいと信じているので、そのまま焼いたり、すき焼き鍋《なべ》に入れたりするのはいなか者だと房江は思っていた。

今夜は、麻衣子の家で私が松茸ご飯を炊《た》こうと決めて、駅前通りの真ん中あたりにある食堂の前に立ち、房江は戸をわずかにあけて店内の様子を探った。中年の男と若い女が浴衣の上に薄手のカーディガンを羽織って鰻重《うなじゅう》を食べていた。

入り口の壁には「鰻有ります」とだけ書かれた紙が押しピンでとめてあるだけだった。中年男と若い愛人だろうかと一組の男女をそれとなく観察しながら、四つしかない小さなテーブルのひとつに腰を降ろすと、店と調理場を仕切る暖簾から主人らしい禿《は》げ頭の老人が顔を出した。

房江よりも背が低い老人は、品書きを持ってやって来て、うちの店には鰻しかないし、註文があってからさばいて蒸して、それから焼くので時間がかかると甲高い声で言った。小谷医師と声も喋《しゃべ》り方も似ていた。

「蒸すということは東京風の鰻ですねぇ。これから背開きでさばくんですか?」

と房江は訊いた。房江は鰻と天麩羅《てんぷら》と寿司《すし》は東京風には勝てないと思っていたので、嬉しかった。

「そうです。お好みなら肝も焼きます」

と主人は言った。女房らしい腰の曲がった皺《しわ》深い女が茶を運んで来た。

房江は、丹波の地酒をぬる燗《かん》で頼んでから品書きに目をやった。

白焼きと鰻重と肝焼きしかなかったが、鰻重には上と並がある。上は鰻が二段重ねで、並は一段だという。

二段重ねを食べきれるだろうかと思案したが、房江は上の鰻重を註文し、すぐに運ばれて来たぬる燗の酒を飲んだ。

「一合だけやで」

と言うときの伸仁の意地の悪い顔を思い浮かべ、

「一歩踏みだしゃ旅の空」

と房江はつぶやき、心のなかで伸仁に舌を出した。

酒は口当たりのいい甘口だった。

主人が暖簾から顔を突き出し、

「三十分くらい待ってもらいますが」

と言ったので、房江はもう一本つけてくれと頼んだ。

私はもともと胃弱で食が細いのだが、食事の前にお酒を飲むと食欲が出るのだ。きっと胃酸の分泌《ぶんぴつ》が良くなるのであろう。しかし、三合を過ぎると悪酔いする。伸仁にはこれからは「二合だけやで」と言わせなければならない……。

房江は楽しい気分でそう思った。

夫に愛人？ 元ストリッパー？

最近は白髪染めだけでなく栗色《くりいろ》とやらに髪を染める女もいるそうだが、夫の下着のシャツについていたあの一本の頭髪は染めたものではない。昔、神戸の街でよく見かけた外人の栗色の髪のような色だ。

元ストリッパーの外人？　そんな目立つ女に入れ揚げていれば、もっと多くの人たちの知るところとなって、妻の私にとうにばれているはずだ。

玉木則之の横領までもが作り話だというのか。黒木や神田までがその嘘に加担して私を騙《だま》している？　そんなことがあるわけがない。

ヤクザのヒモへの手切れ金に七十万円？

女のために商売が傾きかけて松坂板金塗装を東尾修造に売った？

そんなことは有り得ない。

ひとつひとつを否定しているうちに、房江は無理矢理に夫を信じようとしているのではなくなってきて、疑いに包まれてすごしたこの一ヵ月余りの自分が愚かに思えてきた。

雑然とした店内に頃合の明るさをもたらしている障子からの光は、靄《もや》がかかったように美しく拡《ひろ》がって見えた。

二本目の酒を飲み終えて、どうしようか、もう一本飲もうかと思案を始めたころ、朱塗りの長方形の漆の箱が房江の前に置かれた。

いい塩梅《あんばい》の甘さのたれで焼かれた鰻は、房江がこれまでに食べたどの鰻の蒲焼《かばや》きよりもおいしかった。

勘定を払うとき、房江は、こんなにおいしい鰻重はこれまで食べたことがないと小柄な主人に言って、どこの川で獲《と》れるのかを訊いた。

「言えません。内緒です。私の秘密の川で釣るんです」

と機嫌の悪そうな顔で答えたが、主人は釣銭を房江に渡してから、

「日本海側に河口がある川には、鰻は少ないんです。太平洋側と比べるとね」

と言った。

鰻の生態などまったく知らないままに食べてきたので、房江は、なぜ太平洋側の川のほうが多いのかと訊いた。

面倒な客だなという表情を見せたのに、山形食堂の主人は、調理場にいる妻に、もう二階にあがって休むようにと言ってから、さっきまで浴衣姿の男女が坐っていたテーブルを指差した。

「お急ぎでなかったら、鰻の勉強でもしていきますか？」

長い講釈を聞かされるのは厄介だな。おととい、伊豆《いず》のわさび栽培農家での三日間で学んだわさび知識を伸仁から得々と聞かされたばかりなのだ。

房江はそう思ったが、これほどの鰻をどこでどうやって捕るのかに興味が湧《わ》いたし、すでに主人はその気になって椅子《いす》に腰かけてしまったので、仕方なく向かい合って坐った。

「鰻のことは、学者さんもまだようわかってないんです。日本から相当離れた南の海で産卵して、孵《かえ》った稚魚が黒潮に乗って日本の川へとやって来るらしいとしかわかってま

せん」

「……はあ」

「ところがね、九州の南西の海のどこかでコースを外れて日本海のほうへと来よる鰻もおるんですな。その鰻の稚魚が主に山陰の川をのぼって成長しよります」

「へえ、山陰ですか」

「そらまぁ、このあたりの川を棲処《すみか》にしよる鰻もおるのですが、山陰地方の川には大きな鰻がおります」

「……はあ」

「餌《えさ》はザリガニとか手長エビがよろしい。私の古い友だちが釣って、十匹ほどになると桶《おけ》に入れてディーゼル列車に乗って山陰本線で運んできてくれます」

「それが秘密の川ですか？」

「ひとつはそこですが、ほんまの秘密の川は、この近くです」

「円山川とか？」

「あんな大きな川では、蒲焼きにいちばん適した鰻にええ具合の型崩れをさせることはできません。流れの穏やかな、人が荒らさん川でないと具合が悪い。その川でね、十日ほど特別な餌をやるんです」

「特別な餌……。どんな餌ですのん？」

「それは秘密です」

「川も餌も秘密ですか……。お友だちが運んで来た鰻を、なんですぐにさばいて食べてしまえへんのですか？」

「さあ、そこです」

主人は、調理場に煙草を取りに行った。話はこれからだといった表情だった。しまった、長話のきっかけを与えてしまったと後悔して、房江は身を乗り出すようにして調理場のほうを覗《のぞ》き、今夜は松茸ご飯を炊くつもりなのだが、どの店で売っている松茸がおいしいだろうかと訊いた。

しばらくして、くわえ煙草で戻って来た主人は竹籠《たけかご》に入れた三本の松茸をテーブルに置き、

「持って行きなはれ」

と言った。

いい香りがたちのぼっていた。房江が、代金を払わせてくれといくら言っても主人はいらないという。

「鰻はねぇ、完全な天然物は身が固いんです。それで、人工の餌を与えて無理矢理太らせる期間が大事です。秘密の餌っちゅうのは、そのための餌です。どんな餌かとあんたは訊くでしょう？　言いません。そやから秘密です」

「はい、もう訊きません。そやけど、鰻を川に放したら逃げてしまいませんか？」

「逃げんようにね、川に目の細かい網を張るんです。五メートルほどの間隔でね。その川の幅も五メートルくらいで、浅いです。ザリガニやのツガニやの、イワシやのを擂《す》り粉木《こぎ》で練って、それを野球のボールくらいに丸めて食べさせます。鰻らは、そらもうがっついて一日中食うてます。……あっ、言うてしもたがな」

房江は笑いをこらえるのに苦労しながら、誰にも口外しないと約束した。

「その川エビとイワシのすり身にメリケン粉を混ぜるのが、私の研究の最大の発見ですな。メリケン粉を食べさすと、太りよるんです。つまり脂《あぶら》と贅肉がつく。贅肉が鰻の身を柔らこうにするんです。しかし、人工餌をやるのはきっかり十日。十日以上食わせると、太りすぎて天然物ではなくなるんです。この塩梅が難しい。それにメリケン粉を混ぜて練ることとで、餌玉が川の水に溶けて流れて行ってしまうっちゅう問題も解決です。餌玉っちゅうのは、私の命名で、練って丸めたから餌玉」

「ええ勉強になりました」

房江はそう言って腰をあげた。

「いやいや、話はこれからです。おたくさんの食べっぷりを見てると、嬉しいなりました。この人はほんまにおいしいと感じて食べてるとわかりました」

房江は話題を変えたほうが退散しやすいと思い、

「ご主人には城崎の訛りがありませんねぇ」

と言った。

「生まれは大阪ですから。十六まで大阪で暮らしました」

と主人は言って柱時計に目をやった。二時半になっていた。

「温泉のお客さんのようには見えませんなぁ」

そう言われて、房江は、きょうは満月の日なので城崎に住む知り合いに誘われて月見に来たのだと答えた。

主人は日めくりカレンダーをめくり、来月の満月は十一月一日の金曜日だと教えてくれた。

「来月は来られるかどうか……」

「もし来月も月見に来はったら寄ってください。ええ鰻があれば店をあけてます」

そんなに毎月月見には来られないと思ったが、これだけの松茸はいま幾らくらいなのかと考えて、千円札を二枚テーブルに置いた。

「これ、何です？」

「松茸のお金を払わせて下さい。このごろ松茸はものすごうに高うなってしもたから……」

と言って、房江は急いで山形食堂から出た。主人は追って来て、

「私の秘密の山で今朝採ってきたんやから、お金は要りまへん」

と言い、二枚の千円札をハンドバッグに突っ込んだ。

「秘密の山は、ここから近いんですか？」

「秘密です」

笑いながら言って、主人は店のなかに戻って行った。

房江は、自分の城崎の知り合いというのが、主人夫婦の娘が出前係として働いている「ちよ熊」の谷山麻衣子であることを話さなかった。

隠す必要はなかったが、あの夫婦の年格好から推測すると、娘にしては若すぎる気がして、なにかわけありなものを感じたからだった。

房江は城崎駅の前を右に曲がって、畑と小学校が並ぶ道へと歩き、低い山に覆われているような家々へと向かった。

栄子は小川のおばあさんにどこかへ遊びにつれて行ってもらったらしく、どこにも姿がなかった。小川のおばあさんは踏切の向こうには行かない。栄子を遊ばせるときは、たいてい小学校の校庭に行くそうだが、いまその前を通ったときはいなかった……。

房江はそう思いながら家の裏側の窓をあけた。踏切の一部が見えた。円山川の流れも少し見える。

麻衣子の家の台所で松茸ご飯の下ごしらえをしてから、蒲団を出して、房江は少し横になった。食べすぎて苦しかったのだ。

千代麿は幾つになったのだろう。千代麿が初めて松坂熊吾の仕事をしたのは昭和二十二年。伸仁が生まれて半年ほどたったころだった。いまは昭和三十八年。あのころ千代麿は四十になるかならないかだったはずだ。ということは、いまは五十五、六。大手の運送会社が個人経営の運送店の顧客までを奪い始めて苦労しているが、千代麿の人柄と誠実な仕事ぶりで大事な得意先はなんとか維持しているらしい。

なぜ大きな会社が個人商店の客まで取ってしまいたいのであろうか。それぞれの持ち分があって、大会社には大会社にしか扱えないものがあるし、個人商店には個人商店にしかない小回りの利《き》き方があるだろうに。阿吽《あうん》の呼吸で守られてきた、いわば縄張りというものを侵すことが高度経済成長という時流の勢いで許されるようになると、小さな会社や商店はたちまち潰されてしまうではないか。

大企業ばかりがさらに大きくなり、中小企業が潰れていって、なにが経済成長なのだろう。

そんなことを、目を閉じて考えているうちに、房江は、松田の母親がなぜ松坂熊吾の愛人云々《うんぬん》について知っていたのだろうと、また考え込んでしまった。

中古車のエアー・ブローカーたちが流した捏造《ねつぞう》だとしても、松田の母親の耳に入るとすれば、柳田商会の誰かがそんな噂話をしているのかもしれない。ひょっとしたら、息子の松田茂から聞いたとも考えられる。

ああ、私の悪い癖だ。気に病んでも仕方のないことを気に病み、先のことばかり心配してしまう。これから先をこんな性分のままで生きつづけるとしたら、私はなんとつまらない一生を自分で作りだしていることだろう。

心配するのは、なにか具体的に起こったときでいいではないか。先のことは思いわずらわないことだ。あしたはあしたの風が吹く、だ。

房江は自分にそう言い聞かせ、今夜の満月を心に描いた。

十五分ほどまどろんだと思ったのに、柱時計を見ると四時前で、家の裏側で栄子と話をしている麻衣子の声が聞こえた。

この城崎の麻衣子の家に来ると、私はいつもよく眠る。円山川の静かな流れは音として耳には聞こえないが、心には聞こえていて、それが私を落ちつかせるのかもしれない。

そう思い、房江は、麻衣子の声に耳を澄ました。

「美恵ちゃんと正澄ちゃんが十一月の満月を観《み》に来るっちゃ。ええお天気になったらええねぇ」

へえ、丸尾家のふたりの子供が十一月の満月の日に来るのか。千代麿が車に乗せて来るのだろうか。もしそうなら、私も同乗させてもらいたいが、列車のほうが体はらくだ。

私は若いころから乗り物酔いにかかりやすくて、この歳になってもそれは治っていないから……。

そう思いながら、房江は洗面所で口をすすぎ、裏窓から半身を出して、日が傾きかけた空を見つめて、

「よう寝たわ」

と麻衣子に言った。

帰宅してから干したらしい三枚の敷蒲団を取り入れながら、

「蒲団を干してるあいだ寝てたで」

と麻衣子は笑顔で言い、蒲団をかかえて玄関のほうへと廻った。

「松茸ご飯を炊いてくれるのん？」

「うん、そのつもりで用意はしたんやけど、栄子ちゃんにはあんまりおいしいないかもしれへんなぁ」

そう言ってから、房江は、食堂の主人との顚末《てんまつ》を話して聞かせた。

店からの帰りに駅前通りの山形食堂に寄り、房江おばさんがちゃんと鰻重を食べられたかを訊いたが、ご主人は、さっきの人が旅館で麻雀《マージャン》をする客に蕎麦を食べにこさせろと知恵を授けたのかと驚いていたと麻衣子は笑いながら言った。

「秘密の川、秘密の餌、秘密の松茸山。山形食堂のご主人、秘密だらけや。あのご主人

が、ちよ熊で雇うた女の子のお父さん？」

「うん、女の子というても、私とそんなに変われへん。若う見えるけど二十四や。あのご夫婦の末っ子や。上は男が三人、女がふたり。こだくさんやねん。男の子はみんな大阪と京都で働いてるし、お姉さんたちもみんな嫁いでる。トメちゃんといちばん歳の近いお姉さんでも十四歳上。お母さんが四十二のときの子やねん」

「四十二？　へえ、そんな歳でも子供が産める人がいてるんやなあ」

「まさかその歳で子供が生まれるなんて考えもしてなかったから、もうこれで留めとかなあかんという決意を込めてトメって名前をつけたんやて。トメちゃん、それを聞いて高校生のとき家出をしたんや。そやけどお腹が減って二時間ほどで戻ったそうやけど」

房江は笑い、準備の整っている炊飯器を手に持って、松茸ご飯を作ってもいいかと訊いた。

「私、松茸ご飯なんて食べたことないっちゃ」

と麻衣子は言った。

二歳と五ヵ月の栄子が松茸ご飯を食べたことがないというのは当然だが、二十九歳の麻衣子も？

房江はちょっと驚いてその理由を訊いた。

母はずっと働きづめだったので、松茸ご飯を炊こうなどという余裕がなかったのだと麻衣子は答えた。だから、あとで作り方を教えてくれ、と。

房江は、炊飯器のスイッチを入れ、栄子へのおみやげを出した。炊きあがった松茸ご飯を丼鉢《どんぶりばち》に大盛りにして房江は三軒隣りの小川家に行き、おばあさんにほんのおすそわけで申し訳ないがと言って渡した。子供たちが歓声をあげた。こんど来るときには小川家の子供たちにもなにかおみやげを買ってこようと房江は思った。

翌日、城崎からシンエー・モータープールに帰ってくると、房江は部屋の掃除と洗濯をしてから聖天通りにある吉川商会という周旋屋に行った。新築二階建ての借家が二軒あった。どちらも便所は水洗で、家賃もそれほど高くなかったが、そのぶん敷金が高かった。

一軒は松坂板金塗装の近く。もう一軒は玉川町で、阪神電車の野田駅まで徒歩で五分だった。

房江は、まだ家を見ないうちから、この二軒のどちらかにしようと決めてしまったが、周旋屋の主人が運転する軽トラックで物件を見に行った。

市場に近い玉川町のほうを気に入り、房江は、たぶんここに決めることになると周旋屋に言った。

「いまはやりの文化住宅っちゅう物件です」

と周旋屋は言い、水洗便所の隣りの納戸《なんど》のような部屋を見せて、ここにガス風呂《ぶろ》を取り付けることもできるが、それは借りた人に自前でやってもらうことになっていると早口で説明した。

「家主さんが取り付けるんやないんですか？　ここをお風呂場に使えへんのやったらなにに使うんです？」

「まぁ、納戸とか……」

「納戸……。お風呂場があるのに納戸に使う人なんていてはるんやろか。家主さんはどんなおかたですのん？」

房江の問いに、

「家主は、吉川商会です」

と言葉を濁すようにして周旋屋は答えた。

なんだ周旋屋が家主なのだ。そうか、本来は浴槽も焚《た》き釜《がま》も設置して貸すところを、費用を惜しんで、借家人の負担にさせようという魂胆なのか。こんなけちな家主に家を借りたら、あとあと不愉快なことが起こるかもしれない。

そう思ったが、房江はなにも言わず、ついでに野田の市場で今夜のおかずを買おうと思い、周旋屋と別れると停留所へと歩きだした。

真っ黒な排気ガスを出す周旋屋の軽トラックは、エンジンがすぐにはかからず、房江が電車道に出てからもセルを回しつづけて、バッテリーがあがりかけていた。

ひとつ商売をしてみようと、なかばいたずらごころで、房江は周旋屋の乗っている軽トラックのところに戻り、

「踏切でエンストして、いまみたいにエンジンがかかれへんかったらおおごとですねぇ」

と言った。

「福島区と大淀《おおよど》区に文化住宅を五軒も建てましたから、うちは青息吐息で、新しい車を買う余裕がおまへんねん」

五十代半ばくらいの周旋屋は、なんとなく警戒しているような表情で房江を見ながら言った。

「そやけど、自動車に乗るかぎりは、命をあずけるようなもんやから、いつ停まるやわからんような車は死と背中合わせです。ええ中古車に買い替えはったらどうです？」

「いやな言い方やなぁ。死と背中合わせ……」

「いやな言い方ですけど、ほんまのことです。おたくさんの事務所の近くにハゴロモっていう中古車屋がありますから、相談してみはったらどうですか。予算に合わせて、質のええ中古車を探してくれる良心的な店やそうです」

エンジンをかけるのをあきらめて運転席から外へと出ながら、

「あんた、ハゴロモの回しもんでっか？」

　と周旋屋は言った。

「回しもんどころか、ハゴロモは私の主人がやってますねん」

　目だけ動かして房江を見つめ、

「それで、あの家を借りるんでっか、借りひんのでっか？　まあ借り手は山ほどいてるから、おたくさんに借りてもらわんでもええんですけど」

　と周旋屋は言って、ボンネットをあけた。

「ガス風呂を家主さんが取り付けてくれるんやったら借ります。お店の窓ガラスには、ガス風呂付って書いた紙が貼《は》ってあったと思うんですけど」

　周旋屋が唇を歪《ゆが》めてなにか言い返そうとしたので、

「ハゴロモに電話して、この車を引っ張ってくれるように頼みましょう。若い人がすぐに来てくれます。ここに停めたままにはしとかれへんでしょう？」

　と機先を制し、房江は電車道の角にある煙草屋の公衆電話でハゴロモに電話をかけた。

　神田三郎に理由を説明しながら周旋屋を見ると、戦後まもなくに製造されたかに思える錆《さび》だらけの軽トラックに凭《もた》れて煙草を吸っていた。

　房江が、十分くらいでハゴロモの社員が来てくれると伝えると、

「中古の軽トラック、二万円くらいでなんとかなりますやろか」

周旋屋はあきらめ顔で訊いた。

「値段のことは相談してみて下さい。なんとかしてくれると思います」

そう言って、房江は周旋屋と一緒に神田を待った。

大阪では文化住宅と呼ばれる二階建ての借家は、電車道から車が二台通れるほどのアスファルト道を北に少し入ったところで、向かいは美容院だった。その左右には古い民家が並んでいる。さらに北へ行ったところにはメリヤス屋と梱包《こんぽう》用品の店がある。

最近、よく聞く言葉だが、文化住宅とはどういう住宅なのかと房江は機嫌の悪そうな周旋屋に訊いた。

「二階建てで、水洗便所で、台所にテーブルを置くと、そこで飯が食えるという広さで……」

周旋屋はそこで言葉を切った。

「お風呂が付いてる？」

房江は笑顔で訊いた。

「風呂が付いてるとこもあれば、付いてないとこもおます」

「お風呂がない家を文化的とは言われへんと思うんですけど。お風呂と納戸とどっちが文化的ですか？」

「あんた、私にケンカ売ってまんのか？」

「ケンカやなんて。家主さんとケンカをしたら店子《たなこ》は出て行かなあきません」

「金木犀《きんもくせい》の匂いがしますなぁ」

周旋屋がふてくされたようにそう言ったとき、神田が四トントラックでやって来た。

バッテリーと軽自動車を牽引《けんいん》するためのロープを荷台に載せてあった。

房江は、トラックから降りた神田三郎に、損をしてもいいから二万円で軽トラックを売ってあげてくれと耳打ちした。

「二万五千円で、ええのがあるんですけど、五千円損でもええんですね」

「主人には、私から話をしとくから」

神田は頷《うなず》き、自分の名刺を周旋屋に渡した。パトカーがやって来て、故障かと訊き、軽トラックをあきれ顔で見入り、車検証の呈示を求めた。そしてそれを子細に調べてから、よくこんな骨董品《こっとう》みたいなボロ車が車検に通ったな、もっと邪魔にならないところに寄せろと言って電車道のほうへ去って行った。

野田の市場に行くために電車道を西へと歩きだして、房江はまだ四時だから佐竹の妻が働いている魚屋を探そうと思った。

あの市場には確か魚屋が四、五店ある。野田阪神前の市場は東西に長くて、規模も大きい。魚屋は西側に集中している。駅前のほうから行けば遠回りだ。

桜橋のほうからやってくる市電は、西九条から千鳥橋方面へと行くので、野田から海《え》老江《びえ》や御幣島《みてじま》方面への国道とが、玉川町の手前でふたつの道に別れるのだ。そこはちょうど三叉路《さんさろ》になっていて、私が見た借家は野田阪神へと行く国道のほうにある。千鳥橋に行くほうの電車道へ出たほうが早い。

房江はそう思い、市電のレールを渡り、古い民家の並ぶ路地に入った。シンエー・モータープール周辺に似た曲がりくねった細道が入り組んでいて、木造の二階屋がつづいていた。

小さな公園の前に出ると市電の通りが見えた。電車道と路地との角に細見内科医院があった。小谷医院の増改築工事が予定よりも大幅に長びいているので、熊吾はいまは玉川町の細見内科医院で診てもらっていると言っていたが、ここなのか。

ハゴロモに近いところにも医院はあるのに、なぜこんなところに来ているのだろう。千鳥橋の大阪中古車センターに行く途中ということになるから、あえてこの医院を選んだのかもしれない。

房江はそう思いながら、細見内科医院の前を右に曲がり、市場の西の端へと歩いた。佐竹善国の妻の顔は知らないが、魚屋で訊けばわかるだろうと、房江は市場の通りに入って、以前に買い物をしたことのある魚屋で、佐竹さんという女店員がいないかと尋ねてみた。

本通りから右へ入ったところの清田鮮魚店にいると若い店員が教えてくれた。

市場のなかにもうひとつ市場があるといった格好で、主に魚類を扱う店がひしめいていて、蒲鉾《かまぼこ》店、干物店、鮮魚店が並んでいた。

店の者に訊《き》いてみなくても、佐竹の妻はすぐにわかった。膝《ひざ》までのゴム長を履いて、鱗《うろこ》だらけになって働いていたが、肌理《きめ》の細かな、色白な、太ってはいないがドラム缶を細くしたような体型で、胸の豊かさが目につく可愛《かわい》らしい顔立ちの女だった。三十五歳には見えなかった。せいぜい三十歳と言っても誰も疑わないだろうと房江は思った。

「佐竹善国さんの奥さんですか？」

と房江は店先に立って訊いた。

「そうですけど……」

佐竹の妻は、鱗取り器を持ったまま、怪訝《けげん》そうに答えた。

「松坂熊吾の家内です。買い物に来たんで、佐竹さんの奥さんが働いてはるお店でなにか魚を買おうかと思うて」

ゴムの前掛けをした六十歳くらいの男が、小型のあじを入れた木箱をひきずって来た。店の主人らしかった。

氷のなかに埋まっているあじを見て、房江はテレビの料理番組で習ったままでいちども作っていないあじのフライを今夜のおかずにしてみようと思った。

「主人がお世話になってます。主人どころか、子供までが社長さんに可愛がってもろて……。ああ、それから、ひき肉のオムレツもありがとうございました」

うろたえたように早口で言ったので、佐竹の妻の舌は少しもつれ、顔も紅潮していた。

「理沙子ちゃんも清太ちゃんも可愛らしい頭のええ子で、佐竹さんご夫婦はええお子さんに恵まれはったて、うちの主人が言うてます」

そう笑顔で言ってから、房江は、あじをフライにしたいのだがと木箱を指差した。

「フライですか？　天麩羅やのうて？」

「これやとちょっと大きすぎますやろか」

すると鮮魚店の主人が、このくらいがちょうどいいのだと言った。

「何人前です？　ひとり二尾として？」

房江は、きょうはクワちゃんは生駒《いこま》の麓《ふもと》の化学工場へシンナーを大量に配達すると言っていたなと考えて、十尾買うことにした。残ったら、あしたの伸仁の弁当のおかずにしよう、と。

市場は忙しい時間帯に入っていて、房江以外の客が魚を選んでいたし、鯛《たい》の刺身を予約していたらしい客が来たので、佐竹の妻は鱗を取る作業を急がねばならないようだった。

「あじのフライ、きょう初めて作るんです」

そう言って行きかけると、

「また作り方を主人に教えてやってください」

と佐竹の妻は何度もお辞儀をしながら言った。

いったん市場の本通りに出たが、房江は清田鮮魚店に戻り、佐竹の妻に名前を訊いた。所帯やつれした不愛想な女かもしれないという予想が外れて、逞《たくま》しさの奥に清楚《せいそ》なものも併せ持つ佐竹の妻に好感を抱いたのだ。どこかで逢《あ》ったことがあるのではないかという気もしていた。

佐竹の妻は、包丁で鯛を三枚におろしながら、ノリコですと答えた。

佐竹ノリコの慣れた鮮やかな包丁さばきにしばらく見入ってから、房江は本通りの八百屋でキャベツを買い、市電の停留所へ向かった。

市電が停まっていたが、走っても間に合いそうにないので、ゆっくりと歩き、キャベツにせよトマトにせよニンジンや茄子《なす》にせよ、年がら年中手に入るようになったのはいつからだろうと考えた。

ほんの少し前までは、その時期でないと野菜類は手に入らなかった。トマトも茄子も夏だけ。いまは温室栽培で、たいていのものは買えるが、味は落ちた。

それでも、松茸だけは人工栽培ができないという。城崎の山形食堂で貰《もら》った松茸はおいしかった。松茸ご飯もいい出来で、麻衣子も栄子もたくさん食べてくれたし、小川家も大喜びだった。それで、十一月の満月の日も松茸ご飯にしようということになった。

来月にまた城崎にお月見に行くことを夫は許してくれるだろうか。

そんなことを考えながらゆっくりと歩いて行ったのに、市電は動きださず、房江はそれに乗ることができた。運転手と客が口論していた。酔った客が運転手にしつこく話しかけるので、車掌が降りるようにと腕を引っ張り、怒った客が運転手の頭を叩《たた》いたらしい。

まきぞえになるのを避けて、房江は市電から降りたが、すぐにパトカーがやって来て、客をつれて行った。あとからやって来た別の市電が信号の向こうで待っていた。

興奮したような運転手の表情を見て、房江は後続の市電に乗ることにした。

間隔をあけるためなのか、次の市電は長く停留所に停まっていたが、房江は座席に坐《すわ》って、いったいいつ佐竹ノリコと逢ったのだろうと考えつづけた。それともノリコと似た女が自分の周りにいたのだろうか……。

市電がやっと走りだしたころ、房江は、尼崎の蘭月《らんげつ》ビルに住んでいた津久田咲子だと気づいた。

顔立ちは異なるが、佐竹ノリコと津久田咲子は全体の雰囲気がそっくりなのだ。津久田咲子に十五歳ほど年齢を重ねさせて純朴にしたら佐竹ノリコになる……。

去年の四月、ペン習字の修了証書を貰った日、伸仁と映画を観て、その帰り道に阪急百貨店の前で再会したが、そのとき咲子は名前を変えていた。どんな名前だったのか忘れた。

房江は、ノリコの顔を思い浮かべ、邪《よこしま》な想《おも》いを抱いた男どもに心を移さないことを願いながら、市電の窓から外の景色に目をやった。細見内科医院の前を通り過ぎるところだった。

房江は、さっき自分が歩いて来た細道に夫のうしろ姿が見えたような気がして、驚いて立ち上がった。そして車輛《しゃりょう》のうしろへと行った。

市電はゆっくりと走っていて、細見内科医院の横道はまだ見えていたが、夫の姿などどこにもなかった。

ほんの一瞬見えただけにしても、なんとよく似たうしろ姿であったろうと思いながら、房江は座席に坐り直し、来月の十一月一日も、城崎の円山川に架かる城崎大橋の真ん中から満月を観たいと思った。


その日、夜の十二時前に帰宅した熊吾に、きょう市電に乗って野田の市場から帰る途中で玉川町の細見内科医院の前を通ったとき、お父ちゃんとそっくりの人を見た、あまりに似ていたのでびっくりしたと房江は言った。

「玉川町？　わしはきょうは夕方の六時まで千鳥橋におったがのお」

と熊吾は房江が手渡した蒸しタオルで顔を拭きながら言った。

ドアも襖《ふすま》も障子もない隣りの部屋からは伸仁の寝息が聞こえていた。頭の部分を房江と熊吾のいる部屋の明かりが照らしている。

周旋屋から貰った新築二階建ての借家の間取り図と周辺地図を見せ、房江は家主が風呂を取り付けてくれるなら、ここに決めたいと思うがどうだろうかと相談した。

「この医院の前の道を国道二号線へと出て、それを渡ってすぐのとこやねん。バス停にも市電の停留所にも近いし」

そう言って、房江は夫の寝巻を出し、周旋屋とのやりとりを語って聞かせた。

その話は神田三郎から聞いたらしく、熊吾は、あの周旋屋は別の四万三千円の軽自動車を三ヵ月払いの月賦《げっぷ》で買うことにしたらしいと笑みを浮かべて言った。

「へえ、神田さんは商売が上手になりはったんやねぇ」

熊吾はきょうは岸和田まで行って歩き廻ったので疲れたと蒲団《ふとん》に横になり、お前が見てきた借家はやめたほうがいいと言った。

「私は気に入ってんけど……。新築で水洗便所で、お風呂も付いてる借家なんてこの近所では簡単に見つかれへんわ」

「この借家の近くにはメリヤスの縫製工場が多いんじゃ。何十台ものミシンが朝から晩まで動いちょる。うるそうて眠れんぞ。西九条の手前にも新しい二階建ての借家が出来ちょる。千鳥橋にできるだけ近いほうがええ。鷺洲《さぎす》のハゴロモは神田にまかせて、わしは千鳥橋の大阪中古車センターに常駐じゃ。黒木が松坂板金塗装に専念するようになったから、中古車の仕入れが滞っちょる。ハゴロモは慢性的な品薄状態じゃ。神田も佐田もだいぶ仕事をおぼえたというても、まだ中古車の仕入れは無理じゃ。海千山千の中古車ディーラーと値段交渉はでけん。結局、わしが仕入れを担当するしかないんじゃ。ええ中古車を仕入れても、五台のうちの二台は河内モーターに廻してやらにゃあいけんしのお。いまは河内が関西中古車業連合会のまとめ役をやってくれちょる。やっとあいつにも連合会は金になるとわかってきたんじゃ。河内に便宜をはかってやることは、ハゴロモにも大阪中古車センターにも利益として跳ね返ってくる」

そう言って、熊吾は掛蒲団を頭までかぶり、電気を消せと手で促した。

眠くて、自然に瞼《まぶた》が閉じそうだったが、房江は部屋から出て階段を降り、シンエー・モータープールの事務所へ行った。

事務所の破れかけて汚れたソファの裏側に日本酒の一升壜《びん》を隠してある。

房江は毎晩、伸仁が寝てしまって、帰って来た夫が蒲団に入ってしまうと、モータープールの戸締りを確かめるふりをして、明かりをつけない事務所で酒を湯呑《ゆの》み茶碗《ちゃわん》に一杯か一杯半飲むようになっていた。

安物のウィスキーのほうが割安だが、自分の体には合わないとわかって、房江はもうウィスキーは飲まないと決めたのだ。

事務所のガラス窓からは正門の高い柵《さく》越しに福島西通り交差点の西側半分が見えていた。人の姿はなく、たまに走りすぎるのはトラックだけだった。

房江は、茶碗酒を楽しみながら、何気なく交差点の信号機の下に目をやった。十月に入って四日目なのに、ショートパンツを穿《は》いた華奢《きやしや》な体つきの女が立ってモータープールのほうに顔を向けていた。

あの子は、しょっちゅうモータープールの裏の道で塀のところに坐って休憩している食堂の出前係だ。中学を卒業して島根県の山奥から集団就職で大阪に働きに出て来た子だ。たしか沼地珠子という名前だったな。もうじき夜中の一時だというのになにをしているのだろう。

房江がそう思っていると、シンエー・モータープールとパブリカ大阪北の修理工場とを仕切るフェンスの戸があく音がした。

キクちゃんと呼ばれている少年がこっそりと寮から出て来たのだと房江は気づいた。ポマードで固めたリーゼントの髪が講堂の黄色い豆電球で光っていた。

キクちゃんは、夜は放されてモータープールの敷地内で遊んでいるムクの頭を撫《な》でながら、北側の、パブリカ大阪北の車を停めてあるところへと行き、そのうちの一台のエンジンをかけた。そして、車から降りて、モータープールの事務所へとやって来た。

房江は慌《あわ》てて事務所の奥に隠れた。一升壜を隠す時間がなかったからだった。

キクちゃんは事務所に入ると、持って来たらしい懐中電灯で机の周りを探り、房江がさっき置いた正門の南京錠《ナンキン》の鍵《かぎ》を持った。

会社が修理のために預かっている車で沼地珠子と夜中の街を走るつもりなのだとわかったが、房江は止めることができなかった。明かりもつけずにこっそりと酒を飲んでいたことを知られたくなかったからだ。

キクちゃんは車を正門の前まで運転して、正門の鍵を外した。それから車を外に出した。珠子が走って来た。キクちゃんは正門をなかから閉めて鍵をかけ、それを事務所の机の上に戻しておいてから、正門をよじ登って道へと出た。

一時間ほどで帰って来るのであろうが、警察が検問をしていたら無免許運転で捕まってしまう。まぁ、いちどそんな目に遭ったほうがいいかもしれない。キクちゃんも沼地珠子も十七歳で、いなかから大阪に出て来て、安月給でこき使われて、たまの休みの日とて遊びに行くお金がない。夜中の内緒のドライブがたったひとつの楽しみなのであろう。

房江はそう思い、一升壜を元の場所に隠すと、口をすすぎ、茶碗を洗って二階へあがった。

「あの借家はやめちょけ。家主に風呂を付ける気はないぞ。もっとええ家をわしが探すけん」

もう寝たものと思っていた夫がそう言ったので、房江はなんだかきまりが悪くて、キクちゃんがいま車で出て行ったと小声で教えた。事務所で酒を飲んでいたことを夫が気づかぬはずはないと思ったのだ。

夜が明け始めたころ、モータープール内で何人かの人声が聞こえて、房江は目を醒《さ》ました。五時少し前だった。

何事かと寝巻姿のまま部屋を出て、階段のところから見ると、パブリカ大阪北の工場にも事務所にも明かりがついていて、数人の修理工と寮長を務める年長の社員がモータープールの事務所を出たり入ったりしていた。

寮長は、房江を見あげ、

「正門の鍵をください」

と言った。

「どうしたんです？」

「菊村が事故を起こしました。また内緒で夜中に車を走らせてたんです。一緒に乗ってた女の子も死にました」

「女の子もって、キクちゃんも死んだん？」

房江の言葉に頷き、

「蒲生《がもう》四丁目の交差点です」

と寮長は言い、修理工が持って来た車のキーを持ってモータープールの北側へと走った。房江も階段を走り降り、正門をあけた。

ふたりとも死んだ？　それは本当なのだろうか。あのとき事務所に私がいるとわかれば、キクちゃんは夜中のドライブをあきらめたはずだと房江は思った。

寮長が運転する四トントラックと、もうひとりの修理工が運転するライトバンが国道二号線を東に曲がって行くのを見送りながら、房江は、つなぎの作業着を着た少年たちが交し合う言葉を聞いていた。

大型ダンプカーとほぼ正面衝突だったそうだ。事故が起きたのは一時四十分ごろだが、警察からのしらせが遅かったのは、身元の判明に時間がかかったからだ。死体を見ても、ふたりとも誰なのかわからないくらいにぐちゃぐちゃ状態らしい。助手席の女の身元はまだわからないそうだが、きっと珠子だ……。

房江は自分が寝巻姿のままだと気づき、慌てて二階の部屋へと行った。足が震えていた。

「どうしたんじゃ」

階下の人声で目を醒ましたらしい熊吾が訊いた。房江は急いで服に着替えながら、寮長の話や、修理工たちの会話を夫に話した。

「死んだ？　間違いないのか？」

熊吾の問いに頷き返し、あのとき事務所に私がいるとわかれば、キクちゃんは沼地珠子とドライブを楽しむのをあきらめたろうにと言った。

「またお前は自分のせいじゃと考えよる。なんでそういう思考回路になるんじゃ。キクちゃんは規則を破って夜中に寮を抜け出し、無断で会社の車を無免許で運転したんじゃ。他の誰が悪いんでもない。キクちゃんが自分で招いたことじゃ。食堂の女の子も、雇い主に内緒で夜中に部屋から抜け出てキクちゃんの運転する車に乗ったんじゃ」

熊吾はそう言いながら服を着て、茶を淹《い》れてくれと房江に頼み、煙草《たばこ》を吸ったが、表情は険しかった。

伸仁も起きてきて、

「キクちゃんがどうしたん？」

と訊いた。熊吾が事故とキクちゃんの死を話し、一緒に乗っていた食堂の女の子も死んだと伝えた。

「死んだ？　ふたりとも？」

と言ったきり、伸仁は蒲団に正座したまま目だけあちこちに動かすばかりだった。

「交通事故で死ぬくらいつまらんことがあるかや。伸仁も免許を取るまでは、モータープールの外で運転しようなんて考えるなよ」

房江は茶を淹れて、それを卓袱台《ちゃぶだい》に置いた。熊吾が耳元で、事務所でのことは誰にも言うなとささやいた。お前はいつもの時間に正門の鍵をかけて、そのまま二階の部屋に戻って寝たのだ。そういうことにしておいても、誰もお前を責めたりはしない、と。

房江は小さく頷き、洗車場のあたりから誰かが呼んでいたので階段のところへ行った。修理工が正門を指差していた。

パトカーが停まっていて、警官ふたりが事務所のほうに歩いて来ていた。

六二年型のトヨタ・クラウンはきのうの夜はどこに停めてあったのかと警官は房江に訊いた。

たしかあのへんですと答えて、モータープールの北側を指差したとき、熊吾が降りて来た。

「あの子がときどき夜中に正門の鍵をあけて車で出て行くのは知っちょりましたが、家内も私も寝てからでは止めようがありません。工場長も寮長も、あの子をきつく叱《しか》ったんですが、またやりよったんですなぁ」

熊吾の言葉で、

「遺体を車から出すのに二時間以上かかりました。車はスクラップ状態です。財布に社員証がなかったら、いまだに身元がわからんままですやろ」

と言って、警官ふたりはパブリカ大阪北の事務所へと行ったが、すぐに走り戻ってパトカーに乗り、沼地珠子が勤めていた食堂のほうへと向かった。

伸仁が階段を駆け降りて来て、

「ムクが外へ出てしもたぁ」

と言いながら、電車道へと走って行き、五分ほどしてムクの首輪を摑《つか》んで戻って来た。外に出たのは子犬のときに一回きりで、ムクは車や市電の怖さを知らないのだ。車も市電も自分を避《よ》けてくれると信じているムクをモータープールから出してはいけないのだと房江は思い、朝食の用意にとりかかった。

キクちゃんも珠子も、まるで死ぬために集団就職の列車に乗り、大阪駅で降りたようなものだという思いは、その日も翌日も翌々日も房江のなかから消えなかった。

十月二十七日の日曜日に、房江は周旋屋に電話をかけて、風呂は付けてくれるのかどうかを訊いた。用件を切り出す前に、ハゴロモで中古車を買ってくれたことへの礼を述べることを忘れなかった。

夫は反対しているが、風呂付きになるのなら、私がこんなに気に入っているのだから承諾してくれるだろうと思い、房江はきのうも朝早くに新築二階建ての文化住宅なるものの周りを探ってみたのだ。

夫が案じるメリヤス縫製業者のミシン音は気にならない程度だったし、ミシンが稼働《かどう》を始めるのは朝の九時を過ぎてからなのだ。

あとは家主が風呂を付けてくれるかどうかだけだ。

あの周旋屋はかなりのケチではあるが、ハゴロモで軽自動車を安く買えたのだから折れてくれるかもと思って打診してみたのだが、

「しょうがおまへん。風呂付きにしまっさ」

と意外に簡単に応じてくれた。

「手付金は？」

房江の問いに、周旋屋は、あしたにしてくれるとありがたいと愛想良く言った。

電話を切り、房江はモータープール内の掃除にとりかかった。きょうは日曜日なので、出庫する車も少ないし、佐古田もいない。昼までに半分を済ませて、昼からは洗濯と便所の掃除をしよう。

そう考えて、房江が事務所の掃除を始めたとき、熊吾が背広を着て階段を降りて来た。

「えっ？でかけるのん？」

「ああ、昼から京都の中古車ディーラーと逢う。その前に病院に寄って行くけん」

熊吾は房江のほうを振り返らないまま言って、背筋を伸ばしたいつもの矍鑠《かくしゃく》とした足取りで通りへと出ると、交差点を西へと渡って行った。

事務所の床を拭《ふ》くモップを持ったとき、房江は、きょうは日曜日ではないかと思った。病院とは玉川町の細見内科医院のはずだが、大病院でも日曜日は休診だ。あの医院は日

曜日でも診てくれるのだろうか……。

房江は二階の部屋へと行き、けさはお父ちゃんにインシュリン注射はしたのかと伸仁に訊いた。

「うん、したでぇ。新しい針を買わんと痛いって言うてたわ」

と伸仁は腕立て伏せをしながら言った。

房江は、モップを階段に立てかけたまま、事務所でエプロンを外し、夫のあとを追って交差点を渡った。日曜日なのに病院に行くと嘘《うそ》をついた夫の行き先がどこなのか、あとをつけてみたくなったのだ。

七、八十メートルほど先に国道二号線の右側の歩道を歩いて行く夫の姿があった。房江は左側の歩道を、夫の歩く速さに合わせてついていった。

やめたほうがいい、いや、やめるべきだ、という声が心で繰り返された。しかし、房江は歩を止めることができなかった。胸騒ぎがして、鼓動が大きくなっていた。

大きな三叉路のところで、夫は野田への国道ではなく、電車道に沿って玉川町のほうへと向かう道を進んだ。

房江は、建物の陰に隠れ、このままあとをつけつづけるかどうか迷った。

佐竹の妻が働く鮮魚店であじを買ったあと、市電のなかから一瞬見えたのは、やはり夫だったのだと思った瞬間、足は自然に動きだしていた。

それでも、やめておけ、やめたほうがいい、という心の声は聞こえていた。

房江は少し夫との距離を詰めて、ときおり電柱やポストや民家の軒下に身を隠しながら、あとをつけつづけた。

夫は、細見内科医院の前で立ち止まり、あたりを窺《うかが》うように周りを見て、路地へと曲がった。房江は走って医院の前に行き、「本日休診」という札がかかっているのを確かめると、そっと顔だけを突き出して路地を見た。夫は二階建てのアパートの階段をのぼり、いちばん奥の部屋のドアのところで、

「わしじゃ」

と言った。

「お父ちゃん、おかえり」

という周りに聞かせるような女の声のあと、ドアが開いた。

房江は、喉《のど》が詰まったようになり、震えて立っていられなくて、自分でもなさけなくなるほどの狼狽《ろうばい》と動揺に襲われて、近くの電柱にしがみついた。

あのしわがれ声の女の言葉も、松田の母親の言葉も、すべて本当だったのだ。

私の夫は、ハゴロモの儲《もう》けや、松坂板金塗装の収入をすべてあのアパートに住む若い女に貢《みつ》いでいたのだ。

私はその金のために松田の母親に人前で罵倒《ばとう》されつづけ、夫や伸仁のために貯《た》めたへ

そくりのすべてを吐き出し、傾いた松坂板金塗装は人手に渡り、黒木博光はハゴロモから去った。

玉木則之の使い込み？　そんなものは嘘だったのだ。松坂熊吾という男は、若い愛人のために妻を裏切り、社員たちが汗水垂らして稼いだ金を女に使っていたのだ。

房江は、足早にモータープールへと引き返しかけた。十歩も行かないうちに、夫と女が絡《から》み合っているさまが心に映し出された。

たちの悪い男に七十万円もの手切れ金を払ってやってでも、自分のものにしたかった女……。夫は、よほどその女の虜《とりこ》になったに違いない。

房江は、自分を制御できなくなり、路地へと曲がるとアパートの階段をのぼった。そして、ドアを叩いた。

「どちらさまですか？」

部屋のなかから女が訊いた。

「松坂の家内です。ドアをあけてください」

そう言って、房江はドアを叩きつづけた。

「あけてくれへんねんやったら、ずっとドアを叩きつづけます」

その房江の言葉でドアをあけたのは熊吾だった。唇が青ざめるというよりも白かったし、こころなしか目が吊《つ》り上がっていた。そんな顔を見るのは初めてで、房江はいかに夫が慌てているかを知った。

「ふたりだけで話そう。そこに公園があるけん」

と言って、熊吾は房江の腕を摑んだ。それを振りほどき、ドアのところで立ちはだかるように立っている夫を突き飛ばして、房江は部屋のなかに一歩足を踏み入れた。ハンガーに掛けられた夫の上着が目に入った。背の高い彫りの深い顔立ちの、三十四、五の女が、いま外したばかりらしい熊吾のネクタイを持って困惑顔で房江を見ていた。

「これが七十万円の人？　やっと私ら一家に明るい道がひらけてきたときに、会社を傾かせてでも囲いたかった女って、この人？」

そう言ったとき、房江は女が奇妙な髪型をしていることにやっと気づいた。異様な髪型といってよかった。

「とにかくここで話をするのはようない。そこの公園に行こう」

熊吾は言って靴を履こうとしたが左右を逆にしたので、もたついてよろめいた。その姿が、房江にはこれ以上ないほどに無様なものに見えた。

「話なんかしとうもないわ。松坂熊吾さんは、私や社員たちを騙《だま》して、女に貢いだお金を玉木さんの使い込みのせいにして……。なんと卑怯《ひきよう》な男やろ。口ではご立派な能書きを垂れて、気に入らんかったら女房を殴ってきはった男のなれの果てがこの小汚いアパートでの色きちがいの生活や。このままここで野垂れ死んだらええやないの」

房江はそう言って、アパートの階段を降りた。行きかけて、自分が電車道とは反対のほうに歩いていることに気づき、追って来た熊吾を突き飛ばすようにして引き返した。熊吾は、電車道に出ると、

「お前が怒るのはようわかるが、ちょっとわしの話も聞いてくれ」

と言って、うしろから腕を摑んだ。

房江は立ち止まったが、熊吾を睨《にら》みつけ、

「もうモータープールには帰ってこんといて」

と言った。自分の顔が紅潮して、唇も醜く歪んでいるのがわかった。腰に力が入らず、歩道に崩れ落ちていきそうな気がした。

熊吾は、時間を置いたほうがいいと考えたらしく、房江の腕を摑んでいる手の力をゆるめ、

「伸仁には喋《しゃべ》らんでくれ。絶対に黙っちょいてくれ。ええか、それだけは約束してくれ」

と言った。

それに答える代わりに、房江はもういちど、モータープールには帰って来ないでくれと言い、熊吾の胸を両の拳《こぶし》で力まかせに何度も叩いた。そして、あとを振り返らず福島西通りへの道を歩きつづけた。

きょうは田岡勝己が休みなので、伸仁はモータープールの事務所で留守番をしているはずだった。いまの自分を伸仁に見せたくないと思い、房江は裏門のほうへと廻り、南側の階段から部屋へと行った。

蒲団を巻いて紐《ひも》で縛り、それを天井から吊るして、伸仁がボクシングの練習をしていた。

ジャブ、ジャブ、ストレート。ジャブ、ジャブ、ストレート。ジャブ、ジャブ、ジャブ、ストレート。

これ十回繰り返してワンセットなのだと伸仁は言い、そのワンセットを三分間つづけるので時計を見ていてくれと房江に頼んだ。

巻いた蒲団が部屋のなかで前後左右に動きつづけるのを見るともなしに見ているうちに、房江は、別の人間が体内から生まれて来たのかと思うほどの嫉妬《しっと》が湧《わ》きあがるのを感じて、自分を自分で抑えられなくなった。涙が流れて、けだものじみた咆哮《ほうこう》をあげなければどうにもならなくなってきた。

「もう五分もたってるやん。三分たったら教えてって頼んだやろ？　ああ、しんど。三分でもしんどいのに」

汗まみれになって息を弾ませながら、伸仁はそう言って畳の上にあお向けに横になった。それから、房江に目をやり、怪訝そうに起き上がると、どうしたのかと訊いた。

房江は泣きながら、自分よりもはるかに大きくなった伸仁にしがみつき、自分がさっき目にしたすべてを話して聞かせた。

夫が最も案じていることをやってやるという思いからではなかった。自分の驚きや落胆や哀《かな》しみをわかってくれるのは伸仁だけだという気持ちが、あとさきを考えさせなかったのだ。

伸仁は、憮然《ぶぜん》としているような表情で房江を見たが、なにも言わず部屋から出て行った。

まさか、父と若い女がいるアパートへ行ったのではあるまいなと房江はうろたえてあとを追ったが、伸仁は事務所の奥で、誰もが勝手にあけられない頑丈なものに変えたキーボックスのなかを見ていた。

「お父ちゃんは、伸仁には黙っといてくれって頼みはったけど、私、喋ってしもてん」

と房江は言った。だから、知らんふりをしていてくれ、と。

「知らんふり？　知らんふりをしたらええのん？」

伸仁は冷たさを含んだ笑みを浮かべてそう訊き返し、

「お母ちゃんはまた酒を飲みだすんやろなぁ。死んだ魚みたいな目をして寝て、起きたらまた飲んで……。ぼくには目に見えるようやわ」

と言った。

その夜、夫は帰って来なかった。

翌日、房江が夕飯のおかずを買おうと裏門から出ると、路地のどこかに隠れて待っていたらしい熊吾に呼び止められた。

「コーヒーでも飲みながら話さんか」

と熊吾は言った。

そんな気にはなれないし、松坂熊吾さんは、もう私とは関係のない人だと答えて、房江は八百屋や精肉店などが並ぶ通りへと歩いた。

並んでついて来た熊吾は、きのうの夕方、伸仁に逢ったと言った。

「お前が買い物に行っちょるときじゃった。伸仁は二階におったが、わしの顔を見ようとせん。話しかけても、なんにも応じん。なんで喋ったんじゃ。あれだけ頼んだじゃろう。伸仁に教える理由がどこにあるんじゃ。あいつはまだ高校二年生じゃ。十六歳じゃ。夫婦のあいだで解決できることを喋ることはないじゃろう」

「解決？　解決できると思てるのは、お父ちゃんだけやろ？　ああ、お父ちゃんと呼ぶのは、私らだけやないもんねぇ。もっと大事な人が、お父ちゃんと呼んで迎えてくれるんやから」

いつもなら、ここできっと手をあげるだろうが、さすがに夫もいまは我慢するしかないのであろう。

房江はそう思うと、これまでの憤懣《ふんまん》を一切合財夫にぶつけたくなってきた。結婚して以来のかずかずの不満をぶつけて、もうこれ以上の言葉はないというくらいに罵倒してみたかった。

けれども、心のどこかに、それをやってしまったら、伸仁は父親を失ってしまうという思いもあった。夫に若い愛人がいたということへの驚きと怒りは、いちにちたってさらに大きく膨れあがっていたが、伸仁に喋ってしまったことへの後悔は少し芽生えて来てもいたのだ。

「いまは話なんかしとうないねん」

と夫に言い、これまで黙っていた松田茂の母親から聞いた話だけを房江は伝えた。

「金額まで正確に言いはった。なんで、松田さんのお母さんが、そんなことを知ってるのん？　ということは、柳田商会の人はみんな知ってるってことやないのん？　ということは、松坂熊吾の女房も息子も、恥ずかしい思いをしながらモータープールのお世話になってるねん。私も伸仁も、松坂熊吾さんみたいに別宅はないから、このままずっと恥に耐えていかなあかんわ。あの新築の二階建てを、なんでお父ちゃんがいやがったのか、ようわかったわ。あの女のアパートのすぐ近くやもんね。悪いことはでけへんもんやね」

そう言って、房江は、自分はこれほどに意地の悪い女だったのかと思うほどの蔑《さげす》みの目で夫を見た。

通りに出たところで、熊吾はなにも言わずに福島天神のほうへと歩を速めて去って行った。

今夜のおかずはなににしようと考えるのだが、魚屋にはいい魚がなくて、精肉店に置いてある挽《ひ》き肉は色が黒ずんでいた。

房江は、豆腐屋で厚揚げを買い、いちど家でおでんを作ってみようと思った。

大阪では「関東《かんと》煮《だき》」と呼ぶが、先週のテレビの料理番組で京風おでんの作り方を教えていた。あれを試してみよう。

房江は通りの南側にある市場に向かった。小谷医院は、外観はもう完成したようなものだったが、なかの医療器具の取り付け工事が終わっていなくて、まだ開業にこぎつけていなかった。

小さな市場は、入り口から歩いて五分ほどで突き当たってしまう。その市場の奥に、ちくわや蒲鉾やごぼ天などの練り物を売る店がある。

房江は、そこの歳《とし》取った夫婦が飼っているのが、あのみすぼらしいデンスケだと伸仁から聞いていたので、熟練のヘラさばきでごぼ天を作っている痩《や》せた主人に、デンちゃんはこのごろ歳を取りましたねと話しかけた。

「おととい、死にましてなぁ。家内が知り合いから貰《もろ》うて来てからちょうど十年です。

四、五日前からなんにも食べへんようになって、犬小屋から出てけえへんまま死によりました。寿命ですかなぁ」

と主人は言った。

何種類かの練り物を買い、別の店でこんにゃくを買ってその代金を払ったとき、房江はふいに地の底に引きずり込まれて行くような絶望を感じた。

たったのこの二十数日のうちに、十七歳のキクちゃんも珠子も死んだ。デンスケも死んだ。夫も私や伸仁を捨てて、よその女のところへ行った。……私はなんのために生きてきたのだろう。私の人生はなんだったのだろう。

そんなつながりのない個別の不幸が、ひとつに固まり合って、房江の心を痛めつけてきたのだ。

# 第五章

十一月の満月の日にも城崎《きのさき》の麻衣子の家に泊まりがけで行きたいと房江《ふさえ》は言っていたが、きっと取りやめたことであろう。

俺はもう一ヵ月もシンエー・モータープールに帰っていない。帰りたくても帰れないのだ。

あれから四、五回、足掛け六年暮らしてきた自分たち一家の住まいに行ったが、伸仁《のぶひと》は父を拒否していることを全身で示すかのように体中をこわばらせて、決して目を合わそうとしない。話しかけても返事をせず、きつい目をあらぬほうに注ぎつづける。

房江はこうなることがわかっていたのだろうか。あいつは逆上して、あとさきを考えずに十六歳の息子にすべてを話してしまった。

それがどういう結果を招くかなどは頭になかったのであろう。

しかし、俺も間抜けだ。日曜日であることを忘れて、博美のアパートへと向かったのだからな。病院へ行くなどという嘘《うそ》をつかなくても、ただ仕事だと言って出かければよかったのだ。

俺はあの朝、もうこのあたりで博美とは縁を切るぞと決めていた。それならば言いだすのは早いほうがいいと考えて、朝飯を食うと仲仁にインシュリン注射をしてもらい、すぐに博美のアパートに向かった。まさか房江があとを尾《つ》けてきているとは思わなかった。

病院へ行くなどという嘘さえつかなかったら、房江は不審に思って尾けてきたりはしなかったであろうに。

まったく間抜けな話だ。

俺は、博美の色好みの体に溺《おぼ》れ、連夜のあまりの求め方に疲れ果てて逃げ出そうと決めた。男がいい歳《とし》をして「もう身がもたない。夜が怖い」などと酒の席でも言えたものではないが、実際にそのとおりなのだ。

そこに房江への罪悪感が伴なって、こんどこそ本当のお別れだと博美に切り出すつもりだった。

それなのに、あの日からずっと博美のアパートの一室で「お父ちゃん」と呼ばれて暮らしている……。

熊吾《くまご》は、朝の四時半に目が醒《さ》めてから、隣りの蒲団《ふとん》で眠っている博美を起こさないようにして服を着ると、土曜日に仲仁がモータープールの事務所に降りてくる時間を待ちながら、そんなことばかり考えていた。

房江の怒りなどはそのうち収まるだろうが、伸仁はこのまま父に背を向けつづける可能性が高いという気がしたのだ。

土曜日は田岡勝己は八時から仕事を始める。しかし先々月、天満《てんま》に住む叔母さんの具合が悪くなり、金曜日の夜に店を手伝いに行って、そのまま泊まるので、しばらく土曜日の朝だけ伸仁が田岡の代わりを務めることになったのだ。

だから土曜日のきょうは祝日で学校は休みだが、伸仁はモータープールの事務所にいるはずだった。房江は朝ごはんを作るために二階で忙しい。伸仁とふたりだけで話ができる。

熊吾はそう考えて、そっとアパートの部屋から出ると停留所へと歩き、乗客のまばらな市電に乗った。

伸仁の機嫌をどう直そうか。あいつは歳のわりには下世話なことをよく知っている。けれども、落語や映画や歌舞伎《かぶき》や文楽における男女の機微は、まだあくまで架空の世界なのだ。

俺と女とは、お前たちが邪推しているような間柄ではないと言い張るしかあるまい。あれから一ヵ月がたって、房江の気持ちにも変化があったかもしれない。

とにかく浮気がばれたのは初めてなのだ。一回くらいは大目に見ようという気持ちになっているのではないか。

熊吾はそう考えながら、福島西通りで降りて、シンエー・モータープールの前に行った。九時前だった。

正門はあいていたが、事務所にも講堂にも屋根付きガレージにも伸仁の姿はなかった。

富士乃屋のトラックは出庫してしまっていて事務所には誰もいなかった。熊吾は事務所で煙草《たばこ》を吸いながら、伸仁が階段を降りて来るのを待った。

二階の自分たちの部屋から伸仁の声が聞こえたが、なにを言っているのかはわからなかった。

なんだかいつもと違うな。房江が朝方に酒でも飲んで、伸仁は怒っているのではないか。

熊吾は煙草を消すと二階へあがった。ムクが鼻を鳴らし、しっぽを振って迎えた。

「お前だけじゃのお、松坂家でわしを歓迎してくれるのは」

と話しかけて、熊吾は部屋に入った。

テレビの前に並んで坐《すわ》り、画面に見入っていた房江と伸仁がびっくりしたように熊吾を見た。

「朝帰りじゃ。長いこと留守をしてすまんかったのお。みんな変わりはないか？」

熊吾が照れ隠しにそう言うと、伸仁はテレビの画面を指差した。

熊吾は座敷にあがり、ふたりのうしろに立ったままテレビを観《み》た。

「ケネディ大統領が暗殺されてん」

と伸仁は言った。

「暗殺？　死んだのか？　どこでじゃ」

「テキサス州ダラスでパレード中に撃たれてん。容疑者は捕まったそうや」

「容疑者？　何人じゃ」

「いまのところ、ひとり」

「アメリカの現職の大統領が、衆人環視のなかでたったひとりの人間に撃たれて殺された？　そんなことを誰が信じるんじゃ」

熊吾はそう言って、事務所へ降りると、富士乃屋の第二陣のトラックが出庫しやすいように邪魔な車を敷地内に移動させ始めた。

伸仁は世界的な大事件を報じるテレビを観ていたいであろうと思ったのだ。

モータープールでの朝の仕事をするのが何年振りなのか熊吾にはもうわからなくなっていた。

それまでのインドシナ紛争ではなく、「ベトナム戦争」と日本の新聞が呼称を変えるようになったころ、南ベトナム政府の内紛が頻発し、内輪揉《も》めのような様相を呈して、ケネディ大統領は米軍の縮小から撤退までを示唆《しさ》していた。

ベトコンも北ベトナム軍も予想に反して手強《てごわ》くて、米軍の犠牲は拡大しているというのに、南ベトナムの指導者たちは内部での権力争いにうつつを抜かしている。アメリカの大統領にしてみれば、こんな馬鹿《ばか》げた戦争で自国の若い兵士を死なせたくはないと考えるのが当然だ。

だが、インドシナ半島での紛争は軍事企業には金の生《な》る木だ。打ち出の小槌《こづち》を振って、膨大な小判が天から際限もなく降って来るようなものなのだ。

アメリカがベトナム戦争に勝つことは、軍事企業の大儲《おおもう》けだけでなく、他の欧米企業、とりわけ金融企業の東南アジアにおける支配の確立を約束することにもつながる。

彼等にしてみれば、いまケネディにベトナムからの米軍撤退をさせるわけにはいかない。しかし、ケネディはアメリカの選挙民には人気がある。ベトナムからの撤退という英断は、次の大統領選でのケネディ陣営にさらに有利に働く。

よし、それならば、いっそケネディという人間に消えて行ってもらおう……。

車をあちこちに移動させながら、熊吾は阪神裏のホルモン焼き屋で小さな貿易会社の社員の出雲《いずも》洋司から聞いた話と併せて、そんな推理をした。

富士乃屋の社員たちが眠そうな目でやって来て、仕出しの材料を受け取るためにトラックで出て行くと、やっと伸仁が階段を駆け降りて、講堂の車の移動を始めた。

房江も正門の周辺の掃除を始めたが、熊吾を見ようともしなかった。

世界の政治の裏を読んでいる場合か。

俺はいま、浮気がばれて、女房どころか息子も口をきいてくれなくなり、仕方なく女の所帯臭いアパートで寝泊まりをつづけ、安物の化粧品の匂《にお》いにまみれ、大阪中古車センターの事務所に坐っているか、京阪神の中古車ディーラーを訪ねて商談をしているかの日々をおくっている六十六歳の歯抜けじじいなのだ。

熊吾はそう思うと、せめて伸仁とはつながりつづけておかねばならないという思いすら、どうでもよくなってきた。余計なことをまだ十六歳の息子に喋《しゃべ》ってしまった房江への怒りがこみあげてきたのだ。

車のキーを事務所の机の上に放り投げ、熊吾は正門前の歩道を掃いている房江のところに行き、

「わしはあの女に恋も愛もないんじゃ。そんなものはかけらもない。ちょっとした止まり木じゃ。わかるか？　止まり木っちゅう意味が。それなのに、伸仁に喋ってしまいおって。取り返しがつかんじゃろお。お陰で、わしはあの女のアパートで寝泊まりするしかのうなったんじゃ。玉木の使い込みはほんまじゃ。黒木に訊《き》いてみい。玉木が作った二重帳簿を見せてもらえ。二百数十万円の使い込みがわかるぞ」

と言うと、市電の停留所へと歩きだした。

こんな朝早くにケネディ暗殺などというニュースがテレビで放送されていなければ、伸仁とふたりだけで話が出来たものをと思うと、熊吾は腹立ちまぎれに、

「何十万人もの女子供を原爆で殺す連中じゃぞ。邪魔になった大統領のひとりやふたり、いつでも殺しよるわい」

と声に出して言った。すれちがった若い男が怖そうに避《よ》けて行った。

昼、ハゴロモの中古車を運転して大阪中古車センターにやって来た神田三郎は、十月の帳簿を熊吾に見せた。ことしに入って、ハゴロモも大阪中古車センターも水曜日を定休日として、祝日も営業しているのだ。

「利益は十二万三千円です。経費を引いての儲けです。九月は仕入れが少なかったからですが、その分が今月に響いてくると思います。いまハゴロモには、お客さんに勧められる中古車が七台しかありません。佐田さんが中古車探しに動いてますが、なかなか質のええのが出回らんのです。社長、河内モーターに廻す中古車をハゴロモ優先にしていただけませんか」

神田の言うことはもっともだったが、河内が中古車販売業のうまみを知ったことで、関西中古車業連合会はやっと組織としてまとまってきたという思いがあったので、熊吾はその理由をできるだけわかりやすく説明した。

話を聞き終えると、

「黒木さんもハゴロモのことを心配して、しょっちゅう鷺洲《さぎす》の店に来はります」

と神田三郎は言った。

「わしは松坂板金塗装のほうが心配じゃ。あの会社に黒木の居場所はあるのか？　職人がふたり辞めたそうじゃが、すぐに代わりを見つけんと、仕事が遅れるじゃろう」

熊吾の問いに、近くに同業の工場が店開きしたのだと神田は答えた。

「戦前から阿倍野《あべの》区で板金塗装の工場をやってたオカベ板金ちゅう会社です。大淀《おおよど》から中津への道の途中に支店を開いたんです。ふたりはそこに引き抜かれました。大村兄弟とそりが合わんかったんです。兄弟揃《そろ》ってあれほど陰険なやつらはおらんて、東尾さんに言うてたそうです」

「大村の兄弟は、自分らの工場を持ちたいから辞めんのじゃ。使われるなら慣れたとこのほうがええけんのお。あいつらはもういつでも独立出来る腕がある。あとは独立資金を貯《た》めるだけじゃろう。職人の腕ひとつで左右される板金塗装っちゅう商売は、そこが最大の弱みじゃ。職人が経営者なら、そこのところの弱みはないけん、台所を大きくせんかぎりは食っていけるんじゃ。わしは何度も東尾にそう言うたんじゃが、あいつは給料ひとつで職人を使えると思うちょる。金さえ出せば、腕のええ職人は幾らでも雇えるとなあ。ぎょうさんの修理工場と関係を深めて、板金や塗装の必要な車をどんどん廻してもろうて、数をこなせばええっちゅう商法が、これからの新しい板金塗装会社のやり方じゃと思うちょるんじゃ。銀行さんの考えそうなことじゃ。職人ちゅうもんを知らんのじゃ」

水を汲《く》みに行っていた佐竹善国がバケツを持って事務所に戻って来て、神田に挨拶《あいさつ》をした。

佐竹が自分で作った弁当を食べる時間だったので、熊吾は神田の運転するライトバンで千鳥橋の商店街にある食堂へ行った。

熊吾はオムライスを、神田は親子丼《どん》を頼んだ。

「シンエー・タクシーは社名も変わりました。柳田社長は完全にタクシー会社とは無関係になったそうですが、長いあいだシンエー・タクシーで働いてくれた内勤の社員の今後が問題やそうです。会社を買《こ》うた人は、経理や総務関係は自分の子飼いの社員を使うと宣言したそうで。ということはシンエー・タクシーの社員はクビです」

と神田は言った。熊吾と話すときに緊張して汗をかくということは少なくなっていた。

「そうじゃろうのお。ゴルフ場のほうに廻ってもらうにしても全員をっちゅうわけにはいかんじゃろう」

「十二人の再就職先は柳田社長が世話をして決まったそうですけど、あとの六人は身の振り方がありません」

「よう知っちょるのお。どこで情報を摑《つか》んどるんじゃ」

「田岡さんから聞きました。その身の振り方が決まってない六人のなかからひとりモーターブールに廻してくれたらありがたいねんけどって」

田岡勝己は来年も大学受験をあきらめるしかない。朝の八時から晩の八時まで、シンエー・モータープールで走り回って出入庫する車を管理していれば、仕事を終えて銭湯へ行き、晩飯を食べたら、瞼《まぶた》が自然に閉じてしまって、受験勉強どころではないそうだ。

秋口に房江が言っていた言葉を思い出し、

「ひとりモータープールに廻してもろうても、岡松さんみたいに車の運転ができんやつではなんの役にも立たんのお」

と言って、熊吾はまずいオムライスを半分残して、煙草を吸った。

三時からまた歯を抜くために桜橋の歯科医院に行かねばならないのかと思うと気がめいった。祝日だが、痛む歯を抜いてくれるようにときのう頼みこんで承諾してもらったのだ。

右の奥歯のあとは、その隣りの歯。やれやれこれで歯痛からは当分解放されたかと思った矢先に、博美のことが房江に知られてしまった。

するとこんどは左の奥歯上下が同時に痛み出し、ものを嚙《か》むことができなくなってしまった。

医者は、前歯も時間の問題なので、いっそ全部抜いて総入れ歯にしろと勧めた。加齢と糖尿病が歯槽膿漏《しそうのうろう》の根本原因だというのだ。

入れ歯はいまは健康保険で作ることができる。入れ歯にしてよかったという患者は多い。

そう言って、歯医者なのに尿糖検査紙で熊吾の尿を調べ、顔を曇らせて、インシュリン注射が効かなくなってきているというのだ。

熊吾は、きのう桜橋の歯科医院でそのことを教えられたのだが、総入れ歯にしようなどとは考えていなかった。

俺は来年の二月で六十七だ。七十まではまだあと三年ある。それなのに総入れ歯のじいなんかになってたまるか。

抜くしか治療法がない歯だけ抜いてくれたらいいのだ。

俺はまだまだ働かなければならない。伸仁のことは勿論《もちろん》だが、神田が大学を卒業するまではハゴロモで給料を払ってやらなければならないし、佐竹善国にも関西中古車業連合会の職員として生活の安定を与えてやりたい。

熊吾はそう考えて、己を鼓舞するように勢いよく立ちあがり、代金を払うと商店街へ出た。

「ご馳走《ちそう》さまでした」

と深くお辞儀をしながら言い、神田は電車道に停めてあるライトバンへと走った。

「走らんでもええぞ。わしは急いじょらせん」

そう言って歩きだした熊吾の尻《しり》を誰かが叩《たた》いた。佐竹の娘が笑顔を向けていた。

「おお、久しぶりじゃのお。きょうは学校は休みじゃのお。清太は家でなにをしちょるんじゃ」

熊吾は理沙子と手をつないで電車道へと行き、送ってくれなくてもいいと神田に言って、商店街を佐竹の家へと歩きだした。

きょうはお母ちゃんが家にいるのだと理沙子は言った。

母親は野田の市場の鮮魚店を辞めたと理沙子の説明で知ると、長屋への路地の手前で立ち止まった。理沙子を家まで送って行くのは遠慮したほうがいいと思ったのだ。

不意の肉欲を催すという言い方をするなら、あの夜、大阪中古車センターの狭い事務所の座敷で亭主との時間を楽しんでいた佐竹の若い女房が事の発端だったという思いは、つねに熊吾のなかでちらついていたのだ。

それは、俺はひょっとしたら博美にではなく佐竹の妻に目がくらんでいたのかもしれないという考えを引き起こさせたので、熊吾は理沙子の手を放し、おじちゃんは仕事をしなければならないと言って、電車道へと戻った。

三時までは急ぎの用はなかった。丹下甲治に天麩羅《てんぷら》をご馳走になった日に入った理髪店で白髪染めをしてもらおうと決めて、熊吾は市電に乗り、西九条で降りた。

理髪店のテレビはどのチャンネルを廻してもケネディ暗殺のニュースばかりだった。

本来は、人工衛星を使った記念すべき初の日米宇宙中継のはずだったが、そのためのセレモニーは大統領暗殺ですべて変更となったということも、熊吾は白髪染めをしてもらいながら知った。

誰が撮影したのか、オープンカーに乗って沿道の人々に笑顔で手を振る大統領夫妻が四、五階建てのビルの横を通り過ぎようとしている映像が繰り返された。

画面は粗かったが、大統領が喉《のど》を押さえて体を傾けたあと、後頭部から霧のようなものがたちこめたのが見えた。頭蓋骨《ずがいこつ》と一緒に散らばった脳漿《のうしょう》に違いなかった。

これが頭を射抜かれた瞬間だと熊吾は思った。満州の前線で何度も目にした光景だった。

だがこれは流れ弾ではない。やみくもに撃ちつづけられた数十発の弾でもなさそうだ。大統領を狙《ねら》ってライフルから発射された弾なのだ。

それも至近距離からではない。時速二十キロくらいにせよ、車に乗って動いている人間の頭を狙ったのだ。この狙撃手の腕は並外れている。

頭髪のすべてに染料を塗りたくられてビニールの袋のようなものをかぶったまま、熊吾は理髪店の鏡に映っているテレビの画像を見つめた。

「朝からこればっかりでっせ。ジョンソンちゅう副大統領が次の大統領に決まったそうです」

と主人は言った。

「銃声は何発聞こえたんじゃ」

「二発とか三発とか……。はっきりせんそうです」

「ケネディは最初に喉を押さえちょるが、あれはなんでじゃ」

「さあ、私に訊かれてもねえ。一緒に乗ってた州知事も死んだそうでっせ」

「その知事はおんなじオープンカーのどこに坐っとったんじゃ。当たった弾はどっちの方向から飛んで来たんじゃ」

「おたくさんは刑事みたいでんなあ。テレビ局に行って訊きなはれ。私にわかるはずおまへんやろ」

「あんたは戦場経験はないのか」

「徴兵はされましたけど、戦地に送られる前に日本は無条件降伏です。玉音放送は四日市で聞きました」

「ケネディの女房はオープンカーのトランクの上で這《は》い回ってなにをやっちょるんじゃ」

主人はうんざりしたように椅子《いす》に坐ると煙草を吸い始めた。

テレビの画面は同じ録画を何度も繰り返すばかりだった。

白髪染めを終えて理髪店から出ると、公衆電話を置いてある煙草屋で煙草を買い、熊吾は大淀区の松坂板金塗装に電話をかけた。

東尾修造に泣きつかれて、会社の取締役社長は松坂熊吾の名義のままになっている。いったんはすぐにも会社の定款《ていかん》を変更して、社長は東尾修造と変えることを約束したのに、東尾は来年の三月末まで、松坂熊吾の名を使わせてくれと頼み込んできた。

中古車や中古車部品を扱う経営者たちのあいだでは松坂熊吾の名はよく知られているし、逢《あ》ったことはなくても戦前の「松坂商会」の勢いと、情が厚くて気風のいい商いは語り草となっている。

その松坂さんの会社ならと板金修理をまかせてくれる業者は多いのだ。自分が経営するようになった松坂板金塗装がもう少し軌道に乗るまでは社長でいてくれ。

東尾に深々と頭を下げて頼まれると、熊吾は、来年の三月末までだぞと折れるしかなかったのだ。

東尾も背水の陣で松坂板金塗装という会社を買った。銀行を辞めたときの退職金だけでは足りなかった分は苦労してかき集めたはずだった。熊吾は、なんとか軌道に乗せてやりたかった。

ハゴロモで仕入れた中古車に傷や凹《へこ》みがあれば、それを修理して展示しなければならない。ハゴロモの中古車を優先してくれる板金塗装屋を確保しておくことは関西中古車業連合会の会長である松坂熊吾にとっても重要なのだ。

世の中は熊吾の読みをはるかにうわまわって動いていた。中古車業界の過当競争は熾《し》烈《れつ》化していたし、板金塗装に限っても、道を歩けば修理工場に当たるといっても過言ではなくなっている。

となると、数で儲けるというやり方が最も危ない。あそこはいい仕事をするという評判を得たところが最終的に生き残るのだ。

熊吾は、それを東尾修造にわからせたかったので、今夜にでも食事をしながら自分の考えを伝えておこうと思った。

電話に出てきた東尾は、

「松坂さんの意見どおりクワバラ工業と距離を取っといて正解でした」

と言った。

俺の意見を聞き入れて距離を取ったのか。お陰で傷が浅くて済んだと感謝しろ。

熊吾はそう思ったが口にはしなかった。

「役所や土建会社のえらいさんを送り迎えする黒塗りの高級車の板金塗装を六台、うちに廻してもろうたんですけど、請求書を送って一ヵ月半たっても入金がありません。さっき、私が直接掛け合いました。そしたら支払いは三ヵ月後と決めてあるというんです。請求書が届いた日から三ヵ月後に半年の約束手形で支払うのがクワバラ工業の内規で定めてあるっちゅうんです。それが社の内規やなんてぬけぬけと言う会社が、大証の一部に上場してるんです」

「三ヵ月後に半年の約手か……。それでよくも取引きをつづける業者があるもんじゃ。ヤクザも顔色なしじゃのお。名古屋を根城にしちょる島田ユーズドカーとも縁を切ったか？」

「あそこは三ヵ月の約手ですが、それは最初からの取り決めでした。そやけど、初仕事の五台分は銀行渡りの小切手で払うてくれて入金は済みました」

「そうか、それはよかったのお。しかし、最初の撒き餌《まえ》じゃっちゅう気がするのお。どーんと三十台くらいを修理に廻してきたら気をつけにゃあいけん」

「そんなことを心配してたら商売はできませんよ。島田ユーズドカーは生野区に大きな中古車センターを旗揚げするそうです。敷地は大阪中古車センターの半分くらいですが、交通の便のええとこです。二十二台の修理を急いでくれと註文がありました。そのうちの十台くらいを千鳥橋に置かせてくれとさっき神田に頼んどきました」

東尾はなぜか声をひそませて言ったあと、わざとらしく笑い、久しぶりに酒を酌《く》み交わしたいのだが、今夜は外せない用事があると熊吾の誘いを断った。

大手銀行の支店長だった人間にしては隙《すき》だらけだな。小切手や約束手形がどれほど信用できないものかは、充分に知っているであろうに。

そう思いながら電話を切り、熊吾は市電で桜橋のサカキ歯科医院に行き、左の下の奥歯を抜いてもらった。抜歯後、しばらく待合室で休んでいたが、これまでとはまったく異なる気分の悪さが長くつづいた。

「なんとなく血の気が引いていくような感じがあるんですがのぉ」

と院長に言うと、血圧を測ってくれた。上が百八十八、下が百二十五ということだった。

血圧の高さと抜歯手術とは因果関係がないと言われ、熊吾は歯科医院を出るとタクシーでシンエー・モータープールの近くのカンベ病院へ行った。救急病院なので祝日でも診てくれるのだ。

久しぶりに逢った院長は、血圧を測ってから、歯を抜くというのは体に大きな負担があるので、抜歯と血圧の上昇とは因果関係がないなどという歯医者にかかるのはやめたほうがいいと言った。

若いときならともかく七十に近い人間には、抜歯はこたえるという。

院長は熊吾の口のなかを見て、口内の消毒をしてくれてから、きょうは歯医者で貰《もら》った痛み止めと消炎剤を飲んで横になっているようにと言った。

熊吾は浄正橋からはまたタクシーに乗り、博美のアパートに帰ると、階段の手すりを摑んでゆっくりとあがった。

博美はもう店に行ってしまって、天井の低い狭苦しいアパートの六畳の部屋には、白粉《おしろい》の匂いが漂っていた。壁際《かべぎわ》には着物用の衣紋《えもん》掛けが置かれていて、博美の替えの着物が掛けてあった。

熊吾は押し入れの蒲団を出して敷き、ネクタイを外して背広とワイシャツを脱ぐと、冬物のシャツと股引《ももひき》のまま、台所で薬を飲んだ。

麻酔が切れて、痛みが脳天に響いていた。

窓ガラスに自分の姿が映っていた。メリヤスの長袖《ながそで》シャツに股引姿という己の姿を見て、熊吾はそのあまりのみすぼらしさに目をそらした。

蒲団に潜り込むと、きょうは十一月二十三日なのだから、もうオーバーコートが必要な季節に入ってしまっていると思った。

あしたの朝、房江に電話をして、マフラーやオーバーコートをハゴロモに届けてくれるようにと頼もう。目を合わさない、口もきかない女房や息子に、なにもこちらから逢いに行くことなどない。房江は伸仁と仲良く生きていけ。亭主を拒否するということは、自分の力で生きていくと決めたのだからな。

熊吾はそう思い、痛み止めが効いてくるのを待った。

やっと薬が効き始めたと感じたころ、隣りの部屋の二歳半の男の子が泣きだした。泣き声は三十分近くつづいた。

十二月に入ってすぐに、熊吾はカンベ病院の院長に紹介された靫《うつぼ》公園の近くの歯科医院で、最初に抜いた奥歯の部分入れ歯を作ってもらった。

部分入れ歯といっても、金具を隙間なく密着させるためにその両側の歯を削らなければならなかった。

二、三日、それで食べてみて、不具合があればまた調整するので、違和感があろうとも慣れるために寝るとき以外は外さないでくれと医師に言われて、入れ歯を装着したまま歯科医院を出ると、熊吾は浄正橋まで歩き、そこから市電で千鳥橋へ向かった。

これで右側の歯で嚙めるようになるであろうが、左側の奥歯は二本抜けたままだ。その入れ歯が出来るのは年明けになる。

若いころから虫歯一本なかったのに、わずか四ヵ月ほどで入れ歯のじいさんになってしまった。歳は少しずつ取るのではなく、ある時期にいっときに取るのだなと熊吾は思い、アパートを出がけに博美が言った言葉を思い浮かべた。

「お父ちゃん、なんの遠慮もいらんねんから、ずっとここで暮らしたらええねん」

じゃあそうさせてもらおうかと笑いながら出て来たのだが、熊吾は博美のアパートで暮らすことが長くなればなるほど妻や息子とのつながりが切れる気がして、このあたりで決着をつけなければなるまいと妙な焦《あせ》りを感じてもいた。

決めていた借家への引っ越しも房江は白紙に戻したようだ。房江にしてみれば、博美のアパートから近い借家に引っ越すわけにはいかない。歩いて五、六分なのだからな。西九条の駅の近くに二階建ての風呂《ふろ》と水洗便所を備えた新築の借家がある。そこに引っ越すことで、房江には怒りをおさめてもらって、もとの親子三人に戻ろうではないか。まあ、女房に一回くらいは土下座をして謝ってもいい。伸仁はこれからが大事な年頃だ。男の子にせよ女の子にせよ、まっすぐ育っていくか曲がっていくかは、十五、六歳から二十歳くらいまでに決まるのだから。

熊吾は市電のなかでそう考えて、西九条の停留所で降りようかどうしようかと迷ったが、腕時計を見ると十時五十分だったので、借家探しは午後にしようと決めてそのまま千鳥橋に向かった。

黒木博光と十一時に大阪中古車センターで待ち合わせをしていた。

中古車置き場としては大阪中古車センターはその広い敷地を充分に活用できていたが、中古車を求めてやって来る客数はオープンの日以来まったく増えていなかった。

千鳥橋の停留所から大阪中古車センターへの、冬に入っても悪臭の漂う道を歩いていくたびに、熊吾は、どうすればもっと多くの客をこの千鳥橋の北側へと呼び寄せることが出来るかを考えるのだが、思いついた案を実行してみてもどれも空振りで、最近ではもうあきらめの心境と言っていい投げやりな気分で橋を渡るのだ。

松坂板金塗装と書かれたライトバンが事務所の前に停まっていて、黒木はハゴロモの中古車七台のボンネットをあけて、一台一台点検していた。

「ええのんばっかりが揃ってますなあ。佐田もだいぶ中古車のことがわかってきよりましたな」

黒木は熊吾を見るなりそう言った。

「やっと仕入れが出来るようになってくれたが、あいつが買うてくる中古車は値が張るんじゃ。どれももう一万円ほど安う仕入れてくれたら、ハゴロモはちゃんと儲けが出るんじゃが、安かろう悪かろうではしょうがないけんのぉ」

熊吾は初めてはめた部分入れ歯を舌先で撫《な》でながら、黒木と一緒に事務所に入った。佐竹善国が見つけてきた中古の石油ストーブのお陰で事務所のなかは暑いくらいだった。

「手前勝手な虫のええご相談がありまして」

と椅子に坐るなり黒木は言った。

「便所掃除をしてきます」

佐竹は言って事務所から出て行った。

気をきかせたのだなと熊吾は思い、

「家に帰って、ちょっとでも寝たほうがええぞ」

と佐竹に言った。

徹夜で守衛を勤めている佐竹は、いつもなら家で寝ている時間だったが、入り口の門に近い塀の一部に穴があいているのに気づき、さっきまでその修理をしていたのだ。佐竹はかすかに笑みを浮かべ、徹夜は慣れていると言ってから、急ぎ足で家へと帰って行った。

「きのう、突然に新しい部署の部長というのが就任しまして」

と黒木は切り出した。

「新しい部署？」

「修理部の部長です」

「修理っちゅうのは板金塗装のか？」

「いえ、車の修理です。車体の凹みや傷を直す板金塗装やのうて、故障した車を直す修理です」

「その男は修理もできるのか？」

「いえ、シンエー・タクシーの管理部長をやってた男で、須垣《すがき》春夫っちゅう四十八、九の……。ご存知でっか？」

「いや、知らんのお。シンエー・タクシーは他の会社に売ってしもうたんじゃが、柳田社長は昔から勤めちょった内勤の社員の身の振り方に頭を悩ませちょるそうじゃ。ゴルフ場経営に専念したいが、シンエー・タクシーの後始末は、婿《むこ》養子にはまだ荷が重いけん、自分が出て行くしかないんじゃろう。ああ見えて面倒見がええ人なんじゃ」

「東尾さんは、自分の描いた青写真を具体化することばっかり考えて、現状っちゅうのに目を向けません。ただただ突っ走るばっかりです。いまの松坂板金塗装に車の機械の修理は無理です。修理工を四、五人、どこかから引き抜いてくる算段はあとまわしですねん」

「虫のええ相談ちゅうのはなんじゃ」

「私をハゴロモに戻らせて下さい」

「その相談には乗れんのお。黒木博光はハゴロモにとっては大事な社員じゃったが、いまは雇う余裕がないし、お前が戻って来たら、せっかく仕事を覚えかけちょる佐田の士気が下がる。お前がこの大阪中古車センターの閑古鳥を追い払うてくれるなら、そのための職員として関西中古車業連合会で雇うてもええが、連合会の承認が必要じゃ。しかし、いまは連合会のメンバーは首を縦には振らんじゃろう。連中は、この千鳥橋の大阪中古車センターを自分らの売り物の置き場として使うだけで価値があると考え方を変えよった。ほとんどは中古部品屋じゃけん、ここを車の解体場に使い始めたんじゃ」

熊吾はあえて冷たく言った。

また逃げ出すのか。玉木則之の一件でやる気が失《う》せてしまって、天職だと公言したハゴロモでの仕事を捨てて松坂板金塗装に行って、まだ半年もたたないのに。

その精神力の持続の無さが黒木博光という人間の一凶なのだ。

そう思ったが、熊吾は口にはせず、

「東尾修造の松坂板金塗装はあと一年でつぶれるのお。あいつはほんまに大手都銀の支店長じゃったのか？　商売っちゅうものをあまりに知らんすぎる。ただの馬鹿やないのかとしか思えん」

と言った。

「書類のうえでは松坂板金塗装の社長は松坂熊吾でっせ」

「来年の三月末まではのお。東尾と話をして、そう決めた。あと四ヵ月じゃ。たいした額やあらせんが、わしは松坂板金塗装の社長としての給料を月々貰うちょる」

「東尾さんは、女房の親父《おやじ》さんから資金を借りたんです。その義理のお父さんは、東尾さんが銀行を辞めるとき怒って大反対をしたそうで」

「わしがその義理のお父さんでも、怒って大反対したじゃろうのお」

「そしたら、大将は社長として東尾さんに進言できるんやおまへんか？　修理部門なんかは板金塗装業がちゃんと軌道に乗ってからにせえと」

「言うだけは言うてみる。しかし、あいつはあきれるほどに頑固じゃ。人の意見に耳を貸さん。自分をよほど切れ者で頭がええと思うちょるからじゃ。『木は傾くほうに倒れる』っちゅう言葉があるが、この言葉は深いぞ」

黒木が下を向いて顔をあげないので、熊吾は、いっそ元のエアー・ブローカーに戻ってしまったほうが気楽なのではないかと思った。

この大阪中古車センターの事務所を使って、一匹 狼《おおかみ》のエアー・ブローカーを営みながら、ハゴロモの商売も手伝わせる。その報酬は出来高払いだ。

「新しい松坂板金塗装にはどのくらい資金を出したんじゃ」

熊吾の問いに、黒木博光は、二十万円ほどだと答えた。

「修理部門を新設するなら自分は手を引くからその二十万円を返してくれと言うたら、東尾はすぐにそうしてくれるか？」

黒木はうなだれたまま首を横に振った。

「返してはくれまへんやろ。共同経営者として出した二十万円ですから、こっちの都合で縁を切るのに、はいそうですかと返せるもんではないことは、私もよう承知してます」

「いっぺんに返してもらわんでも、一年に五万円ずつなら承諾するかもしれんぞ。一年に五万円ずつを二回じゃ」

「あとの十万円はあきらめろっちゅうことでっか？」

「共同経営者として出したんじゃ。さっさと見切りをつけて縁を切るなら、そのくらいの損はよしとせえ。それで、ここでエアー・ブローカーをやりながらハゴロモの売り物も仕入れてこい。その中古車が売れたら儲けの三十パーセントを払《はろ》うてやる」

　そう言って、熊吾は自分の考えを黒木に話した。

　黒木の頰に赤味がさした。

「お前のこの事務所の使用料は月に一万円じゃ。電話代はちゃんと払えよ。それから、仲間は作るな。そいつらがここを使うようになるけんのお。お前以外のエアー・ブローカーがここに出入りするようになったら、この話は御破算じゃ」

　黒木は無言で考えにひたっていた。松坂板金塗装という会社に後半生を賭《か》けたのだから、再びエアー・ブローカーに戻ることには抵抗があるのであろうと熊吾は思った。

　しかし、東尾修造という人間とこの黒木博光とは根本的に合わないのだ。商売への考え方もやり方もあまりに違いすぎる。それがわかったから、虫のいい相談事だとわかっていて頼ってきたのだ。

　黒木は、あの女事務員と東尾の腐れ縁にも気づいたことであろうし、新しい部門の部長が相談もなく就任したことで、そう遠くない時期に東尾に切られることも悟ったに違いない。

　所詮《しょせん》、エアー・ブローカーの器だったとあきらめて、俺の言うとおりにしろ。

　そう考えながら、熊吾は煙草を吸った。

　背の高い猫背の男が門の前に立って事務所のほうを見ていた。

　熊吾はその骨ばった体つきに見覚えがあった。

「呉明華《ゴメイカ》じゃありゃせんのか？」

熊吾はそうつぶやいて事務所から出た。船津橋の平華楼でコックとして働いてくれた中国人に間違いないとわかって、熊吾は冷たい風が強くなってきた中古車センターのなかを門へと歩いた。

「松坂の大将」

と呉明華は変わらぬ不愛想な表情で言った。

「おお、久しぶりじゃのお。何年振りかのお。元気そうでなによりじゃ。わざわざ訪ねて来てくれたのか？　芳梅《ホウバイ》も元気か？　芳梅は伸仁とおない年じゃったけん高校二年生じゃのお」

呉は大きな紙袋を持ったまま熊吾と並んで歩きながら、福島西通りのシンエー・モータープールに行ったら、奥さんがここにいると教えてくれて、千鳥橋まで市電に一緒に乗って来てくれたと、いっこうに上手になっていない日本語で言った。

黒木は事務所から出て一礼するとライトバンを運転して帰って行った。

「なんにもないんじゃ。お茶を出せるだけでなぁ」

近くで見ると驚くほど白髪が増えた呉明華は、紙袋を机に載せて、これはけさ自分が作った小籠包《シヨウロンポウ》だ、今夜中に蒸して食べてくれと言った。

「おお、呉明華の小籠包は天下一品じゃけんのお」

「奥さんに渡そうとしたら、主人に直接渡してやってくれと言うね。そのほうが喜ぶからって。でも、私、小籠包を三十個作ったよ。ひとつの袋に入らないからふたつの袋に入れて持って来たね。だから、ひとつは奥さんに持って帰ってもらったよ」

呉はそう言って、椅子に坐って煙草に火をつけ、もっと早くに大将に逢いに来るつもりだったが、勤めている神戸の南京町《なんきん》の店が忙しくて、休みの日はなにもする気がなくなるし、二年前に病気にかかって手術をしてからはずっと体調が悪かったのだと説明した。

「手術……。どこを切ったんじゃ」

「胆石だったよ。石が五十個も出て来たよ。私の歳とおんなじでびっくりしたね」

胆嚢《たんのう》の一部も壊死《えし》していて、医者は家族に覚悟をしておいてくれと言ったという。

「治ってよかったのお。呉さんも芳梅がおとなになるまでは死ねんぞ」

熊吾は、小籠包をストーブの火で暑すぎる事務所から外へ出し、見えるところに置いた。

「大将は海老原《えびはら》太一という人を知っていますか」

と呉は訊いた。

そうだ、俺も呉に訊いてみたいことがあったのだ。あの最上級のピータンがぎっしりと埋められた甕《かめ》のことだ。

そう思い、熊吾は茶を淹《い》れながら、

「海老原のことはよう知っちょる。昔、わしの会社で働いちょったんじゃ。郷里がおんなじでのお」

「自殺したよ」

「それも知っちょる。新聞で見たんじゃ」

「私は海老原さんから松坂熊吾さんに渡してくれと頼まれたものを預かったよ」

「ピータンか？　やっぱり呉さんが富山に送ったのか」

「あれも海老原さんに送ってくれと頼まれたね。でも、私が預かってるのは日本刀よ。でも、そんなものを持って電車に乗れないし、町を歩けないから、家に置いて来たよ。海老原さんが自殺する五日ほど前に店に来て、私に預けていったよ。松坂さんにお返しすると伝えてくれって言ってね。私は断ったよ。でも、海老原さんは店の大事な客で、よくたくさんのお客さんを招いて宴会を開いてくれたし、店の主人が預かってあげろというから、店の私のロッカーにしまっといたよ。そしたら、その五日後に海老原さんは自殺したね。細長い桐《きり》箱の中身が日本刀だとは長いこと知らなかったね。胆石の手術をして退院してから、桐箱をあけてびっくりしたよ」

あの関孫六兼元《せきのまごろくかねもと》だなと熊吾は思ったが、なぜ海老原太一がこの松坂熊吾に返そうとしたのか、その本意がわからなかった。

あれは俺が海老原に買ってもらったのだ。いや、買ってもらうという形式のうえで、海老原が井草正之助から盗み取った大金を返してもらったということになる。だが、海老原にすれば、松坂熊吾から盗んだも同然だと考えたのかもしれない。確かにそのとおりなのだ。

自殺を覚悟した海老原にとっては、財産も地位も社会的立場も、もうなんの役にも立たない。世話になった人への恩義に報いたいという思いに襲われて、あの名刀を返そうと考えたのかもしれない。ある時期、あいつは俺を親と慕った……。

熊吾はそう思い、我知らず深い溜息《ためいき》をついた。観音寺のケンが郵便で送り返してきた太一の名刺を焼いたときの炎の色が心に甦《よみがえ》った。その際に、実際に太一が甘えるように語りかけているかに思えた言葉も甦った。

「熊おじさん、お願いですけん、これは世の中には出さんでやんなはれ」

それは太一が言った言葉ではなかったが、熊吾の心には、あのときはっきりとそう聞こえたのだ。

「厄介なものを長いこと預かってくれとったんじゃのお。わしが呉さんの店まで受け取りに行くけん、もう二、三日預かっちょいてくれ」

そう言って、熊吾は呉明華に何度も礼を述べた。

「いまは私の家にあるね。あんなものを店に置いとけないよ。取りに来るときは大きな風呂敷が必要よ」

そう言いながら、呉は自分の名刺の裏に地図を描いた。南京町から海側に歩いて五分ほどのところだった。

河内モーターの若い社員が三人やって来て、大型トラックの解体作業を始めた。

熊吾は梅田の百貨店で買い物をして神戸に帰るという呉明華を市電の停留所まで送り、いったん中古車センターへ戻ったが、関孫六兼元の名刀も長く手入れをしていないとさびて「赤鰯《あかいわし》」になってしまっているだろうと思い、河内モーターの社員に、解体作業は何時くらいまでかかりそうかと訊いた。

「夜の七時くらいに終われたら上等やと思うんです」

という言葉に、それならば佐竹がやって来るまで事務所は留守になるがよろしく頼むと言って、熊吾は呉明華の家へ向かった。

呉はいなくても妻がいる。電話で用向きを伝えれば関孫六兼元を渡してくれるだろうと思ったのだ。

思いがけず自分のもとに戻って来た孫六兼元を桐箱から出さないまま博美のアパートの押し入れにしまっていたが、十二月の三十日に、熊吾はそれを持って京都の守屋忠《ちゅう》臣《しん》の家を訪ねた。

所持していても仕方がない。それに所持するためには刀剣所持の許可証を警察で発行してもらわなくてはならない。縁があるようでないようなこの名刀は、錆《さび》だらけで押し入れに突っ込んでおく代物《しろもの》ではない。

京都の螺鈿《らでん》工芸師なら日本刀の研ぎ師だけでなく、刀剣の売買を商いとしている人間も紹介してくれるのではないかと考えたのだ。

螺鈿と刀剣とはつながりはないが、京都は職人の街だし、守屋忠臣はさまざまな分野の職人とつきあいが多いことを熊吾は知っていた。

見る人が見れば、風呂敷で包んであっても日本刀が入っているとわかる長い長方形の箱を持って電車に乗るわけにはいかず、熊吾は昼過ぎにハゴロモの売り物のダットサンを運転して北野天満宮の近くの守屋忠臣の家に行った。

電話で知らせておいたので、守屋は年末の大掃除を終えた仕事場に熊吾を案内してくれた。

「こんな年の瀬に申し訳ありませんなぁ」

「いやいや、私が孫六兼元を見たかったんです。二代目ですやろ？」

「そうです。二代目孫六兼元です。私に売りに来た人がそう言うちょりました。何回も鞘《さや》から抜いて眺めて三尺以上の長刀と思い込んじょりましたが、桐箱の裏には二尺三寸六分と書いてありました。細い筆文字で、にじんじょったから読めんかったんです。それも、出がけにやっと気づいたんですから、いかに私がこの名刀を粗末に扱ってきたかっちゅうことですなぁ」

「見せてもろうてよろしいやろか」

「どうぞ」

守屋は桐箱をあけて孫六兼元を両手で押し戴《いただ》くように持ち、ゆっくりと白鞘から抜いた。

「ほお」

とだけ言い、守屋はさまざまな角度から刀身に眺め入った。刀はまったく錆びていなかった。

熊吾は驚いて、

「赤鰯になっちょるもんとばっかり思うちょりました。ちょっとやそっとでは抜けんような錆が噴いちょるかもしれんと思い込んじょったんです」

と言った。

「三本杉の刃文。柄《つか》に近い部分の反りの深さ。二代目孫六兼元ですな。鞘から抜くと三尺以上の長さに思えます。そやけど実戦向きの二尺三寸六分。こんな凄《すご》いものにお目にかかれるとは」

トクちゃんが薄茶を運んで来て、茶菓子の皿を熊吾の前に置きながら挨拶をした。

熊吾は水沼徳の面貌《めんぼう》のあまりの変わりように感心して、

「しっかりとしたええ顔になりなはった。いまのトクちゃんは伸仁よりも五歳は年上に見えるのお」

と笑顔で言った。

はにかんだような笑みを浮かべてトクちゃんは母屋《おもや》のほうへと消えた。

「どうですか、トクちゃんはものになりそうですか」

熊吾の問いに、

「辛抱することができつづけたら、ものになるかもしれません。というよりも、ものになるまで辛抱できるかどうかです」

と守屋は答えた。

俺は、素質はあるかどうかを訊《き》いたのだ。そんな禅問答のような返事が欲しかったのではない。

熊吾はそう思ったが、守屋忠臣にはそのくらいのことはわかっているのだから、なにか含みをもたせたのかもしれない。

熊吾はそう考えて、守屋が鞘に納めた関孫六兼元をもう一度抜き、三本杉の刃文に見入りながら、戦前にまったく見ず知らずの人物から買ったときのことを話して聞かせた。

「おもしろい出会いですなぁ。中京区の室町に十二代つづく刀剣商がおります。これだけの孫六兼元について知らんはずはおまへん。ただ、物の由緒《ゆいしょ》を明かしても、過去の持ち主に関してはいっさい他言せんというのが美術品を扱う人の約束事でして」

「私は、もとの持ち主がどんな人じゃったのかは知ろうとも思いません。その刀剣商はこれを買うてくれますかな」

「買わんはずがおまへん。いま電話をかけてみます。相手の都合さえよければ、すぐにも持って行きましょう。私も同行させていただきます」

そう言って、いったん立ちあがったが、守屋忠臣は坐《すわ》り直すと、水沼徳には蒔絵《まきえ》の道へと進ませたほうがいいと考えていて、本人にもそう話してあると言った。

「蒔絵も漆工芸技法の代表的なものですが、螺鈿細工よりも需要が多いんです。トクには蒔絵のほうが向いてるという気がします。あの子の資質も蒔絵に向いてますし、螺鈿細工よりも飯が食えるようになるのが早いんです。あの子の家はあまりにも貧しすぎます。十年、給料なしの修業をさせるのは親御さんに申し訳ないと思いまして」

「トクちゃんはどう言うちょりますか」

「先生の仰《おっしゃ》るとおりにしますと言うとります。先週、油小路の蒔絵師にトクを頼むと伝えて引き受けてもらいました」

熊吾は正座して深く頭を下げ、守屋に礼を言った。

熊吾が守屋と車に乗ると、トクちゃんが慌《あわ》てて送りに出て来た。熊吾は五千円札を一枚渡し、

「ぽち袋がないんで剝《む》きだしじゃが、これはお年玉じゃ。元日はあさってじゃが先に渡しとくぞ」

熊吾はそう言ってエンジンをかけた。トクちゃんは、

「キクちゃんのこと、ノブちゃんから聞きました。電話で教えてくれたんです。一緒に乗ってた女の子も死んだそうですけど、それが誰かは教えてくれへんのです。ぼくもトクちゃんも知らん子やって。『お多福』の珠子やないんですか？」

と訊いた。

「伸仁は、知らん子じゃと言うたのか？」

熊吾は、少年同士での気遣いがあるのであろうと解釈したが、ひとりの人間の死に関わることなのだから、トクちゃんも知っておいたほうがいいと思い、

「ああ、そうじゃ。『お多福』で働いちょった島根出身の女の子じゃ」

と言って、北野天満宮の横から中京区室町へと向かった。

京都の商家は大晦日《おおみそか》の夜まで仕事だという店が多いので、市内の道は混んでいた。熊吾は、今夜から正月の三が日は、妻と息子の住むシンエー・モータープールの二階ですごそうと思った。

その五日間で房江が機嫌を直さなければ、俺はもうシンエー・モータープールには足を向けんぞとも思った。

室町の幣原悦男《しではらえつお》という刀剣商は八十三歳だった。肘《ひじ》の抜けたセーターを着て、補聴器をつけて、跡取りらしい六十前の男と孫六兼元を鑑定してから、

「こんなものが出てくるんですなぁ。しばらくお預かりしましょう」

と言った。研ぎに出すが、それが済んでこの家に戻って来るのは一月十日くらいであろうという。

「値段で、松坂さんのご要望はおますか？」

「いや、私にはありません。正当な値段ならそれで結構です」

刀剣の価格などまったくわからなかったが、熊吾はとにかくいっときも早く、奇妙な巡りあわせを存在そのものに宿らせているかのような名刀と縁を切ってしまいたかった。

この刀には、なにかしら物悲しい出来事がつきまとうと思えてならなかったのだ。

跡取りらしき男が、老人になにか目配せをして別室に移った。老人も別室に行ったが、すぐに戻って来て、

「お手数をおかけしますが、正月はこの家は空き家になるので、四日までは松坂さんのおうちに置いといて下さい。あしたから旅に出ることを忘れてました。旅というても正月を熱海《あたみ》温泉ですごすだけですが」

と言った。

それでは六日にお届けにあがると言って、熊吾は守屋を家に送ってから国道百七十一号線を使って大阪に戻った。

千鳥橋の中古車センターに帰って来たときには夜の七時になっていた。

中古車ディーラーたちに年末の挨拶《あいさつ》電話をかけて、さあ、ことしの俺の仕事は終わったと思い、熊吾は自分で自分の肩を揉《も》み、煙草《たばこ》を吸った。

「奥さんはいつまで仕事じゃ？　中央市場は年末は忙しいけん、三十一日も仕事か？」

そう話しかけると、中央市場での仕事を終えると安治川《あじがわ》沿いの冷凍倉庫でアルバイトをしていると佐竹は言った。

「なんで野田の魚屋を辞めたんじゃ」

「いやなことがあったようで……」

佐竹は詳しくは喋《しゃべ》りたくなさそうだった。

「冷凍倉庫かぁ。寒そうじゃなぁ」

と冗談混じりに熊吾は言った。

「はい、ほんまに体が冷えて勤まりそうにないので、いま仕事を探してます。きょう、丹下さんが紹介してくれはった魚屋に面接に行きました。女房は魚のことしか知らんのです。十二のときから魚屋で働いてきましたから」

電話が鳴ったので熊吾が出ると博美からだった。博美が中古車センターに電話をかけてくるのは初めてで、熊吾はいやな予感がしたが、用件は案じるようなことではなく、おせちには鯛《たい》の尾頭付きがいいか、歯の具合はどうかと訊くためだけだった。

「きょうからは家におる。入れ歯の具合は可もなく不可もなしちゅうとこじゃ」

すると博美は、ひどく気落ちした口調で、

「一緒の正月を楽しみにしてたのに」

と言った。

俺は世間からは妾《めかけ》だの愛人だのと称される女のこれが嫌いなのだ。男が年末年始を自分の家族とすごすのは当然ではないか。俺は女房と離縁したわけではないのだ。お前と夫婦になったのではない。そんなことで機嫌を悪くしないでくれ。

そう口にしそうになったが、横に佐竹がいるので、熊吾はなにも言わず電話を切った。

その夜、八時ごろに熊吾は千日前の「銀二郎」で漆の丸い器に握り寿司《ずし》を五種入れてもらってシンエー・モータープールに帰った。

寿司を買って帰るから晩飯は食べずに待っているようにと電話で房江に伝えておいたので、つまりそれはきょうからもとの生活に戻ると宣言したのと同じだと熊吾は思った。

房江が相変わらず無視しようとも、伸仁が目を合わせなくても、俺は腹を立てず「針の筵《むしろ》」に坐っていよう。ここで癇癪《かんしゃく》を起こしたら、俺と家族とのつながりは修復不能になる。

突如、さかりのついたオス犬になってしまって博美のアパートに行ったのは、まったく降って湧《わ》いたような魔に惑わされたとしか思えない。秋に桜が散り、冬にたんぽぽの種が舞うほどの狂い咲きだ。

しかし、それも終わった。博美の体に疲れ果てたし、飽きてしまった。なにもかも吸い取られて、もうへとへとだ。俺は博美から逃げ出したい。

もうあと二ヵ月ほどで六十七歳になる歯抜けで糖尿病の男が休めるところは自分の家族のもとだけだ。

おれはもう二度と博美には逢わない。

熊吾は寿司を食べたら、伸仁のいないところで房江に謝罪するつもりだった。

しかし、三貫ずつ握ってもらった中とろ、鯵《あじ》、茹《ゆ》で海老《えび》、はまち、穴子を食べ終わって、別に巻いてもらったかっぱ巻きも食べ、房江が作った赤だし味噌汁《みそしる》を飲んでテレビをつけると、ほとんどの局はことしを回顧する番組を放送していて、そのどれもがケネディ暗殺の特集だった。

熊吾は、下の事務所へ行こうと目配せをしたが、房江は知らんふりをしていた。房江は酒を飲んでいなかったし、表情に険もなく、いつもどおり洗い物を片づけ始めたが、物腰や表情のどこかに、夫にではなく客に対しているような他人行儀なものがあった。

まあ、ここが辛抱のしどころだなと熊吾は思い、ケネディ暗殺の特集番組に伸仁と一緒に見入りつづけた。

事件の当日に観《み》た狙撃《そげき》の瞬間の映像はなぜかまったく映らず、大統領のパレードが通過したコースと、犯人のオズワルドという青年が待ち構えていたビルの見取り図と、その青年がジャック・ルビーという男に腹を撃たれる瞬間の映像ばかりが何度も繰り返され、何人かの解説者が、見たわけでもないのにしたり顔で単独犯だのソ連の諜報《ちようほう》員の関わりだのと喋っていた。

「単独犯か。この男がひとりでビルの窓から大統領を見事に仕留めたっちゅうのか。大統領の乗ったオープンカーが通るコースにも、周辺の建物にも、蟻《あり》の子一匹見逃さんほどの警護官がおるんじゃ。道路に面したこのビルの部屋だけ警護官はおらんかったちゅうのか。そんな嘘《うそ》を信じるやつらがおるっちゅうことがわしには不思議じゃ。オリンピックの射撃競技で金メダルを取るほどの狙撃手でも、これほど見事に仕留められんぞ」

「そやけど、オズワルドは殺されてしもたから、このまま犯人にされてしまうわ」

伸仁が俺と会話をするのは何十日ぶりだろうと思い、

「大物政治家の暗殺事件は古今東西おんなじじゃ。真実は永遠に闇《やみ》の中じゃ」

と言って、さらに言葉をつづけかけたとき、房江が階下へ降りて行ったので、熊吾は煙草に火をつけて、それとなくあとを追った。

ちらかっている事務所を片づけている房江は、箒《ほうき》を使いながら、

「コートは？」

と訊いた。

「二階じゃ」

「きょうは寒いから、着て帰らな風邪をひくわ。私が取ってきてあげるから、ここで待って」

その言葉で、熊吾は力まかせに房江の頬を平手で殴った。

「わしはもうほんまに戻ってこんぞ。それでええんじゃな」

掌《てのひら》の形に赤くなっている頬を押さえようともせず、房江は蔑《さげす》むようにかすかな笑みを返し、

「私は、戻って来てくれって頼んだ？」

と言った。

熊吾は二階にあがり、コートを持ち、伸仁に五千円札を一枚渡して、

「元日はあさってじゃがお年玉じゃ」

と言ってから、さらに一万円札を三枚、卓袱台《ちゃぶだい》に置いた。

「これで年を越せとお母ちゃんに伝えとけ。わしはこの家に戻るつもりじゃったが、お前のお母ちゃんは出て行ってもらいたいらしい。わしはいま事務所でお前のお母ちゃん

を殴ったが、どうする？　わしを投げ飛ばすか？　わしも容赦せんぞ」

伸仁はテレビの前から立ち上がり、熊吾の前に来た。熊吾はくわえていた煙草を床に投げ捨て、近くにあった擂《す》り粉木《こぎ》を持った。

「お母ちゃんはお父ちゃんに戻って来てほしいに決まってるやろ？　お母ちゃんがちょっとくらい意地を張ったかて、そのくらいのことは大目に見てやられへんのん？　悪いのはお父ちゃんやろ？　十回くらい謝ったらええがな」

「てんごのかわ言いまんな！」

熊吾はそう怒鳴りながら伸仁の肩に擂り粉木を振り下ろし、柳田商会の寮の前から裏門への階段を降りて、夜道をカンベ病院のほうへと歩いた。

そのまま浄正橋の交差点まで行き、そこでしばらく立っていた。房江が追って来てはくれないものかと思ったのだ。

玄関の上にしめ縄を飾っている家もあった。小さいが戦前からある材木屋には門松も置いてあった。冷たい風がときおり音をたてて吹いた。

てんごのかわ言いまんな、か。こしゃくなことを言うな、生意気なことを言うなという郷里の言葉だが、自分の口から出たのは何年ぶりだろうと思い、熊吾は国道二号線沿いの道を東へと歩きだした。

出入橋、桜橋と歩いて行き、梅田新道の交差点で立ち止まったとき、熊吾はマフラーを置き忘れてきたことに気づいた。

俺がいないときを見計らって、房江は千鳥橋の中古車センターに持って来るだろうし、漆塗りの寿司桶《おけ》も年が明けたら「銀二郎」に返しに行くだろう。

しかし困ったな。俺には行くところがなくなった。この大晦日の前夜に、俺はどこで寝るのだ。博美のアパートしかないではないか。博美はああ見えて察しがいい。電話で、俺が家族のもとに帰ろうとしていることを知ったはずだ。正月だけ帰るのではないということをだ。

博美ひとりならなんとか生きていけるめどが立った。沼津というばあさんは、博美がいなければどうにもならないと悟ったらしく、十二月の半ばに、店を買ってくれと切り出したという。しかし、博美には買う気はない。あの土地はいつでも金に替わるものではないという俺の意見に納得したのだ。

それに、いまは買う金もない。

店の純益は、どんなに頑張っても月に四万円程度。そのうちの六割が博美、四割が沼津のばあさんの取り分だ。

六割といえば約二万四千円で、大卒の銀行員の初任給より少し多いくらいだが、いちにち中ミシンの前に腰掛けて仕立て直しの賃仕事をしていたときよりもはるかに多い。ダンサーを辞めて以来の苦労で貧乏暮らしのこつも覚えたのだから、ひとりで生きていけ。

熊吾は立っているとまたタクシーが停まりかねないので、交差点を大阪駅のほうへと渡りながらそう考えた。

他に行くところもなく、足は自然に阪神裏の「ラッキー」へ向かった。ことしの営業は終えたかもしれないが、久しぶりに磯辺《いそべ》富雄《とみお》と逢《あ》ってみたくなったのだ。

人通りもなく、小さな裸電球の明かりも遠くにある暗がりで「蠟燭《ろうそく》の女」が声をかけてきた。

「見て行ってぇな」

いつもの場所ではないなと思い、

「年末年始も仕事か？」

と熊吾は訊いた。

裸電球の仄《ほの》明かりが、美しいと評判の女の美貌を陰らせていた。

「もうちょっと稼がな晩御飯にありつかれへんねん」

「飯くらいは奢《おご》ってやってもええがのお、近くでヒモが見張っちょるけんのお」

そう言って、熊吾は女に千円札を二枚渡した。

怪訝《けげん》そうに受け取った女に、

「わしの息子が太い蠟燭を持って見に来たら、気が済むまで見せてやってくれ。それは前金じゃ」

　と熊吾は言った。

「おっちゃんの息子、歳《とし》は幾つなん」

「来年十七になる」

「どんな太さの蠟燭やのん？　火傷《やけど》させられるのはいややで」

「さあ、どんな太さの蠟燭を選びよるかのお。まあそのときはよろしゅう頼む」

「私のあそこを見せるだけでええのん？」

「当たり前じゃ。それ以上はいけんぞ」

　そう言って、熊吾は人ひとりがやっと通れる路地を抜けて「ラッキー」の前に行った。看板にも店にも明かりがついていて、ビリヤードの玉がぶつかり合う音が聞こえた。

　入り口の料金を精算する机の横で映画雑誌を読んでいた磯辺は、

「大将、久しぶりでんなあ」

　と言って椅子《いす》から立ち上がった。

「わしのほうこそ無沙汰《ぶさた》をしたのお。奥さんも娘さんも元気か？」

「どっちも元気でやっとります。大将に言われたとおりに娘には勉強をさせてまっせ」

「そうか、康代はいまもここで働いちょるのか？」

　熊吾は康代のいない「ラッキー」の店内を見ながら訊いた。

「きょう、いなかへ帰りよりました。正月休みでね」

「ビリヤードの世界ではいまをときめく上野《うえの》栄吉《えいきち》大先生も元気か？」

「きのう、さる大金持ちに招かれて熱海での個人レッスンに行きました。その金持ちの別荘でして、台を三台並べたビリヤード室があるそうで。昼頃の列車に乗ると言うてましたから、もうそろそろここへ帰って来ますやろ。大阪に着いてから、どっかで一杯やってるんかもしれまへんなあ」

「上野は酒は飲めんはずじゃが」

「コーヒーでんがな」

熊吾は壁際《かべぎわ》の長椅子に坐って、初めてビリヤードなるものを経験しているらしい会社員たちの、台のラシャを破りかねないキューの動きを見ていた。

手加減したつもりだったが、伸仁の肩を打ち据えた擂り粉木は鎖骨に強く当たった感触があったと熊吾は思った。

シンエー・モータープールの講堂の天井裏にあった鳩《はと》の糞《ふん》の巨大な塊が落ちて、伸仁の左の鎖骨を曲げたことがあったが、そこと同じ個所に俺は擂り粉木を振りおろしてしまった。

俺は傍若無人なひどい夫、ひどい父になってしまって、もう帰れない。

熊吾はそう思った。

伸仁の言うとおりだ。俺は房江に十回どころか百回でも二百回でも謝ればいいのだ。そのつもりでシンエー・モータープールに帰ったのに、房江の底意地の悪さにかっとなって自分を抑えられなかった。もうじき六十七歳になる男とは思えない幼さ未熟さだ。もう一度帰って、謝ろうか。

熊吾は本気でそう考えて、煙草を一本吸うと立ちあがりかけた。

そのとき上野栄吉が入って来た。

上等の、いささか派手すぎる背広に孔雀《くじゃく》の柄のネクタイを締めていた。

「大将、何年振りですやろ」

と上野は言って、熊吾の隣りに坐った。磯辺が熱い茶を淹れて持って来てくれた。あの人が伝説の玉突き師だという顔つきで、客たちは上野を見ていた。

熊吾は腕時計を見た。十一時半だったので、謝りに帰って、寝ている房江を起こすはめになったら、反省の色なしとみなされるではないかと思った。

いや、あいつはまだ寝ていない。事務所で伸仁に知られないようにして酒を飲んでいるだろう。酔った房江を見たくはないし、話をしても無駄だろうが、謝りに戻って来たということだけは心に残るだろう。伸仁も蒲団《ふとん》のなかでラジオを聴いている時間だ。ディスクジョッキーとかいう若者に人気の番組だ。

熊吾はもういちど腕時計を見て立ちあがったが、上野栄吉は熊吾との再会が嬉《うれ》しいらしく、ちょっと待っていてくれと言って、初心者たちにキューの握り方や構え方などを教え始めた。

仕方なく、熊吾は長椅子に坐り直して茶を飲んだ。

「肘と肩が支点やから、そこが横にぶれたら五センチ先の狙《ねら》いどころにも当たれへんでぇ」

そう教えて熊吾の傍に戻って来て、

「大将、いやに気になってることがありまして、大将と逢《お》うたら訊いてみようと思てたことがあるんです」

と上野は小声で言った。

「なんじゃ」

「あれは何年前やったかなぁ。五、六年前の寒い日です。大将は手紙の封筒に海老原太一様って私に書かせたことがあります。確か宛先《あてさき》は西宮市でした。差出人は別所貴弘《べっしょたかひろ》にしました。覚えてはりますか。私はそれを名古屋駅の構内のポストに入れたんです」

ああ、そうだったな。伸仁と京都競馬場へ行き、大穴を当てた日だ。封筒の中身は寺田権次に「名刺　有ります」とだけ書いてもらった。太一を怯《おび》えさせてやろうと思っただけで、それ以上の魂胆はなかった。

熊吾はもう忘れていた海老原太一への手紙を思い出した。

「それがどうかしたか」

「あの海老原太一は、自殺したエビハラ通商の社長ですか？」

「なんでそう思うんじゃ」

「同姓同名で、住所も西宮です」

「ああ、そうじゃ。海老原は、昔、わしの会社で働いちょったんじゃ」

「やっぱりそうですか」

上野はそれだけ言って、来年早々に結婚するのだと話題を変えた。三十二歳の子連れの女だという。

「亭主の酒癖の悪さで別れて京都の実家に戻ってたんです。子供はみっつの男の子で、私にようなついてくれてます」

「それはよかったのお。わしは、お前が女よりも男のほうが好きなんじゃないのかと思うちょった。わしの勘は見事に外れたのお。なにかお祝いをせにゃあいけん」

上野が背広の内ポケットから財布を出し、結婚相手とその連れ子の写真を見せた。

「どっちも福々しい顔をしちょる。ええ相手をみつけたのお」

「実家は三条大橋の西側でビリヤード場をやってまして、相手の親も喜んでくれてます」

「そりゃあそうじゃろう。上野栄吉がそのビリヤード場の看板になってくれるんじゃ。

願ったり叶《かな》ったりじゃ。そんなめでたい話の前に、なんで海老原の名前を出したりしたんじゃ」

熊吾の問いに、

「新聞でエビハラ通商の社長の記事を読んだとき、これがもし大将の代わりに私が宛先や名前や、ええ加減な差出人の名を書いて投函《とうかん》した相手やったら、この私も自殺の片棒をかついだことになるということかなと、ふっとそんな気がしまして」

と上野はさらに声を落としてそう答えたのに、どこまでも他人事《ひとごと》のような表情だった。

「あの手紙が海老原太一の自殺につながっちょるとすぐに直感したのは、さすがに天才ビリヤード・プレーヤーじゃのお。確かに厳密に言うと、そういうことになるかもしれん。導火線に火をつけたのは上野栄吉大先生じゃ」

と熊吾は笑みを浮かべて言ったが、上野の肩を軽く叩《たた》き、

「冗談じゃ。海老原はあれを読んだあと、すぐに焼き捨てたそうじゃ。上野栄吉にはなんの累《るい》も及ばんけん心配するな」

と言った。

すると上野は煙草に火をつけてから、

「大将の勘は当たってます。私はその子の親になってやりたいんです」

と小声で言った。

「そろそろ閉めたいんやけど」

と磯辺に言われて、客たちはキューを片づけた。

それを汐《しお》に熊吾は「ラッキー」から出た。パチンコ屋の開業はめどが立ったのかどうかを磯辺に訊きたかったのだが、シンエー・モータープールの正門も裏門も鍵《かぎ》がかかってしまうと入れなくなるので、桜橋の交差点まで急ぎ足で歩いてタクシーに乗った。

絶対に腹をたてない。ひたすら奥方の機嫌が直るまで謝りつづける。なんなら二、三発殴らせてやってもいい。俺は家族のもとに帰りたい。

熊吾は胸のなかでそう言い聞かせて、タクシーが福島西通りの交差点に近づくと運転手に、左に曲がってくれと頼みかけた。しかし、その前に運転手は車を停めて、

「事故やろか」

とつぶやいた。

最終の市電が出たあとのレールの周りに、警官ふたりと一台のパトカーが停まっていて、もうひとりの警官がモータープールに入ったところで伸仁と話をしていた。

モータープールのサーチライトが消えているので、熊吾にはすぐにはわからなかったが、足腰が立たないほどに酔った房江が伸仁と中年の警官に支えられていた。

「曲がらんとまっすぐに行ってくれ」

と運転手に言い、熊吾はタクシーを玉川町のほうへと少し進ませて、交差点を渡って

三十メートルほど行ったところで停めてもらった。

房江は泥酔《でいすい》して道へ出て、車とぶつかったのだろうか。もしそうならば救急車も来るはずだ。いったいなにをやったのだ。

熊吾はタクシー代を払うのももどかしく、運転手に五百円札を渡すと、釣りは要らないと言って、交差点の角に戻り、電柱に隠れて様子を窺《うかが》った。

パトカーは帰って行き、伸仁は母親を肩にかついで二階へと上がった。そのあとをついて行った警官は、あしたそこの派出所に来るようにと言い残して自転車で帰って行った。

モータープールと電車道を挟んで斜め向かいに酒屋があり、夕方から立ち飲み屋も営んでいる。

いつもは十一時ごろに閉めるのだが、まだ店に明かりが灯《とも》っていて、主人は市電のレールを懐中電灯で照らしながらなにかを探していた。その酒屋の配達用の軽自動車はシンエー・モータープール開業以来、月極《つきぎ》めで預かっている。

迷ったが、熊吾は電柱の陰から出て、酒屋の主人のところへ行った。

「なんか迷惑をかけたようですな。なにを探しちょるんじゃ？　わしはいま帰って来ましてのお。どうもわしの家内がなにかやらかしたようじゃ」

と言った。

「レールの上で立てんようになりはって、市電を停めてしもたんです。市電の運転手は怒って警笛をあほみたいに鳴らしつづけるわ、近所のおばはんは人が市電に轢《ひ》かれたと思うてパトカーを呼ぶわ。わしは慌てて息子さんを呼びに行くわ。大騒動でした。このへんで手に持ってた財布を落としはった気がして、探してまんねん」

「家内はそんなに飲んだんかのお」

「家でかなり飲んできはったんですなぁ。十一時ごろにいつもの日本酒を買いに来はったんですけど、ウィスキーとブランデーを混ぜた新製品が出て、安いしうまいっちゅうて評判でっせと言うたら、ここで試しに飲んで行くって言いはって。三杯飲んだあたりからべろんべろんです。客がおらんかったらモータープールまで送って行ったんやけど……。市電のレールの上で立てんようになってしもて」

そう話しながら、酒屋の主人はレールの敷石に落ちていた房江の財布を見つけ、熊吾に渡した。

「その新製品ちゅうのはどんな酒じゃ」

熊吾に訊かれて、主人は中身が三分の二ほど残っている酒壜《さかびん》を持って来た。房江が買ったものだという。ブランドールという名だった。

それをラッパ飲みして、これは危ない酒だと熊吾は思った。口ざわりも香りもいいが合成酒だ、と。

「カストリと変わらんのぉ。家内は代金は払《はろ》うたかのぉ」

「お金は貰《もら》いましたで」

「こんどまたこれを買いに来ても、絶対に売らんでくれ」、

「もう懲《こ》りはりましたやろ。レールの上で寝て、市電を停めたことを覚えてはったらやけど……」

熊吾は酒屋の主人に礼を言い、モータープールの向かい側まで行った。まだ正門はあいたままだった。

しばらく迷いに迷って、財布を正門横の郵便受けに入れ、熊吾は博美のアパートへと歩きだした。泥酔して市電を停めた妻を見たくなかったし、公道で醜態をさらした母親をかついで帰った伸仁とも今夜は顔を合わせたくはなかった。だが、もう大晦日になってしまった寒い夜には、他に寝場所はなかったのだ。

熊吾は誰かの家の玄関先にあるごみ箱に、いかがわしい酒を捨てた。

いまは十二時二十分。あといちにちで昭和三十八年も終わる。二度と博美のアパートには帰らないと決めてまだ数時間しかたっていないのに、寝るところがないという理由ですごすごと女のところへ身を寄せようとしている自分がなさけなくて、いっそ十三《じゅうそう》の連れ込みホテルで寝ようかと思いつき、熊吾は国道二号線と千鳥橋方面へと行く市電のレールとが分かれる三叉路《さんさろ》に立ってタクシーがやって来るのを待った。

しかしすぐに持ち金が底をついているのに気づいた。財布には千二百円しかなかった。

「これでは泊まれんのお」

とつぶやき、熊吾はコートの襟を立てて博美のアパートへの道を曲がった。

外階段をのぼっているとドアがあいて、寝間着の上にカーディガンを羽織った博美が顔を出した。

「おかえり」

と声をひそめて言って、博美は熊吾を部屋に入れ、身を屈《かが》めて靴を脱がせた。そして、つまらない電話をかけて申し訳なかったと謝った。新しい歯ブラシと、外した部分入れ歯をしまうための専用の容器も買っておいたと言い、博美は片手を差し出した。

どういう意味かと熊吾が無言で見やると、入れ歯を洗ってやるという。

「人にしてもらうことやあらせん。自分で洗う」

そう邪険に言って、熊吾はやぐら炬燵《ごたつ》に脚を入れて、畳の上に長々と横たわった。

「お酒、飲んでへんのん？」

「ああ、晩飯のときにビールをちょっと飲んだだけじゃ」

「入れ歯の具合はどう？」

「金具が歯茎に当たって痛いのお。物を食べんときは外しとうなるが、食後に洗うときと寝るとき以外は外さんようにしてくれと歯医者に言われちょるけん我慢しちょるんじや」

　あお向けに横たわっている熊吾の背広を脱がせ、ネクタイも外して、博美は自分が編んだセーターを持って来た。

　正月用に買ったらしい清酒の一升壜が二本、台所の隅に置いてあった。

「お父ちゃんがあの男に払うてくれたお金のことを知ってる人が、たったひとりだけいてるねん」

　と博美は封を切っていない酒壜を持って来ながら言った。

「沼津のばあさんやないのか」

「沼津さんにはひとことも言うてないもん」

「赤井がばあさんに喋ったかもしれんじゃろう」

　博美は首を横に振り、湯呑《ゆの》み茶碗《ぢゃわん》に日本酒をついだ。

「モータープールの二階に柳田商会て会社があるのん？」

　熊吾は起きあがり、なみなみとつがれた茶碗の酒を三分の一ほど飲んでから、

「柳田商会の寮があるが、それがどうかしたのか」

　ときつい目で訊いた。

「ダンサー時代の友だちが、北新地でお好み焼き屋をやってるねん。私のたったひとりの友だちや。そやけど、私にたちの悪い男がついてると知って、つきあいを絶ってしま

いはってん。私より五つ年上で、男には苦労した人や。おんなじ長崎の出身で、きよ子さんて名前で」

熊吾は、煙草に火をつけて、

「いきさつはどうでもええんじゃ。結論を先に言え」

と声を荒げた。

赤井と手が切れたときも、嬉しくて、きよ子さんにだけいきさつを説明に行った。きよ子さんとの友だちづきあいをつづけたかったからだ。

そのきよ子さん目当てに月に二、三度通って来る男がいる。ダンサー時代から贔屓《ひいき》にしてくれていて、いつもベレー帽をかぶっている五十歳くらいの風采《ふうさい》のあがらない独身男だが、きよ子さんは真面目《まじめ》に働くその男には心を許していて、もとダンサーの西条あけみの身に起こったことを話したのだ。

そのベレー帽の男が、柳田商会の古参社員と知り合いだった。その男はシンエー・モータープールに住んでいるという。

博美がそこまで喋ったとき、

「赤井と手が切れたときも？　ときも、っちゅうのはどういう意味じゃ。その前にも、わしとのことを、そのきよ子っちゅう女に喋っちょったのか？」

熊吾の隣りに横坐りしている博美はちいさく頷《うなず》いた。

「奥さんに電話をかけてきたしわがれ声の女は、きよ子さんやってん。きのう、電話で話をしてるときに気づいて、鳥肌が立ったわ。直接話してるときは、女とは思えんかすれ声やけど、電話の声はしわがれて聞こえるねん。私、きよ子さんと電話で喋ったのは、きのうが初めてやってん」

柳田商会には古参社員が多い。しかし、熊吾の頭にはひとりの男の顔が浮かんだ。

なるほど、松田の母親が手切れ金の額まで知っていたことの謎《なぞ》は解けたが、そういうことならば、いっときも早く房江と伸仁をシンエー・モータープールから引っ越させてやらねばなるまいと熊吾は思った。

「ごめんね。私、きよ子さんだけは信用してたから」

と博美は言って、熊吾の蒲団を敷いた。

これはもう大阪中のエアー・ブローカーたちに伝わっていることであろう。べつに痛くも痒《かゆ》くもないが、関西中古車業連合会の会員たちにも知られているとすれば、下手をすれば厄介な事態へと進展していくかもしれない。

千鳥橋の中古車センターに客足がないことを不満に思い、松坂熊吾に会長をつづけさせたがらない会員が増えてきつつあるのだ。

だがもしそうなら、すでに河内モーターの社長がこの俺の耳に入れているはずだが……。

熊吾はそう考えて、寝間着に着替え、冷たい蒲団にもぐり込んだ。

風が強くなっていた。二階の住人が廊下に並べている鉢植えの倒れる音がした。

朝は道の水溜《みずた》まりが凍るなと熊吾は思いながら部分入れ歯を外した。博美がすぐにそれを新しい歯ブラシで磨き始めた。台所の窓からの街灯の明かりが、いやに鮮明に博美の火傷跡を浮かびあがらせていた。

# 第六章

昭和三十九年の三月、伸仁《のぶひと》が十七歳の誕生日を迎えて四日後に、房江《ふさえ》はいつもどおりシンエー・モータープールの正門をあけて、郵便受けから新聞を取り出し、それを事務所の机に置いてから、ガスストーブに火をつけた。

水を入れたヤカンをその上に載せておいて、事務所の掃除に取りかかった。

それは毎日同じ時間に同じ手順で行う房江のいつもの仕事だったが、きのう遅くに飲み過ぎた酒で胃が痛くて吐き気もあったので、箒《ほうき》を持ったまま椅子《いす》に坐《すわ》り、新聞のページをくっていると、日頃は読むことのない経済面で目が止まった。

――同栄証券社長に辻堂忠《つじどうただし》氏が就任――

房江は、懐《なつ》かしい名と顔写真を見つめ、それから記事を読んだ。

――二月に急逝した前社長の後任として、常務取締役の辻堂忠氏が社長に就任することが決まった。辻堂氏は昭和二十四年に同栄証券の前身・東明証券に入社。戦後の証券各社の統合に伴っての合併で同栄証券の取締役などを歴任。東明証券入社からわずか十五年での社長就任は異例の抜擢《ばってき》といえる。京都帝大卒。五十一歳。――

房江は、初めて神戸の御影《みかげ》の家を訪れたときの辻堂を鮮明に思い出すことができた。こけた頬、すさんだ目。それらと相反する理知的な物腰。

昭和二十二年だったな。伸仁が生まれてまもなくのころだった。あのとき辻堂はたしか三十四歳だったはずだ。

その翌々年、夫の紹介で辻堂は東明証券に入社したが、松坂商会の土地を売って南宇和にいったん引き籠《こも》ることにした私たち一家を大阪駅まで見送りに来てくれた。

伸仁は十七歳になったのだから、辻堂忠が五十一歳になっているのは当然だ。

それにしても五十一歳で同業証券の社長とは。証券各社の統合合併があったにしても、辻堂は東明証券の生え抜きの社員ではない。異例の抜擢どころか、三段跳び、五段跳びの出世であることは私にもわかる。

なにかお祝いをしたいが、もう私たちのことなど忘れてしまったであろう。

そう思いながら、房江は朝刊を閉じて事務所の掃除を始めた。

いまはもう使わなくなった元シンエー・タクシーの営業所の横に薬局の主人が立って房江を手招きした。

インシュリンの代金は三日ほど前に夫が払ったはずだがと思いながら、房江は小走りで正門へと行った。

薬屋の主人は、無言で市電のレールのほうを指差した。ムクがレールの上に横たわっていた。

まだ通勤の人たちは少なくて、あみだ池筋を走る市電も車もほとんどなかった。そうだ、正門を開ける前に必ずムクを二階に連れて行き、階段に鎖でつなぐのだが、きょうはそれをすっかり忘れていた。私は新聞を読んでいたので、もう決して俊敏ではないムクが正門から通りへと出て行くのに気づかなかったのだ。

「ムクちゃん、死んでます」

と薬局の主人は言った。

房江は酒屋の前まで走った。交差点を曲がって来たトラックの運転手が怒鳴った。ムクの体のどこにも傷はなく、一滴の血も流していなかったが、房江が大声で呼びかけても、揺すっても、ムクはうっすらと目をあけたまま反応しなかった。

房江は、走ってモータープールへと戻り、階段の上り口から伸仁を呼んだ。いま目を醒《さ》ましたばかりの顔で伸仁は階段のところに来て、房江のただならぬ表情に、どうしたのかと訊《き》いた。

「ムクが……」

それだけ言って、房江は電車道へと戻った。とにかくムクをレールの上から歩道へと運ばなければと思うのだが、重くて房江の力では動かせなかった。薬局の主人は正門の前に立って、ただ見ているだけだった。

伸仁はパジャマの上からズボンだけ穿《は》いて走って来て、ムクを抱き上げるとモータープールへと運んだ。

正門の横の小さな花壇のところに遺骸《いがい》を置き、伸仁はムクの腹を撫《な》で、頭を自分の膝《ひざ》に載せた。

「車にはねられたんや」

と伸仁は言った。

「ごつんと音がしたんです。なんやろと思うて表に出たら、ムクちゃんが倒れてまして」

と薬局の主人は言い、店に戻って大きな段ボール箱を持って来た。

「とりあえず、ここに入れてあげたらどないです？」

房江と伸仁は礼を言って、ふたりでムクを段ボール箱に入れた。そして階段の上の、いつものムクの居場所に移した。

「ジンベエの隣りには埋められへんわ。どこもみんなコンクリート敷きにしてしもたから」

と伸仁は言った。

シェパードと柴《しば》犬とのあいだに生まれたムクは大きすぎた。だが川に捨てるなどということは出来ない。どうしたらいいのだろう。あの小さな花壇を掘って埋葬しようか。

いや、そのためには何本かの木を抜かなければならない。一月の半ばから昼間の新しい管理人としてやって来た荘田敬三《しょうだけいぞう》は正門横に犬の死骸を埋めることを許可しないだろう。どこかに犬や猫の死体を埋葬してくれるところはないものだろうか。

「役所に訊いてみようか」

と房江が言った途端、伸仁は怒りの顔を向けた。

「なんでムクを二階に連れて上がってから正門をあけへんかったんや。いっつもそうしてるやろ。夜中の二時まで事務所でお酒を飲んでたからや。いま六時半やで。まだ酔うてるねん。ムクはお母ちゃんの真似《まね》をして市電のレールの上で寝てたんや」

房江は、無言で事務所に降りて掃除を始めた。三月半ばだというのに、洗車場には薄い氷が張っていた。

掃除を終えると、房江は急いで伸仁の弁当を作り、朝ご飯を用意した。

居住者が五人に減った柳田商会の寮から田岡勝己がやって来て、この段ボール箱はなにかと伸仁に訊いた。

事情を知った田岡はすぐに事務所に降りて行ったが、荘田敬三が出勤してくると二階にあがって来て、役所はまだ仕事前で誰も電話に出てこないと伝えた。

しかし、大正区の大運橋に犬や猫の死体を処理する施設があると荘田さんに教えてもらったという。

ムクの遺骸を納めた段ボール箱から離れようとしない伸仁に、

「あとでぼくが車に乗せて大運橋にムクを運ぶわ」

と田岡は言った。

「ぼくも行く」

伸仁の言葉に、

「学校はどうするねん？」

と田岡は訊いた。

「遅刻する。お母ちゃん、学校に電話をしといて」

伸仁に頷《うなず》き返すと、房江はきのうの夕刻に買った牛乳と餡《あん》パンを田岡に手渡した。

モータープールの忙しい時間は始まっていて、荘田敬三は苛《いら》立《だ》っているような表情で二階を見ながら何台もの車のキーを持って走り回っていた。

伸仁は段ボール箱のなかで体を捻《ね》じ曲げるように納められているムクを抱き上げ、頭や胸の部分が平らになるよう動かしてから、

「まだぬくいわ」

とつぶやき、顔を撫でつづけた。

「ノブちゃん、手《て》伝《つど》うてくれんと困るんやけどなあ」

荘田に呼ばれて、伸仁は階段を駆け降りて行った。

「ごめんね。お母ちゃん、ムクのことを忘れてしもて、うっかりと正門をあけてしもた……。外に出てみたかったんやなぁ。大好きなデンちゃんと逢《あ》えるかもしれへんもんねえ。ムクはデンちゃんが死んだことは知らんもんねえ」

房江はムクに話しかけて、顔や胸や腹を撫でつづけた。

穏やかな犬だった。吠《ほ》えもしない。モータープールに出入りする人々にどんなにいたずらをされても怒らなかった。私たちがモータープールに住むようになってから、ムクはずっと家族の一員だった。

ムクの子のジンベエも死んだ。ジンベエの父親のデンスケも死んだ。そしていまムクも死んだ。みんな死んでしまう。

集団就職で大阪に働きに来たキクちゃんも珠子も、まだ十七か十八で死んでしまった。

そして夫は、若い女と暮らすために私や伸仁から去って行った。

私は夫が好きだ。帰って来てほしい。それなのに、狂おしいほどの嫉妬《しっと》が夫を拒否してしまう。夫が帰ろうとしていたのに、私は、心とは逆の言葉で女のもとに追い返した。なぜあの夜、夫を迎え入れなかったのだろうか。私は、取り返しのつかないことをしてしまった。いい歳《とし》をして、拗《す》ねて、いじけて、許したくてたまらないのに許さなかった。

あの夜、夫が裏門から出て行ったあと、私はあの珠子がいつもささやかな自分の時間をすごしていた塀のところに立って、夫が引き返して来てくれはしないかと待ちつづけた。

——わしはもうほんまに戻ってこんぞ。それでええんじゃな。——

夫の言葉は本気だったとあきらめをつけるのに三十分もかかった。塀の前の暗がりに三十分立ちつづけて夫を待ち、私はこれで終わったと思ったのだ。

夫は年が明けてもモータープールにやって来なかった。一月の末に生活費を届けに来たが、伸仁の肩の具合はどうかと訊いただけで、すぐに出て行った。伸仁は、擂《す》り粉木《こぎ》で左の肩を殴られたことを私に黙っていたのだ。

鎖骨の周りが少し腫《は》れたらしい。擂り粉木で殴られる前に、怪我《けが》をさせないように手加減をするなとわかったと伸仁は言って、さして気にした様子もなかった。

夫が次に来たのは二月の末だ。私は買い物に出ていたし、伸仁はまだ学校から帰っていなかったので、生活費を入れた封筒を田岡に預けて帰って行ったという。

田岡勝己は、ノブちゃんのお父さんがシンエー・モータープールの二階に帰っていないことに気づいているが、その理由を訊こうとはしない。あの子は若いが苦労人なのだ。

そう考えながら、房江はムクの遺骸を撫でつづけて、女のアパートのドアをあけさせたときの自分の阿修羅《あしゅら》のような心を振り返った。

あのときの驚き。言葉にもならない驚きだけで、自分が夫になにを言ったのかも覚えていない。

一週間くらいはずっと驚きのなかにいたが、それがいつのまにか烈《はげ》しい嫉妬へと変わった。

いまはその嫉妬が、寂しさを伴なった悲しみへと変わってしまっている。ときに胸苦しくなるほどの悲しみだ。

この悲しみのあとにはなにが来るのだろうか……。

房江は、許してあげるから帰って来てくれと言うために、千鳥橋へと行った五日前の午後を思い浮かべた。

停留所から橋へと歩いているうちに奇妙な気分に包まれてしまって、思い直して、そのまま引き返した。

野良《のら》犬が三匹、どぶ川沿いの道の向こうにたむろしていたからだが、大阪中古車センター界隈《かいわい》のいつもの寂寥感《せきりょうかん》に耐えられなくなった。心が突然暗くなってしまって、こんなときは夫に逢わないほうがいいという気がしたのだ。

房江は、ムクから離れないまま、伸仁がモータープールの手伝いを終えるのを階段の上段に坐って待ちつづけた。

伸仁が田岡の運転する車でムクを大運橋まで運んで行ったのは九時だった。

すぐに学校に電話をかけ、きょうは事情があって遅刻させたいと伝えると、房江は洗濯にとりかかった。

松坂の奥さんはどこに行きはったかなあと佐古田に訊いている黒木博光の声が聞こえた。

「ここですけど」

と房江は裏門から事務所へとつづく煉瓦《れんが》敷きの通路に顔を出した。

「大将は？」

「ハゴロモか千鳥橋かのどっちかやと思いますけど」

「それがどっちにもいてはりませんねん」

「お急ぎですか？」

「ええ、ちょっとご相談せなあかんことができまして」

たぶんまだ女のアパートにいるのだろうと思ったが、房江は、そんなことを口にするわけにはいかず、松坂板金塗装に電話をしてみてはどうかと言った。

黒木はなにかをくちごもってから、

「三月はまだまだ寒いですなあ」

と言って、裏門から出て行った。

房江は、妙にうろたえているような黒木の表情が気になったが、洗い終えた洗濯物を籠《かご》に入れて二階の物干し場へと行った。珍しく佐古田がやって来て、

「ムクが死んだんやて？」

と話しかけた。

車にぶつかったらしい音を薬局の主人が耳にしたそうだと房江は言った。

佐古田は煙草《たばこ》に火をつけて、吊《つ》り上がった目に笑みを浮かべ、

「でかいけど、おとなしい可愛《かわい》らしい犬やったなあ。シンエー・モータープールのムクというたら知らんもんがない人気者やったんや」

と赤ら顔をさらに赤くさせて言った。

「へえ、夜、正門を閉めるまでは二階に繋《つな》いでるのに？」

「奥さんが出かけてるときに、ときどき下に降りて来て遊んどったんや。わしの餡パンが目当てや」

「鎖で繋いでましたけど」

「あんなゆるい首輪、簡単に抜けるがな」

「そやけど、ムクが自分で首輪をはめたりできますか？」

「俺が餡パンをやったあと、二階に連れてあがって首輪をはめとったんや。いま明かす真実っちゅうやっちゃな。毎日やあらへんで。週に一、二回やな」

「ええっ、ムクは私の目を盗んで、昼間も好き勝手に遊び回ってたんですか？」

「外には出えへんように、田岡が気をつけとったけどな。田岡も奥さんが帰って来る前

に首輪をはめる役をしとったんや」

「知らんかったわぁ」

「ノブちゃんも知らんはずや」

房江があきれ顔で洗濯物を干し始めたとき、

「松坂はん、留守でっかぁ？」

という声が部屋のほうから聞こえた。佐古田はくわえ煙草で仕事場へ戻って行った。

講堂からの階段をあがったところに男が立っていた。背広の上に革ジャンパーを着て、革製の手提げ鞄《かばん》を持っている。

「あんた、松坂熊吾《まつざかくまご》さんの奥さん？」

男は笑みを浮かべてはいたが横柄《おうへい》な口利《き》きだった。

「松坂はんと連絡を取りたいんやけど、居所を教えてもらいとうてね」

「会社にいてなかったら、どこにいてるのか私にはわかりませんけど」

「ふーん、そうでっか。会社にはいてへんねん。そやから女房に訊きに来たんや」

「どんなご用件ですか？　まだお名前もお聞きしてませんけど」

四十前後の男はしばらく房江を見つめ、鞄から名刺入れを出した。そして、松坂はんに逢えないようなら、またここに来ると言って帰って行った。

「大槻《おおつき》商会　桐生才蔵《きりゅうさいぞう》」と名刺には印刷されてあったが、それだけではどんな商売なのかわからなかった。

さっき、黒木が訪ねて来たことと関係がある気がして、房江は不安になってきた。大運橋から帰って来た伸仁は、遅い朝ご飯をかきこむと、ムクの遺骸がどうなったのかはまったく語ろうとはせず、制服に着替えて学校へ行ってしまった。

新学期が始まって、伸仁は高校三年生になった。

大槻商会の桐生という男もそれっきりあらわれず、黒木も姿を見せなかったので、仕事でなにか起こったとしても、たいしたことではなかったのであろうと房江が安堵《あんど》したころ、松坂板金塗装が工場を閉鎖したと田岡に教えられた。

モータープールの客が、車を出庫するときに他の車にぶつけてしまい、両方を板金塗装に出さなければならなくなり、田岡は松坂板金塗装に電話をかけたのだ。

しかし、火曜日だというのに誰も出てこない。午前中に二度、午後にも二度かけたが呼び出し音が聞こえるばかりだ。

田岡は、火曜日に休むはずはあるまいと思い、モータープールが忙しくなる前に大淀《おおよど》区の松坂板金塗装に行ってみた。

シャッターは降りていて、人の気配もなかった。近くの食堂で訊いてみると、先週末に工場の機材が運び出されて、工場はそれきり閉められたままだという。

「きのうも今朝も、松坂さんはいるかという電話がかかりつづけてるんです」

田岡は二階の部屋の前で房江にそう言った。

先週末といえば四月十一日だ。工場が手狭になり、新しい工場に引っ越したのなら、その旨《むね》を書いた紙をシャッターなどの目立つ場所に貼《は》っておくはずだし、取引き先には直接伝えるにちがいない。松坂板金塗装はつぶれたのだ。

房江はそう思った瞬間、夫が名義上では社長であったのは三月末までだと計算した。長いこと逢っていないので、会社の定款《ていかん》の変更がいつ行われたのかは知らないが、社長であるあいだに出来た負債はやはり松坂熊吾に責任がかかってくるのではないのか。

房江はめまぐるしく考えを巡らせ、田岡に礼を言って、まだそんな時間ではないのに買い物籠を持って裏門から出た。

とりあえず大淀区の工場に行ってみるつもりだった。

路地を縫って浄正橋の交差点から国鉄環状線の下を北へ行き、かつての関西大倉学園の前を歩いて、松坂板金塗装の看板が見える場所で立ち止まった。

工場の周辺は閑散としていて、たしかにシャッターは降ろされていた。房江は工場の二階を見あげながら近づいて行き、シャッターを叩《たた》いた。そして、しばらく待ったが、なんの反応もなかった。

やはり松坂板金塗装という会社は閉めたのだ。自主的に閉めたのだろうか、倒産したのだろうか。

　黒木のうろたえたような表情、そのあとに訪ねて来た堅気とは思えない男の横柄な態度が、房江に最悪の事態を示唆《しさ》していた。

　ハゴロモに行ってみるつもりでその場を離れたが、なにわ筋を戻っているうちに、房江は、自分がなにを案じているのかと思った。

　松坂熊吾という人は、もう私の夫ではない。離縁はしていないが、若い女とのアパート暮らしを楽しんでいる男なのだ。もう帰ってこないと宣言して去って行ったのだ。勝手に野垂れ死んだらいい。私はシンエー・モータープールで働いて、伸仁を育てていく。

　なんだか捨て鉢な気分でそう考えて、房江はハゴロモに行くのをやめた。

　浄正橋の交差点を渡ったところで、うしろから腕を摑《つか》まれた。ムクが死んだ日に訪ねて来た男が、房江と歩調を合わせて歩きながら、裏門への路地へとついて来たが、腕を摑んだままだった。

「あんたの亭主はどこで寝泊まりしてるねん？　もう何日もモータープールを見張ってるけど、帰ってもけえへん、出かけて行きもせえへん。ハゴロモにも姿を見せへん。千鳥橋の中古車センターにもおれへん。奥さん、これが大槻商会の桐生に渡ったら、もうただの紙切れには戻らんのやで」

そう言って、桐生はやっと腕を離し、革鞄のなかから数枚の約束手形を出した。どれも熊吾が発行した手形ではなかった。東尾修造でもない。房江は、なぜこれを切った会社に払わそうとしないのかと訊いた。

「ええか、よう見いや。どれも一月と二月に切った半年手形や。うちの会社はなあ、手形を割るのが商売や。松坂板金塗装は、これを早ように金に換えとうて、うちに持ち込みよった。手形割の法定手数料でなあ。割ってくれっちゅうて持ち込んできたのは松坂熊吾さんやない。そやけどなあ、裏書は東尾修造や。松坂板金塗装の専務や。社長は誰やねん？　東尾個人の裏書手形やないねんで。松坂板金塗装の専務としての東尾修造や。社長の松坂熊吾が責任を取るのは当たり前やろがい」

房江は、手形の仕組みのことはまったくわからなかったので、この手形が落ちる期日はまだ先だし、なぜ東尾さんに請求しないのかを桐生に質問した。

「この約手を最初に切った会社は倒産しよった。計画倒産ちゅうやつや。東尾の居場所はわかるやろけどなあ、いまは雲隠れや。経理の若い女とドロンや。こっちは現金でこの手形を割ったんや。紙きれのまま預かっとくわけにはいかんのや」

「主人は二月の末か三月の末に社長を辞めたはずです。もう社長やないのに専務の裏書手形を」

その房江の言葉を遮って、桐生はもういちど手形を見せた。

「東尾が裏書した日付を見てみい。どれも一月と二月や。松坂熊吾が社長のときや」

房江は、いま松坂板金塗装の工場へ行って来た、工場のシャッターが閉まったままだと教えられたのは小一時間前で、びっくりして、本当かどうか確かめに行ったのだ、夫の居場所がわかっていればそんなことをする必要はあるまい、私はもうことしに入ってからは夫と逢っていないのだ、と言った。

「奥さんがモータープールの裏門を出てから ずっと尾《つ》けてたから、それはわかってるんや」

そうつぶやき、桐生はいかにも大事そうに数枚の約束手形を鞄にしまうと浄正橋の交差点のほうへと戻って行った。

案じていたとおりになったと房江は思った。いちにちも早く松坂板金塗装の社長を正式に辞めるようにと夫に言ったではないか。社長に支払われる給料が、女との生活に必要だったので、夫も危惧《きぐ》しながらも社長でありつづけたのにちがいない。そうまでしても、女との生活をつづけたかったのだ。

いい気味だ。あの女も巻き込んでひどい目に遭えばいい。

だが、ハゴロモにも中古車センターにも姿をあらわさなければ、どうやって商売の指揮を取っているのだろう。

夫は、あの東尾が裏書した約束手形が期日に落ちないと知って、このまま姿をくらましてしまうような人間ではない。夫にとっては、ハゴロモと関西中古車業連合会は大切な命綱なのだ。

房江はいったんモータープールの二階の部屋に戻った。

まだ二時過ぎなのに、伸仁が帰っていた。職員会議があるので、きょうは短縮授業だったのだと伸仁は言って、ひと月ほど前の大運橋の犬猫処理場での顚末《てんまつ》を話し始めた。

犬猫処理場ということを示す看板はなくて、大運橋の近くに着いて、通りがかった人に場所を訊くと、橋のたもとを指差した。なにかの工場みたいなプレハブの建物があった。

入り口にいた男に、飼っている犬が死んだのだがと言うと、こともなげに、

「そこに置いとけ」

と壁際《かべぎわ》を指差した。濡《ぬ》れたコンクリートの床の奥にはピンポンの玉が転がっていた。あれは犬の目だと気づいた瞬間、いっときも早くその場を去りたくなり、ムクとの最後のお別れをすることなど忘れてしまった。

伸仁は早口でそう言って、畳の上にあお向けに寝そべった。

「そういう仕事をしてくれはる人がおらんかったら、みんなが困るわ。町中、犬や猫の死骸だらけになるわ」

房江はそう言いながらも、夫に連絡を取る方法を考えていた。ハゴロモにも中古車セ

ンターにも顔を出さないのは、事態を把握しているからであろう。あの女のアパートで様子を見ているとしか考えられない。しかし、私は二度とあのアパートには行きたくない。

勝手にすればいいとはいうものの、このモータープールは常に見張られていることだけは知らせておきたい。

房江は、寝てしまった伸仁に蒲団《ふとん》を掛けて、裏門への階段のほうへと歩いて行った。

柳田商会の寮の隣りには、新しく造ったパブリカ大阪北の寮が並んでいる。三月末に完成して、その翌日から集団就職でやって来た少年六人と、二十八歳の寮長が寝泊まりしているのだ。

いまは仕事中で、誰もいないはずなのに、すりガラス越しに人の動くのが見えたので、房江はガラス戸を軽く叩いた。返事はなかった。

そっと戸をあけると、まだ坊主《ぼうず》頭の新入社員が壁に吊ってある服のポケットから慌《あわ》てて手を抜いた。

山口県から来た堀井《ほりい》という少年だった。

「誰かがいてるみたいやったから」

笑みを向けて言うと、房江は戸を閉めて、階段を降り、あたりを窺《うかが》いながらパブリカ大阪北の本社のほうへと行った。

あの子の挙動は変だった。誰かの服からお金を盗もうとしていたような気がする。そう思って、溜息《ためいき》をつき、公衆電話のところで再び周りに視線を配ったあと、房江はハゴロモに電話をかけた。

神田三郎が出てきた。

当分、モータープールには帰らないようにと伝えてくれと頼み、房江は、いま主人はどこにいるのかと訊いた。

「河内さんの店にいてはります。そやけど、昼から京都へ行くて言うてはりました」

神田の口調はいつもと変わりはなかった。

「主人は詳しいことは私には喋《しゃべ》らへんねんけど、松坂板金塗装になにがあったん？」

「大口の取引き先が倒産したんです。かなりの不渡手形を摑まされました」

さして気にしていない口ぶりで神田は言った。

そうか、神田は松坂熊吾と松坂板金塗装とはもう無関係だと思い込んでいるのだな。

房江はそう思って、桐生という手形の割り屋が訪ねて来たと言った。

「ハゴロモにも何回も来てます」

「千鳥橋にも行ってるんやろか」

「二、三回来たそうです」

見かけによらず、よほど度胸があるのか、事態を飲み込めていないのか、房江は神田三郎の暢気《のんき》な反応を読みかねて、夫と連絡がついたらモータープールに電話をくれるよう伝えてくれと頼んだ。

房江はモータープールの二階の部屋へと戻り、伸仁の寝顔を見つめた。ことしの誕生日にはなにもしてやらなかったなと思った。

この子も十七歳になった。私は五十三歳。夫は二月に六十七歳になったのだ。ことし、中学を卒業して集団就職でパブリカ大阪北に働きにやって来た子たちは、みんな伸仁よりも年下だ。道を踏み外していく子もいるし、自動車整備士の試験を受けるために夜遅くまで勉強をつづける子もいる。キクちゃんのような子もいる。トクちゃんは師匠の勧めで蒔絵《まきえ》師への道を歩きだした。

伸仁も、親が案じるほど頼りなくはないのかもしれない。あの弱い赤ん坊が大きくなったものだ。

そんな感慨に包まれたとき、房江は、自分のなかに思いも寄らない暗い衝動がうごめきだしたのを感じた。

六日後の四月二十日には、桐生才蔵という映画の時代劇に出てきそうな名前の男ではなく、別の手形の割り屋がモータープールの二階にやってきて、松坂熊吾の居所を教えろと房江にしつこく迫った。

男も名古屋の中古車業者が発行した約束手形を二枚持っていた。東尾修造が裏書して、実印を捺《お》した手形だった。

房江は男の名を訊く気にもならず、ただ自分はなにも知らないと言うばかりだった。

新井《あらい》とだけ名乗った男は、手形を振り出した名古屋の中古車ディーラーが五年ほど前から関西一円に支店を拡《ひろ》げて、粗悪な中古車を格安で販売しつづけたことを説明したが、房江は、ああ、そうですかと答えるしかなかった。

桐生才蔵とは違って物腰も言葉つきも穏やかで、どこかに同情をちらつかせる男だったが、学校から帰って来た伸仁が部屋にあがり、隣りの部屋で着替え始めると、

「息子はんでっか？」

そう笑顔で訊いてから、手に持っていた煙草の箱を畳に叩きつけた。

「お客さんが来てるのに、ちゃんとご挨拶《あいさつ》せんかい、このくそ餓鬼があ」

と階下にいる者たちに聞こえるほどの大声で怒鳴った。

これまでの静かな口調は、この突然の怒鳴り声の効果をあげるためだったのかと房江は思ったが、片方の腕だけをシャツに通したまま、伸仁は血の気の引いた驚き顔で男を見つめた。

「ただの客やないんやぞお。お前の親父《おやじ》の借金を、ことによったらちゃらにしてくれるかもしれん大事なお客さんや。おい、くそ餓鬼、いらっしゃいませくらい言うたらどな

いや」

いまにも座敷にあがって伸仁を殴りかねない見幕だったので、房江は、この子はまだ子供だし、父親の商売とはなんの関わりもないと言った。

「この約手が金に替わらんかぎりは、子が親の借金をこれからずっと引きずるんや。うちの若いのが毎日学校の正門の前で立っててもええんか！　おい、くそ餓鬼、いらっしゃいませと言わんかい」

「ノブ、そんなこと言わんでもええ」

房江がそう言って隣りの部屋に隠れているようにと身振りで示すと、男は不意に笑顔に戻り、部屋から出て、裏門への階段を降りて行った。

房江は一一〇番通報で警察に来てもらおうと腹を決めたのだが、男はそれを察したのかもしれなかった。歳は四十半ばだが、この世界では場数を踏んできたのであろうと房江は思った。

五時を過ぎていたので、伸仁はモータープールを手伝うために無言で事務所へと行った。珍しく早く仕事を終えたらしいクワちゃんが四トントラックを洗車しながら、

「ノブちゃん、免許証を取れるまで、まだ一年もあるなあ」

と伸仁に話しかける声が聞こえた。

房江は、手形の割り屋や、そこから依頼された取り立て屋は、まだ増えそうな気がし

た。

　神田三郎は夫に私からの伝言を伝えたに違いないが、夫からは電話はない。電話がないということが、すなわち夫からの返事なのだ。私はもうあきらめたが、あと二日待とう。

　房江はそう考えて、夕飯の支度にかかった。あしたは火曜日で「カレーライスの日」だ。始めたころは土曜日だったが、クワちゃんの仕事の都合で火曜日に変えたのだ。もう二年も「カレーライスの日」はつづいている。その夜は田岡勝己とクワちゃんと伸仁が夜の八時にこの部屋でカレーライスを食べるのだ。

　三人はカレーライスの日を楽しみにしている。牛のすね肉だけでなく、鶏《とり》のもも肉や豚のロース肉でも試してきたが、やはり若い者には牛肉が一番らしい。

　週に一度カレーを作ることで、作り立てよりもいちにち置いたほうがおいしいことを知った。だから、夕飯の支度が終わったら、今夜、あした食べるカレーを作っておくのだ。あしたが最後になるかもしれない。

　房江は高野豆腐を戻し、それをだし汁で炊《た》きながら、

「驚き、嫉妬、悲しみ、あきらめ」

　と胸のなかで言った。

　夫に若い愛人がいたと知ってからの心の変遷《へんせん》だった。

この四つにはっきりと区分されている。いまは、あきらめのなかにいる。このあきらめが変遷の行きつく最後の心境であろう。

夫へのあきらめばかりではない。自分の人生へのあきらめだ。あきらめた証拠に、取り立て屋なんか少しも怖いと思わない。開き直ってしまったのだ。

仲仁はもうひとりで生きていける。中学しか卒業しなかった子たちが、いなかの両親や兄妹と別れて都会に働きに出て、曲りなりにも生きていっているではないか。

夫は息子を高校だけは卒業させるであろう。

あきらめが、こんなに人をらくにさせるとは思わなかった。でも、あきらめたまま生きつづけるのはいやだ。

房江はこの数日考えてきたことを、おさらいをするように胸のなかで自分に言い聞かせて、台所で立ったまま一升壜《びん》の酒をコップに注いで飲んだ。仲仁は一瞬で母親が酒を飲んだことを見抜いてなじるだろうが、もうどうでもよかった。

夜の十時ごろ、房江はムクが死んだ場所に行きたくなり、モータープールの裏門から電車道に出た。呂律《ろれつ》が廻らないほどに酔っていることはわかった。いつもの酒屋ではなく、浄正橋の近くの酒屋で、ブランドールを買って、仲仁に隠れて飲んだのだ。

人も車もないあみだ池筋の市電のレールの上まで行くうちに、房江はいまはまだ十時だということを忘れた。真夜中だと思い込んでしまった。

ムクが倒れていたのはこのあたりかなと思ったとき、視界が廻り、立っていられなくなった。腰に力が入らず、体の自由が利かなかった。レールが頬に当たった。敷石から振動が伝わってきた。

気がつくと、モータープールの二階の部屋にいた。それも蒲団のなかだった。また市電のレールの上で酔いつぶれたのだなと房江は思い、起きあがって水を飲み、柱時計を見た。夜中の三時半だった。

伸仁がいなかったので、房江は階下の事務所に行き、それから講堂に駐車している車のなかを探した。そのとき、房江は膝小僧をひどくすりむいていたことに気づいた。

伸仁はこんな時間にどこに行ってしまったのだろう。あの女のアパートかもしれない。父とその愛人と三人で暮らすことにしたとしても仕方がない。レールの上で酔いつぶれて市電を停めてしまう母親に愛想をつかしたとしても、伸仁が悪いのではない。勝手にすればいい。

房江はそう思い、二階の部屋に戻ると、汚れているブラウスとスカートを脱ぎ、寝間着に着替えて、膝小僧にガーゼをあてがって、卓袱台《ちゃぶだい》の前に坐った。

すぐ近くに一升壜があった。中身はまだ三合ほど残っていた。

それを眺めていると、

「好きなだけ飲んだらええやん。どれだけ飲めるか、ぼくが見といたるわ」

という伸仁の声が押し入れのなかから聞こえた。

「ノブ、お前、押し入れのなかにいてるのん？　そんなとこでなにをしてるのん？」

房江は押し入れの引き戸をあけてはいけない気がして、坐ったまま体を伸仁の声のほうに向けた。

「お母ちゃんに、なにをしてるのかなんて訊かれとうないわ」

伸仁はそう言ったが、押し入れからは出てこなかった。

「また恥ずかしい思いをさせたなあ。ごめんな」

房江は言って、水を飲むと部屋の明かりを消し、しばらく押し入れから漏れているスタンドランプの白い光を見た。伸仁は勉強机のスタンドを押し入れに持ち込んでいるようだった。

「お父ちゃん、大怪我をしたんや。千鳥橋の中古車センターで鉄のドアに親指を挟まれたんやて。親指の先を八針縫うたけど、骨に三ヵ所ひびが入ってるから一ヵ月はギプスをせなあかんらしいわ」

「八針も？」

「うん。左の手を大きな布で肩から吊ってたわ」

「どこで逢《お》うたん？」

「お母ちゃんをここに連れて帰ってきたら、お父ちゃんが事務所の奥に坐ってたんや。

千鳥橋の外科病院に二日入院してたんやて」

「いつそんな大怪我をしたん？」

「四月十四日や。中古車センターの倉庫のドアはぶ厚い鉄のドアで、それが風で閉ったんやて。ドアに手をかけてたから挟まれたんや」

十四日か。私が松坂板金塗装を訪ねて、桐生という手形の割り屋に尾けられていた日だと房江は思った。

押し入れのなかの明かりが消えたので房江は蒲団に横になった。伸仁は出てこなかった。

水曜日の朝、五時に起きると、房江はいつもの仕事を済ませてから、ご飯を炊き、伸仁の弁当を作り、それから夫の好物の里芋の煮物に取りかかった。

里芋、鶏肉、にんじん、ごぼう、ちくわ、こんにゃくをだし汁と醬油《しょうゆ》で煮るだけの簡単な料理だが、大量に作っておいてもいちにちに一度火を入れるだけで日持ちがするのだ。きのうの「カレーライスの日」に食べきれなかったカレーもまだたくさん残っている。

出来あがったころに起きてきた伸仁は、トーストパンにバターを塗ったのを食べながら鞄を持って走り出た。房江は呼び止めて、

「お母ちゃんはきょうでお酒をやめるから」

と言った。

階段の途中で振り返り、

「もう何回聞いたかわかれへん」

と伸仁は言って房江を見つめた。

「遅刻や、遅刻や」

トーストパンを口にくわえたまま階段を駆け降り、走って正門を出た伸仁の姿が見えなくなってからも、房江はいつもムクがそこに坐ってモータープールの敷地全体を見おろしていた場所に立ちつくした。五分ほどそうしていた。

それから洗濯を済ませ、外出用の服に着替え、ハンドバッグに風呂敷《ふろしき》を入れ、きのう銀行から降ろしておいた二万円を簞笥《たんす》から出して、一枚を卓袱台に置いた。

部屋から出て行きかけて、卓袱台のところに戻り、一万円札を千円札五枚に替えると、房江はたくさんの車をあちこちに移動させている田岡に声をかけた。

「まだカレーが残ってるから、食べるときは火をいれるようにってノブに言うといてね。田岡さんも遠慮せんと食べてね」

「はい、ありがとうございます」

と言い返した田岡は、車に乗ったまま不審そうに房江を見た。

房江は薬局で睡眠薬を買った。ときおり買うブロバリンの五十錠入りの壜だった。

「いっぺんに三錠以上は飲まんようにしてください」

と薬局の主人は言った。

バスで梅田まで出ると、阪神百貨店でお菓子を買うつもりだったが、最も早く城崎《きのさき》駅に着く列車に間に合いそうになかったので、麻衣子と娘の栄子や、小川のおばあさんへのみやげを買うのをあきらめて、国鉄大阪駅に急いだ。

福知山で山陰本線に乗り換えてしばらくすると右手に円山川が見えてきた。曇り空だったが、ときおり薄日が差して、遠くの低い山々の新緑がいつもより濃く見えた。

「驚き、嫉妬、悲しみ、あきらめ」

と胸のなかで言ってみたが、段階を踏んで心で渦を巻いた感情はすでに遠くにあった。けれども、日曜なのに病院に行くという子供だましのような嘘《うそ》をついて女のもとに歩きつづける夫のうしろ姿だけは、まるでさっき見たもののように鮮明に思い描くことができた。

房江は、城崎に着くのが遅くなっても、おみやげを買ってくればよかったと後悔したが、百貨店があく十時を待っていたらあのおいしい鰻重《うなじゅう》が食べられないのだと思った。

だがきょうは店をあけているだろうか。いい鰻《うなぎ》がないときは店をあけないし、昼の一時半を過ぎると昼の営業は終りで、入り口の暖簾《のれん》をしまってしまう。この列車が城崎に着くのは二時前なのだ。

房江は何度も腕時計を見た。朝ご飯を食べてこなかったが、空腹感はまったくなかった。

あけてある窓からは樹木の匂《にお》いが入ってきていた。足の長い鳥が小魚を捕まえるのが見えた。

「円山川はほんまにええ川や」

と房江は声に出して言った。少し膨れあがれば堰《せき》を切るという寸前のところでいつも静かに日本海へと流れつづけている。葦《あし》が群れて、そこでは水鳥が巣を作っている。きっとたくさんの川の生き物が隠れているのであろう。

房江はそう思い、母に手を引かれて川べりで遊んでいる幼い自分を思い描いた。母の顔は知らない。写真も残っていない。せめて母の顔だけは知っていたかったな。房江はそう思った。

城崎駅に着くと、旅館の屋号を染めた小旗を持つ客引きに声をかけられたが、房江は温泉宿の並ぶところへとまっすぐに延びる道を急いだ。

「山形食堂」は店をあけていて暖簾も掛かっていた。房江は早足で歩いてきたので息が弾んで、店の前で一呼吸いれてから古びた格子戸《こうしど》をあけた。

主人夫婦は奥のテーブルで向かい合って新聞を読んでいたが、房江を見ると、

「これはこれは。久しぶりですな」

そう言って立ちあがった。

「こんな時間からよろしいですやろか」

「ええ、かめしません。きょうはええ鰻でっせえ。さばきから始めますから焼き上がりに時間がかかりますけど、お客さんは先にお酒ですな」

「はい、冷のコップ酒でお願いします」

「遠慮せんとゆっくりしてってください。きょうの鰻をお客さんみたいな鰻道楽の人に食べてもらうのは私も嬉《うれ》しい」

主人が調理場に消えると、入れ替わりに夫人が酒を運んできた。丹波の地酒だという。

「あしたからは飲みとうても飲まれへんわ」

と房江は心のなかで伸仁に言って舌を出した。そして切れのいい酒を飲んだ。きのうの夜から茶以外は口にしていなかったので、胃の腑《ふ》に沁《し》みた。

障子窓を十センチほどあけて土産物屋の並ぶ通りを行き過ぎる人を見るともなしに見ながら、房江は麻衣子が昼の営業を終えていったん家に帰るのは二時過ぎだったなと思った。なんの連絡もせず突然やって来た私をいぶかしく思うかもしれないが、私は麻衣子とも逢っておきたい。

そう考えていると、自転車に乗って温泉町のほうから家へと帰って行く麻衣子が目の前を通り過ぎたので、房江は慌てて身を隠した。見られてもいいのだが、ひとりで鰻重を味わう時間を持ちたかったのだ。

いま鰻を蒸し器に入れたと主人が言って、房江と向かい合って坐《すわ》ったのは二時半だった。これから備長炭《びんちょう》でじっくりと焼いたら、食べるのは三時ごろになるなと思い、房江は酒のお代りを頼んだ。

「ほんまにうまそうに飲みはりますなあ」

笑顔で調理場から四合壜を持って来て、主人はコップについでくれた。夫人はいつのまにか二階の住まいにあがったようだった。

「きょうは休むつもりでしてん」

と主人は言った。

朝、京都から電話がかかり、大事な取引き先の人六人を連れて行くから店をあけてくれと強硬に頼まれて、仕方なく店先に暖簾を掛けたのだという。

「京都の有名な和菓子屋さんですけど、とんでもない口道楽で、うまいものがあると聞くと、千里の道も厭《いと》わんのです。鰻は関西では城崎の『山形食堂』や。京都や大阪のにがしの名店なんか恥ずかしいて店を閉めるしかないでと取引き先の社長に言うたら、ぜひ食べたいということになったそうです」

無言で相槌《あいづち》だけを打っている房江を見て、主人は調理場に行った。ひとりになりたがっていることを察したのだなと房江は思った。

鰻を焼くいい匂いが漂ってきたころ、房江は三杯目の酒をコップについだが、飲み過ぎて気持ちが萎《な》えてしまってはいけないと考えて、それには口をつけなかった。

漆塗りの長方形の器には、ご飯の上に蒲焼《かばや》きを載せ、その上にご飯を薄く敷いて、さらに蒲焼きを載せてあった。鰻は前に食べたものよりも大きくてぶ厚かった。

「こんなに食べられしません」

房江の言葉に、

「うちの鰻はなんぼでも胃に収まりまっせ」

と主人は言った。

ひとくち食べただけで、房江は感嘆の声をあげた。

「時間なんか気にせんとゆっくりと食べてほしいですね」

主人は嬉しそうに調理場へ戻って行った。

三分の二までは食べられたが、あとの三分の一は休み休みでないと胃に入らなかった。

これで満足だ。私は願いを遂げた。子供のころ、歳の離れた従兄《いとこ》に神戸の新開地で鰻重をご馳走《ちそう》してもらったとき、世の中にこんなにおいしいものがあるのかと茫然《ぼうぜん》として、いつか思いっきり好きなように鰻重を食べたいと願った。たしか十歳のときだ。

いまから思えば、ささやかな願いだが、当時の私には叶《かな》うかどうかわからないだいそれた願いだったのだ。子供のころの願いを叶えることは、人間にとっては大きなしあわせだ。

伸仁は、もっと小さかったころ、どんな願いを抱いていたのであろう。そんなことはいちども訊《き》いたことがない。今朝訊いておけばよかった。

房江はそう思った。

「ご馳走さまでした」

房江の言葉で、主人は調理場の小窓から顔を出し、

「また来てください。きょうは麻衣子さんの家にお泊りで？」

と訊いた。

「最後の京都行に乗るかもしれません」

「満月を観《み》に来はるんやて麻衣子さんから聞きましたけど、きょうは満月やおまへんかな」

主人はそう言って調理場から出てくると、日めくりカレンダーを見た。

「きょうは二十二日。今月の満月は二十七日となってます。月齢っちゅうのかあ。知らんかったなあ」

「まだ五日ほど先ですねえ」

「今夜は半月よりもちょっと大きいくらいかな」

房江は主人に笑みを向けた。

丹波の地酒はおいしかった。鰻重もこれ以上のものは望めないだろう。さあ、行こう。

房江は、さあ、行こうと心のなかで自分を鼓舞して、山形食堂から出ると、駅近くの酒屋で日本酒の四合壜を買った。酒などもう一滴も飲めそうになかった。

線路に沿って麻衣子の家へと歩いていると向こうから麻衣子が自転車でやって来て、房江を見て驚き顔で、

「房江おばさんによう似てると思たら房江おばさんやちゃ。びっくりしたあ」

と言った。

蕎麦《そば》打ち台をこれまでよりも大きいのに替えるので、職人と打ち合わせをするために、きょうはいつもより早く店に行くが夜の営業は休むのだと説明し、麻衣子は城崎駅のほうへと向かった。六時過ぎに帰って来るという。

そうか、今夜は麻衣子は店を休むのか。それならば急がなければ。鰻重を残せばよかった……。

房江は、小川家に寄り、昼寝中の栄子の顔を見て、おばあさんに挨拶してから麻衣子の家に入り、持ち物を座敷に置いて円山川の畔《ほとり》へと行った。

水面《みなも》に滑降する水鳥の数が去年の秋に来たときよりも多かった。長い旅をして寒い国から春真っ盛りの円山川に渡って来たのだろうかと房江は思った。

そして、伸仁が骨壺《こつつぼ》からヨネの遺骨のかけらを落としたという城崎大橋のたもとへ歩いた。

——遊女の墓　みなふるさとに背をむけて——

ヨネが好きだった自由律俳句の一句が心に浮かんだ。

さあ、ぐずぐずしてはいられない。麻衣子は六時過ぎに帰って来るのだ。

房江は円山川に背を向け、踏切を渡って麻衣子の家に戻った。

奥の八畳の間に正座して、ハンドバッグからブロバリンの五十錠入りの壜を出した。

それから洗面所へ行き、麻衣子の櫛《くし》で髪を整えながら鏡に映る自分の顔に眺め入った。

線路側の小窓から入る薄日のせいなのか、いやに目の光が強かった。

私は物心ついてからきょうまで辛抱ばかりしてきた。辛抱するために生まれたようなものだ。だが、もう辛抱しない。

房江は座敷に戻り、急がなくてはと思いながらハンドバッグのなかから口紅を出して洗面所に戻り、それを丁寧に唇に塗った。

もういちど自分の顔に見入ったとき、小川のおばあさんが入り口の戸を叩いた。

栄子ちゃんが昼寝から起きたら小学校の運動場で遊ばせて来るという。

引き戸を閉めるとき、

「きょうはよう寝るんじゃわ。もう二時間以上も寝ちょる」

とおばあさんは言った。

房江は、座敷に坐り直すと大きく深呼吸して、日本酒の栓とブロバリンの蓋《ふた》をあけた。初めのうちは三錠ずつを酒で飲んだが、そのうち七、八錠ずつ流し込んでいった。残り十錠くらいになったのは睡眠薬を酒で飲み始めて三十分ほどたったときで、吐き気に襲われたので、それが治まるのを待った。そして最後の十錠を飲んだ。そのころには頭の中心部に痺《しび》れが生じて、鼓動が速くなった。

酒壜が畳を転がっていくのと、そこから酒がこぼれるのが見えた。

夫の顔も伸仁の顔も思い出そうとするのに思い出せなかった。視界が揺れて、坐っているはずなのに立ってあちこちを歩き廻っている気がした。

やがて、暗い井戸のなかを落ち始めたとき、誰かの声が聞こえて、房江もなにか言ったようだったが、不意になにも聞こえなくなった。

くぐもったささやき声が遠くから近づいてきて、それが混み合った電車のなかの騒音に変わったとき、房江は目が醒《さ》めた。

天井の蛍光灯が眩《まぶ》しかった。

私は電車に乗っているのだろうかと思いながら、頭を動かすと夫が立ち上がり、

「助かったのぉ。生きてくれたか」

と言って、どこかに姿を消した。布で片方の腕を吊っているのがわかって、そうだ、夫は怪我《けが》をしていたのだと房江は思いだした。

ここは病院だと気づき、房江は自分が死ななかったことを知った。

喉《のど》と胃が焼けるように痛くて、脳のすべてが万力で締めつけられている気がした。

中年の医師がやって来て、自分の名前と歳《とし》を言うようにと笑顔で促した。

「松坂房江。五十三です」

「この病院にもう三十分遅く到着してたら、たぶん手遅れやったでしょう。すぐに胃洗浄をしました。とにかくブロバリンを五十錠も酒で飲んだんやからね。ところが胃のなかにはぎょうさんの鰻とご飯が詰まってた。助かったのは鰻丼《うなどん》のお陰や」

いや、鰻重なのだと言いかけたが、喉の痛みで房江は声を出せなかった。

「もう大丈夫ですよ」

血圧を測ってから、医師はうしろに立っている熊吾に言い、病室から出て行った。

熊吾はベッドの横の椅子《いす》に坐り、

「この馬鹿《ばか》が」

と低い声で言った。

「いま何時？」

房江の問いに、夜の十一時半だと答え、熊吾は麻衣子からモータープールに連絡があったのが夕方の五時過ぎで、すぐに車を運転して豊岡市《とよおか》のこの病院に向かったが、伸仁は行くのをいやがって押し入れから出ようとはしなかったと説明した。

「ぼくが病院に行ったら、お母ちゃんは死んでしまう気がするっちゅうんじゃ。死に目に逢《あ》えんぞとなんぼ言うても押し入れから出ようとせん。それで、わしひとりで来たが、とにかくいま意識を取り戻した、助かったっちゅうことは伸仁にしらせてやらんとなあ。麻衣子にもしらせるけん」

そう言って、熊吾は病室から出て行った。

入れ替わりに看護婦がふたりやって来て、房江のベッドを隣りの四人部屋に移した。歳の若いほうの看護婦が、ベッドを押しながら、

「助かってよかったねえ。救急車で着いたときは心臓も微弱で、血圧も低くなってて、もう駄目かと思うたよ」

と言った。

四人部屋のドアに近い場所に移ると、房江は目を閉じた。なんだ助かってしまったのかという思いしかなかった。伸仁は一生許してくれないであろうと思った途端、たまらなく伸仁に逢いたくなった。

カーテンで仕切られている隣りのベッドから痛みに耐えているようなあえぎ声が聞こえた。

あんなにたくさん鰻重を食べたから、睡眠薬の効き目が弱くなったのかと思うと、房江の脳裏に山形食堂の主人の顔が浮かんできた。

熊吾はベッドの横に戻って来て、

「伸仁はなんにも言わんと泣いちょった。ただ泣くだけじゃ。あした、学校を休んで、お母ちゃんに逢いに来いっちゅうても返事をせん。麻衣子も泣いちょった」

と言って、あとは黙っていた。

「麻衣子ちゃんが救急車を呼んでくれたん？」

と房江はしわがれ声で訊いた。

「麻衣子は、お前と城崎駅の近くで逢うたあと店に行って、大工が来るのを待っちょったんやが、近くの人が朝掘りの筍《たけのこ》を持って来てくれたけん、これで房江おばさんに筍ご飯を作ってもらおうと思うて、自転車を漕《こ》いで家に戻ったんじゃ。そしたら、お前の様子がおかしい。酒の壜は転がっちょるし、睡眠薬の空壜もある。房江おばさん、どうしたん？　そう訊いたら、お前は、麻衣子ちゃん、私、死ぬねんと言うたんじゃ。それで慌てて駅まで自転車で走って公衆電話で救急車を呼んだ。城崎からこの救急病院までの道は夕方は混むんじゃが、どういうわけかきょうは空《す》いちょったと、救急隊員が不思議そうに言うたそうじゃ。なにもかもが、お前を死なさんように働いたのお。鰻丼までもがのお。これから死のうという人間が、よおそんだけの鰻丼を食べられたもんじゃ。わしならどんな好物でも喉を通らんがのお」

熊吾はいやにゆっくりとした口調でそう言いながら笑みを向けた。

「鰻丼とちがうねん。特上の鰻重やねん」

と房江は言った。

熊吾は、今夜は麻衣子の家に泊めてもらって、あしたの早朝に帰る、車を十時までに返さなければならないと言って立ちあがった。

車は富士乃屋の社長が最近買った新車を貸してもらったのだという。

「そんな腕で、どうやって運転してきたん？」

と房江は訊いた。

聞き取りにくかったらしく、熊吾が身を折るようにして房江の口に顔を近づけた。

「運転できるの？」

「吊《つ》っちょる布を外したら、なんとかハンドルは動かせる。痛いが、そんなことを言うちょる場合やなかったけんのお」

いったん病室から出たが、熊吾はすぐに引き返して来て、

「あの女に恋やの愛やの、そんなもんがわしにあるわけがなかろうが。馬鹿めが」

と房江の耳元で言った。

看護婦が蛍光灯を消し、病室の隅の豆電球を灯《とも》した。

房江は、今夜は眠れないだろうと思ったが、すぐにまた深く眠った。

翌日は朝と夕の点滴と胃の荒れを治す粉薬だけだったが、三日目からはお粥《かゆ》が出た。

警官が来て、別室で事情を訊かれた。自殺を図って救急車で病院に運ばれたのだから警察は調書を取らなければならないのだろうと思い、房江は正直に話した。

三日間待ったが、伸仁はやって来なかった。四日後の昼に房江は退院した。退院間際、医師は房江を診察室に呼び、

「松坂さんは芯《しん》が強いんです。柳に雪折れなしっちゅうやつです。そやけど、今回は運が良かっただけで、ほんまならこの病院に着いたころには死んでたやろね。大好物の鰻重が助けてくれた。予定よりも早う帰って来た谷山さんが駅まで自転車をすっ飛ばして救急車を呼んでくれた。城崎からここまでの道がいつもよりも空いてた。それにもうひとつ、十日ほどまえに、誤って農薬を飲んだ子供が運ばれて来て、胃洗浄をしたんです。看護婦が一刻を争う胃洗浄を経験してたのも松坂さんに幸いした。松坂さんは生きなきゃいかんのでしょう。その意味をよう考える時間を持って、一回きりの人生を大切にして下さい」

と穏やかな笑顔で言った。

房江は医師に深く礼を述べ、呼んでおいたタクシーに麻衣子とともに乗って、城崎の家に戻った。その道々、タクシーの窓から円山川の澄んだ流れが見えていた。

四日前に列車で見た風景とはまったく異なるものが、漲《みなぎ》る円山川の水面にあった。脚の長い水鳥の餌《えさ》の捕り方は、腹をすかせた雛《ひな》のために脇目《わきめ》もふらずに働く親のけなげな闘いに見えた。その日その日をみずからも生きて、子を育てるために手ぶらでは帰れない親鳥の懸命な姿は、房江には貴くて神々《こうごう》しくさえあった。

タクシーに乗ってからずっと円山川にばかり見入って黙している房江に、麻衣子はひとことも話しかけようとはしなかった。

病院に見舞いに来るたびに、

「麻衣子ちゃん、ごめんね」

と房江はまず謝ることから会話を始めてきたのだが、そのたびに麻衣子は、私に謝ることはなにひとつないと笑顔で応じたのだ。

タクシーから降りたとき、麻衣子はやっと口を開いた。

「あしたは満月や。房江おばさん、あしたお月見をしてから帰りぃな」

「うん、そうさせてもらうわ。また城崎の満月を観られるなんて思えへんかったわ」

「そのつもりでノブちゃんを呼んだっちゃ。行けへんて言うから、電話で思いっきり怒ってやった。あんたは女の腐ったような男やって」

「あした、ノブが来るのん？」

房江は驚いて訊いた。

「ノブちゃんは、行くとは言えへんかった。行けたら行く、って言うて電話を切ったがや。お母さんの顔を見たら泣いてしまうかもしれんから、たぶんそれが恥ずかしいんやね。あの年頃の男の子は気難しいっちゃ。そやけど、ノブちゃんはきっと来るよ。私の勘は当たるっちゃ」

「あしたは何曜日？」

「月曜日や」

「きょうは日曜日やったん？　私のなかからはカレンダーが消えてしもてるわ」

「きょうは昭和三十九年四月二十六日の日曜日。一九六四年や。秋には東京オリンピックや」

麻衣子はゆっくりと歩いて家の前まで行くと、昭和三十九年四月二十二日の午後五時に松坂房江さんは死んだが、六時間後にまた生まれたと言って、引き戸をあけた。小川のおばあさんが、もうじき三歳になる栄子に折り紙を折ってやっていた。

「房江おばさん、病気は治ったん？」

と栄子は訊きながら抱きついてきた。

「うん、治ったよ。なんのおみやげも持たんと来てごめんね」

そう言って、房江は栄子をしばらく抱きしめていた。小川のおばあさんは、ただ微笑だけを向けて家に帰って行った。

麻衣子は、二階に蒲団を敷いておいてくれたが、もう横になる必要は感じなかったので、房江は台所に置いてある竹籠《たけかご》のなかの筍を手に取った。

切り口を見て、指で固さを確かめ、朝掘りの柔らかさはないが、筍ご飯ならこれで充分だと思い、薄揚げと木の芽を買って来てくれと麻衣子に頼むと、すぐに筍の灰汁《あく》取りを始めた。

鍋《なべ》に水と糠《ぬか》を入れ、二本の筍を沈ませながら、この筍も私を助ける役目を担《にな》ってくれたのだと思った。

「お医者さんは、もうなにを食べてもええって言うてはったけど、胃の具合はどう？」

と取り込んだ洗濯物を畳みながら麻衣子は訊いた。

「まだときどき痛むけど、大丈夫や。ほんまはお蕎麦が食べたいけど」

「店に三把あるっちゃ。買い物に行って、蕎麦と出し汁も持って来るっちゃ。お風呂にも入りたいやろ？　今晩、あの旅館の岩風呂に三人で行く？　ちよ熊《くま》は改装工事であしたまで休みや」

「そうやねえ、四日もお風呂に入ってないもんねえ」

房江がそう言うと、麻衣子は自転車を漕いで店へと向かった。

糠入りの湯が沸いてくると、房江は火を小さくさせて、栄子が折り紙に話しかけて遊んでいるさまに見入った。

日曜日なのに、あの病院には患者も看護婦も医師もいたが、救急病院というのはそういうものだろうかと房江は思った。

私は、睡眠薬を飲み始めたときにもう死んだのだ。麻衣子の言うとおり、昭和三十九年四月二十二日は私の命日で、同時に生き返った日でもある。私は一生のうちで二回誕生日を持った。だから私は変わらなければならない。二度の生を授かったのだから、一度目の生と同じ生を生きてはならない。

私が自分でもどうしようもない癖や欠点を治すことから始めなければならない。

お酒はやめない。私はお酒が好きなのだ。お酒が少し入ると、胃の弱い私でも食欲が出て、おいしく食べられるから、食欲増進の薬なのだ。でも、一合だけ。それ以上は、私には毒だ。いや、一合半くらいはいいかな。

房江が一合にしようか一合半にしようかと迷っていると、

「一合だけ」

という伸仁の声が聞こえたような気がした。

「はい、一合だけね」

と房江は言った。栄子が振り返って、どうしたのかといった表情で見つめた。

「おばちゃんのひとりごと」

と言って、房江はガスの火を少し大きくした。

酒は食前に一合だけ。これに決めた。

だが私を根本的に変えるのは、もうなにがあろうが心配しないということだと、房江は思った。先のことを心配したからといって、その心配が杞憂《きゆう》に終わったりはしない。心配すればするほど、その心配は心配したとおりになっていく。私はそれをもういやというほど体験してきた。だから、心配することをやめる。

テレビの番組で、ナポレオンは、吾輩《わがはい》の辞書には不可能という言葉はない、と言ったと聞いた。この松坂房江の辞書からは心配という言葉を消す。

三つめは、伸仁が社会へ出るまで、私が働くことだ。モータープールでの仕事を完璧《かんぺき》にこなしながら、私は夫に頼らずに生きていけるだけの収入を得る道を探すのだ。

昼間の仕事でなければならない。宗右衛門町《そえもんちょう》筋の「お染」でのような仕事はこりごりだ。朝の八時か九時から夕方の五時か六時ころまでの仕事を探す。ヨイトマケのような力仕事は無理だが……。

あさって、シンエー・モータープールに帰ったら、新聞の求人広告で私でも雇ってくれる仕事先を見つけよう。五十三歳の、なんの特技も学歴もない女を雇ってくれるところがあるかないかわからないが、あのお医者さんが言ったではないか。私という人間は芯が強くて、おまけに運までが強いのだ。

そして、私にはもう怖いものなんかないのだ。

房江はそう決心すると、鍋の湯を捨て、新しい糠に替えて、灰汁が早く抜けるように筍の皮を剝《む》き、半分に切って湯掻《ゆが》いた。

薄揚げと木の芽を買い、三把の蕎麦と出し汁を店から持って来た麻衣子が、台所にやって来るなり、

「房江おばさん、顔色がええよ」

と言った。

「生まれ変わったからね」

「うん、ほんまにそんな顔や。房江おばさん、出し巻きの作り方を教えてよ。蕎麦屋に出し巻きがないっちゅうのは恥やで、ってこないだ東京からのお客さんに言われたっちゃ」

「うん、そやけど、出し巻きはそれ用の玉子焼き器でないときれいに焼かれへんわ」

「房江おばさんが来たら教えてもろうと思て、買っといたがや」

麻衣子はまだ箱に入れたままの玉子焼き器と一緒に白い錠剤を二個流しの横に置いた。

「畳に転がっとったちゃ。捨てるつもりやったけど、房江おばさんが命を取り留めたって熊吾おじさんから電話があったあと、戻って来た房江おばさんに見せようと思って置いといたんや。見とうはないやろけどね」

房江は、二錠のブロバリンを掌《てのひら》に載せ、しばらく見入ってから水道の水をそこに落と

すと、指ですりつぶして流しに捨てた。

筍ご飯を炊きながら、房江は麻衣子に出し巻きの作り方を教えた。

薄く焼いた玉子を何重にも丁寧に重ねること。火加減が大切であること。余熱で焼き過ぎてしまわないこと。簀《す》巻《ま》きにするときにきつく巻き過ぎないこと。

麻衣子は飲み込みが早かった。五本の出し巻きを焼くころには、箸《はし》と玉子焼き器の使い方を覚えてしまった。

炊きあがった筍ご飯と二本の出し巻きを小川家におすそわけして、房江と麻衣子と栄子は卓袱台に坐って晩ご飯を食べた。

食事中も、そのあと城崎温泉の旅館の岩風呂につかったときも、三人で並んで家へと歩いて帰るときも、麻衣子は、なぜ自殺しようとしたのかを訊かなかった。房江はそれをとてもありがたく感じた。

翌日、昼前から房江は城崎駅へ行った。京都からやって来る列車。播州《ばんしゅう》回りで着く列車。福知山で山陰本線に乗り換える列車。

近郊から来て城崎駅に停まる列車も入れると一時間に三本くらいあった。

きょうは月曜日なので、伸仁はたぶん来ないだろうと思ったが、最後の乗客が改札口を通ってしまうまで、房江は立ちつづけ、麻衣子の家に歩いて帰り、また次の大阪方面からの列車の到着時間に合わせて駅へと行った。

きょう学校を休んだら、あしたも休まなければならない。風邪をひいて熱でもあるのなら仕方がないが、格別の理由もなく二日間も休みにくいのだろうと房江は思った。けれども、麻衣子は伸仁が必ず来ると確信している。来なかったら、ぶん殴ってやると冗談混じりに拳《こぶし》を握ってボクシングの真似《まね》をするのだ。

一時間に二回、房江は駅と麻衣子の家を行ったり来たりして、五時台の列車に伸仁が乗っていなかったら、もう城崎駅には行くまいと思った。待っている人が乗っていなかった列車がホームから出て行くのを見送ることがこんなに寂しいものだというのを初めて知った気がした。

六時前の、福知山から浜坂へ行く列車から伸仁が降りて来た。学校の制服を着て、鞄《かばん》を持っていた。

伸仁は改札口の手前で立ち止まり、きつい目で房江を見つめた。房江は、両手の指を胸の前で祈るように絡《から》めて無言で伸仁を見た瞬間、涙を抑えることが出来なくなった。

列車から降りた人たちが駅舎から出てしまってからも、伸仁は機嫌の悪そうな顔をして動こうとしなかったが、改札口を挟んで母親と向かい合うと、

「お母ちゃんは、ぼくを捨てたんや。そうやろ？」

と言って、顔を歪《ゆが》めて泣いた。

どうか許してほしい。私は生まれ変わった。だからどうか許してほしい。

房江は、駅員や売店の女の好奇な目も気にせずに声を震わせてそう言うと、改札口を走り抜けて伸仁の立っているところに行き、力いっぱい抱きしめた。

伸仁の腕にしがみつくようにして駅舎から出て、房江はお腹《なか》はすいていないかと訊いた。

午前中の授業を受けたあと、母が城崎で急病にかかり入院したので、早退させてほしいと担任の先生に許可をもらったが、四時台に着く列車には乗り遅れたのだと伸仁は言った。

「そしたらお昼ご飯は食べてないのん？」

「お弁当を作ってくれる人がいてないやろ？」

「私がいてないとき、家ではなにを食べてたん？」

「里芋の煮っ転がし。あれしかないねんもん。朝も里芋の煮っ転がし。夜も里芋の煮っ転がし。この五日間、ずうっと里芋の煮っ転がし。ようあんなにぎょうさん作って行ったなあ。どうせ作るんなら、ぼくの一生分を作って行ってほしかったわ」

「五千円を置いといたやろ。あれでどこかの食堂に行ったらええのに」

「あれで服を買《こ》うた。柄物のシャツとコットンパンツを。もうこんなお寺の坊主《ぼうず》みたいな制服を家に帰ってまで着てるのはいややねん」

「そこにとびきりおいしい鰻重の店があるねん。しょっちゅう休みはるから、きょうは店をあけてはるかどうか……。鰻重、食べるか？」

伸仁が頷《うなず》いたので、房江は、山形食堂が店をあけていますようにと願いながら温泉街の中心部への広い道を歩いた。日はとうに落ちて、星が二つ三つ光っていたが、満月は雲に隠れているのか、まだ空の低いところにあるのか、房江には見えなかった。

天気予報では、きょうは晴れたり曇ったりで、夜には雲が少なくなるそうだと麻衣子は言ったが、わずかな時間でも伸仁と一緒に見事な満月を眺められたらいいのにと房江は思った。

山形食堂は営業をしていた。

客が八人もいて、ほとんど満席状態だったが、主人が席を作ってくれた。

房江は、この子は私の息子だと主人に紹介して、

「あれからずうっと麻衣子ちゃんの家で御厄介になってたんです。きょうは満月ですねえ」

と言った。

「お母さんのお月見につきおうてあげなはれ」

と言って、主人はすぐに封を切っていない丹波の地酒を持って来た。

「私、お酒をやめたんです」

「えっ！　またどういう心境の変化で？」

それには答えず、房江は、息子には鰻重と肝吸いを、私には熱いお茶をと頼んだ。

「お茶だけ？」

主人はそう訊き返したが、かすかに笑みを浮かべて、酒壜《さかびん》を持って調理場に消えた。

「私、お酒をやめるで」

と房江は言った。

「当たり前やろ。あんなことをして、まだ酒がやめられへんかったら、頭がおかしいわ」

と伸仁は睨《にら》みつけてきた。

「そやけどな、お酒は私には薬やねん。睡眠薬を五十錠も飲んで、病院で胃洗浄をしたから、胃が荒れてしもて、いまはお酒を見るのもいややけど、回復したら晩ご飯のとき一合だけは飲むねん。それは大目に見てな」

「あかん。一滴でも飲んだら、ぼくは家出する。お母ちゃんが一合でやめるはずがないやろ？　これまで何回一合だけと約束して五合も六合も飲んだ？　市電を何回止めた？」

「私は生まれ変わってん」

伸仁は呆《あき》れ顔で、

「生まれ変わったんなら、酒をやめるというのが正しい考え方やろ？　生まれ変わっても一合だけは飲むなんて、そんな約束を誰が信じるねん」

と言って、それきり口をきかなくなってしまった。

「雲の切れ目がだいぶ多なってきましたで。ええ月見の夜です。月というのはねえ、ちょっと雲があるほうが風情《ふぜい》がおますねん」

そう言いながら、主人は鰻重と肝吸いを伸仁の前に置いた。

房江は伸仁の食べっぷりを見て、あの食の細かった子が、こんなにむさぼるように食べるようになったのかと思い、幼稚園児のころの細枝のような腕を思いだした。少しでもたくさん食べさせようと、私も夫もいろいろと工夫したものだと房江は思った。

伸仁はすべてをたいらげると、沈思黙考といった風情でテーブルを見つめてから、お母ちゃんは今夜はなにを食べるのかと訊いた。

「きのう麻衣子ちゃんと作った出し巻きがまだ二本残ってるねん。筍ご飯も残ってるし、それを食べるつもりやねん」

それがどうかしたのだろうかと房江は息子の次の言葉を待ったが、伸仁は再びなにか考えにひたってテーブルに視線を注いだきり黙り込んだ。

「あした学校を休んだら、あさっては祭日やから二日も休むことになるやろ。このごろ病気でもないのに休むやつが増えてるから、先生がうるさいねん。休んだ理由を根掘り葉掘り聞かれるねん」

「母親が城崎で急病になったことになってるんやから、ノブは大目に見てくれはるわ」

「うん、そうやなあ。こないだ職員室に呼ばれて、お前が合格できる大学はないって言われた」

「来年の受験まで思いっきり頑張ったらええやろ？」

伸仁はそれが言いたかったらしく、

「どうやって勉強するのん？　ほとんど毎日、夜になったら取り立て屋が来るんやで。ぼくはずっと押し入れに隠れつづけるしかないねん。留守に見せかけるために、部屋の電気を消してるから、押し入れのなかの電気スタンドも消さなあかん。真っ暗な押し入れのなかで取り立て屋があきらめて帰ってしまうまで、息を詰めてじっとしてるねん。こんなこと、いつまでつづけなあかんのん？」

と気色ばんで言った。

そうか、手形の割り屋は、夜に来るようになったのか、伸仁にしてみれば受験勉強どころではあるまいと房江は思った。

「もう押し入れに隠れんでもええ。お母ちゃんにまかせとき」

と房江は言った。

「どうするのん？　市電の通りまで聞こえるくらいの声で怒鳴りつづけよるで」

「怒鳴りつづけさせたらええわ。まさか朝まで怒鳴りつづけへんわ。お父ちゃんの行き先はわかれへんねん。わからんもんを教えられへんやろ？」

「ぼくに一生つきまとうんやろ？」

「あんなのは脅しや。ノブが女の子でのうてよかったわ」

「そやけど、先週の土曜日に、スクールバスの乗り場の近くに変な男がふたり立ってたから、ぼくは裏山を越えて村を抜けて、市バスで石橋駅まで出て、阪急電車で帰ったんや」

そうか、さっきの沈黙は、自殺未遂をした母親にいま話してもいいものかどうか思案していたのだなと気づき、

「お母ちゃんが生まれ変わったという証拠を見せてあげる。ノブは心配せんでもええ」

と房江は言って、山形食堂から出た。

十時に房江は伸仁と城崎大橋の真ん中に立った。風には花の匂いが混じっていたが、なんの花なのかわからなかった。円山川の畔のどこかでたくさんの花が咲いていて、夜露が香りを高めているのであろうが、それはきっとはるか遠くで群れているのだろうと房江は思った。

初めて城崎大橋から観た満月は河口の上あたりにあったが、今夜のは頭の真上で輝いていた。きれぎれの雲が西から東へと動いていて、ときおり月光をさえぎった。河口一

帯が電光に照らされたように光っていた。

「二年ほど前に、お父ちゃんと京都で能を観たとき、月見座頭という狂言も観たんやけど、あれは凄《すご》かった。あの夜はなかなか寝られへんかったわ」

と伸仁は欄干に両肘《りょうひじ》をついて満月を観あげながら言った。

下京に住む座頭が、今夜は満月だというので、月見に行く。たぶん東山の中腹のどこかの原っぱであろうが、そこで月見をしていると上京からやって来た男がその姿を見て、座頭が月見とは小癪《こしゃく》なことよと思い、少しからかってやろうと会話を交わす。

上京の男は、即興で歌を詠《よ》む。下京の座頭もそれへの返歌を詠む。なんだそれは誰それの歌ではないかと上京の男が鬼の首を取ったように馬鹿にすると、さきほどのあなたの歌も、誰それの歌ではございませんかと返される。

上京の男はだんだん腹が立ってくる。教養では下京の盲目の座頭のほうが数段上なのだ。当時は、位の高い人は上京に、低い人は下京に住んでいた。

上京の男は足音を消して、帰ってしまったふりをして、そっと近づき、杖《つえ》を奪ったうえに座頭の体をくるくると何回も廻して去ってしまう。

杖を奪われ、方角もわからなくなった座頭は秋草に覆《おお》われた地面に四つん這《ば》いになり、必死で杖を探す。

やっと杖を探り当て、なんとひどいことをする人もいるものだと言いながら立ちあがり、ひょいと顔をあげると、そこに満月がある。……

「へえ……」

と房江は驚きの目で伸仁の横顔を見た。

なにがどう凄いのかは、言葉では説明できないのであろうと思った。私にも説明できない。だが、高校一年生のとき、伸仁は京都の能楽堂で見た「月見座頭」という狂言を凄いと感じたのだ。

その狂言を母親に語って聞かせる語りの見事さはどうだろう。

房江が欄干に並んでいつまでも顔を見つめていると、

「お母ちゃんも、いっぺん月見座頭を観たらええのに」

伸仁は言った。

いや、舞台を観ないほうがいい。お前のいまの語りだけで充分だ。観たら、私のなかの月見座頭の、杖を支えによるべなくたたずんで、目の見える人よりも確かに満月を観ている盲目の男の姿が消えてしまうと房江は思った。

城崎からシンエー・モータープールに戻って一週間くらいは胃がときどき痛んだし、喉にも違和感が残っていたが、病院で貰《もら》った薬が失《な》くなるころには消えてしまった。

その一週間のあいだ、手形の割り屋はやって来なかった。

伸仁は母親に見られることをいやがったが、房江は伸仁が学校に行っているあいだに蒲団《ふとん》や枕《まくら》を干すついでに押し入れのなかを掃除した。

スタンドランプ、トランジスタラジオ、ノート、鉛筆の他に、「あすなろ物語」という小説の文庫本があった。著者は井上靖《やすし》となっている。

私が生死をさまよっているとき、伸仁はこれを読んでいたのだ。この小説を読むのをやめたら母親が死んでしまうと思ったというが、なぜそんな縛りのようなものに囚《とら》われたのであろう。

房江はそう思いながら、手垢《てあか》にまみれた一冊の文庫本をもとあった場所に置き、伸仁のノートを開いた。半分は英語の単語や文法に関することが書かれてあり、残りの半分は絵とも紋様ともつかないいたずら書きで埋められていたが、最後の一枚には、「あすなろ読了。比良《ひら》のシャクナゲ読了」という文字があった。

房江がもういちど文庫本をひらくと、そこには「あすなろ物語」ともう一作「比良のシャクナゲ」という短い小説も併収されていた。

夫はいまごろカンベ病院の院長に紹介してもらった阪大付属病院で手術をしているなと思い、房江は柱時計を見た。もう終わっただろうか……。

「たいした手術やあらせん」

と夫は言ったが、重い鉄のドアに挟まれた親指は、先端の骨が三ミリほど欠けていて、それは千鳥橋の外科医院での最初の診察のときにはわからなかったのだ。抜糸を終えてから痛みだし、あらためてカンベ病院で診てもらって、この骨のかけらは早急に除去しなければならないということになった。

骨を除去したあと三日間は入院しなければならないだろうとカンベ病院の院長は言ったという。

たとえ三ミリの骨片でも、それを取りだすときには思いのほか大きく肉を切開しなければならない場合もあるからだ。

房江は、寝間着やら着替えやらを持って行きたかった。けれども、森井という女が世話を焼いているかもしれないと思うと、歩いて十分ほどのところにある阪大付属病院に行く気にならなかった。

「あの女に恋やの愛やの、そんなもんがわしにあるわけがなかろうが」

豊岡市の病院で夫は言ったが、それで房江の心が解けたわけではなかった。

その夫の言葉よりも、

「お母ちゃんは、ぼくを捨てたんや。そうやろ?」

と城崎駅の改札口の向こうで言った伸仁のひとことが、時間を経るに従って重い意味を持ち、生涯消えない罪業《ざいごう》を背負ってしまったことへの深い後悔が、房江のなかで日々つのりつづけていたのだ。

確かに私はたったひとりの我が子を捨てた。私は助かったが、それは運が良かっただけだ。死のうと決めて、ブロバリンを酒で飲み下したとき、私は死んだのだ。十七歳の息子に、あとはひとりで生きていけと決別したのだ。伸仁は自分の母を許さないであろう。

房江は一冊の文庫本の背表紙に視線を落としながら、そう思った。

物干し場で蒲団を干し終えてから、房江はモータープールの事務所の掃除をした。

「あんまり無理せんほうがよろしいで。体にメスを入れると、ほんとに回復するのに二、三週間はかかりまっせ」

と荘田敬三は口では言ったが、自分で箒《ほうき》と塵《ちり》取りを持とうとはしなかった。

母親が一週間近く留守をした理由を、伸仁は荘田にも田岡にも、急用で城崎の知り合いの家に行って、急性盲腸炎になり、手術をしたと説明したのだが、それには事情があった。

麻衣子がシンエー・モータープールに電話をかけたとき事務所に熊吾がいたのは、富士乃屋の社長にそれまで乗っていたトヨタ・クラウンを売って新車に乗り換えたいと相談を持ちかけられて、その新車が届いたからだった。

富士乃屋は、それ以外にも営業員が使う乗用車を買い替えたいという相談も持ちかけていて、熊吾としては手形の割り屋が待ち伏せているかもしれないシンエー・モータープールに行かざるを得なかったのだ。

「病院はどこじゃ。助かりそうか？」

電話口で麻衣子に訊《き》く熊吾の言葉は荘田にも富士乃屋の社長にも聞こえて、ふたりは奥さんがどうかしたのかと訊いた。

熊吾は富士乃屋の社長の車を借りるのがいちばんいいと判断し、咄嗟《とっさ》に房江が盲腸で入院したと嘘《うそ》をついた。

それをあとで知った伸仁は、話を合わせつづけるしかなかったらしい。

不思議なことばかりが起こったなと房江は事務所の掃除を終えて、佐古田の仕事場の周りの掃除を始めながら思った。佐古田は大きなアメ車の車体をアセチレンガスの火で焼き切る作業に没頭していた。

あの日あの時間、絶対にシンエー・モータープールの事務所にいるはずのない夫がいた。滅多にモータープールに来ない富士乃屋の社長が自分で車を運転して来ていた。

麻衣子は作り替える蕎麦打ち台の寸法の打ち合わせで店に行っていて、帰宅は六時過ぎになるはずだった。だが、近所の人が朝掘りの筍を持って来てくれて、これで今夜は房江おばさんに筍ご飯を作ってもらおうと思い、自転車で家に急いだ。

私は、山形食堂で、とびきりの鰻重《うなじゅう》を食べさせられた。あんなにたくさんの鰻を食べるつもりはなかったのに、主人の勧めで全部たいらげてしまわざるを得なかった。

いま思えば、あんなにたくさんの饅重を食べたら、睡眠薬の効き目が悪くなるはずなのに、あのときはそんなことは考えなかった。さらには、城崎から豊岡の救急病院までの道が珍しく空いていたし、病院では十日ほど前に誤って農薬を飲んだ子供の胃洗浄を行っていて、そのために看護婦も処置に手慣れていた。

偶然が、これほど同時に起こるだろうか。まるで、私を死なせまい、生かそうという力が働いていたとしか思えない。その力は、なぜ私を死なせまい、生かそうとしたのだろうか。

裏門横の便所の掃除も終えて、房江が今夜のおかずを買いに行こうと買い物籠を持ったとき、伸仁が帰って来た。夕刊を五紙、鞄のなかから出して房江に手渡しながら、今夜は野田阪神の駅前の広場で古本市があるそうなので、本を何冊か買ってくれないかと言った。

「豊岡の病院の払いで、財布は空っぽやねん」

と言い、房江は財布のなかを見せた。二百三十円しかなかった。

先月から、月末に夫が伸仁に電話をかけてきて、待ち合わせの場所を指定し、生活費を伸仁が受け取りに行くようになっていた。しかし、夫の指の痛みは烈《はげ》しくなっていて、五月の連休が終わっても連絡がなかった。

熊吾から入院したとしらせる電話があったのはおとといで、糖尿病があるのでまず先にその検査をしなければならず、退院するのは五月の十二日ごろになるだろうと医者は言っている。生活費は退院してから伸仁に渡す。

夫はそう言ったが、シンエー・モータープールの昼間の管理人と経理を荘田敬三が引き継いでから、給料はなぜか毎月の十日に支払われると変わったので、房江の財布は確かに空っぽなのだ。

だが、すでに房江は、城崎の麻衣子の家にいるときに、今後は夫を当てにすることはやめようと考えていた。夫は終わったのではないかという気がしたのだ。

玉木則之の使い込み。松坂板金塗装の売却。社長辞任。社長在任中における東尾修造の手形乱発。東尾の失踪《しっそう》。大阪中古車センターの不振。

あまりにも運に見放されているとしか思えない。この運のなさは壊れた歯車のようにすべての嚙《か》み合わせを狂わせていく。

運がなくなると、やることなすことが裏目に出て、どんな人間も坂道を転がるように落ちていくことは新町の「まち川」でいやというほど目にしてきた。

あのころに見た幾人かの男たちの凋落《ちょうらく》と夫のそれとには共通したものがある。この運というしかないものは、いったん切れると際限がない。その運を取り戻すには、松坂熊吾は歳を取り過ぎた。あと三年ほどで七十歳になるのだ。そのうえ、三十代の愛人を囲ってしまい、手形の割り屋に追われて、いまは女のアパートに身を潜めるしかない状態だ。私の夫は終わった。

さいわい、千鳥橋の大阪中古車センターは、数十台の車を置くための場所としては適しているし、土地の借地料も安い。売り物の中古車も、解体用の廃車も、あそこならまだあと二十台は置ける。そんな土地はもうこの大阪市内にはないのだ。

関西中古車業連合会などは誰か他の者に渡して、夫は中古車業者相手のモータープール業に徹してしまえばいい。

電線メーカーから土地を借り、それを中古車業者に又貸しして、そのあがりだけで月に十万円くらいの収入を得ることができる。それで充分だとは考えないのが私の夫だ。

関西中古車業連合会の親分として、もっと大きくなろうとしているのだ。あの人は、事業と人望の両方を得たいのだ。昔からそうだった。運がついてまわっていたときにはそれも可能だったが、運がなくなれば、その性癖は転落に拍車をかける。

房江は退院したあと城崎の麻衣子の家でそう考えて、自分は働こうと決心したのだ。

「百円で文庫本が十冊買えるねん」

と伸仁は言った。

「百円で？」

文庫本が縄で縛って並べてある。一束十冊だ。露店でその古本を売る男に頼んで、読みたい十冊を選ばせてくれと頼んでみるつもりだ。

そう言って、伸仁は田岡を手伝うために階下に降りて行った。

房江は、買い物をして帰って来ると、晩ご飯の支度をしてから、伸仁に頼んで買ってきてもらった夕刊紙を畳の上に広げ、求人欄を見た。

力仕事は無理で、事務職に必要な特技はない。そのうえ五十三歳の女だ。さらに、昼間の仕事でなければならない。

――求む、女中。午前十時〜午後七時。昼食付き。給与面談。三十代に限る。住吉区帝塚山《てづかやま》――

――求む、倉庫掃除婦。勤務は九時から六時。各種保険あり。年齢三十〜五十まで――

房江は赤鉛筆を持ち、これはと思う求人広告に丸印をつけていこうと思ったが、五十を過ぎた女でも可とする求人先はなかった。

――簡単な手仕事です。時給三百円。昼から三時間だけ。交通費支給――

これだと一日に九百円だ。一ヵ月休まずに働いたら二万七千円だ。時給が三百円というのは多いのだろうか少ないのだろうか。いま大学卒の初任給は平均で二万円くらいだから、この会社の時給はかなり高いことになる。簡単な手仕事で時給三百円というのは、なにか裏があるのかもしれない。だが、年齢に制限はない。

房江はそう思って赤鉛筆で印をつけた。この五紙の夕刊だけで決めることはない。あしたの朝刊も五紙買って勤め先を探そう。

房江は部屋が暗くなっているのに気づいて蛍光灯をつけた。そして五紙目の夕刊の求人欄を見た。

――従業員食堂で社員の食事を作って下さい。五十歳までの女性。勤務時間、九時から五時半まで。経験問わず。各種保険有り。交通費支給。多幸クラブ――

なんだクラブか。ホステス募集というやつだ。

房江は気落ちして新聞を片づけ始めたが、クラブのホステスで五十歳までというのはどういうわけかと、もういちどその求人広告を見た。

多幸クラブは大阪市兎我野《とがの》町にあるらしい。男相手のクラブに従業員食堂なんておかしな話だが、兎我野町ならバスでも市電でも二十分ほどのところだ。それにホステス募集ではない。従業員食堂で社員の食事を作る仕事だと書いてあるではないか。

「そやけど、五十歳までやもんなあ」

そうつぶやきながらも、房江はその多幸クラブの求人欄を鋏《はさみ》で切り抜き、十円玉を持って裏門から出ると、公衆電話へと急いだ。

「多幸クラブでございます」

という若い女の声が聞こえると、房江はきょうの夕刊での求人広告を見たのだがと言った。

「係の者と代わりますのでお待ち下さい」

その丁寧な言い方は、着飾った若い女たちがいるクラブとは思えなかった。

すぐに中年の男が電話に出てきて、

「人事部の日吉《ひよし》でございます」

と名乗った。

房江は、多幸クラブとはどんな会社でしょうかと訊いた。

「ホテルです。ご存知ありませんか？　東京、京都、大阪、九州の博多で四軒のホテルを経営する会社でございまして、創業は大正九年でございます」

「求人に応募したいのですが、私は五十三歳です。それでもよろしいでしょうか」

日吉という穏やかな口調の男はしばらく考えてから、とにかく履歴書持参で面接に来てくれと言った。

「いつお訪ねすればよろしいでしょうか」

「急いでおりましてね、あしたにでもいかがでしょう。あしたの朝の十時くらいはいかがですか。お名前は？」

房江は自分の姓名をゆっくりと言って、電話を切った。

大正九年創業のホテル？　各地に四軒もある？　そんなホテルがあるということさえ

知らなかった。いまはやりの「つれこみホテル」ではないことだけは確かなようだ。

房江はそう考えて、すぐ近くにある文房具屋に行き、履歴書用紙を買った。

ペン習字の通信教育を修了したときに立派な修了証書が送られて来て、その祝いに夫が買ってくれた万年筆はずっと桐《きり》の簞笥《たんす》にしまったままだった。

房江はそれを使って生まれて初めて履歴書というものを書いた。恥ずかしかったが、学歴の欄には尋常小学校中退と正直に書くしかなかった。

書き終えてから、顔写真を貼《は》らねばならないことに気づいた。財布には百二十円しかない。晩ご飯のおかずを買ったとき、伸仁の古本代百円を残すようにしたのだ。

聖天通り商店街に、履歴書用の顔写真を三時間で仕上げてくれるカメラ屋があるが、百二十円では足りないだろう。モータープールの給料日はあしたの十日が日曜なのであさってだ。

困ったな、面接はあしたの十時なのにと意気消沈しかけたが、房江は田岡勝己に貸してもらおうと思いついて階段を降りた。荘田はもう帰ってしまっていた。荘田もまたモータープールの最も忙しい時間に判で捺《お》したように仕事を終えて帰ってしまう。

伸仁は講堂にある軽トラックを並べ替えていた。田岡は富士乃屋のトラックを移動させながら、パブリカ大阪北の修理工になにか指示していた。目下の者と話すときも必ず笑顔を絶やさないので、田岡は修理工たちにも好かれていた。

房江が、あさってまで五百円貸してくれないかと頼むと、田岡はこころよくシャツの胸ポケットから五百円札を出してくれた。

晩ご飯を終えると、伸仁は野田阪神の駅前広場の露店で十冊の文庫本を買い、房江の顔写真を受け取って帰って来て、

「ほんまに昼間に働きに行くのん？」

と訊いた。

「雇うてもらえたらや。五十歳までということやから、たぶん不採用になるわ。ぎょうさんの人が求人広告を見て来はるやろから、狭き門や。そやけど、駄目でもともと」

そう言いながら履歴書に自分の顔写真を貼っていると、

「多幸クラブは、お母ちゃんを雇わな損や。お母ちゃんの作る料理はおいしいねん。梅田新道から歩いたほうが早いで。関西テレビ放送の手前や。丸尾運送店に行くとき、そのホテルの前を通るから知ってるねん」

そう話しかけて、伸仁は買って来た文庫の古本を卓袱台《ちゃぶだい》に一冊ずつ並べた。

ダビ「北ホテル」、ドストエフスキー「貧しき人々」、レマルク「凱旋門《がいせんもん》」、高山樗牛《ちょぎゅう》「滝口入道」、カミュ「異邦人」……。

房江は知らない作家の名を見ながら、

「これが一束で売ってたんか？」

と訊いた。

「二十束のなかから読みたいのを選ばせてもろてん。そんなことはさせへん、どんな本が入ってようが一束で百円やって怒りよったけど、粘って粘って選ばせてもろてん。ぼくの粘り勝ちや」

伸仁は嬉《うれ》しそうに言って、文庫本を持って押し入れに入ってしまった。

多幸クラブは国道二号線から北へ入る道筋にあった。道の東側に新館が、西側に本館が向かい合って建っていた。本館は六階建て、新館は八階建てで、本館は建ってかなり年月を経ているようだった。

どっちへ行ったらいいのかわからなかったし、面接を受けに来た者が客用の玄関から入るわけにはいかないと思っているとボーイの制服を着た背の高い青年が新館から本館へと歩いて来た。

房江は、求人広告を見て来たのだが、人事部の日吉さんにお逢《あ》いするにはどこに行けばいいかと訊いた。

青年は新館の横にある従業員用の出入り口まで案内してくれた。その丁寧な喋《しゃべ》り方と物腰で、この会社は若い社員の躾《しつけ》が行き届いていると感じて、房江はここで働きたいと思った。

ドアをあけるとすぐに地下への階段があったが、左手の事務所には三人の応募者らしき女が椅子《いす》に腰掛けていた。三人とも三十代後半に見えたし、会社勤めに慣れていそうな落ち着きが感じられて、房江は、やっぱり私では雇ってもらえないだろうと思った。

その三人がそれぞれ面接を終えて帰って行くと、五分ほど待たされた。気を落ち着けるために房江は自分が書いた履歴書を見て、尋常小学校中退なんて正直に書かなければよかったと後悔し、二度椅子から立ちあがりかけた。面接を受けずに帰ろうと思ったのだ。

尋常小学校中退なんて、そんなものは学歴でもなんでもない。わざわざ恥を掻いたようなものだ。いっそ学歴なしとしたほうがよかったのだ。やっぱり帰ろう。

そう決めて立ちあがりかけると事務所のドアがあいて、黒縁の眼鏡をかけた学校の教頭先生のような男が、

「どうぞお入り下さい」

と言った。

房江は事務机に履歴書を入れた封筒を置き、促されるままに椅子に坐《すわ》った。男は名刺をくれた。人事部課長・日吉智成《ともなり》と印刷されていた。

「ああ、きのうお電話をくださったかたですね」

と日吉は履歴書を見ながら言って、これまでに多人数の食事を作る仕事をした経験は

あるかと訊いた。

小料理屋で働いたことはあるがと房江が答えると、

「六十人分の昼食と夕食を作ってもらう仕事です。かなりの力仕事ということになりますので……」

そう言って、日吉は房江の顔を見た。その華奢《きゃしゃ》な体で勤まるだろうかと危ぶんでいるようだった。

「一生懸命に働きます」

と房江は言った。

謹厳実直な顔つきというのはこのような人の顔をいうのであろうと房江が思っていると、

「わたしどものホテルは、創業当時は、地方から東京や京都で主にお寺に詣《もう》でる人たちのために安価で清潔な宿を提供するという趣旨で設立しました。ですが、現在はお寺詣での人たちよりも商用や観光のために宿泊されるかたがたのほうが圧倒的に多くなりまして、大阪店、博多店とホテルを建設して、いまは名古屋店を建築中です。ここ二、三年で従業員も増えましたが、その多くは二十代の若い人たちです。ほとんどは寮生活ですが、ホテルという仕事は三交代制ですので、この地下の従業員食堂で昼食や夕食をとることになります。大切な若い従業員の健康管理の点で、もっと従業員食堂の質を高めたいのです。そのための今回の求人ということになります」

日吉課長は噛んで含めるような口調で説明して、机の抽斗《ひきだし》から封筒を出した。

「きょうの交通費です。五百円入っています」

「交通費は市電ですので、そんなにかかりません」

「いちおう社の規定ということになっておりまして、どうかお受け取り下さい。採用させていただくかどうかは二、三日のうちに電話でご連絡します。きょうはわざわざご苦労さまでございました」

房江は交通費の入っている封筒を両手で持ち、深くお辞儀をして多幸クラブの新館から出た。渡された交通費は、なんだか不採用の通知のような気がした。

あの日吉という人事部の課長は年齢のことには触れなかった。きっと、初めから五十を過ぎた女は雇わないことになっていたのだと房江は思った。

だが翌日の昼前に、日吉課長から、松坂房江さんを採用させていただくことに決まったという電話をもらった。

日吉に、いつから勤務が出来るかと訊かれ、房江は五月十五日からではいかがでしょうかと言った。日吉は了承し、十五日には印鑑と住民票と戸籍謄本《とうほん》を持参してくれと言った。

その電話を切ると同時に、荘田から今月の給料を手渡された。

「なんで私が採用されたんやろ」

嬉しくて飛び跳ねたくなるような気分で裏門周辺の掃除を始めながら、房江は心のなかで言った。

たくさん応募者があったであろうに、なぜこの私を選んでくれたのだろう。面接の際に、私はほとんど何も喋っていない。日吉課長もなにやかやと質問したわけではない。そのうえ、私は五十歳までという条件を三歳過ぎている。経験もない。

房江はそう思って、

「私に運が廻ってきた」

と胸のなかで言った。

十五日から勤務したいと房江が言ったのは、柳田元雄に許可を得なければならないと考えたからだった。自分はシンエー・モータープールの管理人としてここに住み込んで、給料も貰っている。

昼間は掃除以外の仕事はないにせよ、柳田社長に話を通しておかなければならない。もし柳田社長が、それならここから出て行ってくれと言ったら、多幸クラブで働くことはあきらめるしかないのだ。

柳田元雄はゴルフ場経営にすべてを懸けているといっても過言ではないという。そのためにシンエー・モータープールの土地も桜橋の柳田ビルもすべて融資を受けるための二重三重の抵当に入っているらしい。

週のうち、パプリカ大阪北に来るのはいちにちだけなのだ。だから、柳田社長が来たらしらせてくれと社員に頼んでおかなければならない。

房江は掃除を終えると、エプロンを外し、裏門から出てパプリカ大阪北の社屋へと歩いたが、途中で引き返した。

柳田元雄に話すのは、もっとあとでもいいのではないかと思ったのだ。多幸クラブが案外に働きにくい職場であるかもしれないし、まだ本採用になったわけでもない。きのうの日吉課長の説明では、三ヵ月間の試用期間のあと正社員になるということだった。

ここなら自分は頑張れると感じ、正社員にさせてもらった段階で柳田社長に相談しても遅くはない。

房江はそう考えた。

夕方、学校から帰って来た伸仁に抱きついて、房江は多幸クラブに採用されたことを伝えた。

「そこの人事部の課長さん、見る目があるがな」

と伸仁はえらそうに言った。

四日後、朝の五時に起きると、房江は事務所と正門周辺の掃除を済ませ、次に講堂内を掃き、裏門と便所の掃除にかかった。それから朝ご飯の用意をして、伸仁の弁当を作り終えると七時半になっていた。

急いで朝ご飯を食べ、裏門から出て浄正橋まで歩き、市電に乗った。手形の割り屋がつけていないかとときどきうしろを振り返るのが癖になってしまっていたが、それらしい男はいなかった。

多幸クラブには八時四十分に着いた。よし、これならシンエー・モータープールの仕事をこなして、昼間はこのホテルの社員食堂で働くことができると房江は思った。

事務所では日吉課長だけでなく稲田《いなだ》智子《ともこ》という総務部の課長も加わって、初任給と、幾つかの社内規定の説明があった。初任給は一万四千円だった。シンエー・モータープールで貰う給料よりも二千円多かった。

稲田智子は、房江よりも少し若いが、高校卒業と同時に多幸クラブに就職したという。いちども結婚したことはなくて、大きな目の、はっきりした物言いの小柄な人だった。

稲田課長が、仕事中に着る白い制服のサイズを合わせてくれているとき、藤木《ふじき》美千代《みちよ》という女性を房江に引き合わせた。社員食堂に勤めて三年になるという、房江にとっては先輩格の、五十歳の女だった。

その藤木美千代と稲田課長のうしろから地下への階段を降りて行くと、社員食堂と厨《ちゅう》房《ぼう》があったが、奥にはその五倍はありそうな別の厨房がさっき磨きあげたかのような清潔な輝きでひろがっていた。

「あっちはお客様用の料理を作る調理部の管轄《かんかつ》です」

と稲田課長は言った。

そして、わからないことはなんでも藤木さんに訊くように、藤木さんでわからないことは私に遠慮なく訊いてくれと言って事務所へ戻っていった。

社員食堂のテーブルには牛乳壜やパンの包み紙が残されていて、藤木はそれを片づけながら、

「ごみ箱に捨てるようにって言うてあるのに、こうやって横着するのがいてるねん」

と顔をしかめて言った。

出入りの八百屋や魚屋がきょうの献立に必要な食材を大きな段ボール箱に入れて階段を降りて来た。藤木美千代はそれらの数量を確認し、納品書に判を捺した。

厨房の壁に一週間の献立が書いてある。きょうの昼は八宝菜。夜はカレーライスだった。

「きのうまでは地獄やったわ」

と藤木は言った。

「ひとりで六十人分を作ってはったんですねえ」

と房江は言い、野菜の入っている段ボール箱を厨房の奥に運んだ。

「うん、一ヵ月ほどやけど、ひとりで作ってたんや。さあ、急がんとお昼に間に合えへんで」

にんじんを二十本、たまねぎを二十個、白菜を十個、缶詰入りの筍《たけのこ》を十缶、冷蔵庫に入っている豚肉を三キロ……。

これだと八宝菜ではなく五宝菜だなと思いながら、房江はたまねぎを切った。

きょうから朋輩《ほうばい》となった松坂房江についていろいろと知りたいような表情を隠せずに、藤木美千代はにんじんの皮を剝《む》きながら、どこに住んでいるのかとか、子供はいるのかなどと訊いた。

客の朝食代は宿泊代に含まれていて、洋食か和食かのどちらかを選べる。夕食をここのレストランでとるときは別料金が加算される。

朝食は九時までと決まっている。朝食担当の料理人は、跡片づけを終えるとすぐに帰ってしまう。きょうは最後の客が早く朝食を済ませたのであろう。夕食担当の料理長は気難しいから気をつけろ。

藤木美千代は小声でそう教えてくれた。

若い社員たちに、いつかこの私が本物の八宝菜を食べさせてやるぞと思ったが、藤木美千代をつねに立てることだけは心得ていなければならないと房江は自分に言い聞かせた。

二十個ものたまねぎを切ったことはなかったので、房江は目が痛くて、包丁で指をほんの少し切ってしまった。

# 第七章

七月の十日が過ぎても梅雨は明けなかったが、阪大付属病院の外科で左の親指の診察を受けて、もう大丈夫だろうから病院に来ることもないと医師に言われて熊吾《くまご》が堂島川の畔《ほとり》に出たとき、まぎれもない夏の太陽が照りつけ始めた。

痛みをこらえつづけているうちに、欠けた骨とその周辺の肉が腐り始めていて、敗血症という命にかかわる病気の一歩手前の状態になっていた。

カンベ外科医院の院長は、三日ほどで退院できるだろうと言ったが、阪大付属病院での入院生活は三十日間に及んだ。治りが遅かったのは進行した糖尿病のせいだと医者に脅され、傷が治っても糖尿病治療のための教育入院が必要だと勧められて、熊吾は病院暮らしをするはめになった。

無理矢理退院してもよかったのだが、手形の割り屋から逃げるには病院にいるほうがいいと思い、熊吾は六人部屋の窓際《まどぎわ》での退屈な日々をあえて選んだのだ。

五月の末に房江《ふさえ》が夏物の着替えを持って来て、もっと早く見舞いたかったのだが、森井という女と出くわすのがいやで躊躇《ちゅうちょ》していたのだと言った。

そのとき房江は、多幸クラブというホテルの社員食堂に雇ってもらったことも話してくれたのだが、色艶《いろつや》も良く、話し方にも精気があった。澱《よど》みが抜けた表情で、伸仁《のぶひと》から父親を奪いたくないので離婚はしないが、自分はもう松坂熊吾を夫とは思っていないと房江に淡々とした口調で言われた。

六月上旬に退院したが、週にいちど糖尿病の経過を診てもらうために通院してきたのだ。

七月に入ってすぐに、東尾修造の妻の父親がハゴロモに訪ねて来た。宝塚市の何ヵ所かに土地を持つ素封家で、娘の亭主が振り出した手形のほとんどは自分の土地を売って片をつけたという。

娘は離婚することを決心したが、肝心の東尾修造の行方がわからないので離婚届はまだ出せないでいる。我が家にも何度か手形の割り屋が訪れて閉口した。

東尾の義父はそう説明したが、それだけ言うと帰って行った。

なんのためにわざわざ逢《あ》いにきたのか熊吾にはわからなかった。松坂熊吾も黒木博光もすでに松坂板金塗装という会社とは無関係になっているので、会社をきれいさっぱり整理してしまおうと考えて、それとなく熊吾に伝えようとしたのかもしれなかったが、娘の夫のあまりにも幼稚な所業にただ溜息《ためいき》をつくしかないといった表情で、癇《かん》のきつそうな四角い顔をガラス窓から見える川井荒物店に向けているばかりだったのだ。

女のことはこれが初めてではない。銀行での出世も女絡《がら》みで棒に振った。あいつの病気だ。これで娘や孫たちはあいつと縁が切れる。私は娘と東尾との結婚には反対しつづけた。

東尾の義父は、まるでそれを言いに来たように熊吾を睨《にら》みつけたが、その言葉を最後に帰って行ったのだ。

熊吾は話している際、東尾修造に娘と息子がいることを知った。娘は小学校の教師で二十四歳。息子は二十歳の大学生ということだった。東尾は娘とさして歳《とし》の変わらない女と出奔したことになる。

熊吾は日の照りつける堂島川の畔を歩きながら、思い起こしてみると東尾は自分の家庭に関してはほとんどなにも語らなかったなと思った。

いったいなにを焦《あせ》っていたのだ。誰がどう考えても、東尾修造の商売のやり方は粗雑で無計画過ぎる。大手銀行の支店長を務めた男なのだぞ。それなのに名古屋のいかがわしい中古車ディーラーと手形取引きをして、その約束手形を裏書して支払先に渡している。爆弾をかかえて飛び込んでいくようなものだ。武家の商法という言葉があるが、それよりも数段稚拙で、どうにも理解ができない。

あいつは初めから松坂板金塗装をつぶすつもりで俺から買ったのだろうか。いやそんなはずはない。もっと私的な事情だという気がする。女房の父親と話しているときに、俺はこの東尾の舅《しゅうと》がいかに娘の亭主を蔑《さげす》み、憎んできたかを知った。

黒木博光の話では、東尾は会社の金を二百三十万円ほど持って行ったという。それだけあれば、あの島本奈緒子という二十六歳の女と小商いくらいは出来る。それで充分だ。もしそう考えたとしたら、東尾、お前は甘いぞ。

熊吾は胸のなかで言って、堂島大橋を南に渡り、来年開業予定だという大阪ロイヤルホテルの工事現場近くのバス停に立った。なんだかいやに伸仁の顔を見たかったが、まだ昼前で学校から帰っていないので、大正区の河内モーターへ行くことにしたのだ。

しかし、あまりの暑さで気が変わり、どこかで昼飯を食べたあと十三《じゅうそう》のつれこみホテルで昼寝をしようと決めて、近くの公衆電話ボックスに入るとハゴロモに電話をかけた。

神田三郎が出てきて、

「木俣《きまた》さんがお越しになって社長をお待ちになってますが」

と言った。

「そうか、替わってくれ」

「大将、まだ病院通いでっか？」

木俣の声を聞くのは半年ぶりで、人を騙《だま》してやろうなどという考えを露ほども持ち合わせていない優しい目の男に逢いたくなり、

「ひさしぶりじゃのお。商売はうまいこといっちょるか？」

と熊吾は訊《き》いた。

「それがうまいこといくようになりまして。大将のお陰です」

「わしはお前になんもしてやっちょらんぞ」

「工場に機械を入れるお金を貸してくれはりました。あのお金、きょう清算できますので、できれば大将に直接お渡ししてお礼を述べさせていただきたいと思いまして」

「それはご丁寧なことじゃ。よし、梅田の阪神百貨店の下の地下街を西に行ったところに喜太八っちゅうトンカツ屋がある。そこで昼飯を食わんか」

「ああ、アリバイ横丁でっか。あそこを西へ行くんですな」

「なんじゃ、アリバイ横丁っちゅうのは」

「全国の県の特産品を売ってる店が並んでまっしゃろ？　あれをアリバイ横丁っちゅうんです」

熊吾は電話を切り、道の向こう側のバス停に行き、大阪駅行きのバスに乗った。阪神百貨店の前から地下鉄への階段を降り、アリバイ横丁と呼ばれているという地下街を西へ歩きながら、青森県、秋田県、岩手県と書かれた看板を見ているうちに、なるほど、うまい呼び名をつけたものだと思った。

九州に出張だと女房に嘘《うそ》をつき、二、三日出かけたあと、確かにそこに行って来たことの証《あかし》として、このアリバイ横丁で博多の名産を買って帰るというわけか。

「北海道の名産店には札幌のも函館《はこだて》のも釧路《くしろ》のもあるぞ。至れり尽くせりじゃ」

熊吾は声に出して言い、喜太八への階段をのぼった。

木俣を待つあいだ、ビールを飲んだが、糖尿病治療のための教育入院などは自分にはなんの役にも立たなかったと熊吾は思った。生きているうちにうまいものを食べなければ損だという思いが強くなっただけなのだ。病院食がまずいのは定評があるが、糖尿病食のあまりの貧弱さにはあきれかえる。夕食でも、焼いた白身魚が猫の餌《えさ》くらいの大きさで皿に載っているだけで、あとは薄い味噌汁《みそしる》と申し訳程度の漬物で、ご飯は茶碗《ちゃわん》に半膳《はんぜん》ほどなのだ。

こんな食生活をつづけたからといって糖尿病が治るわけではないのなら、うまいものを食って寿命が五、六年縮まるほうが得だということになる。

医者は腹が減ったらこんにゃくを食えなんて本気でぬかしやがった。そのうえ、酒は一滴も飲んではならないときた。あんなことを言う医者は人間というものをわかっていないのだ。

まだ三十そこその医者が、戦争中のことを思えば贅沢《ぜいたく》は言えんでしょうとのたまう。俺は戦争中でも戦後の物のない時代でもすき焼きやビフテキを食うちょったんじゃ。

熊吾は、傷の包帯を替えるとき、わざと痛むようにガーゼをひっぺがした若い医者の顔を思いだして、また腹がたってきた。

「患者になったが最後、あいつらに生殺与奪の権を握られるんじゃからのお」

胸のなかで熊吾がつぶやいたとき、木俣敬二が暖簾《のれん》をくぐって店に入って来た。よほど急いだらしく、灰色のシャツが汗で黒ずんでいた。

酒が飲めない木俣は店員に冷たい水を頼んでから、残金の入った封筒を熊吾に渡した。

「毎月毎月、決まった日にいちにちも遅れることなく返済しつづけたのお。そのうえ予定よりも五ヵ月早ように完済じゃ。お前は正直なえらいやつじゃ」

と熊吾は封筒を開襟《かいきん》シャツの胸ポケットに入れながら言った。

「親指は完治でっか？」

と木俣はハンカチで額や首筋の汗を拭《ふ》きながら訊いた。

「ああ、完治じゃ。しかし、ここのしびれが取れん」

熊吾は親指の付け根を揉《も》んだ。

「千鳥橋であのドアを見ましたけど、頑丈な鉄の塊みたいなドアですなあ。あんなもんに思いっきり挟まれて、親指が付いてるほうが不思議でっせ」

木俣は、熊吾の勧めでヒレトンカツ定食を二人分註文した。店は近辺に勤め先のあるサラリーマンたちですぐに満員になった。

数年前までは、おそらく大阪で最も上等なトンカツ専門店であったこの店では、昼にサラリーマンを対象にする定食は出していなかったのだが、豚肉をさばくときに出来るこまぎれ肉を使うことで百五十円という値段の品を提供することが出来るようになったという。

だが、数に限りがあって、すぐに売り切れるので、淀屋橋界隈《よどやばしかいわい》からも十一時半くらいにやって来て開店を待つサラリーマンが列を作るのだ。

「伸仁がここのトンカツが好きでのお。喜太八のトンカツを食わせてやると言うたら、どんな用事でもやりよる」

「ノブちゃんも口が肥えてまっさかいなあ」

木俣は笑顔で言って、小さな鞄《かばん》から紙包みを出した。片面に薄くチョコレートを塗ったビスケットだった。

「これが大ヒットしましてん。私のアイデアでっせ」

「ビスケットにチョコレートを塗ってあるだけじゃが……」

「これはねえ、ビスケットやおまへん。クッキーとも違います。クラッカーっちゅうやつでんねん。小麦粉で作るから似たようなもんですけど、甘みがおまへん。アメリカの乾パンみたいなもんで、小腹がすいたときに、この上にハムとかチーズとかを載せて食べるそうです。ぱさぱさで食べにくいけど、噛《か》んでるうちにうまみが出てきます」

ヒレトンカツ定食が運ばれてきたので木俣は話を中途でやめた。

「こんなうまいトンカツがこの世におましたんか」

木俣は驚き顔で言ったあとは、ひとことも話さずにむさぼるように食べつづけて、熊吾がまだ半分ほどしか食べていないのに、ご馳走《ちそう》さまでしたと箸《はし》を置いた。豚汁も茄子《なす》の浅漬けもたいらげてしまっていた。

「お前、もっと味おうて食え。奢《おご》り甲斐《がい》がないのお」

「大将、これは私の奢りでんがな。工場が暇になったとき、カカオ豆の粉砕機でなにかべつのもんを作れんやろかと考えて、ふっと思いついたのが、カカオ豆の殻でんねん。殻はカカオ豆から剝いたら捨てるしかおまへんけど、殻にもカカオの香りがおまんねん。これだけええ香りがあるのに捨てるのは勿体《もったい》ないと前々から思うてまして、カカオバターと殻で作ったコーティング・チョコレートを味気のないクラッカーに塗ってみたらどないやろと考えたんです。そこでいろいろと試作して完成したのがこれです」

「ほう、それで作った菓子が売れるようになったっちゅうのか」

「そうでんねん。大ヒットです」

「月にどのくらい出るんじゃ」

「作っただけ出ます」

「それはお前、ヒットやあらせんぞ。ホームランじゃ」

「ところが、ぎょうさん作れまへんねん」

「なんでじゃ」

「問屋は殻だけなんて売ってくれまへんねん。ということは殻を大量に手に入れるためには、必要のないカカオ豆まで仕入れなあかんのです。大将、カカオ豆っちゅうのは高いし、世界の相場のなかで取引きされてまして、昔の米相場と一緒で、日々価格が変動します。その年その年で品質にばらつきがあって、よほどのキャピタルがないとぎょうさんは買えまへん」

「キャピタルっちゅうのはなんじゃ」

「資本です」

「そんなら資本と日本語で言え」

「ちょっとでもハイカラな言い方をしようと思いまして」

「ハイカラなんて言葉はすでに死語じゃ。明治の時代やあらせんぞ。あと三ヵ月ほどで東京でオリンピック開催じゃぞ」

熊吾はヒレトンカツ定食を食べ終わると、コーティング・チョコレートを薄く塗ったクラッカーを試食してみた。チョコレートには幾分かの渋みがあったが気になるほどではなかった。

「うん、チョコレートの香りがして、なかなかうまい。しかしチョコレートの量が少なすぎるぞ。もうちょっと厚く塗ったらどうじゃ」

木俣は、場所を変えようと言って勘定を済ませると桜橋近くの喫茶店に入った。

熊吾は冷たいコーヒーを、木俣はミックスジュースを註文した。

とにかく工場が狭いので、クラッカーにコーティング・チョコレートを塗る作業をするために近くに新たな工場を借りたと木俣は言った。三十坪ほどの、材木屋の倉庫跡だという。

殻は微細な粉状にしても繊維が残るし、クラッカーにこれよりも厚く塗ると渋みが強くなる。刷毛《はけ》でさっとひと塗りがいちばんいいとわかって、初めのうちは自分ひとりで塗っていたが、到底おっつかなくなり、先々月の末からは近所の奥さん連中を時間給のアルバイトで雇った。いまは五人の主婦たちが小遣い稼ぎに刷毛でチョコレートを塗りに来ている。

出来あがった製品は二十枚をセロファンに包み、それが三十個入る段ボール箱に納めて問屋に卸す。卸値は二十枚で百五十二円。菓子屋での販売価格は二百円だ。

クラッカーの仕入れとコーティング・チョコレートに要する費用、それに主婦たちに払うアルバイト代を引いて、純利はひと包みにつき二十円。

いまは月に段ボール箱で三百箱を問屋は買ってくれている。チョコレートクラッカーが十八万枚だ。ひと包み二十枚だから九千包。十八万円の純利ということになる。

問屋は、もっと作れとせっついてくるし、月に千箱でも売れるというめどが立った。

しかし、いかんせんカカオ豆の殻が手に入らないので、これ以上は作れない。

木俣は早口で説明し、ミックスジュースをストローで音をたてて飲んでから、

「必要経費を全部引いて十八万円の儲《もう》けでっせ」

と言った。

「チョコレートをどうやって塗っちょるんじゃ」

熊吾の問いに、

「一枚一枚奥さん連中の手作業です。五十枚を板の上に並べときまして、刷毛で塗っていくんです。塗る量は多すぎても少なすぎてもあきません。なかなか難しい作業ですけど、近所の奥さん連中も慣れてきまして、最近は仕事が早うなりました」

と木俣は得意そうな笑顔を向けた。

「二十枚入りの包みが小売値で二百円で、お前が二十円取る。それも純利で。暴利じゃぞ」

「大将、菓子っちゅうのはねぇ、作り手がそのくらいの利益を乗せとかんと商売にならんのです。中古車を左から十万円で仕入れて右へ十三万円で売るなんて商売とは違いますねん。時間もかかる。人手もいる。機械を動かすのに電気代もいる……。元手がかかるんです」

「どっちにしても、木俣、よかったのお。このチョコレートクラッカーが長いこと売れつづけたらええのにのお」

「おおきに。頑張ります」

「チョコレートを塗る作業を機械でできんのか。いまはテレビや車の組み立てもベルトコンベヤーで流れ作業じゃ」

「そんな機械を取り付けるのにどのくらいの費用がかかると思うてはりまんねん。銀行の言うところの設備投資っちゅうやつですけど、私はもうあれにはこりごりです。銀行から金を借りて設備投資をして、工場を拡《ひろ》げて、なにかの事情でチョコレートクラッカーが売れんようになったら、その途端に会社はつぶれて、私は借金まみれになります。小さい工場はみんなそれでつぶれていきますねん」

「しかし、カカオ豆の殻がぎょうさん手に入るようになっても、いまみたいな悠長な手作業では宝の持ち腐れじゃろう」

「アルバイトの奥さん連中を倍に増やしたら、製品も倍作れます。私はそれで充分ですのや。銀行で金を借りるのはこりごり」

熊吾はハゴロモに顔を出したら、千鳥橋の大阪中古車センターにも行きたかったので腕時計を見た。昼の二時前だった。

東尾の義父から手形の件は片をつけたと聞いたあとは、身を隠す必要もなくなってハゴロモと中古車センターを往復する日常に戻っていたが、その間に丹下甲治が以前に語った団地建設の噂《うわさ》に信憑性《しんぴょうせい》をもたらす動きがあったのだ。丹下のあとにサクラ会の理事長に就任しようと画策している男が日本住宅公団の数人と一緒に現地調査にやって来たらしい。

その男たちは、電線メーカーの敷地だけでなく、周辺の家々までも視察したが、それから数日後には道路工事のためと称して測量を始めた。

あのあたり一帯に団地を建築することが本決まりになれば、大阪中古車センターは立ち退《の》かなければならない。

しかし熊吾は、もしそうなっても日本住宅公団が実際に動きだすのは十年あとだと思っていた。大阪中古車センターの北側や西側、それに東側に密集する粗末な民家の住人たちとの立ち退き交渉が先になる。それが円満に妥結するには思いのほか時間がかかるはずだった。

木俣と別れると、できるだけ日陰を選んで、熊吾は徒歩でハゴロモへ向かった。阪大付属病院の医者も、小谷医師と同じ言葉をしつこく繰り返した。とにかく歩け。歩くのが糖尿病の進行を止める最良の療法だ、と。

「と言われても、この暑さじゃ。日傘をささんと日射病になるぞ。俺の日傘もパナマ帽も三下り半を突きつけた女房の家にある。親父《おやじ》とは目も合わさんし口もきかん息子が押し入れで本を読んじょる家じゃ。女房背を向け、倅《せがれ》は憎み、ほんにこの身は老い重なりて、日の照る路傍に我が影黒し」

熊吾は浄瑠璃《じょうるり》の節を真似《まね》て、胸のうちで歌うように言って、歩きながら笑った。そして、房江は多幸クラブで六十人分の食事を作っているし、伸仁はまだ学校から帰っていないのだから、いまのうちに日傘とパナマ帽を取りに帰ろうと思った。

国鉄の操車場から聖天通り商店街の東側へとさしかかると博美の店の暖簾が見えた。

博美は昼のかきいれどきを終えて、沼津というばあさんの世話をしている時分だった。

沼津は手すりを使って歩くことをやめたという。歩かなければ寝たきりになると博美がどう説得しても自力で立とうとしないらしい。

そのために博美の仕事は増えて、午後三時に銭湯に行く時間が取れないとぼやいている。その時間に風呂《ふろ》に入れないと、夜にアパートの部屋で濡《ぬ》れタオルで体を拭くしかないのだ。

博美が食堂をまかされてからは売り上げが一時的に増えたが、この二、三ヵ月はすこしずつ減ってきている。料理などしたことのない博美は、沼津というばあさんに教えられたものしか作れないのだ。だから、客は飽きてしまったのであろうと熊吾は思っていた。

ガラスの棚のなかが冷蔵庫になっていて、そこにさまざまなおかずを並べ、客に好きなものを取って食べてもらうという方法に変えろと熊吾は勧めたが、博美にさまざまなおかずは作れないのだから仕方がなかった。それに、冷蔵装置付きのガラスの棚は一般家庭用のそれよりもはるかに高かった。

「そのうち博美に養うてもらうことになるかもしれんけんのお、いまのうちに設備投資をしとくか。俺の奥方は許してくれそうにないけんのお」

熊吾はそうつぶやいて、シンエー・モータープールの裏門へとつづく路地を進んだ。

裏門横の階段をのぼり、妻と子の暮らす部屋に入ると、下駄《げた》箱から男用の大きな日傘を出し、部屋にあがって箪笥《たんす》のなかを探した。パナマ帽は房江のスカートの下にあった。

「俺の大事なパナマ帽がぺっちゃんこじゃ。こんな不細工な帽子がかぶれるか」

熊吾はひとりごとを言い、押し入れの襖《ふすま》をあけてみた。文庫本が積み上げてあった。

「ここは伸仁の部屋になっしもたのか。あいつはここで暮らしちょるようなもんじゃのお」

熊吾は裏門への階段を降りた。アセチレンガスで車体の屋根を切っていた佐古田に声をかけられた。

「大将、生きてたんかいな。長いこと逢えへんかったから、よそに女でもでけたんかと思うてたんや」

「女房以外の女は、もうしんどいぞ。サコちゃんは相変わらず真面目《まじめ》な仕事ぶりじゃのお」

「柳田社長は乞食《こじき》同然の俺をひろうてくれたんや。しっかり働く以外に恩は返されへん」

「ようも酒をやめられたのお。やめて何年になる？」

「丸三年や。仕事が終わってから一合だけ飲むんや。それ以上は絶対に飲めへん」

「それはやめたことにはならんぞ。たったの一合が呼び水になるけん気をつけにゃあいけんぞ。ゴルフ場の工事は予定どおりに進んじょるのかのお」

「俺はゴルフ場のほうはよう知らんけど、コースの全部は八割がた出来上がったそうやで」

「オープンはいつになるんじゃ」

「再来年の秋に早まりそうや」

「サコちゃんもゴルフ場のほうで働けと柳田社長に勧められはせんか？」

佐古田はバーナーの火を消し、タオルで汗を拭きながら、

「大将、外車の中古部品は、あと何年くらい商売になると思う？」

と訊いて、煙草《たばこ》に火をつけた。

熊吾は裏門横の便所に行き、水道の水でパナマ帽を濡らすと歪《ゆが》みを直した。そうしながら、

「わしはあと四、五年と思うちょる。柳田社長もそう思うちょるはずじゃ」

と言った。

「ゴルフ場には仕事がいっぱいあるから、お前もそのつもりでおれと、おとい柳田社長に言われたんや。そやけどなぁ、俺から自動車の解体の仕事を取ったら、なんにも残れへんでぇ。ゴルフ場で俺がなにをするねん？」

佐古田の珍しく弱気な表情に、

「柳田社長にまかせちょったらええんじゃ。あの人はサコちゃんを大事に思うてくれちょる。悪いようにはせんぞ。サコちゃんにいちばん合《お》うた仕事をさせてくれるはずじゃ。サコちゃんがどれだけ真面目に働く男かは柳田社長はちゃんと知っちょるけんのぉ」

と熊吾は言った。

「ゴルフ場経営は社長の夢やからなぁ。そやけど、金繰り金繰りで、ほっぺたの肉がげそーっと落ちてしもて、俺は顔を見るのがつらいんや。ゴルフ場がオープンする前に死んでしまうんやないかと思うたりするんや」

佐古田は声をひそめて言った。

自転車の荷台に中古部品を積み、油まみれの作業着で部品屋廻りをしていた戦前の柳田元雄の血走った目を思い浮かべて、

「あの人はサコちゃんが考えちょるよりもはるかに強い人じゃぞ」

と言って、熊吾は裏門から出た。

ハゴロモへと歩いて行くうちにパナマ帽は乾いてしまった。

聖天通り商店街の西端の仕舞屋《しもたや》の窓に懐《なつ》かしい顔を見つけて、熊吾は立ち止まった。あれから二年半だな。このすうちゃんという幼児も大きくなったのに相変わらず窓辺に坐って行き交う人々を眺めているらしいな。

熊吾はそう思い、すうちゃんに近づいて話しかけた。

「このクマおじちゃんを覚えちょるかのお。初めて話をしたときは、すうちゃんはこんなにちっちゃかったが大きいなったもんじゃ」

熊吾の言葉に頷《うなず》き返して、ことしから幼稚園に行っているのだとすうちゃんは言った。

「二年半ほど前、あんたと話がしとうて滅多に通らんこの聖天通り商店街の西側に来たお陰で、わしの運は傾いたぞ」

熊吾は笑顔で言ったが、すうちゃんは怖そうにあとずさりした。幼い女の子に悪さをする変態男と思われかねなかったので、熊吾は慌《あわ》ててその場を離れた。

あのとき、すうちゃんと窓越しに話をせずに鷺洲《さぎす》のハゴロモに行っていれば、ならず者といさかいをしながら通りかかった博美を目にすることはなかったのだ。熊吾はそう思い、

「運命が戸を叩《たた》く……。ベートーベンじゃの」

と心のなかで言ってハゴロモの事務所に入った。

神田は、中古車を見に来たふたりづれの客と商談中で、佐田雄二郎は日誌を書いてい

た。

「昼に大阪中古車センターに行きたいという客が来ましたのでお連れしました。パブリカの去年の型が売れました」

と佐田は言った。

「おお。お前がおととい仕入れたやつか」

「はい、まだ前の持ち主の名義のままですので、いまから陸運局に行ってきます」

佐田は何枚かの必要書類を紙袋に入れて、売り物のダットサンに乗った。

自分で冷たい麦茶をコップについで飲んでいるとき、大手のチョコレートメーカーはカカオ豆の殻をどうしているのだろうと考えて、熊吾は木俣の工場に電話をかけた。誰も出てこなかった。俺と別れたあとどこかに寄っているのであろうと思い、大阪中古車センターに電話をかけた。黒木が出てきた。

「さっき東尾から電話がありまして、いろいろ迷惑をかけて申し訳なかった、松坂さんによろしく伝えてくれって、それだけ言うて切りよりました。周りが賑《にぎ》やかで、たぶんどっかの駅みたいでしたなあ」

熊吾は、ふいに思いついたふたつの考えにふけってしまって、なんのために電話をかけたのかも、東尾のことも頭になかった。すべては東尾の義父が片づけたのだから、東尾修造がどこで野垂れ死にしようともどうでもよかったのだ。

大手チョコレートメーカーにはカカオ豆の殻が始末に困るほどあるのではないだろうか。まさか殻を自社のチョコレートに混ぜたりはしまい。殻は捨てているはずだ。木俣はそれを貰《もら》ったらいいではないか。

殻を大量に手に入れたら、チョコレートクラッカーの生産量を増やせる。そのためにはアルバイトの奥さん連中も増員しなければならない。佐竹善国の女房を雇ってもらうのだ。佐竹ノリコは野田の市場の魚屋を辞めたあと、丹下の紹介でべつの魚屋に就職したが、そこもすぐに辞めざるを得なかった。番頭格の男に言い寄られて、仕事中に胸や尻《しり》をさわられたのだ。

一時間ほど待って熊吾は再び木俣の工場の電話番号を廻した。

ちょうどいま帰って来たところだという木俣敬二は、大手のチョコレートメーカーではカカオ豆の殻が麻袋に何百個どころか何千個も日々出るはずだが、それらは残土屋のような会社に引き取られていくのだと言った。

「残土屋？　残土屋はカカオ豆の殻をどうするんじゃ」

と熊吾は訊いた。

「さあ、使い道があるとは思えまへんよってに、焼却するんでっしゃろ。残土屋というてもいろんな工場から出る無用な余りものを引き取る商売でして、ダンプカー一杯で幾らと値段をつけて倉庫から持って行きよるんです。殻なんて畑の肥料にもなりまへんし、豚でも食べまへんやろ」

「それをお前がただで貰うたらええんじゃ。どうせ捨てるか焼くかなんじゃ。ただでくれるじゃろう」

「殻を引き取っていく業者は、引き取り料をメーカーから取ってます。その分を要求しよります」

「それならメーカーからお前がただで引きとりゃあええ。一日に麻袋千個もいらんじゃろう。百個で充分じゃ」

熊吾の言葉に、そのことは考えてみたのだが、大手チョコレートメーカーは自分たちの工場から出たものが破棄されずになにかに再利用されるのをいやがるのではないかと思うのだと木俣は答えた。

「あたってみたのか？」

「いえ、そんな気がするんです。それに大手のチョコレートメーカーにつてはおまへん。私みたいな、どこの馬の骨とも知れん町のコーティング・チョコレート屋には、たとえ殻にしてもただで譲ってくれるとは思えまへん」

熊吾は徳沢邦之を思い浮かべた。国会議員の裏の秘書として長年縁の下の力持ちを務めてきた男には、ありとあらゆる業界とのつながりがあるのではないかと思ったのだ。

「カカオ豆の殻がただでぎょうさん手に入るようになったら、人をひとり雇うてくれるか？」

　と熊吾は木俣に言った。

「車を運転できるんやったら雇いまっせ。運転免許証を持ってる人ならっちゅう意味です。その人は歳は幾つです？」

「三十五、六かのお。だいたいそのくらいじゃ」

「大将の推薦なら安心です」

「三ヵ月ほど待ってくれ。そのあいだに自動車の教習所に行かせて運転免許証を取らせるけん。女じゃけん男よりも運転は下手かもしれんが、そのうち慣れるじゃろう」

「えっ？　女でっか？　車の運転、これから練習するんでっか？　いや、大将、それはちょっと待っておくれやす」

「カカオ豆の殻がただで大量にキマタ製菓に入るようになったらの話じゃ。木俣、ええか、お前は女癖が悪いけんのお、その女におかしな気を起こしたら生かしちゃあおかんぞ」

　木俣は慌ててなにか言おうとしたようだったが、熊吾は笑みを浮かべて電話を切り、神田三郎に千鳥橋の大阪中古車センターへと車で送ってもらった。歩け、歩けと医者からも言われたし、熊吾もそのつもりだったのだが、火に炙《あぶ》られたようなアスファルト道には五分も立っていられなかったのだ。

熊吾は、大阪中古車センターの事務所に入るなり、木俣のヒット商品のこととカカオ豆の殻をどうやって手に入れるかなどについて黒木博光に話して聞かせた。

「カカオ豆やの三十五、六の女やの、また何事が起こったんかと思いますなあ」

と黒木は当惑顔で言った。

「佐竹の女房の働き口を探してやろうと思うてのお。そうかあ、これからは女でも車の運転ができんといかんのお。というよりも、車の運転ができたら女でも働き場所はなんぼでもあるということじゃ。黒木、この近くに自動車教習所はあるか？」

「神崎川の畔におまっせ。阪急電車の十三駅からスクールバスが出てますけど、千鳥橋からやとどう行くんかなあ」

熊吾は佐竹ノリコが新しい勤め先を辞めざるを得なかった事情を黒木に説明してから、徳沢邦之がいるはずのＳ興産株式会社石橋営業所に電話をかけた。

「チョコレートメーカー……」

徳沢は熊吾の話を聞き終えると、そう言っておかしそうに笑った。

「心当たりがおありですかなあ」

熊吾の言葉に、

「こないだの日曜日、ゴルフ場の第二次会員募集の現地見学会にカネタカ製菓の役員が来てました。うちの親分の世話で戦後すぐにカネタカ製菓に就職した人でして、私とは長いつきあいです」

と徳沢は言った。

「なんとまあ、奇なる縁ですなあ。その人に木俣というコーティング・チョコレート屋をお引き合わせ願えませんか」

と熊吾は頼んでみた。こんなにおあつらえむきに事が運ぶのは、うまくいくということだと思った。

折り返しかけ直すと言って徳沢は電話を切った。

「黒木、佐竹の女房を呼んで来てくれんか。なんぼ木俣がその気になってくれても、ノリコに車の運転を習う気がなけりゃあ骨折り損じゃけんのお。千鳥橋商店街の肉屋の横の路地を入って一軒目じゃ。善国も家におるじゃろう」

黒木はくわえ煙草で自分の売り物の車を運転して大阪中古車センターから出て行った。

佐竹ノリコがやって来たのは三十分後で、ちょうどそのとき徳沢から電話がかかった。

「カカオ豆の殻ならなんぼでも持ってってくれって言ってましたよ。高槻《たかつき》の工場長の太《おお》田黒《たぐろ》という者に話を通しておくから、事前に電話をかけて、それから高槻工場に行ってくれということでした。工場の電話番号は……」

熊吾は工場長や役員の氏名をメモに書き、徳沢に礼を言って電話を切ると、

「ノリコ、車の運転免許証を取るか？　これから役に立つぞ。費用はわしが立て替えち

ゃる。三年で返してくれりゃあええ。どうじゃ?」

おかしな気を廻されないように、あえて黒木のいるところでノリコにそう訊いた。熊吾は佐竹ノリコを初めて昼間の明るいところで見たのだ。

袖《そで》なしの薄桃色のブラウスを着たノリコは、熊吾の言う意味がよくわからないようだったが、黒木が横から助け船を出して詳しく説明すると、

「私に自動車の運転なんかできますやろか」

と心細げに言って、少し突き出した下唇を上の前歯で嚙んだ。なにか考え事をするときの癖のようだったが、熊吾はこの癖が、男に媚《こび》を売っているかのような錯覚を与えるのだなと思った。そう思うと同時に、佐竹ノリコが蘭月《らんげつ》ビルの住人だった津久田咲子と雰囲気がそっくりであることに気づいた。自分は見たことはないが、咲子よりも美しいという咲子の母親がここにいるのではないかとさえ思ったほどだった。

「無理強いするわけやないぞ。善国ともよう相談してみい。あんたはまだ三十代じゃ。四十代になると車の運転を習うのは難しいなるそうじゃ。運動神経とか反射神経とかが四十になると同時に衰えてくるらしい。どっちにしても、ここからいちばん近いところにある教習所のパンフレットを貰《もろ》うてきたらどうじゃ」

そう言って、熊吾は木俣に電話をかけて、徳沢の言葉を伝えた。ノリコはそのあいだによく冷えた麦茶を冷蔵庫から出してコップに注ぎ、熊吾と黒木の前に置いた。

「さすがに大将ですなあ。こんなに早うにチョコレートメーカーに渡りをつけるなんて、そんな顔の広さは並やおまへん。ほんまにおおきにありがとうございます」

と木俣は感じ入ったように言った。

「わしの顔が広いんやないぞ。徳沢っちゅう人の人脈が並やあらせんのじゃ。話がうまいことついたら、徳沢さんにも礼をしてくれ」

熊吾はそう言って電話を切り、冷たい麦茶を飲んだ。

「うちの人が、野良犬《のら》がまた三匹、戻って来たって言うてました。便所に行くときは必ずあの棒を持って行ってくれって」

とノリコは言い、事務所と畳敷きの部屋とのあいだに立てかけてある天秤棒《てんびん》を指差した。

「太い天秤棒じゃのお。こんなもんを振り回しちょるあいだに嚙みつかれるぞ」

熊吾はその重さにあきれながら天秤棒を両手で上下左右に振ってみた。

「早いめに退治するから、それまでは気をつけて下さい」

とノリコは言い、事務所の周辺を箒《ほうき》で掃き始めた。だが、すぐに手を止めて、

「私、教習所に行って自動車の運転を習います」

と言って胸を反らすようにして熊吾を見た。

「それがええ。運転免許証を取っといてよかったと思うぞ」

熊吾はそう言いながら大阪中古車センターに入って来た二台のセダンを見た。ダテ自動車販売の社員が客をつれて来たようだった。それにつづいてもう二台の軽トラックもやって来た。新しく関西中古車業連合会の会員となった西宮市のディーラーだった。

「昔、ここいらは広大な砂州やったそうです」

と黒木は言った。

「西は神戸、住吉《すみよし》、灘《なだ》、尼崎。東は堺《さかい》あたりまで。武庫川や猪名川《いながわ》や淀川《よどがわ》や大和川の流れが大量の砂を運んできてあちこちに砂州を作りまして、自然にその砂州によって河口は枝分かれして蜘蛛《くも》の巣みたいな運河が張り巡らされて、それを埋め立てて大阪の町は南へと延びたんです。この此花《このはな》区なんかもそうやって出来た町やそうです」

「ほう、詳しいのお。それはいつごろじゃ。昭和の初めごろか？」

「秀吉《ひでよし》が天下を統一したあとくらいですなあ」

「ええ加減にせえ。三百年以上も前の話なら、初めから三百年くらい前にはと前置きせえ。最近の話かと思うて、つい聞き入ってしもうたぞ。お前は観光バスのガイドか。秀吉の時代の此花のことがわかったからっちゅうてなにがどうなるんじゃ」

あきれて怒る気にもならずそう言うと、ノリコは顔をうつむけて肩を震わせながら、そっと中古車センターから家へと帰って行った。笑いをこらえているのだとわかって、熊吾は大声で笑った。

「秀吉の時代に此花っちゅう町があったかどうかは知りません」

「もうええっちゅうんじゃ」

腕時計を見ると四時前だった。

熊吾は、阪大付属病院を出てから五時間もたっていないのに、あれよあれよとさまざまなことが動いたなと思った。木俣のチョコレートクラッカーの成功を聞いて、カカオ豆の殻をただで手に入れる手立てを考え、そこからノリコの働き口へとつながり、徳沢の顔の広さを思いついた。徳沢はカネタカ製菓の役員と昵懇《じっこん》で、すぐに話を通してくれた。あの口ぶりでは、木俣はカネタカ製菓の高槻工場でカカオ豆の殻を譲ってもらえることになるだろう。ノリコも躊躇していたが、すぐに自動車教習所で車の運転を習う決心をした。

それらがわずか五時間のうちに流れるように進んだのだ。

こんなことが起こるのだ。だが、これが木俣敬二や佐竹ノリコや、ひょっとしたら徳沢邦之にとっての災厄の始まりとなるかもしれないのだ。

まったくなにがどうなっていくのか「お先真っ暗」であると同時に「前途はつねに洋々」でもある。前者となるか後者となるかは、いったいいかなる作用と力によるのであろう。

ここ三、四年間の俺は、まさに四つ角を曲がるたびに魔と出くわしてきたようなものだ。うまくいくはずの道へと曲がったのに落とし穴だらけで、害を為す人間とばかり知り合ってしまう。

時代に恵まれず人に恵まれないとなると、運に恵まれない貧乏神そのものになってしまったというしかない。

いつのまにかそんな人間になってしまったとしたら、俺はこれからどうしたらいいのか。

答はひとつだ。なにもしてはいけない。関西中古車業連合会をつぶしてしまえ。有名無実の組織のままにしておけばいい。この千鳥橋の大阪中古車センターも、中古車置き場としてだけの役割を果たせばいい。

ここには客が来ない。客を寄せつけないなにかがこの電線メーカーの工場跡にはあるのだ。それがなにかは言葉で説明することはできない。

人間にも土地にも建物にも商品にも、近づきにくい何物かを持っているという奇妙な個性がそなわっている。人の工夫でそれを変えることはできない。ここはまさにそうだ。大阪中古車センターと名づけた単なる中古車置き場にしておけ。俺は賃貸料から鞘《さや》を抜くだけの商売に徹する。

あと三年で伸仁は二十歳になる。俺は三年生きればいいのだ。もう動くな。余計なことに手を出してあくせくするな。

佐竹善国のことは河内モーターの河内佳男に頼んである。この大阪中古車センターがうまくいかなくなったら、佐竹の身の振り方は河内佳男が引き受けてくれる。

神田三郎はあと二年で大学を卒業する。すでに簿記の一級試験は合格した。公認会計士の試験は難関だが、大学さえ卒業すればあいつは自分でなんとかするだろう。

佐田も鈴原も中古車の勉強をして、いくらでも生きていく道はある。

熊吾はそう腹を決めた。事務所から出て西日が目に入るところまで歩いた。事務所の横のいちばん大きな倉庫が西日を遮ってくれるのだが、熊吾は酷暑の夏の始まりを告げているような西日を全身で受け止めてみたくなった。

「西日は物を腐らせる」と房江が嫌悪《けんお》する傾いた太陽に目を細めているうちに、

「あ、伸仁のことを忘れちょった」

と熊吾は声に出して言った。

伸仁は来年、大学受験なのだ。いまの成績ではどこの大学も通らないらしい。本人はすでに一年浪人するつもりでいる。

「まあ、なんとかなるじゃろう」

そうつぶやいて、熊吾は事務所に戻り、机の抽斗《ひきだし》から古い新聞を出した。辻堂忠の同栄証券社長就任を報じる三月十日付の朝刊を熊吾は取っておいたのだ。

五十一歳の社長か。おそらく暫定《ざんてい》政権であろう。同栄証券のお家の事情があって、辻堂もそのあたりのことはよくわかっているはずだ。それにしても若い社長の就任だな。周りも暫定政権だとたかをくくっているだろうが、辻堂、長期安定政権に持ち込んで居座ってやれ。

熊吾は胸の内で辻堂忠に話しかけた。佐竹善国が小走りで出勤してきた。銭湯でもめごとがあって遅刻してしまったという。

「子供のころの友だちが風呂場でケンカを始めて、転んで頭を切ったんです」

と佐竹は言った。

「銭湯でか」

「はい、深い傷で、救急車を呼びました」

黒木は河内モーターの社員に呼ばれて事務所を出ていった。

「家内から自動車教習所のことを聞きました。あいつは運動神経抜群やから、すぐに免許証が取れると思います。ありがとうございます。あした入学申込書を貰いに行くて言うてました」

「そうか、講習料なんかはわしが立て替えてやるからのお」

そう言って、熊吾は天秤棒を持ち、こんな重いのをどこから持って来たのかと訊《き》いた。俺も子供のころ野良仕事を手伝ってよく天秤棒をかつがされたが、これほど重くて太いのは初めて見た、と。

「あそこにあったんです」

と佐竹は西日を遮っている倉庫を指差した。

「あそこはからっぽじゃろうが。三ヵ所の扉には鎖を厳重に巻き付けて南京錠《ナンキン》をかけてあるぞ」

「それが緩んでたんです。おかしいなあと思いながら南京錠の鍵《かぎ》を外してなかに入ったら、この天秤棒が壁に立てかけてありました」

熊吾はおかしなことがあるものだと思い、鍵を持って倉庫の正面の扉の前に行った。いやな予感がした。大阪中古車センターのオープン前日、熊吾はこの倉庫になにも入っていないことを確かめたのだ。

熊吾は南京錠を外し、重い扉をあけてなかに入った。高い天井に明かり取り用のガラス窓があり、そこからの光だけが倉庫内を仄《ほの》明るくさせていた。

「黴《かび》臭いのお」

と熊吾は入り口に立っている佐竹に言った。

「野良犬が戻って来たそうじゃが、どこにおるんじゃ?」

そう訊きながら、熊吾が倉庫の二階への階段をのぼりかけると、理沙子と清太の声が聞こえた。扉のところからなかを覗《のぞ》きこみながら、クマさん、クマさんと何度も呼びかけて、くすくす笑いつづけた。

「またなにかいたずらを企《たくら》んじょるな。もうその手には乗らんぞ」

熊吾は、久しぶりに大阪中古車センターに遊びに来た姉弟と遊びたくなり、階段を降りかけたが、姉弟は我先にと走って来て熊吾にむしゃぶりついた。

「子供がこんな黴臭いところにおっちゃあいけんぞ」

と言って姉弟の手を引いて倉庫の外に出た。

「おお、ふたりとも大きゅうなったのお」

熊吾はまとわりついてくる姉弟の背を押しながら事務所に向かって歩きだした。背後で木が割れるような音がした。熊吾も理沙子も清太もうしろを振り返った。倉庫内で再び同じ音が響いたあと、モルタル造りの倉庫全体が崩れていった。

佐竹善国の叫び声が聞こえて、すさまじい轟音《ごうおん》とともに塵埃《じんあい》があたりを真っ暗にした。木切れやガラスのかけらが降ってきて、熊吾は姉弟を抱え込むようにして事務所のなかに逃げた。

夥《おびただ》しい塵埃でしばらく視界は途絶えた。

熊吾は佐竹を大声で呼んだ。

「ここにいてます。大丈夫です」

という佐竹の声が聞こえた。

「こっちも大丈夫じゃ。理沙子も清太も怪我《けが》はなさそうじゃ」

大将、大将という黒木の声は門の近くから聞こえた。黒木は慌てて咄嗟《とっさ》に門のほうへと身をかわしたようだった。

砂粒のようなものが降ってきて、熊吾は事務所の床に身を伏せたまま開襟シャツを脱ぎ、それで理沙子と清太の口と鼻を覆《おお》った。

「これでマスクをしとくんじゃ。事務所から出るなよ」

熊吾はそう言って、佐竹の声が聞こえたほうへと走った。そのころになって、なにが起こったのかがわかった。建坪二百五十坪、高さは三階建てのビルほどもある木造モルタル造りの倉庫が、真上から巨大な足で踏みつぶされたように崩壊したのだ。

柱も壁も屋根も、なかの階段もまったく原形をとどめていなかった。

熊吾は上半身裸で、ただの木切れと瓦礫《がれき》の塊と化した倉庫の残骸《ざんがい》を眺めつづけた。佐竹善国は事務所から二人の子をつれて出て、安全なところへと移したが、倉庫はぺちゃんこにひしゃげてしまっていて、これ以上壊れようがなかった。

黒木と河内モーターの若い社員が走ってこようとしたので、熊吾は釘《くぎ》を踏むかもしれないので、こっちに来るなと制した。

「なかにおったら死んじょるのお」

と熊吾は佐竹に言った。理沙子と清太が倉庫のなかに入って階段をのぼってこなかったら、自分はあのまま二階を点検していたことであろうと思った。

「大将が倉庫からつれだしてくれへんかったら理沙子も清太も死んでます」

佐竹はやっとおさまりかけた塵埃の向こうの、崩壊した倉庫の残骸を見ながら言った。

「いや、助けてもろうたのはわしのほうじゃ」

熊吾がそう言った瞬間、倉庫の残骸ではない別のなにかが音をたてて瓦礫のなかから噴き溢《あふ》れるように上昇した。再び、熊吾も佐竹も逃げた。しかし、それが羽蟻《はあり》の大群だとわかると、茫然《ぼうぜん》と小さな虫たちの黒い影が消えていくのを見つめるばかりだった。

「犯人はこいつらか……」

そうつぶやきながら、熊吾は、このような場合は警察にしらせたほうがいいのだろうかと考えた。古い倉庫が自然に倒壊して、怪我人はいないのだから、あえて警察や消防署にしらせなくてもいいのではないだろうか。

いや、もしなかに人がいれば、そのほとんどは致命傷を負っていたに違いない事故なのだから、やはりしらせなければなるまい。

さてどうしたものかと熊吾が考えているうちに消防車のサイレンが遠くで聞こえ、それはこちらへと近づいてきた。

東側の民家の窓から数人の住人が見ていた。

あのうちの誰かが一一九番に連絡したのだなと思っていると、佐竹ノリコが門から敷地内に走って来た。よほど動転して走って来たらしく、ゴムのサンダルの片方が脱げたままだった。

理沙子も清太も夫も無事だとわかると、ノリコは、千鳥橋の商店街にも大きな音が響いて、そのあとこの中古車センターの上空に灰色の煙があがったと言った。

いったいなんだろうと思っているうちに、ここの北側に住む友だちが、中古車センターの倉庫が倒れたとしらせるために自転車を走らせて来てくれたという。

母親のスカートを摑《つか》んで、そのうしろに隠れるようにして立ちつくしている理沙子と清太の顔は真っ黒だった。

「わしもこの子らとおんなじかのお」

と熊吾が聞くと、ノリコは頷いて汚れた開襟シャツを渡してくれた。

「これを使《つこ》うてください」

「これは、わしのじゃ」

熊吾は自分の開襟シャツで顔をぬぐった。黒木たちが木切れを倒壊した倉庫のほうへと集め始めたころ、二台の救急車と一台の消防車が門のところに停まった。

「なかに人がいてるのか？」

と消防署員が大声で訊いた。

熊吾と佐竹が此花消防署から出たのは七時過ぎだった。車のなかで待っていてくれた黒木は、大阪中古車センターへ戻る道々、消防署は原因の調査を簡単にやったようだが、どうもよくわからないらしいと言った。

「羽蟻が土台をぼろぼろに食っちょったんじゃろう。お前も見たじゃろうが。あの羽蟻の大群を。空が真っ黒になるほどの数じゃったぞ」

「私もそれは説明したんですけど、仮に羽蟻が原因やとしても、あの建坪の倉庫にしては使ってある柱にしても天井板にしても細すぎるんやそうです。つまり、違法建築の疑いが濃厚やそうでして。消防署はそれを問題にしてるんです。そやから、あしたから詳しい検分をするそうでして。持ち主の電線メーカーの責任者も、あしたの朝から立ち会うことになってます。丹下さんも呼ばれました」

「丹下さんが？　なんでじゃ」

「戦後すぐにあそこの工場と倉庫の建築を請け負うたのは、タンゲ工務店ですねん。昭和二十四年です。社長は丹下甲治さんです。丹下さんはいろんな会社を経営してはったんです。工務店は昭和三十二年に解散しまして、丹下さんも工務店の仕事から手を引いたそうですけど、もし違法建築となると実際に施工《せこう》したタンゲ工務店に責任がかかります」

「それなら大丈夫じゃ。丹下さんにはお咎《とが》めなしじゃ」

「なんでです？」

「戦後すぐの日本に建築法なんてあってなきがごとしじゃ。資材も寄せ集めで、太い柱を使いとうても、日本中を探してもない時代じゃ。そんなことは消防署もようわかっちょる」

千鳥橋で車から降り、熊吾は黒木に一時間ほど中古車センターの番をしていてくれと頼み、佐竹を誘って銭湯へ行った。ほとんど全身に及ぶ汚れを洗い流したかったのだ。途中、商店街で開襟シャツと着替えの下着を買った。佐竹も家に帰って、着替えを持って来た。理沙子と清太もついて来た。

「わしは、このくらいの歳《とし》の女の子と風呂に入るのは初めてじゃ。女の子は男湯には入れんほうがええんやないのか？　世の中、変態男が虫も殺さんような顔をして生きちょるぞ」

熊吾は佐竹にそう言いながらも、理沙子の体を洗ってやった。それから小さな盥《たらい》にぬるま湯を張って、左の親指を十五分ほど温めた。それをすると痺《しび》れがなくなるのだが、風呂からあがって一時間もたつとまた痺れは甦《よみがえ》ってしまう。

先にあがって扇風機の風で汗を抑えながら、理沙子と清太はサイダーを飲んでいた。無口な佐竹善国はいつも以上に口数が少なくて、噴き出る汗をタオルでぬぐいながら、熊吾を待っていた。

体を拭《ふ》き、扇風機の風で涼み、買ったばかりの下着を着ているうちに、生きるということはまったく綱渡りの綱の上を歩くようなものだなと熊吾は思った。なんという一日だったのだろうと感慨にふけって西日を眺め、なんだかげんをかつぐ心情になったあとでのあの事故だ。一日はまだ終わっていなかったのだ。

善と悪とのせめぎ合いだ。生まれてからずっと危ない綱の上をぐらつきながら生きている。善を幸福と置き換えるなら、悪とは不幸ということになる。幸福と不幸のせめぎ合いだ。どっちへ転ぶか紙一重だ。なんと人間は恐ろしい世界で生きていることであろう。

「大事な亭主の、善と悪との二筋道。どうしたらよかろうと……」

熊吾は「芝浜」という落語の一節を胸のなかでつぶやき、

「わしはまだ気持ちがざわついちょる。どこか静かなところでひとりになりたい心境じゃ」

と佐竹に言った。

「私も、なんや胸のどこかがちぎれそうで」

と佐竹はうなだれたまま言って、

「あの倉庫、なんで事務所のほうへ倒れへんかったですやろ」

と小さな声でつづけた。

「真上から踏みつけたみたいな壊れ方じゃったのお。それでわしも理沙子も清太も死なんですんだ」

「大将が、私の子を助けてくれはったんです」

「いや、わしがお前のふたりの子に助けられたんじゃ。お互いが命を救い合ったんじゃのお。理沙子と清太の来るのがもう一分遅かったら、わしも倉庫と一緒にぺっちゃんこになっちょる」

佐竹は、優しい笑みを浮かべ、簀子《すのこ》を敷いた銭湯の脱衣場の床に目を落として、

「この風呂屋はいまがいちばん空《す》いてる時間です」

と言った。

話題とは無関係なことを突然口にするのが佐竹善国の癖だったが、それは語彙《ごい》が少ないからだと熊吾は気づいた。だから、言いたいことがつづかない。語彙と語彙とが組み合わさって論理が形成されるが、その語彙を持たないと智恵《ちえ》も豊富な経験も説得力を持って伝えられない。

俺は、どうやって語彙を得たのであろう。

御荘《みしょう》の唐沢の叔父から学んだ論語や春秋左氏伝などがその基本となっている。一本松から御荘まで歩いて唐沢の叔父のもとに通うのはいやでいやでたまらなかったが、あの二年間がなければ、俺の持つ語彙はいまよりもはるかに貧しいものになったに違いない。アカのお陰だ。俺はアカという牛に逢《あ》いたくて、唐沢の叔父のもとに通ったのだ。俺

はアカの大きな優しい目と穏やかな気性が好きだった。アカにまた逢いたい。

熊吾はそう思いながら、

「さあ、今夜はこのクマおじちゃんが、梅田の洋食屋でうまいものをご馳走《ちそう》するけん、お母ちゃんにそう言うて、よそいきの服を着てこい」

と理沙子と清太に言った。

熊吾は、理沙子と清太をかばいながら事務所のなかへ逃げたときに背や胸をひどくひねったらしいのだが、その日はさして痛まなかった。だが、翌朝、目が醒《さ》めると上半身を動かせなくなっていて、腰から首へかけての筋肉なのか腱《けん》なのか骨なのか、あるいはそのすべてなのか、とにかく痛くて便所に行くこともできなくなっていた。

博美が薬局で買ってきた湿布薬を上半身に貼《は》ってもらい、少し痛みがひいた夕刻にタクシーでカンベ病院に行って診てもらうと、骨折もなく腱の断裂もないが、胸と背の周辺に肉離れに近い症状が何ヵ所かあるという。

「とにかく七十に近くなるとなにもかもが固くなってね。若いときにはなんでもない体のひねりで痛めてしまうんです。日にち薬やから湿布しておとなしいにしといて下さい」

院長は言って、ついでに親指の具合も診てくれた。正直に言うが、指の骨のかけらが腐り始めたときは、これは下手をすると手首から先を切断しなければならなくなるかもと案じたのだと院長は明かした。

「親指の壊死《えし》からも免れた。倉庫の倒壊で圧死するのも免れた。松坂さんは強運に恵まれてますな」

「商売では悪運にばっかり恵まれちょるのにのお」

院長は笑い、

「ノブちゃんも運が強い。落ちてきた鳩《はと》の糞《ふん》の岩石みたいな塊りのこと、覚えてますか？　打ち上げ花火の事故のことも。あの子には、他にもなにか似たようなことがあったような気がするなあ。いずれにしても、お父さんも息子も、すれすれのところでセーフっちゅう星回りかもしれへんなあ」

と言ったのだった。

博美のアパートで寝ていた十日間は暑さでうだりそうで、痛みが肩甲骨の下だけになると、熊吾は有馬《ありま》の温泉で湯治をした。温泉町からは外れた場所に長期間湯治をする人たちのための安旅館があって、黒木に勧められてそこで二週間を過ごした。

自炊の施設があり、五円玉を入れると十分間ガスが出るコンロが並んでいる。旅館から歩いて十分ほどのところになんでも屋があり、卵や豆腐や調味料などを売っている。

相部屋になって知らない人と話をしなければならないのがわずらわしくて、熊吾は特別に四畳半の部屋を借りて、そこに電気炊飯器を置いてご飯を炊《た》いた。夕方になると黒木か神田が運転する車で佐竹ノリコが来て、夕食のおかずを作ってくれた。ノリコは八月に入るとすぐに神崎川の畔《ほとり》にある自動車学校に通い始めていた。朝の十時から一時間は交通法規や車の構造などの勉強。それが終わるとすぐに昼まで運転の教習で十二時半には終わる。そのあと千鳥橋の商店街で買い物をして、有馬温泉まで来てくれるという日々だった。

熊吾は倉庫の崩壊のことは房江には知らせなかった。房江は来てくれるかどうかわからないものの、うっかりと湯治宿で博美と鉢合わせさせたくなかった。

予定通り二週間で大阪に帰り、千鳥橋の大阪中古車センターに行くと、倒壊した倉庫の残骸はなくなっていた。電線メーカーの担当者が作業員を十人も連れて来て、わずか二時間で片づけてしまったと佐竹善国は言った。なんだかひどく急いでいたという。

十月十日の土曜日は東京オリンピックの開会式の日だった。

この日のために、日本の多くの家庭ではカラーテレビを買ったが、熊吾も伸仁に開会式や各競技の中継をカラー放送で観《み》せてやりたくて、三日前に聖天通り商店街の電器屋に頼んでアンテナと一緒に取り付けてもらったのだ。

いったん扇町の丸尾運送店に寄ったが千代麿はいなかったので、熊吾は久しぶりにシンエー・モータープールの二階の部屋に行った。

土曜日は四時間授業だが、それもそれぞれ短縮授業にして、学校は生徒たちが開会式を見られるように配慮したという。

当日は絶対に秋晴れにしてみせると全国各地の神社仏閣は晴天祈願をつづけてきたが、神仏の御利益《ごりやく》か、はたまた日本中の国民の熱気が天に通じたか、東京神宮外苑《がいえん》の国立競技場は抜けるような青空のもとにあるとニュースは伝えた。

開会式が始まるまであと十五分ほどだというとき伸仁が帰って来た。父親が新しいカラーテレビの前に坐《すわ》っているのを不快そうな顔で見るかと思っていたが、伸仁は房江が作っていった焼き飯をフライパンで温めて、

「お父ちゃんも食べる？　鶏《とり》がらのスープもあるで」

と訊いた。

「スープだけ貰おう。それよりも早《はよ》うテレビの前に坐れ。もう始まるぞ」

「お母ちゃんも多幸クラブの社員食堂で観てるわ」

「この二ヵ月、世界ではいろんなことがあったのお。いろんなことがあったが、きょうからはオリンピックじゃ。世界を牛耳るやつらは、戦争と平和を上手に作りよる」

ふたりきりで話をするのは久しぶりだったので、熊吾はなんだか照れくさくて、テレビの画面に目を向けたまま機嫌悪そうに言った。

伸仁はスープも温めて卓袱台《ちゃぶだい》に運び、皿を持ったまま焼き飯を頰張り、カラーテレビを買ってくれてありがとうと礼を言った。

絵の具を塗ったような青空のもとで式典は進み、各国選手団の入場行進が始まった。聞いたこともない国名が書かれたプラカードが次から次へと映し出された。

「アフリカにはマリなんて国があるんじゃのお」

「チャドいうのもあったでえ」

「あの長い脚と逞《たくま》しい筋肉を見てみい。あんなのに日本人が勝てるはずがあるかや」

「この国の選手はひとりだけや。アメリカなんて何百人もおるのに」

「アメリカはなんでもかんでも物量作戦でくるんじゃ」

いったいいつ終わるのかとうんざりしてきて、熊吾は最後の開催国・日本の選手団の入場を観ると一万円札を五枚と五千円札を一枚、伸仁に渡した。

「五万円は房江に渡せ。生活費じゃ。わしが入院しちょったときの分も入っちょる。五千円はお前の小遣いじゃ。来月からは十日に渡すけん、お前が千鳥橋まで取りに来い。わしに用事があるときは佐竹に預けちょく」

そう言って、熊吾は部屋から出たが、すぐに戻ると、房江はいまも酒を飲んでいるのかと訊いた。

テレビに観入ったまま、

「仕事から帰って来たら先に銭湯に行って、それからここに帰って一合だけ飲んで、すぐにご飯を食べるねん。それだけや。睡眠薬を飲んだあと、もう五ヵ月間、城崎でぼくに約束したことをずーっと守ってるねん」

と伸仁は言ったが父親の顔は見なかった。これから聖火の点火があるのだ。

熊吾は、本を読むときに押し入れに入るのはいいがと前置きして、

「それ以外のときに押し入れに長いことおるのはいけんぞ。空気が動かんとこにおると病気をするんじゃ。肺を患《わずら》いやすいけんのぉ」

と言った。

国立競技場に聖火の炎があがると、伸仁はやっと父親の目を見て、

「大阪中古車センターの倉庫がつぶれて怪我をしたこと、なんでお母ちゃんにもぼくにもしらせへんかったん？」

と訊いた。

伸仁は事故があった三日ほどあとに神田三郎に教えられたが、知らなかったということを気づかれないように振る舞うのに苦労したらしい。

だが、神田は松坂家で他人に知られたくないなにかが起こっていることを察知したようだし、黒木も熊吾が有馬温泉の湯治宿で療養していることを妻と子が知らないのを不審に思っているという。

「お母ちゃんは有馬に行くつもりで休みを取ったんやけど、結局行けへんかったんや」

と伸仁は言った。

博美と逢うかもしれないと考えたのであろうと熊吾は思った。

「お父ちゃんが温泉に行ってるときに、ぼく、学校の帰りに千鳥橋に行ったんやで。なんであんな大きな倉庫が勝手につぶれるんやろと不思議やったから。そやけど、もう片づけられて、なんにもなかった。誰かが、倉庫に人が入ったらつぶれるような仕掛けをしてたのかもしれへんて黒木さんが言うてはった。黒木さんは本気でそう思てるみたいやったわ」

「そんな仕掛けができるはずがあるかや。黒木は推理小説の読み過ぎじゃ。考え過ぎじゃ。倉庫に使うてある木材という木材が羽蟻に食い散らされて、ちょっとした力が加わるだけで建物すべてが崩壊する状態になっちょったんじゃ。消防局の人もそう言うちょったぞ。事件か事故かを見極める専門家じゃけん、不審ならもっと調べるはずじゃ」

「ぼく、あそこは嫌いや。大阪中古車センターに行ったら、すぐに帰りとうなるねん。なんでやろ。あそこのあの寂しさはなんやろ……」

伸仁はそうつぶやいて、押し入れから一冊の本を出した。

「これ、面白かったで。お父ちゃんも読んだらええ」

松本清張の「点と線」という推理小説だった。何年か前にベストセラーになっていたことは熊吾も知っていた。

「そうか、借りちょくぞ。お前は受験勉強もせんといまはどんな小説を読んじょるんじゃ」

伸仁はまた押し入れに入り、ドストエフスキーの「貧しき人々」という文庫本を持ってきた。

「怪我は治って、わしは元気じゃと房江に伝えといてくれ」

熊吾は四ツ橋まではバスに乗り、そこから徒歩でキマタ製菓へと歩いた。東京でオリンピックが開催されたというのにベトナムでは戦争の真っ最中だと熊吾は思った。

ケネディが暗殺されてアメリカの大統領は副大統領だったジョンソンが就任したが、ベトナムに派兵した軍隊の縮小を考えていたとされるケネディとは逆に、新大統領はベトナムにさらに米軍を投入して、八月にはトンキン湾岸を爆撃し、さらに北ベトナムへの空爆を拡大しようとしている。

米軍が空爆をつづければ、あの粘り強いベトコンもさすがにもつまいと思ったのに、どうもそうでもなさそうで、アメリカ国内では厭戦《えんせん》気分が高まって徴兵を拒否する若者まであらわれたという。

同じアジアで血みどろの戦争が行なわれている最中に日本では十月一日に東海道新幹線の営業が開始された。最も速い「ひかり」という車輛《しゃりょう》は東京と大阪を四時間で結ぶという。

熊吾はそんなことを考えながら材木問屋の店舗が並ぶ横堀川畔から西に歩いて行った。横堀川の上では高速道路の工事がつづけられていた。その完成は横堀川の消滅を意味するらしい。川はやがて埋められるという。江戸時代の初期から賑《にぎ》わってきた大阪の材木問屋街は守口市の淀川沿いに移転することが決まっているのだ。

大阪の港から陸揚げされたさまざまな商品を川船で運ぶために作られた幾筋もの運河の多くは消えていく。熊吾は時代の流れが水路の流れを断ち切ることで都市そのものに新たな病をもたらすに違いないと思った。

キマタ製菓の前に丸尾運送店のトラックが止まっていた。

チョコレートクラッカーを作る工場は、事務所兼作業場の筋向いにあって、近所の奥さん連中がクラッカーにチョコレートを刷毛《はけ》で塗る作業をつづけていた。それを入り口から眺めていた丸尾千代麿が熊吾に気づくと、

「背中の痛みはどないです？」

と訊いた。

カカオ豆の殻を高槻から運搬する仕事を頼まれて以来、千代麿と木俣は親しくなり、よほど気が合うのか、暇なときはしょっちゅうお互いの事務所を行き来して雑談にふける仲になっていた。

「温泉治療はよう効いたのお。痛みは全部消えたぞ。それどころか一生分寝たけん、生き返ったように元気じゃ。湯治場では温泉につかるか寝るかしかないけんのお」

「それはよろしおました。一回くらいは湯治宿にお見舞いにいかなあかんと思いながら、なんやかやと用事がでけまして」

「忙しいのは結構なことじゃ。みなさん元気か？　美恵はもう中学生じゃな」

「へえ、正澄は小学六年です」

「正澄は勉強がようできるんじゃと伸仁が言うちょった」

「そうですねん。父親に似たのか母親に似たのか、どっちですやろ」

千代麿が小声でそう訊いたので、熊吾は、ああそうだったな、正澄は増田伊佐男《いさお》と浦辺ヨネとの子だったなと思った。

それを忘れてしまうほどに正澄は丸尾夫婦の子になってしまったのだ。熊吾はほんのいっとき感慨にふけったが、元材木屋の倉庫だったという工場の奥から木俣敬二が伝票の束を持って出てくると、カカオ豆の殻は順調に手に入っているかと訊いた。

「順調どころか、カネタカ製菓の高槻工場の倉庫には殻を入れた麻袋が山ほど積んでありますねん。千代麿さんの四トントラックに満載して帰りかけたら、工場の担当者が拍子抜けしたみたいな顔で、たったそれだけでええのか、もっと持って行ってくれって。そやけど、それ以上は私のとこにも置き場所がないんです」

そう言って、木俣は熊吾と千代麿を喫茶店に誘った。

御堂筋《みどうすじ》の西側の喫茶店に入ると、今朝、京都まで新幹線に乗ってみたのだと木俣は言った。千代麿と一緒だったという。

「扇町の丸尾運送店まで行って、そこから車で新大阪駅まで送ってもらいまして」

その言葉を遮って、

「ホームで新幹線を見るだけのつもりやったんやけど、京都までほんまに二十五分かどうか確かめようってことになりまして。大将、ほんまに速いでっせ。大将もいっぺん乗ってみはったらどないです？　京都まででよろしいがな。切符代は高いですけど」

と千代麿は言った。

「そうか新大阪から京都までも乗れるのか。わしは京都へ行かにゃあならん用事があるんじゃ。新幹線に乗って行ってみるか」

研ぎに出した関孫六兼元は京都中京区室町の幣原悦男という刀剣商に預けたままだった。もう研ぎは終わって刀は幣原のところに帰って来ているだろうに、なんの連絡もない。たぶんいい買い手があらわれないのか、値段が折り合わないのかのどちらかであろう。しかし、いつまでも預けっぱなしにしておくわけにもいかない。俺のほうから訪ねていくのが筋というものだろう。

熊吾はそう思った。そして関孫六兼元の名刀と海老原太一との因縁を初めて千代麿に話して聞かせた。

「呉明華って平華楼のコックやった中国人でっか？」

千代麿は驚き顔で訊いた。

「そうじゃ。あいつがこの日本刀を海老原太一から預かったと言うたときはびっくりしたぞ。太一は死ぬ前になにを考えたのかのお」

「大将から受けた恩義の数々を思い出しはったんでしょう」

「わしも若かったが、太一はもっと若かった。えろうなって調子に乗るのは無理もないんじゃ。そやのに、わしは人前で太一を面罵《めんば》して恥をかかせた。あいつが俺を恨むのは当然じゃ」

話を聞いていた木俣敬二は、

「その名刀、京都の刀剣商に預けとくほうがよろしおまっせ。大将からあれはどうなってるかと訊かんほうがええと思います」

と言った。

美術骨董品《こっとうひん》というのは値があってないようなもので、それを欲しいと思う人には一千万円でも安いが、興味のない人には千円でも高い。

早く金に換えたがっていると見れば足元を見られる。もしいい値がつけば売ってもいいが、そうでなければ手元に置いておくと悠長に構えるほうが、相手は商売がやりにくくなるのだ。

木俣はそう説明した。

「詳しいのお」

「友だちに百貨店の外商で美術骨董部門を担当してるやつがいてますねん。そいつから聞いたんです。京都の美術骨董商には、とびきりしたたかなのがおるそうです。強欲やからと違うんです。下手な売り方をしたら、その店の暖簾《のれん》にかかわりまっさかい」

「そおかあ、そんならもう一、二年、こっちからはなんの問い合わせもせずに預けちょくか」

うまそうに目を細めてコーヒーを飲み干すと、

「大将、またひとつお知恵を拝借したいことがおますねん」

と木俣は言った。

カカオ豆の殻は欲しいだけ手に入るようになったが、それを微細な粉末にする作業が追いつかないのだという。

「大将に助けてもろて購入した機械は本業のコーティング・チョコレートのためにフル稼働《かどう》です。チョコレートクラッカーはいわば副産物でして、本業のほうに使う機械をそっちでフル稼働させるわけにはいきまへん。儲《もう》かってるんやから、副業のほうに軸足を乗せたらええやないかと言いはるかもしれませんけど、本業は本業、副業は副業で、そこをしっかりと区別しとかんとあかん。私がぎょうさんのしくじりで思い知ったのはそこです。そやから、これ以上の設備投資はしたくないんです。いま、この新しい工場とは別に借りた倉庫はカカオ豆の殻で溢れそうですねん。なんかええ知恵はおまへんやろか」

「殻だけ微細な粉末にしてくれる業者を見つけて、そこに請け負わせたらええじゃろ。カカオ豆の殻はただで手に入るんじゃ。それにかかるはずじゃった分を廻したらええ」

「そんな業者がおますやろか」

「いますぐには思いつかんのお」

熊吾は煙草《たばこ》に火をつけながらそう言った。すると千代麿が、

「おまっせ」

と言った。

「どこにじゃ」

「生駒《いこま》の石切《いしきり》っちゅうとこに漢方薬用の生薬を粉にするのを仕事にしてる農家が何軒かあるんです。いまはもうその商売も廃《すた》れてしもて、機械は納屋《なや》の奥で埃《ほこり》をかぶってます。龍角散《りゅうかくさん》ちゅう喉《のど》の薬がおますやろ？　あれは細かい粉末です。甘草《かんぞう》とかセンブリとかの植物の葉や茎や根をあのくらいに細かくできるんです。石切は、ある時代には薬の材料を作る農家で栄えたんです」

「生薬を粉末にする業者か。それはええぞ。木俣、すぐに石切へ行って、いまでもその仕事をしちょる農家を探せ。二、三軒は残っちょるかもしれんぞ」

熊吾にそう言われて、

「生駒の石切……。千代麿さん、石切は大阪府でっか、奈良県でっか？　どうやって行きまんねん？」

と木俣は訊いた。

「電車やったらどうやって行くんかな。たぶん近鉄電車の奈良線やったと思うけど。石切剣箭《つるぎや》神社で有名なとこやから最寄り駅はあるはずや。日曜日でもよかったら、俺が車で乗せて行くで。あっ、あした日曜日やがな」

千代麿のなんだか嬉《うれ》しそうな表情を見て、熊吾は笑った。

「お前ら、恋仲みたいじゃのお。お互いが、お慕い申しておりますっちゅう顔じゃ。気持ちが悪いわい。千代麿、ええ友だちができてよかったのお。木俣には女の亡霊が取り憑《つ》いちょるけん一緒に地獄に連れて行かれんように気をつけんといけんぞ」

「もう供養《くよう》は済みました」

木俣のなさけなさそうな言い方で千代麿は大声で笑った。

佐竹ノリコはいつ運転免許証を取れるのかと木俣は訊いた。

「そうじゃ、そのためにお前に逢いに来たんじゃ。ノリコは試験に合格したけん、十月三十一日に免許証を貰《もら》うそうじゃ。ちょうどきりがええけん十一月一日からキマタ製菓で働くっちゅうようにしてくれんか」

熊吾の言葉に即座に頷《うなず》き、

「そういうことにさせてもらいます。車を買わんとあきまへんなあ。運転免許証を持ってる社員がおって、東大阪や南大阪に得意先があるのに、会社に車がないっちゅうのは宝の持ち腐れです」

「ハゴロモにええ中古車がある。安うしちょくぞ。どうせ免許証を取った当座は、あっちこっちにぶつけるんじゃ。傷だらけの中古車にしといたほうがええ。三万円で仕入れたパブリカのライトバンがある。十五万円にしといてやる」

「ええっ！　ハゴロモはそんなあこぎな商売をしてまんのか？　三万円で仕入れたぼろ車を十五万円で零細企業主に売りつけまんのか？」

「嘘《うそ》じゃ。諸経費込みで四万円と言いたいところやが、車はただでええ。雇うつもりのなかった女社員をかかえさせるんじゃ。車付きでキマタ製菓に差し出すぞ。その代り、初任給をもう三千円上げてやってくれ。ノリコは根性がある。よう働くぞ。木俣は、佐竹ノリコを雇うてよかったと、わしに感謝する日がきっと来る」

千代麿がトラックに乗せて行ってやるというので、熊吾は西九条まで送ってもらった。久しぶりに丹下甲治に逢っておこうと思ったのだ。

倉庫の崩壊事故のあと、熊吾は病院に行ったり湯治に出かけたりして、まだ丹下とは逢っていなかった。大阪中古車センターも含めて、あのあたりが団地の候補地になっているとすれば、いつごろ立ち退《の》くことになるのか。

熊吾は団地建設が具体的に動きだすのは十年くらい先であろうと予想していたが、あるいはもっと早まるかもしれず、そのあたりの情報は丹下甲治に訊くのがいちばん正確だと考えたのだ。

丹下の家には相変わらず不愛想な娘がいて、父は入院していると教えてくれた。きのう、痔《じ》の手術をしたのだという。

入院は五日間の予定だが、急用なら病院を教えると娘は言った。

「きのう手術ですか。わしは痔の手術のことはわからんが、きょうはいちばん痛いころでしょうな。急用やないけん、退院して家に帰られてからお見舞いに伺いましょう」

熊吾はそう言って市電の西九条の停留所へ戻りながら、周りには痔持ちが多いが、俺はいちども痔の症状を自覚したことがないなと思った。しかし、この一年で歯は何本か抜かれた。部分入れ歯が三ヵ所に必要だ。いずれ悪くなる歯をいまのうちに抜いて、上だけでも総入れ歯にしたほうがいいと歯医者は勧めるが、なんだか商売っ気を隠しているようで気にいらない。

熊吾はそう思い、

「入り口の具合が悪いのと出口の具合が悪いのと、どっちがましかのお。どっちも悪いっちゅうやつが多いけんのお」

と胸のなかで言った。

きょうはハゴロモにも大阪中古車センターにもたいした用事はない。博美のアパートに帰って、伸仁に借りた推理小説でも読むか。

そう考えて市電に乗ったが、腕時計を見るともう午後の四時近くになっていた。

熊吾は、座席に腰を降ろして、知り合ってたちまち親友のようになってしまった千代麿と木俣敬二のお人よしコンビの顔を思い浮かべた。

千代麿夫婦も苦労の連続で戦後を生きてきた。商売だけでなく家庭内の問題でも苦労を重ねた。木俣も小さな会社とはいえ、何度も倒産の危機をくぐって、やっと日が当たりかけている。ふたりとも、他人を騙《だま》して、まごころをふみにじって平気だという人間ではない。善意の塊のような男ふたりが仲良しになり、子供のようにじゃれあって楽しそうにしている。

熊吾は笑みを浮かべ、伸仁が生まれてすぐのころの、運送屋を開業したばかりの丸尾千代麿の逞しい体軀《たいく》を思いだした。

あれからもう十七年だ。いやたったの十七年というほうがいい。その十七年で日本はオリンピックを開催できる国になった。あの壊滅的な敗戦後の荒野に、わずか十七年で新幹線なるものを走らせたのだ。人類の歴史から見ても奇跡的なことであるに違いない。しかし、風俗の紊乱《びんらん》は目を覆うほどで、テレビでは劣悪な番組が垂れ流されている。なにか大きな企みが、この日本を実験台にして進んでいるとしか思えない。「日本人骨抜き計画」というやつだ。

戦後、日本に乗り込んできた連合軍総司令官・マッカーサーは、日本の若者たちに道徳教育を与えないように指示したというが、きっとそれは本当だったのだなと思えるほどに風紀や道徳の乱れを助長する教育が行なわれている。

昭和に入ってもまだわずかに残っていた「もののふ」の精神をすべて奪い去ることがすなわち「道徳教育を与えない」という長期的な戦略としていま進行しているのだ。与えてもいい道徳は、犯罪を犯さないことと公衆エチケットを守ること、それにそれぞれが属する組織のルールの順守だけなのだ。そのうち、アメリカと同じように敬語も使わないでいいということになりそうではないか。

市電は熊吾が降りるべき停留所を通り過ぎて、梅田新道からさらに東の蒲生《がもう》町四丁目近くまで来ていた。

熊吾は窓外の景色を見て慌《あわ》てて蒲生町四丁目の停留所で降りた。そこはまだ十七歳のキクちゃんと沼地珠子の乗った車が大型ダンプカーと正面衝突した現場だった。

熊吾は、大阪市内でもとりわけ交通量の多い交差点の西側に立ち、行き交う人々と自動車の群れを見つめた。人間が無事に生きているのが不思議なほどの車の数だなと思った。

しばらく信号機の下に立っていたが、熊吾は市電に乗らずに、歩いて梅田新道のほうへと向かった。

房江はよくぞ死ななかったものだと思った。妻の自殺未遂のあと、その日のあらましを麻衣子からも聞き、救急病院の医師にも説明されたが、まるで何物かが房江を生かそうと働きかけつづけたように感じたが、いまもその思いは変わらない。

熊吾はそう思った。

多幸クラブというホテルを見てみようという気になって、熊吾は兎我野町へと歩きつづけた。

関西テレビ放送の建物が見えてきたころ、ちょうどいま時分が房江の退社時のはずだと気づき、熊吾は国道一号線が二号線と名を変えるあたりで歩を止めた。

道を隔てて二棟ある多幸クラブの建物の上部が見えた。

房江はどの道を使って福島西通りまで帰るのだろう。国道のほうではなく大阪駅へとつながる道でバス停へと歩くのだろうか。いや、勤め先から出て、道を南に少し歩き、この市電の停留所から市電に乗れば、福島西通りの交差点に着くのだ。きっと毎日そうしているはずだ。

熊吾は腕時計を見た。五時半まではあと十分ほどあった。市電の停留所の前に喫茶店があったので、熊吾はそこの窓際《まどぎわ》の席に坐り、飲みたくもないコーヒーを註文して煙草に火をつけた。

「奥方のお怒りはまだ解けちゃおらんけんのぉ」

心のなかでそう言って、熊吾は多幸クラブの前の道が国道につながる地点を見つめつづけた。

六時少し前に、ひと目でそれとわかる歩き方で房江はホテルのほうから国道に姿をあらわし、信号を渡って停留所の前に立った。喫茶店の窓は外からはなかが見えないようにしてあるのだが、熊吾はほんの五、六歩のところに立って市電を待っている房江から身を隠すように丈の高い観葉植物のほうに体を動かした。

濃い緑色のワンピースを着て、ハンドバッグを肘《ひじ》に掛け、低い踵《かかと》の靴を履いて、房江は市電がやって来る方向に顔を向けていた。その横顔はこれまでの房江とはまったく違う女だった。

なにがどう異なっているのかを熊吾は言葉で表現できなかったが、房江には、内に隠しつづけていた利《き》かん気で意志的な、柳に雪折れなしという強さとたおやかさが溢れていた。

こんなに顔色のいい房江を見るのは初めてだと思うと、熊吾は気圧《けお》された心持ちで、さらに観葉植物に隠れるように椅子《いす》を下げた。

きょうも多幸クラブの従業員食堂で六十人分の社員たちの昼食と夕食を作ってきたのだな。そして、これからシンエー・モータープールに帰るとすぐに銭湯で汗を流し、伸仁の晩ご飯の用意をするのだ。

あのとき死んでしまっていたら、お前はお前の本当の自分を誰にも見せないまま生を終えてしまっていたのだ。お前はなぜ死ななかったのだ。なぜ生きていられたのだ。

俺はもうお前に迷惑はかけない。本当の松坂房江という女を殺していたのはこの俺だ……。

やって来た満員の市電に乗った房江が去って行ってしまってからも、熊吾は喫茶店の観葉植物に身を隠しつづけた。

# あとがき

「流転《るてん》の海」の第八部となる「長流の畔《ほとり》」を書き終えて、私はちょっとした臆病風《おくびょうかぜ》に吹かれてしまった。

最終巻となる第九部を書き始めるという昂揚感《こうようかん》はどこにもなくて、とうとうそのときが来たことへの袋小路の鼠《ねずみ》のような気分だけに襲われて、この小説を書き始めた三十四歳からの三十五年間が茫々《ぼうぼう》とした霞《かすみ》に隠れて、それはただの暗渠《あんきょ》だったとしか思えない精神状態になった。

私はなにを書いてきたのか。累々《るいるい》たる死と失敗と挫折《ざせつ》を凡庸な物語に託しただけではないのか。どこにでもある死と失敗と挫折を延々と書きつづけてきただけではないのか。

そんな無力感のなかでこの数ヵ月を過ごした。

しかし、なんだか打ちひしがれるような数ヵ月のお陰で、私は「流転の海」の最終巻に向かう己の心構えと闘争心を取り戻すことができた。

どこが始まりでどこが終わりなのかわからない長い長い川の畔を旅していて、疲れ果てて倒れ込んでしまうときがあっても、そこには毒虫もいれば菫《すみれ》も咲いている。そのどちらと出会うかは「運」ではない。「意志」である。

累々たる死と失敗と挫折は、それらを乗り越えるごとに、源が遠ければ遠いほど流れは長いことの証《あかし》となる。流れのはるか彼方《かなた》の、目に見えない未来で待つ生が燦然《さんぜん》と輝くであろう証である。

私が「流転の海」で書こうとしたことはそれだったのだ。その原点に立ち返ることができて、私はいま最終巻「野の春」を書き出そうとしている。

この「長流の畔」の連載中は「新潮」編集部の松村正樹さんに、また単行本化にあたっては新潮社出版部の桜井京子さんにお世話になった。深く感謝申し上げる。

宮本　輝

二〇一六年四月二十五日

# 解説

助川幸逸郎

これほどにものが視《み》えている男が、何ゆえ挫折《ざせつ》をくり返すのか。『流転《るてん》の海』シリーズを読みすすめながら、そのことがどうしても解《げ》せなかった。第八部の末尾にいたって、ようやくじぶんなりの結論を得た。

松坂熊吾《まつざかくまご》は、「ゴジラ」である。

松坂熊吾は、「ゴジラ」なのである。

怪獣ゴジラがスクリーンに初めてあらわれたのは昭和二十九年。南太平洋で生まれ、首都を蹂躙《じゆうりん》するこの「まつろわぬ猛者《もさ》」は、しばしば指摘されるように、「戦死した日本兵の怨念《おんねん》」を背負っている。

ゴジラは最後、戦争のため隻眼《せきがん》となった芹沢《せりざわ》博士とともに、東京湾に身を沈める。ゴジラと芹沢の「相対死《あいたいじに》」は、日本が再生のために、「戦争でこうむった傷」を封印したことを象徴する（ちなみに、『流転の海』第三部の『血脈の火』に、『ゴジラ』第一作への言及がある）。

松坂熊吾も、いかなる組織にもたよらず生きている。学歴・門閥といった「表のコネクション」と無縁なだけでなく、暴力団のような「負のネットワーク」にも彼は属さない（ヤクザの形成するつながりが、官僚機構以上に密であることは、『流転の海』シリーズのなかで度たび語られる）。

熊吾自身、そのことに複雑な思いがあるようだ。『長流の畔《ほとり》』にこんな一節がある。

《どうあがいても「南予の闘牛の熊さん」であって、昔からの経済界という世界に迎えられることはないのだ。

学閥、財閥、軍閥、派閥、門閥。これらの壁は高く大きく立ちはだかって、俺はそのどれとも縁がなかった。

これまでそんなことは考えたこともなかったが、意識下では、劣等感がつねにくすぶっていたのかもしれない。

伸仁《のぶひと》には「自尊心よりも大切なものを持って生きにゃあいけん」と蘊蓄《うんちく》を垂れたが、自分を自分以上に見せたがってあがいていたのはこの俺だ》

力をもちながら、システムに組みこまれずにあること。それが当人に強いる負担は甚《じん》大《だい》だ。同時にそうしたありようは、「システムがなければ生きられない人間」をおびやかす。

ロッキード事件に際しての「田中角栄排除」には、マスコミや野党だけでなく、法曹や一部の与党議員も加担した。

正規のエリートコースをたどらなかった人間を、これ以上のさばらせるわけにはいかない。じぶんたちが遵守《じゅんしゅ》する「ゲームの規則」を、骨ぬきにされては大ごとだ。

田中角栄逮捕劇の背景には、支配システムに属する人間の右のごとき危機感があった。ネットワークのさだめる序列を越えて力をふるう者──「ゴジラ」たち。彼ら自身にシステムを破壊する意志はなくとも、彼らの存在そのものが体制を嘲弄《ちょうろう》するように映る。

松坂熊吾は、ときとして理不尽な悪意の標的となる。支配層から脱落しかけて熊吾とかかわりを持ち、その後、地位をとりもどした岩井亜矢子。体制から弾《はじ》かれた場所から出発し、懸命にその内側に喰いこもうとする海老原太一や「わうどう」の伊佐男。彼らはいずれも、「システムがさだめた序列」に固執している。

彼らの目には、熊吾は「序列」など歯牙《しが》にもかけないように見える。そんな熊吾を屈服させ、「序列」の意味を思い知らせなければ彼らはいたたまれない。

熊吾は、事業が軌道に乗るたびに「身内」の裏切りに遭う。これも熊吾が「ゴジラ」だからだ。会社を維持し、発展させるには、システムにしたがうメンタリティが要る。「ゴジラ」にできるのは、既存の秩序を破壊し、あたらしい芽を生やすことだけである。

先に見たとおり、熊吾当人は、体制に同化することを拒んでいるわけではない。むしろ、財界の内側に入りこめないことにむなしさを感じている。

熊吾は、妻に対して異常に嫉妬《しっと》ぶかく、支配欲がつよい（このことは第一部と第二部でとりわけ強調されている）。そして、五十歳でようやく得たわが子を溺愛《できあい》する。「組織にたよれない不安感」を、家庭に支えられることで鎮《しず》めようとしたのだろう。

この第八部で、熊吾は心身ともに衰退し、愛人の存在を妻に隠しとおせなくなる。夫の背信に衝撃をうけ、房江《ふさえ》は死をえらぶが、僥倖《ぎょうこう》がかさなって甦《よみがえ》る。「私の夫は終わった」――生きかえった房江は、熊吾に見切りをつける。そして、自活のためにホテルの賄《まかな》い婦《ふ》の職につき、別人のように精彩を放ちはじめる。そんな妻を目にし、「本当の松坂房江という女を殺していたのはこの俺だ……」と熊吾は思う。

房江が熊吾からの「独立」を決意したのは、昭和三十九年である。

人生の一時期、ビジネスをとおして熊吾は中国と密にかかわった（彼《か》の地に生まれた周栄文ひとりが「親友」だと、熊吾はくり返し語る）。その経験が熊吾の胸に「大陸からのまなざし」を宿らせた。この「まなざし」が、この国の支配システムの「虚妄」を絶えず熊吾に知らしめる。彼が「ゴジラ」になったのは、生来の気質のせいだけではない。

戦前の軍部に対するのと同様、戦後の為政者についても、熊吾は疑念をさしむける。

《あれからもう十七年だ。いやたったの十七年というほうがいい。その十七年で日本はオリンピックを開催できる国になった。あの壊滅的な敗戦後の荒野に、わずか十七年で新幹線なるものを走らせたのだ。人類の歴史から見ても奇跡的なことであるに違いない。しかし、風俗の紊乱《びんらん》は日本を覆《おお》うほどで、テレビでは劣悪な番組が垂れ流されている。なにか大きな企みが、この日本を実験台にして進んでいるとしか思えない。「日本人骨抜き計画」というやつだ》

『長流の畔』の一節だが、似たような感慨に、熊吾はシリーズをとおして幾たびもふける。

東京オリンピックの記録映画は、競技場建設のため、古いビルをとりこわす場面からはじまる。昭和三十九年とは、「戦争の痕跡《こんせき》」の抹消が完了しようとする年なのだった。『長流の畔』のなかで、熊吾は大阪中古車センターをオープンさせる。戦中戦後は電線メーカーの工場としてつかわれ、いまは廃墟《はいきょ》となっている地所に目をつけたのだ。

交通至便の立地にもかかわらず、大阪中古車センターには人が寄りつかない。復興を謳歌《おうか》するために、戦争のしるしを帯びた空間を解体する――時代はそれをもとめていた。にもかかわらず、大阪中古車センターには、「過去の爪痕《つめあと》」がのこっている。物語の終幕ちかく、センターの敷地内の倉庫が、羽蟻《はあり》に侵食されたために倒壊する。倉庫は、戦後の混乱期に建てられた「違法建築」であった。この空間が、「戦争の亡霊」に憑《つ》かれていることを物語る場面である。

戦後体制は昭和三十九年に至って、その「仮構性」を否認しようとしていた。「ゴジラ」である熊吾は、そのことに頓着《とんちゃく》しない。大阪中古車センターの失敗は、おそらくそこに起因する。

戦争の傷と訣別《けつべつ》するために、ゴジラが東京湾に沈められたのが昭和二十九年。その十年後、新しい支配システムは形をととのえた。「制度」を信じない熊吾にとって、生きづらい世の中がやってきていた。老齢を迎えた熊吾は、時流に追いうちをくわえられたのだ。

いっぽう、房江が「自立」を遂げたのは、昭和三十九年の繁栄の余慶である。房江が職を得た多幸クラブは、商用や観光のための個室型宿泊施設。このタイプのホテルは、戦後、急速に成長した。房江にはたらく場を提供したのは、熊吾を鞭打《むちう》った世相にほかならない。

『流転の海』第二部で語られているように、房江は元来、鮎《あゆ》を素手でつかまえる俊敏な女性であった。たびかさなる不幸が、そうした資質をおさえつけていた。高度経済成長は、そんな房江の「ほんとうのじぶん」を、五十三歳にして覚醒《かくせい》させたのである。

あらゆる物ごとに、光と影はある。その双方を、『長流の畔』は透徹したまなざしで描きだす。

《善と悪とのせめぎ合いだ。生まれてからずっと危ない綱の上をぐらつきながら生きている。善を幸福と置き換えるなら、悪とは不幸ということになる。幸福と不幸のせめぎ

合いだ。どっちへ転ぶか紙一重だ。なんと人間は恐ろしい世界で生きていることであろう》

こうした認識が、『流転の海』シリーズのみならず、宮本輝の全作品をつらぬいている。

ひとかどの表現者なら、システムの虚妄に目をむけるだろう。しかしそれと並行して、システムが庶民にもたらす恩寵《おんちょう》を語りうる作家は少ない。

『長流の畔』は、宮本輝の比類ない深さと大きさを、あらためて私たちに訴えかける。

（平成三十年七月、日本文学研究者・岐阜女子大学教授）

この作品は平成二十八年六月新潮社より刊行された。

# 長《ちよう》流《りゆう》の畔《ほとり》

## 流転の海 第八部

新潮文庫　み－12－57

平成三十年十月一日発行
令和三年七月二十日五刷

著者　宮《みや》本《もと》輝《てる》

発行者　佐藤隆信

発行所　株式会社 新潮社

郵便番号　一六二―八七一一
東京都新宿区矢来町七一
電話 編集部(〇三)三二六六―五四四〇
　　 読者係(〇三)三二六六―五一一一
http://www.shinchosha.co.jp

価格はカバーに表示してあります。

乱丁・落丁本は、ご面倒ですが小社読者係宛ご送付ください。送料小社負担にてお取替えいたします。

印刷・大日本印刷株式会社　製本・加藤製本株式会社



ISBN978-4-10-130757-2 C0193